이러
지
마,
고
비
서

이러
지
마,
고
비
서

초판 1쇄 인쇄일 2014년 10월 22일
초판 1쇄 발행일 2014년 10월 28일

지은이 | 노혜인
펴낸이 | 김기선
펴낸곳 | 와이엠북스(YMBOOKS)

출판등록 2012년 7월 17일 (제382-2012-000021호)
주소 | 서울시 도봉구 노해로 379, 1005호(창동, 대성빌딩)
전화 | 02)906-7768 / **팩스** | 02)906-7769
E-mail | ymbooks@nate.com

ISBN 979-11-5619-834-5-03810

값 9,000원

이러지 마, 고비서

YMBOOKS ROMANCE STORY

노혜인 지음

ym
BOOKS

목차

제1장. 원수와의 조우

띠리릭, 띠리릭.

"감사합니다. 일원그룹 사장실 고은율입니다."

[안녕하십니까? 저는 고은율 씨를 열렬히 사랑하는 고주환이라고 합니다.]

"아빠!"

은율은 자리에서 벌떡 일어섰다. 해외 출장을 나가 있는 주환이 회사로 전화를 걸어 왔다. 그녀가 이곳에서 일한 지 벌써 5년이 넘었지만 주환이 회사로 전화한 건 처음 있는 일이었다. 반가움도 잠시였다.

큰일이라도 일어난 게 아닌지 걱정부터 일었다. 시차를 따지면 그곳은 새벽이었다. 큰일이 아니라면 급작스럽게 회사로 전화하지는 않았을 것이다.

온갖 안 좋은 상상들이 머릿속을 어지럽혔다. 은율은 평소 침착한 편이었다. 하지만 주환에 관한 일이라면 상황은 언제나 달라졌다.

　급해진 마음에 은율은 주환의 말을 들을 여유조차 없었다. 바쁘다는 핑계로 전화조차 소홀해졌다. 주환밖에 없다고 생각했던 일상이 6개월 사이에 몰라보게 바뀌었다.

　주환이 아니어도 저녁은 물론 삼시 세끼 같이 먹을 친구와 동료가 이제는 수없이 늘었다. 그간 못다 한 이야기가 그렇게나 많은 줄은 상상도 못 했다. 그리고 그렇게나 재미있을 거라고는 생각하지 못했었다. 주환이 없는 삶은 꽤 즐거웠다. 어느새 뒷전으로 밀려난 주환을 생각하자 미안함이 몰려왔다.

　"아빠! 무슨 일이라도 있는 거야? 사실대로 말해 봐. 나, 이제 애 아니잖아. 진정하고 들을 준비됐으니까 말해 봐! 다치기라도 한 거야? 사고라도 났어? 아빠, 아빠!"

　12년 전, 학교에 있던 은율에게 한 통의 전화가 걸려 왔었다. 한 번도 학교로 전화한 적이 없던 주환의 전화.

　은율은 아무것도 모르고 반갑게 전화를 받았었다. 하지만 은율에게 전해진 소식은 청천벽력과도 같았다. 아침까지도 멀쩡하게 자신을 배웅했던 지영의 부고 소식!

　그날 이후 은율에게 갑자기 걸려 온 전화는 공포였다. 은율은 자꾸만 떠오르는 그날의 악몽을 되새기며 힘겹게 침을 삼켰다. 대답을 기다리는 일 초가 마치 천 년의 시간처럼 길게 느껴졌다.

　[하하하. 은율아, 아빠 돌아왔다.]

　은율은 언제나 반가운 주환의 웃음소리에 맥이 풀리며 털썩 자리에 주저앉았다.

"아빠! 놀랐잖아."

[휴대폰으로 전화했더니 안 받던데, 요즘 많이 바쁘니? 왜 이렇게 통화가 어려워? 이메일도 계속 확인 안 하고 말이야.]

긴장이 한꺼번에 풀려 버렸다. 은율은 깊은 안도의 한숨을 내쉬었다.

"요즘 하나랑 정석이 만나느라 정신이 없었어. 미안. 무슨 급한 일이라도 있어서 일찍 온 거야?"

[생각보다 일이 빨리 끝났다. 거기다 다른 일도 있고 말이다……. 은율아.]

주환은 뭔가 더 할 말이 있는 듯 말을 아꼈다. 먼저 번 통화에서도 그러더니 주환은 여전히 그녀 걱정만 하는 것 같았다.

"무슨 일 있는 건 아니지? 원래는 2주 후에나 올 수 있다고 하지 않았어? 설마 나 걱정돼서 일찍 온 건 아니지?"

확실히 주환을 잊고 살았던 모양이다. 주환이 입국 일정을 다시 알려 주겠다고 했는데 이메일을 읽은 기억이 없었다.

[원래대로라면 2주 후에나 왔을 텐데 일이 생겨 서둘러 들어왔다. 이메일 진짜 안 읽은 거니?]

주환의 목소리에는 약간의 서운함이 담겨 있었다. 은율은 진심으로 미안한 마음이 들었다.

"미안. 요즘 회사 일이 많아서 정신없었어. 중요한 얘기라도 있어?"

은율의 말에 주환은 한참 동안 말이 없었다.

"무슨 일 있는 거야?"

[아니다. 얼굴 보고 얘기하자. 그럼 이메일은 읽지 마라.]

"왜?"

[내가 직접 말해 주는 게 좋을 것 같아서 말이다. 은율아, 보고 싶다.]

보고 싶다는 주환의 한마디에 눈가가 붉게 변했다. 가끔씩 들었던 목소리에도 그리워 눈물이 났다. 그런데 이제 볼 수 있다는 사실에 감정을 주체할 수가 없었다. 떨어져 있어도, 오랜만에 목소리를 들어도 주환은 그녀가 세상에서 가장 사랑하는 사람이었다. 은율은 그 사실을 새삼 깨달았다.

"흑, 나도……. 나도 아빠가 너무 보고 싶었어."

은율의 울먹이는 목소리에 주환의 목소리도 금세 젖어 들었다.

[다 큰 녀석이 울기나 하고. 퇴근하면 바로 집으로 와. 아빠가 맛있는 된장찌개 끓여 놓고 기다리고 있을게. 그동안 잘 먹고 잘 지냈는지 확인할 거다.]

주환의 으름장에 은율은 작게 웃었다.

"내가 얼마나 잘 지냈는지 알면 아마 배 아플걸?"

은율은 스스로 생각해도 대견할 만큼 잘 지냈었다. 금세 밝아진 은율의 목소리에 주환은 크게 웃었다.

[요 며칠 계속 연락 안 돼서 걱정했는데 별 탈 없이 지내고 있었다니 다행이다.]

"아빠는, 아빠는 잘 지냈지?"

[나도 잘 지내고 있었다. 거기다 깜짝 놀랄 소식도 기다리고 있으니까 기대해라. 알았지?]

"응."

수화기를 내려놓는 은율의 눈가에 한 줄기 눈물이 흘러내렸다. 27년을 살면서 처음으로 주환과 떨어져 지냈다. 비록 6개월이었지만 마치 6년은 떨어져 있었던 것 같았다.

이제 한 시간만 지나면 주환을 볼 수 있다는 생각에 은율은 하늘을 날 것만 같았다. 남들은 그녀에게 항상 파파걸이라고 했다. 하지만 상관없었다. 그만큼 은율은 주환을 사랑했다.

주환이 비워 둔 6개월의 시간을 채워 준 하나와 정석, 회사 동료기 나에게 미안하지만 역시나 주환을 대신할 사람은 아무도 없었다. 은율은 제발 그날만큼은 퇴근까지 아무 일이 없기를 바랐다.

퇴근 시간이 10분도 남지 않았다. 은율은 서둘러 퇴근 준비를 하고 막 나가려 서두르고 있었다. 그때 요란하게 인터폰이 울렸다.

삐- 삐- 삐-

"네, 사장님!"

[미스 고! 잠깐 좀 들어오게.]

"네."

인터폰 너머로 카랑카랑한 재섭의 목소리가 들려왔다. 오늘은 또 무슨 일로 호출인가 싶었다. 은율은 자리에서 일어나며 숨을 크게 들이쉬었다. 사장실 문을 가볍게 노크한 그녀는 문을 열며 인상을 찌푸렸다.

너구리라도 잡을 작정인지 담배 연기로 자욱한 사장실은 환기가 절실해 보였다. 담배에 찌들어 있는 사장실의 냄새는 5년이 지났는데도 적응되지 않았다.

커다란 덩치의 재섭은 은율이 들어오자 마지막 한 모금의 연기까지 쭉 빨아들인 작은 꽁초를 아쉽다는 듯 재떨이에 비비고 있었다.

"앉게."

은율은 소파에 앉으며 작게 투덜거렸다.

"사장님! 제발 담배 좀 줄이세요. 이러다 정말…… 저 너구리 되겠어요."

은율의 말에 재섭은 호탕하게 웃었다.

"허허허, 미스 고처럼 예쁜 너구리가 어디 있다고 그러나?"

"너구리 잡을 생각 아니시면 담배 좀 줄이시라고요. 제발 부탁드려요!"

은율은 여전히 목구멍을 자극하는 담배 냄새에 인상을 썼다. 줄담배를 얼마나 피웠는지 아침에 깨끗하던 재떨이에 담배꽁초가 수북하게 쌓여 있었다. 은율은 입을 한 자는 내밀고 재섭을 바라봤다. 재섭은 그런 은율을 보며 작게 웃었다.

"후후후, 매일 듣던 자네 잔소리가 그리울지도 모르겠군."

"또 무슨 말씀 하시려고 그러세요?"

세월이 주는 힘이 그리도 대단했던가? 그들은 5년이라는 세월 동안 사장과 비서라는 틀에서 완전히 벗어나 있었다. 어떨 때는 마치 부녀처럼 느껴질 정도로 재섭과 은율은 가까운 사이가 되어 있었다.

"자네에게 부탁할 일이 있어서 불렀네."

"그럼 제발, 제 부탁 먼저 들어주세요. 벌써 5년째 드린 부탁이잖아요. 사장님 밑에서 일하면서 얻은 거라곤 탁한 공기로 인해 생긴 잔기침뿐이라고요!"

"그러게 진작 자네 말을 들을 걸 그랬나 보군."

재섭은 평소와 너무 다른 분위기를 내고 있었다. 은율은 처음 접하는 재섭의 행동에 걱정이 일었다. 그 모습은 꼭 5년 전, 은율이 처음 일을 시작했을 때 같았다.

겉으로는 내색하지 않지만 어두운 표정이 뭔가 있음을 말하고 있었다. 은율은 알 수 있었다. 분명 무슨 일이 생겼다. 그것도 아주 커다란 일이. 은율은 조심스럽게 재섭에게 몸을 기울였다.

"사장님, 무슨 일 있으시죠?"

"자네가 내 밑에서 일한 지 몇 년이나 됐지?"

재섭은 앞에 놓인 차를 한 모금 마시고 은율을 바라봤다. 마치 딸을 바라보는 아버지의 포근한 표정 같았다. 은율은 그런 재섭을 보며 흐뭇하게 웃었다.

"벌써 5년이나 됐어요."

"그러게⋯⋯. 벌써 5년이군. 그사이, 참 많은 일이 있었어."

"갑자기 그건 왜 물으세요? 혹시 보너스라도 주시려고 그러세요?"

어두운 표정의 재섭을 보며 작게 한숨을 내쉬었다. 재섭이 지금 무슨 생각을 하는지 안 봐도 훤했다. 은율은 얼른 분위기를 전환하려 우스갯소리를 하고 자리에서 벌떡 일어섰다.

분위기 전환을 위해, 그리고 두 사람의 폐 건강을 위해서도 환기는 필수였다. 은율은 창가로 가 창문을 활짝 열기 시작했다.

"사장님! 이렇게 안 좋은 환경에서 계시니까 기분이 가라앉는 거예요. 이곳에는 깨끗한 공기가 절실히 필요하다고요."

창문을 열자, 5월의 향긋한 바람이 금세 사장실을 가득 채웠다.

은율은 향긋한 풀 냄새를 한껏 들이마셨다. 가슴이 뻥 뚫리는 것 같았다.

"후유, 사장님도 좋으시죠? 역시 바람은 봄바람이 최고라니까요. 그렇죠?"

"하하하, 자네를 누가 말리겠나."

웃고 있는 재섭을 보니 은율의 기분도 금세 좋아졌다. 좀 전에 주환과 통화를 해 더 그런 건지도 몰랐다. 은율은 환하게 웃으며 재섭의 맞은편에 다시 앉았다.

"그나저나 무슨 일로 부르신 거예요?"

기분 전환을 했어도 이유는 알아야 할 것 같았다. 은율은 진지한 표정으로 재섭을 바라봤다. 재섭은 허리를 고쳐 세웠다.

"그동안 자네가 정말 고생 많았어. 매일 소리나 치는 상사와 지내기 힘들었을 거야."

재섭의 말에 은율은 최대한 환하게 웃어 보였다.

"당연하죠! 사장님 밑에서 일하는 게 어디 쉬운 일인 줄 아세요?"

은율은 자꾸만 가라앉기만 하는 분위기를 띄우려 애썼다. 하지만 시간이 가도 분위기가 좀처럼 나아지지 않았다. 은율은 이상한 기분에 휩싸이며 재섭을 바라봤다.

"사장님, 진짜 무슨 일 있으세요? 혹시 사모님하고 다투기라도 하신 거예요? 그러고 보니까 요즘 사모님 전화하시는 게 뜸해지긴 했어요. 두 분 혹시 싸우셨어요? 지난번 결혼기념일에 제가 특별히 레스토랑 예약도 해 드렸는데 결국 늦으셨죠? 사모님, 그날 많이 서운해하셨는데……. 설마 그걸로 여태 화나신 거예요? 제가 골라 드린 선물 드린 거 맞으세요? 설마 또 제가 골랐다고 말하신 건 아니죠? 이번에는 저랑 같이 고르셨으니까 직접 고르신 거나 마찬가지잖아요. 정 안 되면 제가 사모님께 전화라도 드릴까요?"

안 그래도 여태 그걸로 현희가 잔소리하긴 했었다. 조만간 은율이 전화하면 현희는 언제 그랬냐는 듯 전처럼 웃는 얼굴로 그를 대할 것이다. 재섭은 그 생각을 하며 슬쩍 웃었다.

"어험, 자네 이제 별소리를 다 하는군."

"그럼 왜 그러세요?"

은율은 진심으로 궁금하고 걱정됐다. 재섭의 얼굴이 금세 어두워졌다. 은율은 뭔가 불길한 징조가 느껴졌다.

"자네 내 밑에서 일하면서 참 고생 많았어. 그동안 수고했네."

재섭은 깊은 상념에 빠진 것처럼 작은 소리로 말했다. 언제나 호통만 치던 재섭의 이런 모습은 그녀를 당황스럽게 만들었다. 재섭이 이런 모습을 보일 때는 언제나 같았다. 은율은 시간이 정지한 것처럼 재섭을 바라봤다.

"미안하네."

정지됐던 사고가 급격히 움직이며 사태를 파악해 가고 있었다. 역시나 그녀의 생각이 맞았다. 은율은 당황스러웠다. 너무 갑작스러운 일이었다. 은율은 어색하게 웃으며 재섭을 바라봤다. 재섭은 담담한 표정으로 차를 마시고 있었다.

"사장님, 갑자기 이러시면…… 전 어떡하라고요?"

오늘따라 은율을 놀라게 하려 작정한 사람들이 왜 이리 많은 건지 모르겠다. 하지만 갑작스러운 해고 소식은 아무리 생각해도 너무한 것 같았다.

재섭은 은율을 일개 직원으로 생각하는지 몰라도 그녀는 진심으로 재섭을 가족으로 생각하고 있었다. 은율은 서운함이 한꺼번에 몰려왔다. 눈물이 나려는 걸 억지로 참으며 겨우 입을 열었다.

"사장님, 제가 5년 동안 얼마나 열심히 일했는지 알고 계세요?"

"잘 알지. 그래서 부탁하는 걸세."

"너무하세요."

"너무 섭섭해하지는 말게. 자네한테도 좋은 경험이 될 거야."

해고가 좋은 경험이 되면 얼마나 될까 싶었다. 하지만 이렇게 된 거 하루라도 빨리 정리해야겠다는 생각이 들었다. 이런저런 걱정도 잠시였다. 재섭이 이런 결정을 하기까지 얼마나 고심을 했을까라는 생각이 들었다. 최근 계열사를 늘리며 자금이 부족하기라도 한 건가라는 걱정까지 들었다.

얼마 전, 고문과 이사진들이 대거 퇴임했었다. 수많은 생각을 하던 은율은 결국 피식 웃고 말았다. 해고된 마당에 끝까지 회사 걱정이나 하고 있는 자신이 한심스러웠다. 은율은 소파에 기대며 재섭을 바라봤다.

"인수인계도 해야 할 테고……. 아무튼 사장님, 그동안 감사했습니다. 건강 잘 챙기세요. 가끔 연락드릴게요."

자신을 해고한 회사에 미련을 남기면 안 되지만 첫 직장이며 5년을 몸담았던 회사였다. 단번에 마음을 정리하는 게 쉽지는 않았다. 하지만 은율의 아쉬움을 재섭은 모르는 것 같았다.

"특별히 인수인계할 건 없을 걸세."

은율은 마지막까지 최선을 다할 생각이었다. 그런데 재섭의 처사는 너무한 것 같았다. 은율은 결국 울먹이며 재섭을 바라봤다.

"사장님, 너무하세요!"

재섭은 금방이라도 울 것 같은 은율의 얼굴에 인상을 찌푸렸다.

"자네! 내가 무슨 말을 하는지 알고는 있는 건가?"

"저, 자르신다는 거잖아요!"

은율의 말에 멈칫하던 재섭은 한참 동안 웃었다. 너무 크게, 그것도 아주 오래 웃은 탓에 은율은 기분이 더 상해 버렸다.

은율은 뾰로통한 표정으로 재섭을 바라봤다. 재섭은 은율의 표정에 겨우 웃음을 멈추었다.

"내가 자네 성격 급한 걸 깜박했군. 내가 좀 쉬어야 할 것 같네."

"네? 갑자기 무슨……."

쉬어야 한다니? 은율은 재섭의 말에 놀란 얼굴로 그를 바라봤다. 근래 들어 얼굴색이 눈에 띄게 안 좋긴 했었다. 그제야 정신이 번쩍 든 은율은 몸을 숙이며 재섭의 몸 여기저기를 살피기 시작했다.

"사장님! 어디 안 좋으신 거죠? 어딘데요? 어디가 아프신 건데 그러세요?"

"의사가 쉬라고 하더군. 안 그러면……."

재섭의 말이 끝나기 무섭게 은율의 눈에 눈물이 차올랐다. 주환이 출장 가고 외롭다는 명목하에 친구들과 보내며 일탈의 참 재미를 알았다.

그 탓에 재섭에게도 예전보다 소홀해졌었다. 다른 사람은 몰라도 재섭이 근래 들어 낯빛이 좋지 않다는 걸 감지했음에도 아무런 조치도 취하지 않은 자신이 원망스러웠다.

"큰 병이라도 걸리신 거예요? 정밀 검사는 받으셨어요? 병원에

는 언제 갔다 오신 건데요? 설마? 며칠 전에 오후에 나오신 게 그
것 때문이셨어요? 병명이 뭔데 그러세요? 사모님은 알고 계세요?
얼마나 놀라셨을까……. 이제 어떡해요?"

은율의 호들갑에 재섭은 작게 웃었다. 은율이 있어 회사에 오는
재미가 있었다. 목적 없이 습관처럼 일했던 그가 다시 정이라는 걸
느끼고 웃기 시작한 건 모두 은율 덕이었다.

은율에게 고마운 게 한두 가지가 아니었다. 다른 것보다 은율과
이렇게 웃던 시간이 가장 아쉬울 것 같았다.

재섭은 은율을 바라보며 걱정과 함께 묘한 긴장감이 들었다. 어
쩌면 이번이 마지막 기회일지도 몰랐다. 시혁을 더는 혼자 두고 싶
지 않았다. 이번이 마지막 기회였다. 그의 아들을 되찾을 마지막
기회. 재섭은 자신의 믿음을 확신하며 크게 심호흡했다.

"미스 고! 나도 말 좀 하지!"

은율은 그제야 입을 다물었다. 하지만 얼굴에는 온갖 궁금증이
가득 차 있었다. 은율의 얼굴에 재섭은 웃음이 나오려는 걸 겨우
참았다. 재섭은 은율과 있으면 항상 기분이 좋았다. 딸이 없어 늘
아쉬웠는데 은율은 다른 직원과 달리 그를 유난히 살갑게 대해 주
었다. 그 덕에 딸에 대한 아쉬움이 많이 채워졌었다.

결코 웃을 수 없을 거라 생각했었다. 그런데 은율로 인해 지난
시간 참 많이 웃을 수 있어 고마웠다. 재섭은 유난히 은율에게 마
음이 갔었다. 그러다 보니 처음 이 일을 결정하고 가장 먼저 떠오
른 사람이 그녀였는지도 몰랐다. 은율이라면 가능할지도 몰랐다.

재섭은 은율의 밝고 환한 에너지를 여전히 차갑기만 한 시혁에
게 꼭 나눠 줬으면 좋겠다는 마음이 간절했다.

"지난번에 있었던 임직원 건강검진에서 이상 소견이 있었다네. 간도 많이 안 좋다고 하더군. 폐도 그렇고 말이야. 그동안 담배를 그렇게 피워 댔으니 고장 날 만도 하지."

재섭의 말에 은율은 화들짝 놀랐다. 생각했던 것보다 상태가 더 안 좋았다. 은율은 떨리는 목소리를 감추지도 못하고 재섭을 바라봤다.

"얼마나 안 좋은데 그러세요?"

"쉬지 않으면 죽을 수도 있다더군. 이제 쉴 때가 된 게지."

은율은 아무 말 없이 고개를 숙였다. 눈물이 쏟아질 것 같았다. 비서로서 모시고 있는 상사의 건강에 좀 더 신경을 썼어야 했었다는 죄책감마저 들었다. 만약 재섭이 잘못되기라도 한다면……. 생각하고 싶지도 않았다. 은율은 죄송스러운 마음에 고개를 들고 재섭을 바라봤다.

"사장님, 죄송해요. 제가 좀 더 잘 모셨어야 했는데 그러지 못한 것 같아요."

은율의 자책하는 모습에 재섭은 호탕하게 웃었다.

"농담일세. 그냥 쉬면 괜찮아진다더군. 그나저나 자네에게 고마운 게 많아."

"사장님! 제가 사장님 일하시는 마지막 날까지 옆에 있어 드릴게요. 내일부터 당장 쉬실 생각은 아니시죠?"

"내일부터 쉴 생각이라네. 급한 건 없으니 당분간 집에서 일할 생각이네."

"네?"

재섭이 마지막 일하는 날까지 최선을 다해 그를 보필할 생각이었다. 하지만 그날이 마지막이 될 거라고는 생각지 못했다. 은율이 멍한 얼굴로 앉아 있는데 재섭이 뭔가를 꺼내 들었다.

"그래서 부탁하는 걸세."

재섭은 은율을 향해 봉투를 슬쩍 내밀었다.

"자네에게 주는 마지막 선물일세."

사장이 없는 사무실에 비서는 필요치 않았다. 어찌 됐든 은율은 그날부터 해고된다는 소리였다. 조만간 이사회를 통해 새로운 사장을 선출하겠지만 당분간은 공석으로 둘 예정인 것 같았다. 항간에 떠돌던 소문들이 진실인 모양이었다. 회사의 자금 사정이 여의치 않다고 했었다. 자회사는 물론이고 간부들의 인원 감축이 있을 거라고 했었다.

기나에게 흘려들었던 말들이 사실인 것 같았다. 이럴 줄 알았다면 제대로 얘기를 들어 둘 걸 그랬다. 재섭은 자신을 필두로 대대적으로 인원 감축을 하는 게 확실해 보였다. 은율은 재섭이 건넨 봉투를 다시 내밀었다.

지금까지 받은 보수와 애정으로도 충분했다.

"퇴직금 같은 건, 필요 없어요!"

"누가 퇴직금이라고 했나?"

"그럼 이게 뭔데요?"

은율의 말에 재섭은 고개를 흔들었다.

"자네, 이제부터 아무 말도 하지 말고 내 말이나 듣게. 나중에 아들놈이랑 일할 때도 그러면 잔소리 꽤나 들을 게야. 그 녀석, 시끄러운 건 딱 질색하거든."

재섭이 하는 말을 하나도 알아들을 수가 없었다. 은율은 얼떨떨한 기분으로 재섭을 바라봤다.

"그게 대체 무슨 말씀이세요?"

"자네에게 특별 휴가를 주는 걸세. 부친이 외국 출장 가서 매일 외롭다고 노래하지 않았나? 이참에 부친 얼굴이라도 보고 오게. 일주일 동안 충분히 즐기고 와. 길게는 주지 못해 미안하네. 하지만 그러고 나서 열심히 일해 주게. 내 밑에서 그랬듯이 내 아들 밑에서도 말이야."

"네?"

그날의 놀랄 일은 바로 이것인 것 같았다.

"하반기에 아들 녀석이 사장으로 올 거라네. 빠르면 7월이 될 수도 있겠지. 회사에서 아는 사람들은 이미 알고 있었는데, 자네 진짜 몰랐나? 요즘 기획실 연기나 씨와 매일 붙어 다니더니 못 들었어? 이것저것 꽤나 떠들어 대더니…… 그 말은 못 들은 모양이구만. 다른 직원들과 꽤 친해진 것 같아 난 당연히 알고 있는 줄 알았네."

재섭이 조만간 물러날지도 모른다는 소문이 돌기는 했었다. 하지만 그건 몇 년 전에도 있던 소문이었기에 별생각 하지 않았었다. 회사의 소식통 기나도 여태 아무 말이 없었다. 은율은 적잖이 당황한 얼굴로 재섭을 바라봤다.

"얼마 전 임원회의에서 결정된 거라네. 자네가 옆에서 잘 봐주게. 계열사에 있었다고 해도 미국이었고 본사에서 수월하진 않을 게야. 자네가 옆에서 도와준다면 충분히 해낼 걸세. 본사에 그렇게 불러도 안 오더니…… 결국 이렇게 오게 되는군. 자네만 믿네."

재섭의 마지막 중얼거림에 뭔가 안 좋은 느낌이 들었다. 소문에

서만 들었던 재섭의 둘째 아들이 그녀의 새로운 상사라는 소리였다.

수만 가지 소문만 무성한 플레이보이. 지금까지 이룬 많은 성과도 그를 거쳐 간 여자들의 수만큼이라는 소문까지 있었다. 수많은 루머들이 떠오르자 자신이 없어졌다. 은율은 뭔가 잘못됐다는 생각에 급하게 재섭을 불렀다.

"저, 사장님!"

"겉보기에 차가워 보여도 내면은 누구보다 따뜻하고 여린 녀석이네. 자네라면 분명, 그 녀석도 다시 웃게 만들 게야. 자네만 믿네. 부탁하네, 고 비서."

밖으로 나온 은율은 머릿속이 복잡해졌다. 얼굴 한 번 본 적 없는 재섭의 아들이 새로운 상사가 된다고 했다. 은율은 그동안 들었던 그에 관한 소문들을 천천히 생각해 봤다. 역시나 좋은 소리는 하나도 없었다. 한 번 스치듯 본 적은 있었다. 그것도 잠깐.

5년 전, 재섭의 큰아들 내외가 갑작스러운 사고로 세상을 떠났었다. 은율은 그때 입사 초기였고 업무를 파악하느라 정신이 없었다.

매일 야근으로 정신없는 와중에 들려온 갑작스러운 비보에 회사 동료들과 장례식장에 찾아갔었다. 신입사원인 데다 억지로 끌려온 탓에 은율은 제대로 시선을 마주할 수가 없었다. 그때 그곳에서 스치듯 앉아 있는 그를 보긴 했었다.

하지만 그게 전부였다. 검은 상복만 떠오를 뿐 얼굴은 도통 기억나지 않았다. 그 뒤 몇 번 더 병원에 찾아갔지만 그를 보지는 못했었다. 그때 일을 생각하자 기분이 우울해졌다. 누군가를 떠나보낸 이를 보는 건 쉬운 게 아니었다. 연쇄적으로 떠오르는 기억들에 은율은 고개를 저었다.

"고은율! 언제나 온화하게 빛나자!"

그럼에도 걱정이 사라지지가 않았다. 갑자기 생긴 휴가도 그렇지만 새로운 사장이 온다는 건, 한 회사의 일원으로서도 받아들이기 힘든 일이었다. 재섭과 똑같다는 소문의 아들이니 깐깐하고 꼬장꼬장한 성격을 닮았을 게 분명했다. 작은 계열사를 어엿한 그룹의 전도유망한 자회사로 만들었으니 추진력은 안 봐도 훤했다.

잠시 고민하던 은율은 어깨를 활짝 폈다. 앞으로 어떻게 될지 몰라도 당장은 걱정할 필요가 없을 것 같았다. 새로운 사장이 당장 온다는 것도 아니었고 은율에게는 몇 달의 유예기간이 있었다. 거기다 5년 만에 처음으로 얻은 긴 휴가였다. 사랑하는 주환도 귀국했으니 이제 은율의 앞날에는 행복만이 가득할 게 분명했다.

은율은 거나하게 차려진 식탁에 앉아 저녁을 먹고 있었다. 혼자 먹는 저녁이 얼마나 쓸쓸하고 싫었는지 몰랐다. 그 탓에 더 많이 사람들과 어울리며 친분이 두터워지긴 했지만 이렇게 행복하지는 않았다.

친구나 동료와 수다를 떨어도 집에 오면 언제나 혼자라는 생각에 잠을 쉽게 이루지 못했다. 밥을 먹어도 항상 허기가 져 사무실에 감자 칩을 쌓아 두기 시작했었다. 그런데 주환과의 식사로 깨달았다. 이것이 진짜 행복이라는 것을.

얼마 만에 밥다운 밥을 먹는 건지 모르겠다. 은율은 주환이 자신에게 얼마나 소중한지 새삼 깨닫고 있었다.

오랜만에 과식을 한 은율은 부른 배를 두드리며 과일을 깎고 있었다. 주환은 소파에 앉아 흐뭇한 표정으로 은율을 보고 있었다. 은율은 주환을 마주 보고 환하게 웃었다. 아무리 봐도 멋졌다. 주환과 같은 남자가 나타난다면 당장에라도 연애할 것이다. 아니, 결혼이라는 걸 하고 싶어질지도 몰랐다.

하지만 세상에 주환 같은 남자는 없었다. 어쩌면 그녀가 제대로 된 연애 한 번 못한 건 주환에 대한 애정이 너무 커서인지도 몰랐다.

주환이 없는 동안 하나와 정석이 무던히도 그녀에게 남자를 소개했지만 여전히 은율은 혼자였다. 잠깐씩 만난 남자들은 항상 주환과 비교 대상이 되어야 했었다. 주환은 은율에게 무조건적인 믿음과 사랑을 주었다. 그러나 대부분의 연애는 상대에 대한 의심과 불신, 거기에 사랑마저 조건을 걸어야 했다. 은율은 결국 연애라는 걸 꿈꾸지도, 바라지도 않게 됐었다. 언제나 주환이 있어 행복했다. 역시 세상에서 가장 멋진 남자는 주환뿐이다. 그 생각에 은율의 입가에 커다란 미소가 걸렸다.

"아빠가 끓여 주는 된장찌개가 제일 맛있어. 역시 아빠가 최고야!"

주환은 그 어느 때보다 환하게 웃었다. 주환의 미소에 집이 더 환해진 것 같았다. 혼자 있을 때는 항상 무섭기만 했던 집이 이제는 더없이 편하게 느껴졌다. 은율은 과일을 접시에 담아 주환에게 내밀었다.

"써비스!"

"고맙다. 그런데 아빠는 은율이가 끓여 준 게 더 맛있더라. 우리 은율이 솜씨야 어디 내놔도 빠지지 않지. 이제 시집가도 될 텐데, 남자 친구는 아직 없니? 요즘 통 전화도 없기에 우리 딸 연애하나 싶었는데……. 아빠 없는 동안에 눈에 들어오는 놈 없었어?"

은율은 정색하며 손을 흔들었다.

"아무리 둘러봐도 아빠만 한 남자가 없더라고. 그러는 아빠는? 전에 말한 분이랑 데이트는 잘했어?"

"그, 그랬지."

얼굴을 붉히는 주환을 보며 은율은 작게 웃었다.

"왜 중간보고도 안 하는 거야?"

"그게 말이다……."

당황한 주환의 모습에 은율은 크게 웃었다.

"농담이야! 요즘 하나랑 정석이 싸움에 내가 하루도 조용한 날이 없었다니까!"

큰 소리로 웃은 은율의 모습에 주환은 작게 한숨을 내쉬었다. 말을 해야 하는데 서두를 꺼내기가 쉽지 않았다. 차라리 이메일을 읽게 하는 게 나았는지도 몰랐다. 차분히 글로 상황을 전했던 것과 달리 말을 꺼내려니 쉽지가 않았다. 주환은 급하게 화제를 돌렸다.

"하나랑 정석이는 잘 지내지? 언제 한번 불러서 밥이라도 사 줘야겠다. 우리 은율이 외롭지 않게 해 줬으니까."

"뭐가 예쁘다고 밥을 사 줘? 내가 걔들 때문에 더 연애하기 싫어졌어! 얼굴만 보면 싸우면서 뭐하러 만나는지 모르겠어. 내가 그동안 걔들 연애에 끼어서 얼마나 고생했는지 알기나 해?"

"남자 친구 생기면 언제 그랬냐는 듯 시집갈 건 아니고?"

주환은 웃으며 은율의 입에 과일을 넣어 줬다. 은율은 거리낌 없이 과일을 받아먹으며 자신의 접시 과일을 주환의 입에 넣어 줬다. 주환 또한 거리낌 없이 과일을 받아먹었다.

"진짜 그럴지도 모르겠지만 아직 결혼할 생각은 없거든요! 난 지금처럼 아빠만 있으면 돼. 아, 진짜 행복하다."

은율은 환하게 웃으며 팔짱을 끼었다. 주환은 다정한 손길로 은율의 머리를 쓰다듬었다.

"아빠도 은율이와 있으니까 행복하다."

은율은 기쁜 얼굴로 주환을 바라봤다.

"사장님이 미리 알고 휴가 주신 것 같아. 아빠도 일주일이나 쉴 수 있다고 하니까, 우리 오랜만에 여행 가자. 아빠 라스베이거스 지사로 가고 한 달에 한 번도 연락 못 했잖아. 거긴 어땠어? 하긴 일하느라 구경도 제대로 못 했겠다. 지난번에 하나랑 정석이가 하도 졸라서 카지노 같이 구경 갔는데, 갈 데가 못 되더라고. 아빠 가 봤어?"

"저, 은율아. 그 전에 할 말이 있는데 말이다……."

뭔가 말을 아끼는 주환의 모습에 은율은 들고 있던 과일을 내려 놨다. 뭔가 일이 있는 것 같았다.

"응, 왜?"

"놀랄 만한 소식이 있다고 했잖니? 그게 말이다. 저, 내가 미국에서……."

주환의 이야기를 듣던 은율은 갑자기 낮에 있던 일들이 떠올랐다.

"아! 나도 소식 있다. 아빠! 곧 우리 회사 사장이 바뀔 거래. 그러니까 오늘도 사장님이 너구리굴로 불러서 잔소리하실까 걱정했거든. 그런데 건강이 안 좋다고 하시는 거야? 내가 그렇게 담배 좀 줄이시라고 말씀드렸었는데 기어코 병이 나셨더라고. 쉬시면 괜찮아지신다니까 다행이긴 한데 그래도 걱정돼."

"은율아."

"아빠도 알지만 사장님 내외분이 날 많이 예뻐하시잖아. 언제 한번 사모님께 전화라도 드려야겠어. 혼자 얼마나 상심이 크시겠어?"

주환은 작게 한숨을 쉬고 은율을 바라봤다. 쉽게 입이 떨어지지가 않았다. 은율이 마음 상해할지도 모른다는 생각이 이제야 들었다.

폭풍처럼 몰아쳤던 감정들에 그는 처음으로 은율을 잊고 지냈었다. 눈에 넣어도 아프지 않을 은율을 보고서야 수만 가지 감정들이 밀려왔다. 그럼에도 후회하지 않았다. 주환은 다시 크게 심호흡했다.

"저, 은율아. 내가 할 말이……."

"아빠, 내가 전에 말했었지? 사장님 큰아들이 교통사고로 세상을 떠났다고. 입사 초기에 내가 병원 여러 번 찾아갔었잖아. 그런데 말이야, 새로운 사장으로 둘째 아들이 온대. 그동안 한 번도 본사에 온 적이 없었거든. 사장님이나 사모님하고 특별히 왕래가 있었던 것 같지도 않아. 그랬다면 내가 못 봤을 리가 없지. 얼굴이라도 알면 편할 텐데 얼굴도 기억나지 않은 거 있지? 아빠, 내가 사람 얼굴 기가 막히게 기억하는 거 알지? 그런데 이상하게 한 번 봤는데 기억이 안 난단 말이야. 희한해. 아무튼 앞으로 걱정이야. 아빠도 건강 잘 챙겨야 해. 내가 떨어져 있는 동안에 아빠 걱정 얼마나 많이 했는지 알기나 해?"

"저, 은율아."

은율은 긴장한 듯한 주환의 얼굴을 보며 여행의 피로 탓이라고 생각했다. 그간 연락을 못 해서 쌓인 이야기가 무수히 많았다. 며칠 밤을 새어도 이야기가 끝날 것 같지 않았다. 거기다 오랜만에 주환과 여행을 간다는 생각에 은율은 들떠 있었다.

"아빠, 우리 어디로 여행 갈까? 속초로 갈까? 남해는 어때? 이참에 제주도로 갔다 올까? 어디로 가지? 아빠랑 여행이라니……. 대학교 때 이후로 처음이지? 생각만 해도 너무 신 나."

여행 생각에 들떠 은율은 주환의 안절부절못하는 모습이 눈에 들어오지 않았다.

주환은 인내심을 갖고 기다렸다. 하지만 시간이 지나도 은율의 이야기는 끝이 없었다. 한참 동안 여행 얘기에 빠져 있는 은율을 보다 못한 주환은 손을 들고 소리쳤다.

"은율아! 잠깐만! 아빠, 결혼했다."

은율은 주환의 갑작스러운 외침에 당황했다. 하지만 곧 정신을 차리고 주환을 돌아봤다. 분명 잘못 들은 게 확실했다. 결혼이라니. 주환이 갑자기 결혼했을 리가 없었다. 은율은 어색하게 웃으며 주환을 바라봤다.

"아빠…… 지금 뭐라고 했어? 결혼? 설마 내가 아는 그 결혼 말하는 건 아니지?"

"맞아, 아빠 결혼했다. 사랑하는 사람이 생겼어. 놓치고 싶지 않았다."

오늘 사람들이 그녀를 놀라게 하려고 작정한 모양이다. 은율은 고개를 흔들며 눈을 잠시 감았다가 떴다. 그러나 여전히 진지한 얼굴의 주환이 은율을 바라보고 있었다. 이건 분명 꿈이 아니라 현실이다. 누군가 해머로 머리를 내려친 것 같았다.

"아빠, 지금 뭐라고 한 거야?"

"아빠, 결혼했다."

"아."

아무것도 생각나지 않았다. 오랫동안 은율과 단둘이 살던 주환이 갑자기 결혼했다고 말하고 있었다. 이성적으로 판단할 수가 없었다. 그러나 곧이어 들려온 주환의 말에 은율은 벌린 입을 다물 수가 없었다.

"식구들도 없고 해서 미국에서 간소하게 식은 치렀다. 먼저 연락하려고 했는데 시차도 있고 계약도 빨리 진행된 탓에 연락할 시간이 없었구나. 전에 이메일로 만났다고 얘기했던 그 사람이다. 그 사람은 며칠 뒤에 그쪽 정리하고 들어오기로 했다. 그러고 나서 같이 살 생각이란다. 물론 네가 찬성한다면 말이야. 너도 분명 그 사람 만나 보면 좋아하게 될 거다."

주환의 말을 들은 은율의 눈에 저도 모르게 눈물이 가득 차올랐다. 갑작스러운 은율의 눈물에 주환은 당황했다. 그는 서둘러 휴지를 건넸다. 은율이 실망한 거라고 생각했다. 주환은 미안하면서도 슬픈 표정으로 은율을 바라봤다.

주환의 얼굴에 미안해하는 기색이 역력해 보였다. 은율은 그제야 흐르는 눈물을 급하게 닦았다. 그럴 생각은 아니었다. 하지만 입을 열기도 전에 주환이 그녀의 손을 꼭 잡았다. 언제나처럼 따스한 온기가 스며들었다.

"아빠가 미안하구나. 네가 반대할 거라고는 생각해 보지 못했구나. 그 사람에게 얘기하면 분명 이해해 줄 거다. 아직 이곳에서는 식도 올리지 않았고 신고도 하지 않았으니 없던 일로 해도 아빠는……."

"아니야!"

처음에는 속상했다. 하지만 드디어 주환이 행복을 찾았다는 사실에 감사했다. 오로지 그녀만 보며 살던 주환이었다. 그런 주환이 자신의 행복을 찾았다고 말하고 있었다. 은율은 행복해서 눈물이 나왔다. 주환의 출국 길에 했던 그녀의 소원이 드디어 이뤄졌다.

"은율아, 네가 싫다고 하면 아빠는……."

은율은 주환의 손을 꼭 잡았다.

"아빠가 결혼했다고 해서 슬픈 게 아니야. 아빠가 행복을 찾았다고 해서 기쁜 거야. 그런데 왜 결혼식에 초대하지 않은 거야? 누구보다 축복해 주고 싶었는데……."

"계속 연락하려고 했었다. 그런데 네가 낮에는 한창 바쁘다고 하고 밤에는 약속 있다고 하지 않았니? 이메일로 휴가 낼 수 있는지 몇 번이나 물었는데 읽지도 않고 말이야."

"아."

은율은 그제야 이메일을 말한 주환의 말이 기억났다. 차라리 낮에 메일을 확인해 볼 걸 그랬다. 그랬다면 좀 더 기쁜 맘으로 주환의 행복을 축하해 줄 수 있었을 것 같았다.

놀란 마음을 감추지도 못하고 그대로 표출해 버린 자신에게 약간은 실망스러웠다. 그간 주환에게 재혼을 권했던 모습이 가식같이 느껴졌을지도 몰랐다. 은율은 진심 어린 축하를 못 한 자신이 어리게 느껴졌다. 더는 주환이 그녀 걱정을 하지 않게 하고 싶었다. 은율은 그 어느 때보다 밝은 얼굴로 주환을 바라봤다.

"그래서 결혼식을 어떻게 하게 된 건데?"

"라스베이거스에서 계약 때문에 정신없는데 그 사람이 찾아와 프러포즈했단다."

"아빠가 한 게 아니라 그분이 했다고?"

들을수록 놀라운 이야기에 은율의 몸은 어느새 주환을 향해 기울어 있었다.

"당장 결혼하지 않으면 다시는 보지 않을 거라는 말에……. 그 누구에게도 연락할 사이도 없이 식을 치렀다. 나조차 경황이 없었다. 뭔가에 씐 것 같았단다. 그래서 제대로 된 사진도 없고 연락할 틈도 없었다."

수줍게 말하는 주환의 표정에 은율은 기분이 묘해졌다. 그녀가 아닌 다른 누군가가 주환의 진가를 알아봐 준 것 같았다. 아직 만나지 않았지만 벌써 그 사람이 좋아지고 있었다. 은율은 터져 나오는 웃음을 겨우 참으며 주환을 바라봤다.

"풉, 그분…… 어떻게 만난 거야? 자세하게 말해 봐."

"그게 말이다……."

한 번도 만난 적 없는 사람에 관해 얘기하는 주환의 표정은 행복, 그 자체였다. 은율은 그 모습에 더 환하게 웃을 수밖에 없었다.

이제야 홀가분해진 기분이었다. 말은 싫다고 했지만 은율은 가끔 남들 다 하는 연애란 걸 하고 싶었다. 하지만 홀로 자신을 키운 주환을 배신하는 것 같아 섣불리 남자를 만날 수가 없었다. 거기다 잠깐씩 만난 남자들은 하나같이 별로였다. 그런 마음에 은율은 이성 친구와 여행 한 번 가 본 적이 없었다.

적지 않은 나이. 혼자 지내며 이제 슬슬 독립해야 하지 않을까 고민했었다. 그래야 주환이 그녀보다는 자신을 돌볼 거라고 생각했다. 주환과 떨어져 지내며 그런 마음이 더 커졌었다. 그런데 주환은 이미 새로운 삶을 찾아 돌아왔다고 말했다. 그 어느 때보다 행복한 얼굴을 하고 있었다. 지금 세상 누구보다 주환을 축하해 줘야 할 사람은 바로 은율이었다.

"아빠! 난 아빠가 행복할 때 가장 행복해. 결혼 축하해."

"은율아, 고맙다."

그 후로 주환은 한참 동안 인생에 불어온 봄바람을 들려주었다. 처음엔 연락조차 없이 한 결혼에 서운했지만 이제는 아니다. 주환이 자신에게 찾아온 사랑을 놓치지 않았다는 게 더 감사했다. 은율은 주환의 웃는 얼굴을 보며 행복감이 고스란히 전해지는 걸 느꼈다.

며칠 뒤 은율은 새엄마를 처음으로 만나게 되었다. 그리고 또 한 번 놀라고 말았다.

"반가워! 은율! 연미주라고 해."

"네. 아, 안녕하세요. 고은율이라고 합니다."

얼떨떨해하는 은율과 달리 미주는 한달음에 달려와 그녀를 안았다. 은율은 당황했다.

새엄마라고 하기에 미주는 너무 젊고 아름다운 여자였다. 은율은 주환이 결혼했다고 했을 때 당연히 비슷한 연배의 중년 여성을 생각했었다. 단 한 번도 나이에 관해 생각해 본 적이 없었다. 그런데 눈앞에 나타난 미주는 차라리 그녀의 친구라고 해도 믿을 정도로 젊고 아름다웠다. 은율은 얼떨떨한 얼굴로 주환을 돌아봤다.

"아, 아빠! 정말 이분 맞아?"

은율의 말에 주환은 당황한 얼굴로 그녀를 바라봤다.

"왜?"

"아니, 너무 젊은 분이라…… 혹시 그분 딸은 아닌가 해서…….
이분 정말 맞는 거지?"

은율의 말에 얼굴을 붉히는 주환과 달리 미주는 큰 소리로 웃었다.

"주환 씨 얘기로는 올해 스물일곱이라고 들은 것 같은데, 맞지?"

"네……."

어쩌면 그녀의 예상대로 중년이지만 믿을 수 없을 만큼 동안 외모를 가진 것일지도 몰랐다. 하지만 그건 그녀의 오산이었다.

"나랑 다섯 살 차이니까 우리 친구처럼 지내. 잘 부탁해. 보니까 나랑 몸매도 비슷하네. 전에 모델 했을 때 입던 옷도 많으니까 얼마든지 말만 해. 사실 심리 상담하면서 입기는 조금 화려한 옷이었거든. 은율이 입으면 예쁘겠다."

은율은 놀라움에 입을 다물 수가 없었다. 미주는 은율을 만난 게 너무도 기쁜 것 같았다. 미주의 말과 행동에서 그 모든 게 여실히 보였다.

미주는 진심으로 은율을 반가워하고 있었다. 미주는 다시 한 번 은율을 꼭 끌어안았다. 은율은 따뜻한 주환의 품이 아닌 다른 누군가의 품에 오랜만에 안겼다.

향기로우면서 포근했다. 가슴에서 몽글몽글, 따스한 기운이 솟아났다. 은율은 미주를 같이 꼭 끌어안았다. 미주는 은율의 등을 부드럽게 쓸어내렸다.

"너무 보고 싶었어. 주환 씨한테 얘기 많이 들었어! 사진보다 실물이 훨씬 예쁘다."

"감사해요."

어색함도 잠시였다. 처음에는 아무리 생각해도 주환과 결혼한 사람처럼 보이지가 않았다. 하지만 두 사람이 같이 있는 모습을 보자, 한 번에 알 수 있었다.

어느새 주환 옆에 선 미주는 그의 얼굴에서 시선을 못 떼고 있었다.

"미주 씨, 오느라 고생 많았어. 그쪽 혼자 정리하느라 힘들진 않았어?"

"어차피 정리하려고 했었는데 자기 덕분에 시기가 좀 빨라진 거야. 주환 씨는 얼굴이 더 좋아졌네! 나랑 있을 때보다 더 좋아진 것 같아 샘나는데? 그렇게 보고 싶어 하던 딸이랑 있어서 그런 거야?"

미주의 질투 어린 말에 주환이 환하게 웃었다. 은율은 주환의 웃는 모습에 가슴이 찌릿해졌다. 뭔지 모르게 가슴이 벅차오르며 눈가가 뜨거워졌다.

"우리 은율이가 끓여 준 찌개 먹어 보면, 미주도 금세 나처럼 될 걸?"

"그래? 사실 당신이 너무 보고 싶기도 했지만 당신이 끓여 준 찌개가 계속 생각나서 혼났어. 나 갑자기 배고파진다. 혹시 저녁 같이 먹을 수 있을까?"

미주의 물음에 주환은 은율을 바라봤다. 어느새 주환의 팔에 팔짱을 낀 미주는 그를 더없이 사랑스러운 눈으로 바라보고 있었다. 주환 또한 아무 말이 없었음에도 느낄 수 있었다. 서로 바라보는 눈빛에서 느껴지는 따스함이 은율에게 고스란히 전해졌다.

은율은 입가가 저절로 올라가면서 눈시울이 붉어졌다.

"그럼 다른 곳으로 가시려고 하셨어요?"

은율의 말에 미주는 눈이 부실 만큼 예쁜 미소로 그녀를 바라봤다. 그 모습에 은율은 미주에게 반하고 말았다. 주환이 왜 미주와 급하게 결혼했는지 알 것 같았다.

"그럼 나, 받아 주는 거야?"

"우리 가족이 되신 걸 진심으로 환영해요."

미주는 그렇게 은율에게 새엄마가 되었다.

정신없는 휴가를 즐기고 출근한 회사는 크게 술렁이고 있었다. 사장이 곧 바뀐다는 것과 그에 따라 인사 조정이 따를 거라는 소문이 돌고 있었다. 그 때문인지 회사 사람들 모두 긴장하고 있었다. 계열사가 늘어나며 그룹으로 거듭나긴 했지만, 회사는 아직 나아갈 게 많은 중소기업에 불과했었다.

계열사가 늘어나며 최근 말들이 많아지고 있었다. 그런데 이번 사장 교체 건으로 또다시 현 사장의 경영 능력이 도마 위에 올라오고 있었다. 냉정해 보이는 재섭도 역시 어쩔 수 없다느니, 이런저런 말들이 수없이 들려왔다.

은율에게는 상관없었다. 어차피 자신의 위치에서 내 일만 열심히 하면 알아주는 사람은 반드시 있다는 걸 알고 있었다. 거기다 새롭게 생긴 가족으로 인해 은율은 하루하루가 행복의 연속이었다. 은율에게는 이제 걱정 따윈 필요치 않았다.

몇 개월의 시간은 금세 지나갔다. 그사이 은율에게도 많은 일이 있었다. 우선 주환은 한국에서 미주와 다시 결혼식을 올렸고 그녀에게는 진짜로 새엄마가 생겼다.

미주는 외모만큼이나 활달하고 밝은 성격의 여자였다. 처음 만나는 은율에게도 낯섦 같은 건 전혀 찾아볼 수 없었다.

도리어 은율의 옷은 물론이고 화장하는 것까지 알려 주며 그동안 받지 못했던 엄마의 사랑을 느끼게 해 주었다. 미주는 그야말로 완벽한 새엄마였다.

때론 친구처럼 때론 엄마처럼. 미주는 은율에게도 행복을 가져다주는 사람이었다. 은율은 그런 미주가 점점 좋아졌다. 하지만 벌써 석 달이 지났는데도 적응 안 되는 게 하나 있었다.

그건 바로 출근하며 입맞춤하는 부모의 모습을 보는 거였다. 가뜩이나 지난주 일로 머리가 복잡한 은율은 그 모습을 보는 게 더 곤욕이었다.

그날도 은율과 같이 산다는 걸 잊은 채 진한 입맞춤을 하는 부모님 때문에 그녀는 내려야 할 역을 지나치고 말았다. 가뜩이나 지하철이 연착해 늦게 생겼는데 설상가상이었다.

심장이 튀어나오도록 뛰지 않으면 지각을 면치 못할 상황이었다. 은율은 핸드백을 꼭 잡고 미친 듯이 뛰기 시작했다. 치마에 힐을 신고 있는 건 상관없었다.

그날은 새로운 사장의 취임식으로 정신없이 바쁜 하루가 될 거였다. 그걸 아는 은율로선 짜증이 열 배로 치밀어 올랐다. 그녀의 위치는 바로 사장의 비서였다.

비서라는 사람이 첫날부터 지각을 한다면 첫인상이 어떻게 비칠지는 안 봐도 훤했다. 깐깐한 재섭의 아들이었다. 그 생각에 걱정이 산더미처럼 커 갔다.

헐레벌떡, 숨이 턱까지 차올랐다. 이제 고지가 눈앞에 보였다. 은율은 빠르게 회전하는 문을 지나 막 닫히려는 엘리베이터를 잡았다. 슬라이딩해 몸을 엘리베이터에 맡긴 은율은 긴 숨을 토해 내며 고개를 푹 숙여 인사했다.

"헉, 헉, 감사합니다."

은율은 거친 숨을 겨우 고르고 고개를 들었다. 분명 직원일 텐데 인사라도 하는 게 예의 같았다. 그런데 처음 보는 남자가 은율을 보며 웃고 있었다.

직원 중에 은율이 모르는 사람은 한 명도 없었다. 그렇다면 이 남자는 직원이 아니라는 소리였다. 말쑥한 정장이 아닌 캐주얼한 복장의 남자는 훤칠한 키에 이목구비가 뚜렷한 남자였다.

깔끔한 머리 스타일과 뚜렷한 눈매, 시원하게 뻗은 콧날, 선명한 입술, 강인한 턱까지. 전체적으로 세련된 분위기의 남자는 한 번만 만났어도 잊을 수 없을 것 같은 외모의 소유자였다. 그런데 이 훤칠한 남자가 낯설지가 않았다. 분명 본 적 있는 얼굴이었다.

신문 사회면에 나온 얼굴은 필시 아닐 것이다. 그럼에도 뭔가 뒤가 싸해지는 것 같았다. 은율이 기억해 내려 고개를 갸웃거리는데 듣기 좋은 남자의 묵직한 음성이 들려왔다.

"저기."

혼자만의 공상 중에 갑작스럽게 들려온 남자 목소리. 은율은 흠칫 놀라 한쪽으로 몸을 피했다. 남자와 둘뿐인 엘리베이터 안에서 상대가 말을 걸어온 건 처음이었다.

은율의 놀란 모습에 남자는 피식 웃으며 손가락으로 한쪽을 가리켰다. 은율은 천천히 손가락을 따라 고개를 내렸다. 그런데…….

'오 마이 갓!'

블라우스의 단추가 열려 있어 가슴이 훤히 보였다. 급하게 몸을 돌려 단추를 잠그는데 남자의 헛기침 소리가 들려왔다.

"흠, 거기 말고 아래쪽도……."

은율은 손을 바삐 움직이며 고개를 내렸다. 선명하게 나가 있는 검정 스타킹의 구멍. 얼굴이 후끈 달아올랐다.

은율은 쥐구멍에라도 들어가고 싶어졌다. 그녀를 위해 시선까지 피해 주며 이곳저곳 치부를 알려 주는 남자를 오해했었다. 영화에서나 봤던 몹쓸 치한이라고 생각한 건 아니었다. 하지만 아주 잠시, 남자를 오해했기에 얼굴을 들 수가 없었다.

12층까지 올라가는 고속 엘리베이터가 거북이로 변한 것 같았다. 은율은 서둘러 다리를 뒤로 감추며 엘리베이터 한쪽에 몸을 붙였다.

그러나 이 남자, 아무래도 그녀와 같은 층에 볼일이 있는 모양이었다. 은율은 고개를 푹 숙이며 한숨을 내쉬었다.

'아침부터 이게 무슨 망신이야! 그나마 회사 직원이 아닌 게 다행이다. 어휴, 창피해! 이 망신을 어쩔 거야? 근데 어디서 봤지? 분명 낯익은 얼굴인데…….'

은율은 12층을 알리는 소리가 남과 동시에 잽싸게 엘리베이터에서 튀어나왔다. 그러고는 빛의 속도로 화장실로 달려갔다. 은율은 변기 위에 털썩 주저앉았다. 그녀는 스타킹을 벗으며 잠시 생각에 빠졌다. 아무리 봐도 좀 전에 봤던 남자가 낯익었다.

"분명 봤는데 어디서 봤더라……."

순간, 머릿속을 지나는 영상에 은율은 몸을 굳혔다. 요즘 심각하게 앓고 있는 불면증의 원인인 남자!

엘리베이터 속의 남자가 바로 그였다. 머리 스타일과 복장이 달라졌을 뿐, 분명 같은 인물이 확실했다.

은율은 사람을 알아보는 데 탁월한 재능이 있었다. 한 번만 스쳐도 금세 기억해 내곤 했던 기억력 덕에 은율은 지금 위치에 있는 거나 마찬가지였다. 은율은 스타킹을 벗어 쓰레기통에 던져 넣었다. 그러고는 급하게 밖으로 뛰어나갔다. 하지만 남자의 흔적은 어디에도 보이지 않았다.

"안 돼! 이럴 수는 없어!"

은율은 발을 구르며 텅 빈 복도를 바라봤다.

"뭐가 이럴 수 없다는 거야?"

"아빠!"

은율은 깜짝 놀라면 아빠를 부르는 버릇이 있었다. 그 탓에 파파걸이라는 별명이 붙은 건지도 몰랐다. 은율의 외침에 기획실에 근무하는 기나가 작게 웃었다.

"은율 씨, 왜 이렇게 놀라? 무슨 일 있어? 그런데 이제 출근하는 거야? 왜 이렇게 늦었어? 오늘 신임 사장, 취임식 있는 거 아니었어? 지금 사람들 그것 때문에 수군거리고 난리던데……"

은율은 회사의 소식통인 기나를 만나 다행이라는 생각이 들었다.

"기나 씨, 혹시 기획실에 찾아온 손님 없어?"

"없는데, 왜?"

"혹시 12층 어느 부서에라도 찾아온 손님 있으면 연락해 줄래. 키 크고 잘생긴 남자야. 부탁할게."

"어려운 건 아닌데 무슨 일이라도 있는 거야? 설마 첫눈에 반해서 연락처라도 받을 속셈인 거야?"

기나는 농담처럼 말했지만 은율은 대꾸할 여유가 없었다. 은율은 얼른 손목시계를 바라봤다. 당장 사무실로 가지 않으면 오늘은 영락없이 지각이었다.

"이러다 정말 지각하겠다. 기나 씨, 나중에 얘기할게. 부탁해. 꼭이야!"

은율은 뒤에 불이라도 붙은 것처럼 전속력으로 사무실을 향해 달렸다. 겨우겨우 출근 시간에 맞춰 지각은 면했다.

하지만 평소 출근하던 시간보다는 상당히 늦어 있었다. 은율은 사장실 바깥문을 열고 한숨을 돌리며 자리에 앉았다. 그런데 자리에 앉기 무섭게 인터폰이 정신없이 울렸다.

삐- 삐- 삐-

숨을 고르며 은율은 인터폰을 눌렀다.

"네, 사장님."

[미스 고! 내가 요즘 해이해졌다고 자네까지 그러면 되겠나? 잔소리를 안 했더니 지각이나 하고 말이야! 안 되겠어.]

꾸중하지만 목소리에 웃음기가 가득했다. 또 놀릴 거리가 생겼다고 한동안 그녀를 놀려 먹을 것 같았다. 재섭의 잔소리에 은율은 시계를 바라봤다.

"사장님! 죄송한 말씀이지만 지각은 아닙니다. 지금 시각이 정확히 8시 30분이거든요. 차 준비해 드릴까요?"

은율의 말에 재섭은 헛기침을 했다.

[흠, 차 석 잔 준비해서 들어오게.]

오전부터 손님이 찾아온 모양이었다. 하긴 몇 시간 뒤에 새로운 사장 취임식이 있으니 손님이 찾아온 건 이상한 일도 아니었다. 간단히 한다고 해도 취임식은 취임식이었다. 은율은 서둘러 차를 준비해 조심스럽게 사장실로 들어갔다.

꽤 키가 큰 남자의 뒤통수가 보였다. 차를 내려놓으며 살짝 고개를 들던 은율은 그대로 석상이 되어 버렸다. 그 남자였다.

남자도 은율의 얼굴을 확인한 것 같았다. 그런데 그 뒤 남자의 행동에 은율은 당황했다. 남자는 은율의 맨다리를 훑어보기 시작했다. 얼굴이 확 달아올랐다. 그러나 곧 이 남자가 왜 사장실에 앉아 있는지 궁금해졌다. 아니, 이 남자의 정체가 궁금해졌다.

그때 은율의 궁금증을 알기라도 한 듯 재섭이 입을 열었다.

"앞으로 자네와 일하게 된 사장일세. 서로 초면이니 인사하지. 내 아들 원시혁. 여긴 내 밑에서 5년이나 버텨 온 고은율 씨. 고 비서, 멀뚱히 서 있지 말고 앉게."

주환의 행복을 한순간에 앗아 갈, 그 호랑말코보다 더한 인간을 드디어 찾아냈다. 그런데 그 망할 인간이 그녀의 새로운 상사라고 했다. 은율은 어금니를 꽉 물며 자리에 앉아 시혁을 노려봤다. 드디어 찾아냈다. 새엄마의 애인!

제2장. 우울한 일상의 시작

　요 며칠 은율의 고통은 말할 수 없을 정도로 극심했었다. 차라리 그 광경을 못 봤더라면. 아니, 케이크를 사러 일부러 그곳에 가지 않았더라면.
　은율은 온갖 부질없는 바람들을 수없이 해 왔었다. 하지만 그녀는 보지 말아야 할 광경을 너무도 자세하게 보고 말았었다.

　그날은 주환과 미주의 결혼 50일을 축하하기 위해 작은 파티를 준비한 날이었다. 새 가족이 되어 기념일을 만들어 간다는 건 정말 행복한 일이었다. 은율은 그 사실 하나만으로도 기뻤다.
　은율은 하루하루가 행복한 부모를 위해 케이크를 준비했었다. 살면서 단 한 번도 해 본 적 없는 일이었다. 주환은 원래 케이크를 좋아하지 않았다. 하지만 미주와 은율은 케이크를 너무 좋아했었다. 은율은 자신이 케이크를 그렇게나 좋아하고 있었다는 것도 몰랐었다. 미주가 가끔씩 만들어 주는 케이크를 먹으며 자신이 케이크를 좋아한다는 사실을 깨달았다. 은율은 미주가 분명 좋아할 거라는 생각에 기분이 들떠 있었다. 은율은 그날 처음으로 유명 호텔 제과점까지 케이크를 사기 위해 찾아갔었다. 그런데 그것부터가 실수였다.

은율은 축하 파티를 위해 기나에게 케이크에 관해 물었다. 그냥 평범한 케이크를 사 갈 수도 있었는데 무슨 생각이 들었는지 세상에 하나뿐인 특별한 케이크를 선물하고 싶어졌다. 기나는 서울에서 가장 맛있는 케이크를 파는 곳이 이곳 호텔이라고 알려 줬었다. 기나는 깜짝 파티를 준비하는 은율을 위해 예약까지 해 줬었다. 그덕에 찾아가기만 하면 되는 아주 간단한 일이었다. 그런데 일이 꼬여 버렸다.

한 번도 그런 적이 없는 은율은 엉뚱하게도 커피숍 앞에 진열된 케이크를 보고 그곳을 제과점으로 오해해 들어가 버렸다. 한 번도 가 본 일이 없었기에 요즘 카페 형식의 제과점이 있으니 이곳도 그러려니 하고 생각해 버렸다. 거기다 한껏 기분이 들떠 있는 탓에 주위를 돌아볼 생각도 안 했다.

막상 입구에 서 있으려니 어색했었다. 처음 와 본 호텔 제과점에서 여기저기 기웃거리기도 창피한 일이었다. 주위를 두리번거리던 은율의 눈에 빈자리가 들어왔다. 이때다 싶어 얼른 앉으려던 그녀는 보지 말아야 할 광경을 목격하고 말았다.

멀지 않은 테이블에 미주가 앉아 있었다. 그것도 아주 젊고 잘생긴 남자와 심각한 얼굴을 하고서!

은율은 너무 놀라 그 자리에 서서 움직일 수가 없었다. 그러다 다음 광경에 터져 나오려는 비명을 막으려 입을 급히 틀어막았다. 너무도 다정하게 두 남녀가 포옹하고 있었다. 남자가 다정히 귓가에 속삭이고 있었다. 그 말에 미주의 어깨가 가늘게 떨리는 게 멀리서도 보였다. 한눈에 봐도 보통 사이는 넘어 보였다.

은율은 그제야 그곳이 제과점이 아니란 걸 눈치챌 수 있었다. 다리가 후들거렸다. 마주 잡은 손이 부들부들 떨렸다. 은율은 당장에라도 달려가 그 남자가 누구냐고 따져 묻고 싶었다. 하지만 주환이 이 사실을 알면 어떻게 될까라는 생각이 먼저 들었다. 그 생각에 발이 떨어지지 않았다. 이 모든 상황이 오해일 수도 있었다. 은율은 가만히 서서 심호흡했다. 그녀는 조용히 그들이 있는 테이블 가까이에 다가갔다. 다가갈수록 미주의 목소리가 또렷하게 들려왔다.

"오, 믹! 날 보러 여기까지 와 주다니 정말 고마워. 하지만 내 마음은 변하지 않을 거야. 그러니까 이제 당신도 행복을 찾았으면 좋겠어. 진심이야. 나보다 좋은 사람 꼭 만날 거야."

미주의 목소리에는 진심 어린 애정과 함께 물기가 가득 묻어났다. 목소리만으로도 미주가 남자를 얼마나 아끼는지 느낄 수 있었다. 주환과 다정하게 이야기를 나누던 미주의 모습과 오버랩되면서 온갖 상상들이 그녀를 어지럽게 만들었다. 그저 확인을 하는 것뿐이었다. 은율은 거칠어진 숨소리를 겨우 진정시키며 남자의 말에 귀를 기울였다.

"케이트, 지금 내가 누리고 있는 행복은 모두 당신 덕분이야. 앞으로의 내 인생도 당신 때문에 행복할 거야. 당신을 알게 돼서 참다행이야. 비록 당신이 날 떠난다고 해도 말이야. 당신은 날 잊는다고 해도 상관없어. 난 당신, 영원히 잊지 않을 테니까. 진심으로사랑해, 케이트. 당신은 영원한 나의 천사야. 결혼생활이 힘들거나어려운 일이 생기면 언제든 내게로 와. 나도 이제…… 당신과 같은하늘 아래에서 살고 싶어졌어. 당신 말대로 웃으면서 말이야."

마치 사랑을 맹세하는 것 같았다. 은율은 남자 말에 비명이라도지르고 싶었다. 은율은 자신도 모르게 비명을 지를 것 같아 급하게입을 틀어막았다.

"오, 믹. 다행이다. 정말 다행이야. 흐흑…… 나도 마찬가지야.당신, 평생 잊지 못할 거야."

은율은 남자의 목을 끌어안고 눈물을 흘리는 미주의 모습에 더는 듣고 있을 수가 없었다. 미주에게 다른 남자가 있었다. 이렇게중요한 날, 은밀히 만나 절절히 사랑을 표현하는 내연남이!

은율은 정신없이 밖으로 나와 무작정 걸었다. 좀 전에 자신이목격한 것이 아직도 꿈만 같았다. 하지만 은율은 너무도 맑은 정신으로 거리를 헤매고 있었다. 이 상황을 어떻게 해야 할지 모르겠다. 그렇다고 어디에 물어볼 엄두도 나지 않았다. 은율은 집 근처에 도착해서도 한참 동안 서성거렸다. 아무리 생각해도 이해되지않았다. 대체 왜? 미주가 저런 남자를 두고 주환과 결혼했는지 이유를 알 수가 없었다. 아니, 이해할 수가 없었다.

주환은 재산이 많은 것도 아니었다. 가진 재산이라고 해 봐야같이 살고 있는 집이 전부였다. 거기다 솔직히 말해 뛰어난 미남도 아니었다. 그저 세상에서 가장 멋진 그녀의 아빠며 성실한 회사의 직원일 뿐이었다.

은율은 좀 전에 미주와 있던 남자를 떠올려 봤다. 한눈에 보기에도 남자는 재력가처럼 보였다. 거기다 절대 잊지 못할 만큼 훤칠한 외모의 소유자였다.

은율은 혼란스러운 마음으로 한참을 서성거렸다. 케이크는 이미 까맣게 잊은 지 오래였다. 은율은 결국 무거운 발걸음을 하고 집으로 들어갔다.

한참의 시간이 흐르고 들려오는 미주의 웃음소리에 방 밖으로 나갈 수가 없었다. 거실로 나가 마냥 웃고 있는 미주의 얼굴을 보고 싶지가 않았다. 아니, 마주 볼 용기가 없었다. 밖으로 나가 아무렇지도 않게 주환을 마주하고 있을 미주 생각에 미칠 것만 같았다. 미주를 보면 당장 소리부터 지를 것 같았다. 하지만 그녀로 인해 주환이 이 모든 사실을 알게 된다면……. 생각만으로도 끔찍했다. 무슨 일이 있어도 주환이 알게 하면 안 된다는 생각만 들었다. 이제야 웃게 된 주환이었다. 지난 12년간 불행하지는 않았다. 하지만 남자 혼자 딸을 키우며 힘들고 어려운 일들이 없었다고 할 수는 없었다.

은율은 이제야 진심으로 주환의 행복을 같이 기뻐할 수 있게 되었다. 그런데 불행이 눈앞에 다가와 있었다. 은율은 그녀가 보고 들었던 것들이 사실이든 사실이 아니든, 이 모든 게 공개되는 날에는 주환의 행복이 끝이라는 것만 생각했다. 그런데 문제가 있었다. 그 남자의 얼굴을 잠시 봤을 뿐 그가 누구인지, 어디 사는지 알 수가 없었다.

은율은 그날 이후 단 하루도 편히 잘 수가 없었다. 하루가 다르게 행복해하는 주환의 모습에 그녀의 괴로움은 더해만 갔다. 거기에다가 아무렇지도 않게 그녀를 대하는 미주의 모습을 보는 것 또한 괴로웠다. 차라리 사실대로 물어볼까 싶은 생각도 수십, 수백 번 했었다. 하지만 결국 아무 말도 하지 못했다. 미주가 진실을 인정하는 순간, 모든 게 끝이었다. 그런데 이러지도 저러지도 못하며 괴로워하던 그녀 앞에 해결 방법이 찾아왔다.

은율이 그토록 찾고 싶던 미주의 내연남, 시혁을 새로운 상사로 마주하게 되었다. 하지만 여전히 머릿속은 뒤엉킨 실타래 같았다.

재섭을 가운데 두고 은율과 시혁은 서로를 마주 보며 앉아 있었다. 하지만 분위기는 그 어느 때보다 무거웠다.

시혁은 재섭과는 전혀 딴판이었다. 그렇다고 현희를 닮은 것도 아니었다. 현희는 누가 봐도 천생 여자에 기품이 넘치는 사람이었다. 시혁이 누굴 닮은 건지 알 수는 없었다. 하지만 절대 잊을 수 없는 얼굴이었다. 가까이서 보니 더 확신할 수 있었다.

은율은 시혁의 얼굴을 다시 한 번 확인했다. 아무리 봐도 그 남자가 확실했다. 확신을 가짐과 동시에 적개심도 상승하고 있었다.

'이 남자는 분명 바람둥이야! 그러니까 그런 말을 술술 했던 거겠지. 이제 어떻게 하지? 아빠가 알기 전에 어떻게든 해야 하는데…….'

은율은 이런저런 생각을 하다 시혁을 다시 바라봤다. 아무리 생각해도 용서할 수가 없었다. 절대로!

건너편에 앉아 있던 시혁은 은율의 계속된 눈초리에 마음이 상하기 시작했다. 솔직히 아침부터 놀란 사람은 그였다.

시혁은 다급하게 들려온 목소리에 느긋하게 열림 버튼을 눌렀을 뿐이었다. 그런데 엘리베이터에 들어온 은율은 아침부터 그를 긴장하게 만들기에 충분했었다.

붉게 상기된 얼굴과 헐떡이는 숨소리, 열린 블라우스 사이로 보이는 은은한 속살에 발끝부터 열기가 올라왔다. 처음 보는, 거기다 출근하는 첫날, 회사 직원이 분명한 여자에게 끌리고 있었다.

5년 넘게 한 번도 일어나지 않았던 일이 하필이면 오늘 같은 날 일어났다. 시혁은 자신의 상태를 느끼며 어이가 없어졌다. 아침에 마신 커피에 약이 들어 있었을지도 몰랐다. 시혁은 어이없는 자신의 상태를 심호흡으로 겨우 조절하고 있었다. 하지만 연신 오르락내리락하는 은율의 가슴에서 시선을 뗄 수가 없었다.

여자의 속살을 처음 보는 건 아니었다. 그런데 작은 공간에서 살짝 엿보이는 속살은 그를 흥분시키기에 충분했었다. 거기다 그가 알려 준 구멍 난 스타킹을 가리느라 묘하게 뒤틀린 다리 모양이 그녀를 더 섹시하게 만들고 있었다.

무슨 말을 한다 해도 이 상황은 나아지지 않을 것 같았다. 시혁은 출근 첫날이 아니라면 아주 오래전으로 돌아가 작업이라도 걸고 싶어졌다. 하지만 오늘은 절대 그래선 안 되는 날이었다.

출근 첫날부터 회사 여직원에게 이런 감정을 품었다는 게 알려진다면, 저 소파에 느긋하게 앉아 있는 재섭이 그의 목을 부러트릴

지도 몰랐다. 생각하고 싶지도 않았다.

시혁은 아침부터 올라오는 열기를 가라앉히느라 자신이 얼마나 힘들었는지 은율은 죽어도 모를 거라 생각했다. 그런데 그를 힘들게 했던 여자가 재섭이 그렇게나 칭찬하던 비서였다. 시혁은 재섭의 말을 듣고 좀 더 나이가 있는 사람일 거라 착각한 자신을 탓했다. 시혁은 은율의 얼굴을 보는 순간 난감해졌다. 차라리 직원이 아니었으면. 아니, 최소한 그의 비서만 아니었으면 좋았을 걸 하는 마음이 들었다. 시혁은 은율과 일할 앞날이 순탄치 않을 거라는 예감에 빠져 들고 있었다.

은율은 아무렇지도 않게 손을 내미는 시혁을 다시 한 번 쏘아봤다. 손을 잡고 싶은 마음이 전혀 들지 않았다.

계속된 은율의 시선에 시혁은 불쾌한 내색을 하기 시작했다. 은율은 시혁의 미간이 좁아지는 걸 보고 정신을 차리기 시작했다.

이곳은 회사였다. 거기다 그녀의 자리는 시혁의 비서였다. 지금 당장은 본분을 잊으면 안 됐다. 곰곰이 생각해 보니 시혁은 은율이 왜 이러는지 이유조차 몰랐다. 어쩌면 아침 일 때문이라 생각할지도 몰랐다. 하지만 그건 엄연히 그녀의 실수였다. 시혁 덕에 꼴사나운 꼴을 여기저기 보이지 않아, 어쩌면 그녀 입장에서는 다행인 일이었다. 달리 생각하면 엘리베이터에서의 일은 분명 시혁에게 고마워해야 할 일이었다. 하지만 시혁의 실체를 알고 있었기에 은율은 좋은 감정을 품을 수가 없었다.

은율은 잠시 심호흡했다. 이럴 때일수록 냉정해져야만 했다. 적을 알고 나를 알면 백전백승이라고 했었다. 우선은 이 남자에 대해

하나부터 열까지 알아야 했다.

그 생각에 은율은 굳어 있던 얼굴을 풀고 시혁의 손을 살며시 잡았다. 커다란 손 사이로 그녀의 작은 손이 순식간에 사라졌다. 생각보다 따뜻하고 포근한 감촉에 놀랐지만 내색하지 않았다.

"원시혁입니다. 잘 부탁드리죠."

"고은율입니다. 저야말로 잘 부탁드리겠습니다."

악수하는 두 사람 사이에 묘한 기운이 흐르고 있었다. 재섭은 인사하는 두 사람을 흐뭇하게 바라봤다. 그가 가장 아끼는 두 사람이 이렇게 한자리에 있는 걸 보니 절로 기분이 좋아졌다. 오랫동안 시혁을 기다렸었다. 재섭은 뭔지 모를 감정에 가슴이 뜨끈해졌다.

시준이 사라지고 그들의 삶은 송두리째 달라졌었다. 그 탓에 재섭도 현희도, 그리고 시혁도 모두 힘들었다. 그중 가장 힘들었던 건 시혁이었다.

재섭은 아무런 내색도 하지 않고 시혁을 바라봤다. 전보다 나아졌다고 확신했다. 재섭은 더 이상 시혁이 힘들어하지 않기를 바랄 뿐이었다. 은율은 분명 시혁의 옆에서 힘이 되어 줄 것이다. 재섭과 현희에게 그랬듯이. 재섭은 작게 웃으며 은율을 바라봤다. 그의 시선에는 무한한 신뢰와 애정이 담겨 있었다.

"전에 말했듯이 고 비서만 한 사람도 없을 게다. 일하면서 어려움이 있다면 고 비서가 옆에서 힘이 될 게야."

"네."

당장 업무 파악을 하려면 은율의 도움을 받아야 했다. 시혁은 그동안 함께했던 비서들이 수없이 바뀐 이유를 잘 알고 있었다. 은율이 함께 일하려면 고생깨나 해야 할 것 같았다.

시혁은 뒤에서 그를 욕하는 비서들의 말을 수없이 들었다. 물론 그만둔다고 해도 그의 입장에서는 뭐라고 할 수는 없었다. 정 안 되면 제이크라도 불러들이면 된다고 생각했다. 하지만 우선은 은율의 도움을 받아야 하는 상황이었다.

"고은율 씨, 잘 부탁합니다."

시혁의 말에 은율은 다시 한 번 인사했다.

"필요하신 게 있으시면 언제든지 말해 주세요."

은율의 말에 재섭은 그녀를 흐뭇한 얼굴로 바라봤다. 은율이 있어 든든하기도, 그래서 걱정스럽기도 했다. 시혁과 한동안 부딪칠 건 안 봐도 뻔했다. 하지만 우선은 믿어 볼 참이었다. 재섭도 그랬듯이 분명 시혁도 변할 것이다. 단단한 껍질을 깨고 밖으로 나온다면 더없이 좋을 것 같았다. 하지만 그건 과한 욕심이라는 걸 알고 있었다. 은율이 가지고 있는 긍정과 밝은 기운이 시혁에게 조금이라도 옮겨 가길 바랐다. 재섭은 커지는 욕심에 고개를 저었다.

"내 밑에서 열심히 일했듯이 이 녀석도 잘 부탁하네."

"네, 사장님."

언제나처럼 대답하고 있지만 은율의 시선은 날카로웠다. 평소의 은율답지 않았다. 재섭은 긴장한 탓이라고 생각했다.

은율은 사교적인 것 같으면서도 보수적이 면이 다분했었다. 특히 남자라면 더욱 그랬다. 친해지려면 방법은 하나였다. 최대한 많이 보게 만들면 됐다.

재섭은 시혁에게 최소한 1년은 은율과 일해야 한다고 말해 둔 상태였다. 그 뒤에는 비서를 교체해도 상관없다고 했다. 물론 은율이 먼저 그만둔다면 얘기는 달라지지만 절대 그녀가 먼저 그만두는 일은 없을 것 같았다. 은율은 자신의 일에 대한 애착이 강한 사람이었다. 포문은 열어 줬지만 앞으로의 일은 두 사람의 몫이었다.

"고 비서, 또 하나 부탁할 게 있네. 이 녀석이 자리를 잡을 때까지 자네가 수행 비서 노릇까지 해 줘야겠네."

은율은 생각지 못한 얘기에 놀랐다.

"제가요?"

은율의 말이 끝나기 무섭게 시혁이 손을 저었다.

"필요 없습니다."

은율과 시혁이 연달아 거절의 대답을 하자 재섭은 인상을 쓰며 자리에서 일어섰다.

"사장 나가면 텅 빌 사무실 지켜 뭐하려고? 자네가 같이 다니며 하나하나 챙겨 줘. 스케줄이나 일정은 어차피 자네 책임 아닌가?"

은율은 잠시 생각하다가 재섭의 제안을 받아들였다. 굳이 마다할 이유가 없었다. 아니, 더 좋은 기회인지도 몰랐다.

"네, 알겠습니다."

"수행 비서 따위, 필요 없습니다."

시혁은 달갑지가 않았다. 은율이 비서인 것도 반갑지 않은 상황이었다. 그런데 거기에 수행까지 하며 붙어 있는다면 결코 그가 원하는 상황이 올 것 같지가 않았다. 시혁은 진심으로 최선을 다해 재섭을 돕고 싶어 다시 한국에 돌아온 거였다. 하지만 재섭은 시혁의 의견 따위는 상관없는 것 같았다.

"그룹이란 전처럼 혼자 잘한다고 되는 게 아니다. 잔말 말고 같이 다니도록 해! 고 비서만큼 수행 능력이 좋은 사람도 없다. 더불어 다니면 심심하지도 않을 테고 말이다."

간혹 재섭을 따라다니기도 했으니 크게 문제 될 건 없었다. 이로써 은율에게는 시혁을 종일 감시할 이유가 타당해져 버렸다. 이제 시작이었다. 은율은 마음을 굳히고 자리에서 일어섰다. 앞으로가 중요했다.

"전 그만 나가 보겠습니다. 곧 있을 취임식 준비 사항, 검토해 보겠습니다."

은율은 계속 그 자리에 있다가는 시혁에게 따져 물을 것 같았다. 급하게 사무실을 나온 은율은 자리에 털썩 주저앉았다.

"침착하자, 고은율! 그래, 천천히 하는 거야."

그녀 또한 알고 있었다. 자신의 성격이 무척이나 급하다는 걸. 하지만 이번만큼은 끈기를 가지고 노력해야 했다. 이제 그녀의 손에 주환의 행복이 달려 있었다.

취임식은 간단하게 끝났다. 조촐하게 준비했던 만큼 별다른 문제는 없었다. 하지만 은율이 예상하지 못한 게 있었다.

원시혁! 그의 외모는 여직원들의 환심을 사기에 충분했었다. 시혁이 부서를 돌며 재섭과 인사를 하는 사이, 은율이 일하는 비서실 전화는 수없이 울려 대고 있었다. 내선 번호가 뜰 때마다 은율의 입에서는 한숨 소리가 커져 갔다.

띠, 띠, 띠-

"네! 비서실 고은율입니다."

[은율 씨, 나야!]

은율은 한숨을 내쉬며 머리를 흔들었다. 기나가 여태 전화 안 한 게 좀 이상하다고 생각하던 참이었다. 역시나 기대를 저버리지 않는 기나였다.

"기나 씨, 나 지금 정신 하나도 없거든. 자기까지 이러지 말자."

은율의 투덜거림에도 기나는 잔뜩 흥분한 어조였다.

[어휴! 자기 어쩜 그럴 수가 있니? 나한테 제일 먼저 알려 줬어야 할 거 아냐?]

"뭘?"

[뭐긴 뭐야? 우리 사장의 훈남 페이스 말하는 거지. 사장, 너무 잘생기지 않았어? 자긴 좋겠다! 잘생긴 사장 얼굴, 매일 볼 거 아냐?]

기나의 말에 은율의 한숨은 더 커져 갔다. 어쩌면 이리도 천편일률적인 말들을 하는지 모르겠다. 지금까지 통화한 여직원들은 이미 시혁의 포로라도 된 듯 말했었다.

"잘생긴 얼굴 너무 좋아하지 마! 솔직히 남자 얼굴 뜯어먹고 살 거 아니잖아. 다 얼굴값 하게 돼 있어. 기나 씨도 그 사람이 어떤 사람인지 알면 정이 뚝 떨어질 거야."

은율의 싸늘한 말에 기나는 도리어 호들갑을 떨었다.

[어머! 은율 씨는 새로운 사장에 대해 잘 알고 있는 거야? 하긴, 은율 씨는 전 사장님 내외분이랑 친했으니까 사장하고도 안면 있겠구나. 진짜 부럽다. 자세히 얘기 좀 해 봐! 사장, 결혼은 했어? 좋아하는 여자 스타일은 어때? 왜 그동안에 본사에 한 번도 안 왔는데? 설마 소문대로인 거야? 응? 은율 씨 얘기 좀 해 봐! 듣고 있는 거야?]

기나의 말에 은율은 작게 한숨을 내쉬었다. 지금 상황에서 괜한 말실수를 하고 싶지는 않았다. 최대한 시혁에 대해 많은 걸 알아내야 했다. 그 전에는 절대, 그 누구에게도 시혁과 미주의 관계에 대해 말할 수는 없었다.

"뭐, 말이 그렇다는 거야. 나도 오늘 처음 인사했어."

[어휴! 그래? 진짜 소문대로인가? 그래도 은율 씨는 좋겠다.]

기나의 목소리에는 아쉬움이 가득 묻어 나왔다. 은율은 다음에 점심이라도 먹으며 기나에게 정보를 얻어 볼 참이었다. 그녀보다는 기나가 가진 정보력이 훨씬 넓었다.

"기나 씨, 지금 오후 스케줄 조정해야 하거든. 나중에 통화해."

[은율 씨, 이따 안 바쁘면 전화해. 꼭이야.]

은율은 수화기를 내려놓으며 다시 한숨을 내쉬었다. 조정할 스케줄 따위는 없었다. 단지 더 말을 했다가는 그날 본 광경까지 모두 까발릴 것 같아서였다. 크게 심호흡한 은율은 앞으로 있을 스케줄을 다시 한 번 확인하기 위해 모니터로 눈을 돌렸다.

어느새 시간은 점심시간이 되어 있었다. 오늘 같은 날은 점심 먹는 것도 귀찮았다. 머릿속이 복잡할 때는 옥상에 올라가 시원한 커피를 마시는 게 최고였다. 시혁은 아직도 여기저기 인사를 하느라 정신이 없는 것 같았다. 은율은 5분만 더 기다렸다가 나갈 생각이었다. 시계를 흘끗 본 은율은 재킷도 미리 걸치고 천천히 책상을 정리하기 시작했다. 그런데 문이 벌컥 열리며 시혁이 들어왔다. 아직은 시혁이 낯설었다. 은율은 얼른 자세를 고쳐 세웠다.

"들어오셨어요?"

곧이어 재섭이 들어올 것이다. 그러면 점심을 먹으러 외출을 할 것이고 은율은 한 시간 동안의 자유를 만끽하며 앞으로의 일에 대처해 볼 생각이었다. 그런데 재섭이 들어올 생각을 않고 있었다. 은율은 자리에 앉지도 못하고 엉거주춤한 자세로 시혁을 바라봤다.

"전 사장님은 안 오시네요. 별다른 점심 약속도 없으셨는데, 같이 점심 드시러 외출 안 하세요? 다른 스케줄도 없으신데……."

"갑자기 점심 약속이 생겼다고 하시더군."

시혁은 그 말만 하고 사무실로 들어가 버렸다. 황당함에 입을 벌리고 있던 은율이 정신을 차릴 사이도 없이 인터폰이 울렸다.

삐-

"네, 사장님."

[고은율 씨, 커피 한 잔.]

"네, 사장님."

지난 5년간 매일같이 카랑카랑한 재섭의 목소리만 들었다. 그런데 인터폰 너머 들려온 시혁의 부드러운 목소리에 기분이 이상해졌다.

만약 그 광경을 목격하지 못했다면, 어쩌면 그녀 또한 시혁의 외모에 빠졌을지도 몰랐다. 하지만 실체를 안 이상, 절대 그럴 일은 없었다.

한참 동안 공상에 빠져 있던 은율은 벌컥 하고 열리는 문소리에 화들짝 놀라 자리에서 일어섰다. 재섭이 쓸데없는 인원을 둘 필요가 없다며 그녀 홀로 근무했기에 문소리에 더욱 놀랐다. 아직 시혁이 낯설었다. 얼떨떨한 표정으로 시혁을 바라보고 있는데 그가 비딱하게 문에 기대며 쳐다보고 있었다.

시혁은 뚫어지게 은율을 쳐다봤다. 흐트러짐 없는 시선에 먼저 시선을 피한 건 그녀였다. 시혁은 천천히 몸을 세우며 입을 열었다.

"고은율 씨, 혹시 나무 키우는 중입니까?"

은율은 혹시나 실수로 무슨 말을 한 게 아닌가 걱정하고 있었다. 그런데 시혁의 반응이 영 이상했다. 은율은 애써 아무렇지도 않은 얼굴로 그를 바라봤다.

"무슨 말씀이시죠?"

"원두 키워서 커피 가져오려는 거 아니었습니까?"

은율은 그제야 시혁이 커피를 달라고 했던 말이 떠올랐다. 한 번도 한 적 없는 실수를 그날따라 연발하고 있었다. 계속해서 이런 이미지로 시혁에게 각인되어야 좋을 게 없을 것 같았다. 은율은 서둘러 탕비실로 발을 옮겼다.

"죄송합니다. 바로 준비해 드리겠습니다."

말을 마친 시혁은 금세 사무실로 들어가 버렸다. 서둘러 커피를 준비한 은율은 조심스럽게 문을 열었다. 자욱한 담배 연기로 가득했던 사무실은 이제 냉기가 가득한 공간으로 바뀌어 있었다.

시혁은 너무도 자연스럽게 책상에 걸터앉아 서류를 읽고 있었다. 그 모습이 눈부셨다. 분명 시혁은 멋진 남자임은 확실했다. 그래서 더 위험했다. 은율은 급하게 고개를 흔들며 커피를 내려놨다.

"어떻게 드시는지 몰라서, 블랙으로 준비했습니다."

"앞으로도 그렇게 부탁합니다."

고개를 드는데 눈이 딱 마주쳤다. 은율은 미소를 띠며 자신을 바라보는 시혁의 시선에 급하게 눈을 피했다. 직업상 몸에 배어 버린 미소일 것이다. 하지만 기분이 이상했다. 마음속을 꿰뚫을 것 같은 시선 때문일 것이다. 아니면 그녀에게만 보여 주는 것 같은 저 눈부신 미소 때문일지도 몰랐다. 어찌 됐든 가슴이 미칠 정도로 두근거리게 하는 미소임은 확실했다.

미주가 왜 시혁을 잊지 못할지 알 것만 같았다. 오전 내내 귀가 따갑도록 들었던 시혁의 외모에 대한 찬사는 모두 옳은 소리였다. 하지만 시혁을 미주에게서 떼어 내기 전까지는 냉정을 유지해야 만 했다. 그에게 절대 말려들면 안 된다는 결심을 하며 은율은 시혁을 똑바로 바라봤다.

"궁금하시거나 필요한 게 있으시면 바로 알려 주세요. 그럼……."

"고은율 씨!"

"네, 사장님."

"우리…… 앞으로 잘 해 봅시다."

"부탁하실 게 있으시면 언제든 말해 주세요."

"그럼, 부탁 하나만 하도록 하죠. 비서인 이상 내 생활에 일정 부분 간섭해야 한다는 건 알고 있지만 쓸데없는 말이 나오지 않도록 선을 지켜 줬으면 좋겠군요."

좀 전의 미소와 달리 나오는 말은 서늘하기 짝이 없었다.

"무슨 말씀을 하시는 건지……."

"내 사생활까지 간섭하려 들지는 말라는 소립니다."

시혁의 한마디에 순식간에 기분이 상해 버렸다. 잘난 외모로 그동안 그에게 달려드는 여자가 무수히 많았으리라는 짐작은 할 수 있었다. 하지만 그녀는 절대 아니었다.

"네, 알겠습니다. 그럼 전 나가 보겠습니다. 점심시간이라서요!"

은율은 당당하게 고개를 폈다. 시혁은 어느새 서류에 고개를 묻고 있었다.

"그럼 일 하나만 처리해 주도록 해요. 지금 바로 모든 자사에 연락해서 지난 5년간의 매출 현황과 자금 흐름 현황, 현재 진행하고 있는 모든 프로젝트와 전 직원들의 인적 서류를 파악해서 오후까지 보고하도록 해 달라고 전해 줘요. 분명, 오늘 오후라고 전해요."

제대로 일해 볼 참인 거 같았다. 그녀 또한 제대로 해야 한다는 소리였다.

"알겠습니다, 사장님. 그리고 말씀 편하게 해 주세요. 그게 더 편합니다."

"그럼 그렇게 하지. 그리고 웬만하면 참으려고 했는데 사무실에 찌든 담배 냄새 때문에 일에 집중할 수가 없을 것 같아. 더불어 주말 동안 리모델링 회사도 찾아 줬음 좋겠어. 대체 이런 곳에서 어떻게 일을 했다는 거야? 이러니 능률이 안 오르지."

듣자듣자 하니 어이가 없어 말이 안 나왔다. 그동안 얼마나 많은 중대 사안들이 이곳에서 결정됐는지 시혁도 분명 알고 있었다. 그걸 알면서도 이런 말을 하는 그의 태도에 은율은 기가 막혔다. 멍해 있는 은율과 상관없이 시혁은 느긋하게 커피를 마시며 다시 시선을 서류로 돌렸다.

"그만 나가 봐요. 아! 그리고 좀 전에 부탁한 것부터 먼저 처리해 주는 거 잊지 말고! 리모델링은 이틀이면 충분하겠지?"

은율은 문을 닫고 나오며 한숨을 내쉬었다. 벌써 자욱한 담배연기가 가득했던 사장실이 그리워지기 시작했다. 아무리 생각해도 잘못 걸린 것 같았다. 은율은 밖으로 나와 엉덩이를 붙이자마자 전화를 걸기 시작했다.

통화만 했을 뿐인데, 어느새 점심시간은 지나 있었다. 수화기를 놓자마자 한숨이 터져 나왔다. 앞으로 시혁과 어떻게 일을 할지 걱정이 일었다. 시혁이 알지 못하는 첫 만남부터 그들 사이는 이미 어긋나 있었다. 거기다 첫날 그녀에게 쏟아진 일거리들만 봐도 앞으로 어떤 일이 벌어질지는 뻔했다. 은율은 그 생각에 벌써부터 우울해지기 시작했다.

제3장. 지피지기 백전백승

이제는 매일 아침마다 들려와, 익숙해질 만도 한 시혁의 뒷담화가 그날도 은율의 귀를 자극하고 있었다.

"어디 더러워서 회사 다니겠어?"

영업부 강상호 차장의 목소리였다.

"그러게 말이야. 지가 사장이면 사장이지, 어디서 훈계야?"

이번에는 업무지원팀의 정만원 과장이다. 은율은 엘리베이터 안쪽에 서서 가만히 그들의 이야기를 듣고 있었다.

"우리가 몰라서 그랬겠어? 그게 다 이 바닥 전통이란 걸 왜 몰라? 외국물 좀 먹었다고 너무 잘난 척이야."

"하룻강아지 범 무서운 줄 모른다더니. 딱 그 짝이지 뭘 그래? 지금 사장에 비하면 회장은 양반이었어. 지난주 우리 부서에 와서는 이미 끝난 기획 서류를 찾으라고 얼마나 난리를 쳤는지 몰라.

어휴."

가만히 듣고 있던 기획실의 박준성 차장도 그들의 말에 격하게 동의하고 있었다. 뒤이어 그곳에 있던 많은 남자 직원들은 시혁의 뒷담화를 하기에 바쁜 것 같았다. 하지만 언제나 결론은 같았다.

"하지만 별수 있어? 그저 우리 같은 월급쟁이는 하라면 해야지. 더럽고 아니꼽더라도 사장인데 어쩔 수 없잖아."

"따지고 보면 틀린 말도 아니니 별수 있나? 따라야지."

은율은 끊임없이 들려오는 시혁의 뒷담화에 그날도 머리가 지끈거렸다. 이제 시혁이 부임한 지 겨우 두 달이 지나 있었다. 그사이 재섭은 회장으로 취임하고 자택에서 요양을 시작했다. 시혁은 그동안 재섭이 끌어오던 사업을 맡아 급격하게 진전시켰다. 그 덕에 회사의 인지도는 급상승 중이었다. 사업가로서의 시혁은 더할 나위 없이 완벽했다. 그럼에도 불구하고 시혁을 싫어하는 사람들과 좋아하는 사람의 분류는 확실했다.

여직원들은 그가 리모델링해 새롭게 문을 연 꼭대기 층의 사내 식당과 라운지에 환호했다. 일부에서는 쓸데없이 자금을 낭비했다는 말이 나오긴 했지만 그로 인해 회사 이미지는 전보다 훨씬 좋아졌었다. 시혁은 리모델링과 동시에 발 빠르게 기업 광고도 제작했었다. 덕분에 전년도에 비해 올해 신입사원 지원자가 대폭 늘었다고 했었다. 거기다 투자도 더 활발해졌다. 이래저래 회사는 조용한 날이 없었다. 그런데 그것만으로도 모자랐는지 시혁은 쉴 틈 없이 새로운 일을 하고 있었다. 그 탓에 직원들도 숨 쉴 틈 없이 일에 매달리고 있었다.

시혁은 영락없이 사업가였다. 일할 분위기를 만들어 줬으니 일하라는 소리였다. 하지만 은율은 일할 분위기가 전혀 아니었다.

시혁은 그룹의 자금과 상황을 파악한 후, 손해가 있는 자회사를 과감하게 처리해 가기 시작했다. 그 탓에 정리해고 바람이 불며 커다란 인사이동이 뒤따랐다. 은율이 받는 전화는 대부분 시혁과의 통화를 거절하는 전화였다. 자회사의 누군가를 부르면 반드시 그 사람은 정리 대상이 됐었다.

은율은 그 사실에 기분이 찜찜했다. 그들 말처럼 아니꼽더라도 굽실거려야 하는 자신들의 신세를 한탄하는 수밖에 없었다. 은율은 그 사실을 최근 절실히 깨닫고 있는 중이었다.

시혁의 추진력은 재섭은 물론이고, 어느 대기업의 총수보다 더하면 더했지 덜하진 않은 것 같았다. 몸이 천 근과도 같았다. 시혁이 취임하고 하루도 제시간에 퇴근한 직원이 없을 정도였다. 은율도 마찬가지였다. 그 탓에 얼굴에는 검은 그림자가 한가득이었다. 거기에 비해 시혁은 아무렇지도 않은 것 같았다.

도리어 하루가 다르게 생기가 넘쳐 났다. 사무실에서 혼자 보양식을 챙겨 먹는지도 모른다는 망상마저 들었다. 하지만 그럴 리 없다는 걸 누구보다도 잘 알기에 은율은 고개를 내저었다.

은율은 그날도 엉기적거리며 사무실로 들어가 스케줄을 확인했다. 그때 사장실 문이 열리며 시혁이 고개를 내밀었다. 언제나처럼 깔끔한 차림이었다. 진짜 괴물 같다. 일에 빠져 사는 괴물. 은율은 어색하게 웃으며 시혁을 바라봤다.

"일찍 오셨네요."

"퇴근한 적도 없으니 일찍 한 것도 아니지. 진하게 커피 좀 부탁해."

시혁의 말에 은율은 작게 인상을 썼다. 그녀는 최소한 잠은 집에서 자야 한다고 생각했다. 시혁은 또 사무실에서 밤을 샌 것 같았다. 진심으로 시혁의 체력은 부러웠다. 은율은 이참에 보약이라도 챙겨 먹어야 하나 싶었다. 안 그래도 부쩍 빠진 몸무게에 주환과 미주가 걱정하고 있었다. 괜한 걱정을 하게 만들고 싶지는 않았다. 은율은 괜찮다고 말했지만 실상은 아니었다. 이제는 정말 힘이 들었다. 매일 반복되는 야근에 신경 쓸 일도 수없이 많았다. 시혁이 업무 파악하는 것을 돕는 것도 일이었지만 그에 대해 알아내는 것도 벅찬 일이었다.

더불어 미주가 그녀를 챙겨 주는 게 부담스러워지기 시작했다. 미주의 진심이 자꾸만 의심이 됐다. 겉모습만으로는 더없이 좋은 친구며 엄마인 미주였다. 하지만 은율은 그걸 그대로 받아들일 수가 없었다. 은율은 복잡한 머릿속을 털어 내듯 잠시 고개를 흔들었다. 지금은 눈앞에 있는 일들이 먼저였다.

"어제저녁에 함 사장과 저녁 약속 있으셨잖아요? 술도 같이 하지 않으셨어요? 함 사장님, 술 굉장히 좋아하시는데……."

재섭이 대성그룹의 함 사장과 미팅한 다음 날이면 항상 은율은 꿀물을 준비했었다. 안 그래도 그녀의 가방 안에는 언제나처럼 꿀물이 들어 있었다.

"아니. 저녁만 먹고 바로 들어왔어. 그런데 일찍 퇴근했던데……. 어제 서류 정리한다고 하지 않았나?"

"전 바로 퇴근하시는 줄 알고 빨리 끝내고 퇴근했습니다."

은율은 별일이다 싶었다. 함 사장은 절대 밥만 먹고 들여보낼 사람이 아니었다. 전에 은율은 우연히 함 사장과의 점심 약속에 따라갔다가 크게 당한 적이 있었다. 은율은 그날을 다시는 생각하고 싶지도 않았다. 어찌 됐든 밥만 먹었다니 다행이다 싶었다. 은율은 어깨를 으쓱이며 들었던 가방을 내려놨다.

"필요하신 서류라도 있으세요?"

"그건 아니고…… 오늘 스케줄은 어떻게 되지?"

시혁은 길어진 머리를 쓸어 올리며 그녀를 바라봤다. 다른 날과 달리 좀 피곤해 보였다. 은율은 그날은 커피 대신 가방에 있는 것을 먹이리라 다짐했다. 은율은 화면에 떠 있는 스케줄 표를 보지도 않고 줄줄이 불렀다.

"9시 30분부터 일원전자 김 사장님과 일원엔지니어링 노 사장님께서 매출 현황과 함께 이번 인사이동에 대해 보고하신다고 회의실에서 기다리고 계십니다. 끝나시면 일원유업으로 이동해서 이번에 합병할 동성유업 임직원들과 회담이 있으십니다. 그 후 일원전자 안산 사업소에 들러 지난번 임금 협상 관련 회담 마무리 사항 확인 후, 임직원분들과 점심을 하기로 약속하셨습니다. 그 외 오후 스케줄은 오전 일정 끝나는 시간에 맞춰 다시 보고를 드리겠습니다."

시혁은 고개를 끄덕이더니 이내 뒷목을 주물렀다.

"오늘 저녁 시간은 비웠으면 좋겠어. 갑자기 개인적인 약속이 생겨서 말이야."

"처리해 두도록 하겠습니다."

말은 그렇게 마쳤지만 궁금증이 한꺼번에 밀려왔다. 몇 달 동안 시혁은 특별한 움직임이 없었다. 그랬기에 안심할 수 있었다. 집에 있는 미주 또한 별다른 약속 없이 상담소에서 봉사활동만 할 뿐이 었다. 그런데 아침부터 부산하게 움직이는 미주를 봤기에 시혁의 말이 다르게 들려왔다. 은율은 요란스럽게 발동하는 촉각을 세우 며 시혁을 바라봤다.

"다른 부탁 있으시면 지금 말씀해 주세요."

"혹시 서울에서 매운 음식 잘하는 곳 알고 있나?"

시혁은 항상 예상 질문을 벗어나게 행동했다. 은율은 또다시 멍 한 얼굴로 시혁을 바라봤다. 언제나 똑 부러지는 모습을 보이고 싶 건만 마음처럼 되지가 않았다.

"네?"

"아니, 됐어. 커피 먼저 부탁하지."

서둘러 꿀물을 준비해 간 은율은 서류에 고개를 박고 있는 시혁 을 한참 동안 바라봤다. 뭔가 방법을 찾아야 했다. 고민에 고민을 해 봐도 답이 없었다. 한참 동안 계속된 은율의 시선을 무심한 시 혁도 감지한 모양이었다. 무슨 일이라도 있냐는 듯 눈썹을 치켜뜬 시혁의 모습에 은율은 멋쩍게 웃어 보였다.

"오늘은 좀 피곤해 보이시네요. 오후 스케줄은 모두 취소했으니 까 쉬시는 게 어떠세요? 저녁 약속이 급하신 건가요? 우선 따뜻한 꿀물 좀 드셔 보세요. 이게 피곤할 때 마시면 진짜 좋거든요."

은율은 어색하게 웃으며 시혁 앞에 차를 내려놨다.

"왜 갑자기 내 사생활이 궁금해졌는지 도리어 묻고 싶군. 그건 엄연히 내 사생활 아닌가?"

"오늘따라 유난히 피곤해 보이세요."

은율은 캐묻는 듯한 시혁의 시선에 얼버무렸다.

"벌써 내 부탁을 잊은 건가?"

시혁의 시선이 곱지가 않았다. 은율은 그의 시선을 피하며 고개를 숙였다.

'당신이 우리 새엄마를 만날 것 같으니까!'라고 말하고 싶었다. 하지만 지금은 그럴 수가 없었다. 아직 시혁에 대한 정보가 부족했다. 지금 말을 한다면 당장은 속이 시원할지 몰라도 주환의 행복은 끝이었다. 그녀로 인해 주환의 행복이 무너지게 할 수는 없었다. 은율은 마음을 다잡으며 환하게 웃었다.

"사장님, 정말 피곤해 보이세요."

시혁이 어떤 사람인지 알지만 지금 그녀 입에서 나오는 말은 진심이었다. 지난 두 달간 시혁은 쉼 없이 일해 왔었다. 그건 그 누구보다 그녀가 잘 알고 있었다.

"오후에 있는 약속으로 피곤함이 싹 가실 테니 걱정할 필요는 없을 거야. 그것보다, 난 지금 고은율 씨가 나가서 저 시끄러운 전화를 받으면 더 좋을 것 같아. 그리고 커피 한 잔도 다시 가져다주고 말이야."

시혁의 말처럼 밖에서는 요란하게 전화가 울리고 있었다. 아쉬운 마음으로 밖으로 나온 은율은 전화 통화를 끝내고 또다시 한숨을 내쉬었다. 아무리 생각해도 미주와의 약속 같았다. 은율은 이대로 있으면 안 된다는 생각만 들었다. 답답한 심정에 은율은 고민에 빠져들기 시작했다.

고민하는 사이 시간은 빠르게 지나갔다. 시혁은 오전 내내 자사에서 보고를 듣고 외출을 해야 하는 상황이었다. 은율은 정신없는 와중에도 어떻게 하면 저녁 약속을 취소시킬까라는 생각만 들었다. 업무 보고를 듣다가 잠시 쉬는 시간이었다. 은율은 수북이 쌓인 서류들을 대충 정리하고 있었다.

"고은율 씨! 오늘 무슨 일 있어?"

임원들이 잠시 휴게실에 간 사이 시혁은 그녀를 딱딱한 표정으로 바라보고 있었다.

"네?"

"오전 내내 정신이 딴 데 가 있는 것 같아서 그래. 혹시 집에 무슨 일 있는 건가?"

시혁의 말에 은율은 고개를 푹 숙였다. 시혁이 무슨 말을 하는지 알고 있었다. 재섭과 근무하며 한 번도 안 하던 실수를 그날은 여러 번 했었다. 차도 두 번이나 엎질렀고 서류를 잘못 가져다준 것도 여러 번이었다. 최소한 변명은 해야 할 것 같았다.

"조금 생각할 게 있어서요."

"얼마나 심각한 건지 몰라도 회사 일에 지장을 주지는 말았으면 좋겠어."

"알겠습니다."

대답하며 은율은 고개를 더 깊이 숙였다. 눈을 마주할 용기가 안 났다. 시혁은 뭔가 알고 있다는 시선으로 그녀의 행동 하나하나를 주시하고 있었다. 겨우 밖으로 빠져나와 숨을 내쉬었다. 더 이상의 실수는 용납되지 않았다.

잠시 후 업무 보고가 재개되고 은율은 더 바빠졌다. 아무리 생각해도 방법은 하나였다. 오후에 다시 그를 설득해 보는 것. 시혁의 비서를 하며 동행하는 일이 많았지만 최근에는 시혁 혼자 외부 업무를 보러 가는 일이 잦아졌었다. 그날도 혼자 외근을 나갈 게 분명해 보였다. 무슨 일이 있어도 따라가야 했다. 그 생각에 열심히 머리를 굴리고 있는데 시혁이 사무실을 나서고 있었다. 은율은 마음이 급해졌다.

"사장님! 오후 스케줄은 직접 확인하고 조정해 드리겠습니다."

"굳이 그럴 필요는 없을 것 같아."

둘이 있으면 어느 순간부터 말을 편하게 놓은 시혁이었다. 그것이 낯설거나 어색하지는 않았다. 일하는 방식이나 처리 속도를 보면 재섭과 일할 때보다 한결 수월했었다. 시혁이 미주의 애인만 아니었다면 그 누구보다 괜찮은 상사라고 생각했을지도 몰랐다. 다른 사람은 시혁을 욕할지 몰라도 재섭과 시혁을 누구보다 냉정히 판단한 결과였다. 은율은 언제까지 구시대적 발상으로 사업할 수 없다는 시혁의 의견에 동의했다. 미주의 애인만 아니라면, 시혁은 모든 게 완벽한 남자였다. 그러나 그건 그녀의 바람일 뿐이었다.

"내일 미팅이 있는 성원그룹 송 사장님은 미리 파악해 두시는 게 좋을 것 같아서 드리는 말씀입니다. 이번 일원건설을 매도하시면서 많은 말들이 업계에 번지고 있습니다. 오후에 가면서 천천히 설명해 드리겠습니다."

틀린 말도 아니었다. 최근 적자를 내고 있던 일원건설은 재섭이 주식회사 일원을 그룹으로 만드는 데 중요한 역할을 한 자회사였다. 그런 일원건설의 매도 소식은 직원들에게는 물론 업계를 술렁이게 하기에 충분했다. 시혁 또한 그 사실을 알고 있었다. 하지만 더 이상 적자인 회사를 안고 갈 수 없다는 그의 판단은 옳은 것이라는 의견이 더 많았다. 일원건설을 매도한 후 확실히 그룹의 재정 상태는 안정권에 들어서고 있었다. 시혁은 잠시 고민하는 것 같았다.

"그럼 빨리 준비하도록 하지. 5분, 아니 3분 주지."

시혁은 잠시 시계에 시선을 뒀다 서류로 시선을 돌리고 있었다. 언제 어디서든 그의 손에 서류가 들려 있지 않은 적이 없었다. 대체 얼마나 일 속에 파묻혀 살 작정인지 모르겠다.

은율은 생각할 것도 없이 서둘러 가방을 집어 들었다.

"준비됐습니다."

시혁은 은율의 그런 모습에 피식 웃었다. 마치 그와 나가길 고대하고 있던 것 같은 모습에 기분이 좋았다. 일부러 마주치는 일을 적게 만들려고 하는 노력에도 그녀와 있으면 자꾸 입가가 올라갔다. 문득 웃고 있다는 자각에 시혁은 급하게 헛기침을 했다.

"그만 나가지."

은율은 시혁의 얼굴을 보며 그대로 멈춰 섰다. 그저 웃고 있을 뿐인데 한순간에 주위가 환해진 것 같았다. 살짝 웃는 모습에도 눈앞이 환해지는데 제대로 웃는다면 어떻게 될지 상상하고 싶지도 않았다. 이 남자, 보면 볼수록 웃는 모습이 치명적이었다. 아니, 그의 존재 자체가 그녀에게는 독이었다. 은율은 다시 한 번 마음을 가다듬으며 시혁의 뒤를 따랐다.

은율은 차에 올라타며 어색하게 안전벨트를 맸다. 시혁이 취임하고 바뀐 것이 하나 더 있었다. 운전기사를 둔 중역들의 전용차가 모두 없어졌다. 시혁은 본인이 본보기라도 보이려는 듯 직접 운전하고 다녔다. 그 덕인지 대부분의 중역들도 모두 자가 운전을 시작했었다.

은율은 약간 어색한 듯이 보조석에 앉으며 자세를 잡았다. 시혁과 그동안 몇 번 외근하긴 했었다. 하지만 아직도 적응하기는 힘들었다.

은율은 어정쩡하게 자세를 잡으며 나머지 스케줄을 확인하는 척했다. 이미 머릿속에 스케줄은 있지만 뭔가 다른 것을 해야 할 필요가 있었다.

옆에 앉은 시혁이 그날따라 더 크게 느껴졌다. 긴장감을 애써 무시하며 은율은 차분한 얼굴로 시혁을 바라봤다.

시혁은 언제나처럼 담담한 표정으로 그녀를 바라보고 있었다. 누구보다 냉정하고 철저해 보이는 시혁의 얼굴. 그에 반해 그녀는 언제나 초조하기만 했다. 우선은 오후 약속부터 해결해야 했다. 은율은 이런저런 생각을 하며 입을 열었다.

"우선 이번에 합병한 동성유업 임직원분들에 대해 다시 한 번 말씀드릴게요."

"됐어. 밤새 지겹도록 읽었으니까."

은율의 말에 시혁은 한숨부터 내쉬었다. 그도 이번 합병이 얼마나 중요한지 알고 있었다. 그래서 최선을 다해 준비했었다.

"이번에 동성에서 새로운 사장으로 안석봉 씨가 나온다는 것도 알고 계시죠?"

은율의 말에 시혁은 작게 웃었다. 다행히 행운의 여신은 그의 편인 것 같았다.

"알아."

"몇 해 전부터 저희 쪽에서 예의 주시했던 유업 쪽의 합병도 그쪽에서 먼저 제안한 걸로 알고 있습니다."

이미 알고 있는 내용이었다. 그가 5년 전부터 추진했던 사업이었다. 그 일만 아니었으면 좀 더 빨리 진행됐을 일이었다. 그나마 다행인 게 이제라도 성과를 보고 있다는 사실이었다. 재섭에게 조금은 도움이 된다는 사실이 기쁘고도 뿌듯했다. 시혁은 밤새 읽었던 보고서를 다시 기억으로 곱씹으며 은율의 목소리에 귀를 기울였다. 은율의 목소리는 뭔지 모를 중독성이 있었다. 같은 이야기를 해도 은율이 하면 새로운 사실이라도 되는 것처럼 흥미가 일었다. 확실히 은율에게는 그녀만의 매력, 아니 마력이 있었다. 그렇지 않고서야 깐깐한 재섭은 물론이고 오고 가는 임원들까지 그녀를 챙길 수는 없을 것 같았다.

야근 때마다 그녀의 책상에 간식들이 놓이는 걸 보면 알 수 있었다. 그녀는 기본 적으로 모든 사람들에게 사랑받는 존재였다. 그와 달리.

깐깐해 보이는 건 말투와 저 단단하게 틀어진 머리 탓일지도 몰랐다. 마력을 가진 여자라면 지금보다 좀 더 섹시한 복장을 해도 좋을 것 같았다. 시혁은 단단하게 틀어 올린 은율의 머리를 언젠가는 한번 풀어 보고 싶었다. 시혁은 문득 떠오른 생각에 작게 웃었다. 이제 혼자 별 상상을 다 하고 있었다. 은율은 여전히 아무것도 모른다는 얼굴로 열심히 브리핑하고 있었다.

"그쪽하고는 개인적으로 친분이 좀 있어. 오랜만에 만나긴 하지만 괜찮을 거야."

"알고 계셨어요? 어떻게요?"

아무렇지도 않게 말하는 시혁과 달리 은율은 그의 말이 반갑게 들려왔다. 동성그룹의 막내 사위인 석봉은 재계에서 알려진 인물이 아니었다. 그런데 어느 날 혜성처럼 나타나 그룹을 진두지휘하고 있었다. 그 뒤에는 석봉의 아내인 정은이 늘 있었다. 실제 동성의 후계자는 정은이라는 소문이 파다했었다. 동성그룹의 차남인 정섭은 이미 리조트를 하며 자신의 사업을 확장하고 있었고 맏이인 정수 또한 제약과 호텔 사업만으로도 벅찬 상황이었다. 정은은 소리 소문 없이 조용히 동성그룹의 예하 대학의 이사장을 하며 그룹을 키워 가고 있었다. 그런 재야 인물의 측근을 시혁은 이미 알고 있다고 했다. 은율은 진심으로 궁금했다. 온갖 추론과 상상을 하고 있는데 시혁의 목소리가 들려왔다.

"고 비서! 거기까지!"

은율은 당황한 얼굴로 시혁을 바라봤다. 하지만 그는 정면만 응시한 채 운전하고 있었다.

"네?"

"세상에 궁금한 걸 다 알고 사는 사람은 없어."

시혁은 여전히 정면만 응시하고 있었다. 은율은 시혁의 그런 모습에 괜스레 기분이 상했다. 은율은 뾰로통한 얼굴로 시혁을 바라봤다.

"제가 뭐라고 했나요?"

시혁은 화난 은율을 보며 웃음이 나왔다. 수십 번 고민하다 외근을 같이 나왔는데 역시나 같이 나오길 잘한 것 같았다. 새침한 표정으로 얼굴 가득 뾰로통한 기분을 유감없이 내보이는 모습에 자꾸 웃음이 났다. 은율을 비서로 고집한 재섭의 뜻을 조금은 알 것 같았다.

일밖에 모르며 지냈던 지난날들과 달리 지난 몇 개월은 나름 여유를 가지고 일했었다. 은율의 호기심 가득한 시선과 삐친 말투에 긴장감이 사라지며 지난밤의 피로도 가시는 것 같았다. 시혁은 작게 웃으며 은율을 바라봤다.

"당신 얼굴이 묻고 있잖아! 어떻게 아는 사이냐고!"

환하게 웃는 시혁의 모습에 화난 마음이 스르륵 사라졌다. 은율은 시혁을 마주 보며 웃었다. 속수무책이다. 웃는 모습에 뭐라고 할 수가 없었다. 급하게 밀어붙인다고 해결되는 건 없었다. 은율은 조금은 여유를 가져야겠다는 생각이 들었다.

"그렇게 티가 나요? 제가 궁금한 걸 잘 못 참아요."

순순히 인정하는 은율의 모습에 시혁은 고개를 저었다. 인정하고 싶지 않지만 이런 그녀 모습을 보는 게 즐거웠다. 어쩌면 이런 모습을 계속 보고 싶었는지도 몰랐다. 인정하고 났더니 기분이 한결 나아진 것 같았다. 이 정도는 해도 될 것 같았다. 딱 이 정도.

시혁은 좀 전보다 편해진 얼굴로 운전하며 은율을 흘끗 바라봤다. 시혁은 누군가의 웃는 모습이 즐겁다는 걸 다시 깨달았다.

"고등학교 때 알던 친구의 친구야."

시혁은 자신도 모르는 사이에 단단하게 당겨진 활시위를 늦추듯 은율을 향해 마음을 열고 있었다. 굳이 말하지 않아도 되는 일이었다. 시혁은 은율의 웃는 모습에 또다시 자신을 내보이고 있었다.

"아!"

은율은 다 알고 있다는 듯이 웃으며 그를 보고 있었다. 마치 그의 과거를 모두 알고 있다는 듯이 웃는 모습에 시혁은 웃음이 나왔다. 그동안 비서로 있던 여자들과 이런 대화를 나눠 본 적은 없었다. 시혁은 말이 많은 사람, 특히 여자는 질색이었다. 그럼에도 은율이 하는 말만큼은 이상하리만치 길게 느껴지지 않았다.

예전에는 업무상 야근하는 경우가 많았다. 인생의 폭풍 때는 피할 곳이 일뿐이었기에 일에 매진할 수밖에 없었다. 하지만 지금은 달랐다.

어느 순간부터 은율과 있는 시간을 늘리기 위해 없는 잔업까지 하며 그녀를 사무실에 묶어 두고 있었다. 공간을 공유하는 것만으로도 능률이 오른다는 핑계 아닌 핑계로 야근을 계속했다. 집무실에 있으며 문밖의 그녀가 무슨 일을 하는지 궁금해 다른 때보다 커피를 더 많이 마셨다.

그 탓인지 은율은 가끔 커피에 요상한 그림으로 그를 웃게 만들었다. 분명 블랙커피를 달라고 말했음에도 은율은 자기 뜻대로 커피를 만들어 왔다. 그 덕에 지금은 달달한 캐러멜 모카를 좋아하게 됐다. 하지만 내색하지 않았다. 커피를 가져올 때마다 걱정스러운 말투로 투덜거리는 모습이 보기 좋았다.

은율은 단순한 것 같다가도 얘기를 나눌수록 심지가 깊다는 걸 느낄 수 있었다. 그런데 그에 반해 꽤나 고지식한 면도 가지고 있었다. 그럼에도 그녀가 동료들과 이야기를 나누는 모습을 보며 그녀의 넓은 아량과 이해심으로 인해 사람들이 그녀를 찾는다는 걸 알게 됐다. 어떤 상황에 있는 사람이건 은율은 사람의 마음을 다스릴 줄 알았다.

재섭이 은율을 계속 비서로 뒀던 건 그녀의 밝음은 물론이고 그녀를 찾아오는 동료들을 통해 회사 사정을 엿들을 수 있어서일지도 몰랐다.

시혁은 간혹 업무를 뒤로 제쳐 두고 은율의 이야기에 귀를 기울인 적도 있었다. 목소리의 톤은 줄였지만 작게 들려오는 은율의 목소리만은 또렷하게 그의 귀에 들려왔었다. 때론 흥분해 같이 화내기도 하고 같이 울어 주기도 하는 그녀 목소리를 듣는 게 좋았다.

누가 찾아오든 그 사람의 이야기를 들어 주고 공감하는 그녀를 보면 가슴이 따뜻해짐을 느꼈다. 모든 이들에게 웃어 줄 수 있는 은율의 밝음이 부러웠다. 누군가를 만날 때 가식 없이 대할 수 있는 그녀의 온화함이 탐났다. 포악한 어둠 속에 있는 시혁은 그래서 더 겁이 났다. 그의 눈이, 그의 마음이 그녀에게 향하고 있었다. 하지만 다가갈 수가 없었다.

빛나는 은율의 웃음마저 삼켜 버릴 것 같은 혹독한 슬픔이 그의 발목을 감싸고 있었다. 그럼에도 시혁은 은율 곁에 있고 싶었다. 빛나는 그곳에 다시 발을 디딜 수 있기를 그는 간절하게 바랐다.

시혁은 귀엽게 웃고 있는 은율을 바라봤다. 아무것도 모르고 웃는 사람이 옆에 있어 다행인지도 몰랐다. 그의 과거 따위는 영원히 몰랐으면 좋겠다. 그녀의 빛이 그의 어둠까지 밝혀 줬으면 좋겠다. 문득 떠오른 부질없는 생각에 고개를 저었다. 시혁은 아무렇지도 않은 듯이 은율을 바라봤다.

"그 '아!'의 의미는 대체 뭐야?"

"그냥 아 그렇구나! 한 거예요."

시혁은 대수롭지 않게 말하는 은율을 보며 고개를 저었다.

"고은율 씨는 참 특이한 사람 같아."

"네?"

"어떨 때 보면 비서로 절대 어울리지 않을 것처럼 보여. 그러다가도 일에 있어서는 철저한 걸 보면 헷갈려. 당신이⋯⋯."

신호가 바뀌고 잠시 서 있는 사이 시혁이 빤히 은율을 쳐다보고 있었다. 은율은 시혁의 시선을 피하며 고개를 끄덕였다.

"제가 좀 성격이 급해서 그럴 거예요."

"스스로 알긴 하는군."

"전 누구보다 제 자신을 잘 알거든요. 주제 파악을 잘한다는 얘기죠."

'그리고 당신에 대해서도요!' 차마 입 밖으로 말을 꺼내지 못하고 은율은 정면을 응시했다.

시혁은 뭔가 말을 하려다 이내 입을 닫고 차를 출발시켰다. 어느새 신호는 초록으로 바뀌어 있었다. 인지하지 못하는 사이 정지했던 그의 심장도 그렇게 서서히 움직이고 있었다.

생각했던 것보다 동성유업은 잡음이 적었다. 합병을 하며 으레 있는 인사이동도 이미 깨끗이 끝난 상태였다. 그 덕에 합병은 순조롭게 진행될 것 같았다.

시혁과 은율이 동성의 사장실에 들어서자, 석봉이 반갑게 그들을 맞이했다.

"오랜만이야, 원시혁! 아니, 원시혁 사장님이라고 불러야 하는 건가?"

석봉은 반갑게 손을 내밀어 악수를 청했다. 시혁은 오랜만에 보는 석봉의 모습에 악수를 나누며 웃었다.

"그럼 나도 안석봉 사장님이라고 불러야 하는 건가?"

시혁의 말에 석봉은 그의 어깨를 끌어안았다.

"시혁아, 오랜만이다. 그동안 잘 지냈어?"

"그러는 너는? 얼굴 보니 잘 지내고 있었구나."

시혁의 말에 석봉은 순식간에 얼굴을 찌푸리며 한숨을 내쉬었다.

"여전히 정은이 감시 속에서 살고 있지만 잘 지내는 것 같기는 하다."

우스갯소리를 하는 석봉의 모습에 시혁은 진심으로 크게 웃었다. 자리에 앉는 두 사람의 모습에 은율은 어떻게 해야 하나 잠시 고민했다.

"정은이는 여전한 거야?"

"걔가 어디 바뀔 애야?"

"하긴, 하하하."

"결혼식 때 못 와서 미안하다. 사정이 좀 있었어."

시혁의 말에 석봉은 도리어 걱정스러운 얼굴로 그를 바라봤다.

"대충 소식은 들어 알고 있었어. 영영 안 들어올 줄 알았는데 용케 들어왔다. 이제 괜찮은 거야?"

시혁은 걱정하는 석봉의 눈빛에 장난스러운 어조로 말했다.

"괜찮으니까 들어왔지! 그런데 어째 반갑지 않다는 소리로 들린다!"

"그럴 리가?"

친구의 친구였다는 말에 은율은 약간의 안면 정도만 있는 줄 알았다. 동성유업과의 합병은 이미 예정된 일이었다. 그러나 인수 후에 사업의 성패를 위해 학연, 지연, 혈연까지 모두 동원해야 한다고 생각하는 중이었다.

어떻게든 동성의 지원을 받는다면 이번 합병으로 인해 회사는 좀 더 성장할 게 분명했다. 그 생각에 석봉과의 친분이 득이 될 수도 있겠다 여겼다. 그런데 예상보다 그들은 더 두터운 관계인 것 같았다. 석봉은 시혁을 보며 여러 가지 표정을 지어 보였다. 그녀가 모르는 그의 과거가 갑자기 궁금해졌다. 은율은 또다시 복잡해지는 머리를 잠시 비우며 시혁과 석봉에게 서류를 내밀었다. 서류를 받은 두 사람은 잠시 서류를 뒤척이더니 다시 테이블에 내렸다.

"그나저나 어떻게 된 거야? 유업까지 진짜 할 줄은 몰랐는데, 언제부터 시작한 거야?"

시혁의 말에 석봉은 테이블에 먼저 준비해 뒀던 서류를 그에게 내밀었다.

"미국에 있을 때부터 생각했던 거야. 네가 맡고 있던 유업, 반드시 성공할 줄 알았거든. 그래서 유업 시작하면서 일원에게 손을 내민 거야. 가장 원원하는 법을 아는 파트너를 만난 셈이지. 안 그래?"

좀 전까지 우스갯소리를 할 때는 언제고 본격적인 사업 얘기를 시작하자 급물살을 타며 합병은 마무리됐다. 마지막 서류에 사인하며 시혁은 석봉에게 손을 내밀었다.

"앞으로 잘 부탁합니다, 안 사장님."

"나야말로 잘 부탁합니다, 원 사장님. 이걸로 합병은 마무리하고 이제 본론으로 들어가서! 언제 시간 낼 거야? 정은이가 얼마 전에 너 온 거 알고 벼르고 있어.”

석봉의 말에 서류를 챙기던 시혁이 고개를 들었다.

“무슨 소리야?”

“정은이가 너한테 차인 거 아직도 분해하고 있는 거 몰랐어?”

미국 대학 시절, 댄스 파티 파트너 신청을 딱 한 번 거절했을 뿐
이었다. 그때 시혁은 이미 파트너가 있었다. 그런데 정은은 그걸
여태 가슴에 담아 둔 모양이었다. 시혁은 고개를 흔들며 서류를 들
고 자리에서 일어섰다.

“됐다고 전해.”

“천하의 하정은을 거절한 첫 번째 남자를 나도 용서할 수는 없
어. 최대한 빠른 시일 내에 시간 내!”

석봉의 말에 시혁은 소리 내어 웃었다. 오랜만에 친구를 만나는
것도 괜찮을 것 같았다. 그들과 만나면 예전으로 돌아갈 수 있을
것 같다는 생각이 들었다. 비록 잠시뿐일지라도, 이제는 그러고 싶
어졌다.

“큭, 점점 닮아 간다.”

시혁의 말에 석봉은 진심으로 화난 얼굴이었다.

“그건 분명 욕이다! 그런 의미로다가 올 때 샤토 페트뤼스 들고
와! 정은이가 요즘 그거 마시고 싶다고 난리야.”

“날강도가 따로 없네. 정은이가 먹고 싶다면 네가 사 줘야 할 거
아냐?”

“그게 한 병에 얼만데 나한테 사라는 거야? 와인 한 병에 6백이
넘는 게 말이 된다고 생각해? 이번 합병에 쏟아부은 돈이 얼만데
그래? 그럴 여유 없어.”

석봉의 말에 시혁은 혀를 찼다.

"그걸 알면서 사 오라는 걸 보니 날강도 맞네. 아주 세트로 날강도다."

"자꾸 그러면 로마네 콩티로 바꿀 거야. 그건 곱하기 10인 건 알지?"

"졌다, 졌어."

석봉의 말에 시혁은 손을 들어 보였다.

"조만간 보자."

"기다리고 있을게. 다 함께. 알지?"

석봉의 마지막 말이 오랜 시간 동안 힘들었던 그를 위로해 주고 있었다. 시혁은 한결 가벼워진 마음으로 석봉과 헤어졌다.

느긋하게 미팅을 마치고 나온 시혁은 계속 놀란 얼굴로 뒤를 따르는 은율을 돌아봤다. 차에 타서도 그녀의 표정은 변할 줄 몰랐다. 참다못한 시혁이 한숨을 내쉬었다.

"왜 그렇게 빤히 쳐다보는 건데? 내 얼굴에 뭐라도 묻었나?"

"아무리 생각해 봐도 안 사장님이랑 그냥 아는 건 아닌 것 같네요."

분명 뭔가가 있어 보였다. 그것도 아주 대단한 뭔가가. 은율은 그게 무엇인지 미치도록 궁금했다.

"내가 전에 말한 것 같은데?"

그의 사생활이라는 걸 알고 있었다. 그래서 더 궁금했다. 은율은 시혁의 얼굴을 보며 은근히 화가 났다. 묻지 못할 걸 알면서 꼭 그녀를 놀리는 것 같은 표정으로 보고 있었다. 결국 은율은 포기하고 고개를 홱 돌렸다.

"네, 네. 알겠습니다. 더 이상의 질문은 안 할게요. 이제 안산 사업소로 가시면 되겠네요."

시혁은 뾰로통해진 은율을 보며 작게 웃고는 차를 출발시켰다.

최근 전자 쪽에 적자가 늘어나며 시혁은 일원전자를 매도해야 하나 고민하고 있었다. 그 전에 최종적으로 다시 한 번 임원들과 상의하기 위해 그는 안산 사업소로 향하고 있었다. 시혁은 운전하며 은율이 브리핑하는 서류를 흘끗 쳐다봤다.

"이제 그만해도 돼. 고 비서가 읽지 않아도 다음에 나올 분기 실적까지 머릿속에 외울 지경이니까."

"그래도 다시 한 번 확인하시는 게……."

은율의 고집에 시혁은 그녀를 바라봤다. 은율은 여전히 서류에서 시선을 못 떼고 있었다.

"고은율 씨는 요령 없지?"

"네?"

그제야 고개를 든 은율이 그를 바라봤다.

"요령 말이야."

"요령이 여기서 왜 나와요?"

"어떤 일이든 요령이 있어야 편한 거야. 그렇게 정석대로 하다 보면 언젠가 지칠 거야. 아무리 자신이 좋아하는 일이라고 해도 말이야."

"이건 정석이 아니라 기본이에요."

"그 기본, 미리 했으니까 이제 그만해도 돼."

은율은 입을 달싹였다가 이내 다물었다. 말하지 않아도 시혁이 얼마나 서류를 열심히 읽었는지 알 수 있었다. 손에 들린 결재 서류에 그의 손자국이 수두룩했다. 아무리 봐도 시혁은 일에 있어서는 재섭보다 한 수 위인 것 같았다.

맨 처음 재섭이 시혁을 사장으로 불렀을 때 그녀도 다른 사람들처럼 약간의 실망감이 들었다. 하지만 시혁과 일하며 그 모든 게 기우였다는 걸 깨달았다. 재섭은 시혁이 아들이어서가 아니라 그의 능력 때문에 사장 자리에 앉힌 거였다. 임원진들도 그걸 알았기에 흔쾌히 시혁을 사장으로 받아들인 거였다. 시혁은 재섭과 임원들의 뜻대로 자신의 능력을 최대한 발휘하며 일하고 있는 중이었다.

안산 사업소에 도착해 회의를 거듭한 결과 결국 일원전자도 매도하는 게 낫다는 결론이 나왔다. 진작부터 생각하고 있었지만 최대한 매도 시기를 늦춘 건 아마도 시준이 했던 사업이기 때문인지도 몰랐다. 하지만 적자를 감수하며 해 나갈 수 없다는 데 모든 임원이 동의했었다. 시혁은 아쉬운 마음을 내색하지 않으며 회의를 마치고 밖으로 나왔다. 하지만 생각보다 회의가 길어진 탓에 늦은 점심을 먹을 수밖에 없었다.

시혁은 임원들에게 부담을 주고 싶은 마음이 전혀 없었다. 그는 아무렇지도 않게 회의가 있다는 핑계를 대고 은율과 함께 근처 식당으로 향했다. 은율은 얼떨떨한 기분으로 시혁의 뒤를 따라 식당으로 들어갔다.

그곳은 시혁과 전혀 어울리지 않을 것 같은 기사 식당이었다.

은율은 어색한 얼굴로 시혁의 맞은편에 앉았다.

"사장님, 이런 거 드셔도 괜찮으시겠어요?"

"고은율 씨!"

"네?"

그날따라 시혁은 유난히 그녀의 이름을 자주 불렀다. 은율은 멀뚱한 표정으로 시혁을 바라봤다.

"고은율 씨, 당신 눈에는 내가 어떤 사람으로 보여?"

"그게 무슨 말씀이세요?"

"내가 밥 먹는 게 그렇게 이상한 일인가?"

그제야 말뜻을 이해한 은율은 마주 잡은 손을 만지작거렸다. 아무리 봐도 시혁은 이런 곳과 어울리지가 않았다. 그는 좀 더 세련되고 분위기 있는 곳이 어울리는 남자였다.

가령 호텔 레스토랑이라든지. 그제야 은율은 시혁을 처음 봤던 곳이 떠올랐다. 차례로 떠오르는 영상들에 은율은 갑자기 싸늘해졌다.

"꼭 그런 건 아니지만 왠지 이곳과는 어울리지 않아 보이네요."

의도하지 않았지만 어느새 목소리도 싸늘하게 변해 있었다.

"그럼 나한테 어울리는 곳은 어디라고 생각하는 거야?"

시혁의 질문에 은율은 대답하지 않았다. 그녀는 숨을 고르고 냉정한 얼굴로 그를 바라봤다.

"최소한 여기가 아닌 건 맞는 것 같아요."

이 상황에서 최선의 답을 한 것 같았다. 괜스레 상황에 휩쓸려 그에게 넘어갈 뻔했다. 시혁은 그날따라 유난히 은율을 챙겼다.

지사에서 회의하는 중간에도 몇 번이나 은율에게 쉬고 있으라는 말을 해 곤욕스럽기까지 했었다. 상황이 달랐다면 오해했을지도 몰랐다. 하지만 시혁에게는 미주가 있었다. 미주가 없다고 해도 시혁과 그녀는 절대 아니었다. 그 사실에 왜 이리 기분이 씁쓸해지는 건지 모르겠다.

"여기 음식이 사장님 입에 맞을지는 모르겠네요."

"고은율 씨는 나에 대해 아직도 모르는 것 같아. 아주머니, 여기 백반 두 개요."

주문하는 시혁을 보며 은율은 더는 아무 말도 하지 않았다. 모든 게 엉망 같았다. 은율은 최대한 그와 거리를 유지해야 한다고 자신에게 수없이 외치고 있었다.

시혁은 그 어느 때보다 맛있게 식사를 했다. 하지만 은율은 그럴 수가 없었다. 밥알이 모래알로 바뀐 것 같았다. 먹는 둥 마는 둥 하는 은율을 보며 시혁은 말없이 자신의 그릇을 깨끗이 비웠다.

"여기 음식이 입에 안 맞는 건 내가 아니고 고 비서였네."

"그냥 입맛이 없어서 그래요."

"차 마실 시간은 안 될 것 같고. 저기 자판기 있네."

시혁은 성큼성큼 자판기로 걸어가 커피 두 잔을 꺼내 왔다. 옆에서 멀뚱히 서 있던 은율은 그가 건네는 커피를 받아 들었다. 안이고 밖이고 시혁은 언제나 커피를 달고 살았다. 시혁이 며칠씩 날을 새며 일하는 건 과도하게 몸에 쌓인 카페인 때문인지도 몰랐다. 그녀가 우유와 건강 드링크로 중화시킨다 해도 이미 엄청나게 많은 양이 축적돼 있을 게 확실했다. 다른 건 몰라도 커피는 반드시 줄이게 해야겠다는 생각이 들었다. 시혁이 오고 그녀도 꽤나 많은 커피를 마셔 그런지 밤에 도통 잠을 이루지 못했다.

"오늘 커피 많이 드셨잖아요. 이제 그만 드세요."

"한 잔 더 마신다고 달라질 건 없어."

시혁은 천천히 커피를 마시며 주위를 둘러봤다.

은율은 커피를 한 모금 마시고 한쪽에 내려놨다. 낮 시간에 이렇게 여유롭기는 오랜만이었다. 그녀는 멀지 않은 곳에 있는 가판대에 시선이 갔다.

"금방 출발하실 건가요?"

"5분 후에 출발하지."

"그럼 잠깐 구경 좀 하고 올게요."

은율은 잽싸게 일어나 가판대로 달려갔다. 시혁은 천천히 잔을 내려놓으며 은율을 바라봤다. 언제 어디로 튈지 모르겠다. 그 모습 또한 귀엽게 보이는 건 분명 문제가 있었다. 시혁은 유난히 달게 느껴지는 커피를 마시며 자신도 모르게 웃고 있었다.

요즘 하나가 의기소침해 있었다. 또 정석과 싸운 모양이었다. 바쁘다는 핑계로 전화가 와도 제대로 통화도 못 했었다. 시혁을 신경 쓰느라 친구들에게 연락이 뜸해졌다. 그래도 가끔 먼저 연락해 주는 하나와 정석이 있어 늘 고마웠다.

조만간 만나 기분 전환이라도 해야 할 것 같았다. 매번 투덕거리면서도 참 오랜 연인 관계를 유지하는 하나와 정석을 보며 은율은 내심 부러웠다. 서로를 향한 무한한 신뢰가 그들 사이에는 있었다. 은율도 누군가를 만나게 된다면 무한한 신뢰를 할 수 있는 사람이 되고 싶었다.

다양한 액세서리가 그녀를 향해 자태를 뽐내고 있었다. 은율이 하나에게 선물할 액세서리를 고르고 있는데 주인이 그녀에게 뭔가를 불쑥 내밀었다.

"아가씨한테 잘 어울리겠네. 이거 한번 해 봐요. 지금도 예쁜데 머리 풀면 더 예쁘겠네."

꽤 화려해 보이는 헤어밴드였다. 은율은 회사에 출근하면 언제나 머리를 단정하게 묶고 있었다. 은율은 살짝 웃으며 주인이 건네는 헤어밴드를 한쪽에 내려놨다.

"아니에요. 저, 이것 좀 보여 주실래요?"

평소 귀걸이를 좋아하는 하나였다.

"그리고 이것도 보여 주세요."

은율은 마음먹은 김에 기나에게도 사다 줄 생각이었다. 하지만 종류가 많다 보니 쉽게 선택할 수가 없었다. 하나는 호불호가 확실해 선택이 쉬웠지만 기나는 취향을 알다가도 모를 것 같았다.

벌써 몇 년을 같이 근무했지만 친해진 건 최근이라 더 그런 것 같았다. 이것저것 들여다봐도 마음에 드는 게 없었다. 그중 서너 가지를 골라 낸 은율은 고민하고 있었다.

"아직인가?"

갑자기 들려온 시혁의 목소리에 은율은 화들짝 놀랐다. 그제야 시계를 확인했다. 시간이 꽤 지나 있었다.

"아! 이제 됐습니다. 이걸로 주세요."

은율은 눈에 보이는 하나를 얼른 집어 들었다.

"천천히 골라."

"아니에요."

"어차피 본사로 가기만 하면 되잖아. 저녁 약속까지 시간은 넉넉해."

시혁의 말에 은율은 살며시 웃으며 다시 액세서리를 돌아봤다. 기왕이면 마음에 드는 걸로 선물해 주고 싶었다.

시혁은 웃으며 그 모습을 옆에서 바라봤다. 주인은 못내 헤어밴드가 아쉬운 모양이었다. 그는 시혁에게 헤어밴드를 내밀었다.

"여자 친구한테 이거 하나 사 줘요. 아가씨가 예쁘니까 내가 싸게 줄게. 이건 딱 아가씨 거라니까!"

놀란 은율이 서둘러 손을 저었다.

"아저씨! 저희 그런 사이 아니에요. 사장님, 죄송합니다."

"아! 그래. 내가 잘못 봤나 보네. 그런데 두 사람이 잘 어울리네."

은율은 안 되겠다 싶어 얼른 계산을 했다.

"이제 가시면 돼요."

은율은 성급히 몸을 돌려 걷기 시작했다. 시혁은 말없이 뒤에서 걷고 있었다. 쓸데없는 말을 해서 분위기가 이상해졌다. 은율은 최대한 그에게서 떨어져 걸었다.

"잠깐 화장실 좀 다녀올게."

시혁은 갑자기 몸을 돌려 왔던 길로 걸어갔다. 은율은 차 앞에 서서 앞으로 두어 시간 동안 그와 어떻게 가야 하나 고민에 빠져 있었다.

어느새 시간은 4시가 넘어 있었다. 시혁은 서둘러 차에 올라탔다. 사실 그녀는 서두르고 싶지가 않았다. 그런데 시혁은 오후의 약속 때문인지 시간을 확인 후 급하게 서두르고 있었다.

점심을 먹은 후 나른함이 몰려왔다. 시혁은 서울 본사로 오는 내내 연신 하품을 하고 있었다. 안산에서 본사까지 가려면 족히 2시간은 걸릴 텐데 걱정이었다. 며칠 동안 잠을 자지 않은 탓인지 급속도로 피곤함이 몰려왔다. 커피를 마시고 껌을 씹어도 소용이 없었다. 또 삐져나오는 하품을 참지 못하고 시혁은 작게 한숨을 내쉬었다.

"잠시 휴게소에 들렀다 가지."

시혁이 말하지 않았어도 은율이 말하려던 참이었다. 연신 하품하는 시혁을 더는 운전하게 둬서는 안 될 것 같았다. 휴게소에 들어간 시혁은 연거푸 커피를 마셨다. 잠을 깨려고 마시는 것 같았다. 은율은 그런 시혁을 보며 인상을 찌푸렸다. 저렇게 커피를 마시다가는 속병이 날 게 분명했다.

재섭이 엄청나게 피워 대던 담배도 문제였지만 시혁이 수없이 마셔 대는 커피도 건강에는 안 좋을 게 확실했다.

은율은 잠시 눈을 붙이고 가자고 말하고 싶었다. 하지만 오후에 당장 결재해야 할 서류들이 쌓여 있는 걸 알기에 그럴 수는 없었다. 거기다 저녁 약속이 있다고 하지 않았던가? 은율은 하는 수 없이 그의 손에 들린 차 키를 빼앗았다.

"사장님, 제가 운전하겠습니다."

"됐어!"

인상 쓰며 다시 차 키를 빼앗으려는 시혁을 향해 은율은 단호한 표정을 지었다.

"안 됩니다! 사장님을 위해서가 아니라 절 위해서예요. 졸음 운전이 얼마나 위험한지 알기나 하세요?"

양 허리에 손을 얹고 제법 쏘아붙이는 폼이 야무져 보였다. 시혁은 그 모습에 피식 웃음이 나왔다. 단정하게 틀어져 묶인 머리를 흐트러트리고 싶을 만큼 귀여웠다. 그는 작게 웃으며 은율을 바라봤다.

"고마워. 안 그래도 계속 졸렸거든. 그런데 좀 전의 그 말투는 뭐야?"

"네?"

놀란 토끼눈으로 그를 바라보는데 계속 그렇게 바라봤다가는 그녀의 볼이라도 쥐고 흔들 것 같았다.

"됐어. 그런데 정말 운전할 수 있겠어?"

"물론이죠!"

또다시 그에게 말리고 말았다. 어느새 웃고 있는 자신을 보며 은율은 한숨을 내쉬었다. 은율은 천천히 차로 가 운전석에 앉았다. 그런데 막상 운전대를 잡는데 손이 떨려 왔다.

주환의 차는 몇 번 운전하긴 했지만 시혁의 차는 처음이었다. 보조석에 앉으며 시혁은 초조한 얼굴의 은율을 바라봤다.

"진짜 운전할 수 있겠어?"

"걱정하지 마세요."

은율은 천천히 차를 출발시켰다. 시혁은 이내 좌석에 기대 눈을 감았다. 은율이 운전에 한참 집중해 있는데 시혁의 목소리가 들려왔다.

"잠이 오진 않을 것 같으니까 아무 얘기나 해 봐."

"그, 그럴까요?"

은율은 안 그래도 음악도 꺼진 차 안에서 긴장이 돼 죽을 것 같았다. 은율은 정면을 응시한 채 쉴 없이 입을 움직이기 시작했다.

빠르게 달려가는 차들의 속도에 움찔하길 수십 번. 은율은 차라리 시혁의 조는 모습을 보는 게 나았을 거라는 생각을 하기 시작했다. 등 뒤로 식은땀이 흘러내렸다.

한참을 달려 서울 근교에 도착했는데 차가 엄청나게 밀리고 있었다. 거기다 이제 그에게 물을 질문도 바닥난 상태였다. 은율은 머릿속이 까매지는 걸 느끼며 두 눈을 부릅떴다.

"저, 사장님. 질문 하나만 해도 되나요?"

"지금까지 고은율 씨가 물어보고 질문한 적이 있었나?"

느긋하게 기대앉은 시혁은 피곤한 듯 눈을 감고 있었다. 은율은 흘끗 시혁을 바라봤다가 다시 정면을 응시했다. 다행히 새로운 질문거리가 생각났다. 이건 답해 줄 것 같았다.

은율은 최대한 미주와 관계된 걸 알아내려 질문했지만 소용없었다. 대부분의 개인적인 질문은 대답조차 하지 않았다.

"이번에는 진짜 궁금해서 묻는 거예요. 대답 꼭 해 주셔야 해요."

피곤한데 잠은 도통 오지 않았다. 하지만 계속되는 은율의 목소리에 나른하게 잠을 자는 것 같은 기분이 들기는 했다. 시혁은 흘끗 은율을 바라봤다. 긴장한 모습이 역력해 보였다. 시혁은 웃음이 나오는 걸 억지로 참으며 눈을 감았다. 가슴이 푸근해졌다.

"그럼 해 봐."

"회장님 건강은 좀 어떠세요?"

"괜찮으신 것 같아. 그러니까 틈만 나면 전화하시는 거겠지. 사람들 말처럼 내가 회사를 말아먹을까 봐 걱정이신 모양이야."

시혁은 농담 같지도 않은 말은 진담처럼 하고 있었다. 은율은 어색하게 웃으며 시혁을 바라봤다.

"아닐 거예요. 회장님은 누구보다도 사장님 능력을 믿고 계세요. 그건 제가 보장할게요."

살며시 눈 뜬 시혁은 은율을 지그시 바라봤다.

한편, 은율은 정면을 응시하고 있음에도 그의 시선이 고스란히 얼굴에 닿는 게 느껴졌다. 기우일 것이다. 하지만 계속되는 이상한 느낌에 결국 고개를 살짝 돌렸다. 순간 시혁의 눈과 정면으로 마주쳤다. 은율은 급히 시선을 돌렸다. 시혁이 의자를 세우며 몸을 일으켰다.

"고은율 씨도 그런가?"

"네?"

가끔 시혁은 알아들을 수 없는 말을 했다. 지금도 그랬다. 액면 그대로 대답하면 될 것 같은데 그가 묻고 있는 건 그게 아닌 것 같았다.

"날 믿어?"

"경영자로서의 사장님 능력은 한 번도 의심한 적 없습니다."

"그렇다면 한 남자로서는 어떤 것 같아? 내가 괜찮은 남자로는 보여?"

예상하지 못한 질문이었다.

"네?"

"내가 남자로서 어떠냐고?"

놀란 은율은 브레이크를 급하게 밟았다. 차들이 서행을 하고 있어 다행히 사고는 나지 않았지만 여기저기서 경적 소리가 요란하게 들려왔다. 하지만 그녀의 귀에는 아무것도 들리지 않았다.

놀란 시혁은 급하게 손을 뻗어 그녀의 가슴이 핸들에 부딪히는 걸 막고 있었다. 은율은 그제야 정신을 차리고 다시 차를 출발시켰다.

"죄송합니다."

시혁을 바라볼 수가 없었다. 무슨 말을 어떻게 해야 할지 모르겠다. 이런 질문은 한 번도 예상한 적이 없었다. 질문의 요지를 이해할 수가 없었다. 액면 그대로 받아들이기에는 은율이 알고 있는 게 너무 많았다. 머릿속이 그 어느 때보다 복잡했다.

"내 질문이 그렇게 놀랄 만한 거였나?"

은율은 마른침을 삼키며 천천히 입을 열었다.

"아, 아니요. 생각해 본 적이 없어서요."

은율은 천천히 차를 움직이면서도 떨리는 가슴을 진정시킬 수가 없었다. 그녀의 옆모습을 빤히 쳐다보는 시혁 탓에 운전에 집중할 수가 없었다.

차 안의 공기는 점점 무겁게 가라앉고 있었다. 분위기를 전환해야 하는데 마땅한 말이 떠오르지 않았다. 침묵이 이렇게나 무겁게 느껴지긴 처음이었다. 그때 시혁이 먼저 침묵을 깨트렸다.

"내가 운전할게."

"좀 주무세요. 제가 운전해도 괜찮습니다."

이렇게나 딱딱한 어조로 말이 나올 줄은 몰랐다. 은율은 자신의 입에서 나온 말에 스스로도 안타까운 심정이 들었다.

"아무리 자고 싶어도 당신 수다 때문에 잠을 잘 수가 없어. 고은율 씨가 시끄러운 사람이라는 걸 깜박하고 얘기를 하라고 한 내 실수지."

자신이 생각해도 너무 많은 질문을 했었다. 물론 대답을 모두 들은 건 아니었지만 그의 입장에서는 최대한 성실히 대답하긴 했었다.

"죄송해요."

"됐어. 그런데 나도 하나만 물을게. 고은율 씨, 운전면허가 있긴 한 거야?"

웃으며 묻는 시혁의 엉뚱한 질문에 은율은 스르륵 긴장된 기분이 풀려 버렸다. 그녀는 작게 웃었다.

"당연하죠! 안 그럼 어떻게 운전하겠어요?"

"그 실력으로 면허를 딴 게 신기해서 물은 거야. 무조건 다음 휴게소에서 바꿔."

"괜찮습니다."

"내가 불안해서 안 되겠어. 그런데 내 질문에 대답은 안 할 거야?"

"무슨 질문이요?"

"됐어."

시혁은 길게 한숨을 쉬고 창밖으로 고개를 돌렸다.

운전대는 결국 다시 시혁에게 넘어갔다. 은율은 자신을 못 믿는 시혁에게 서운했다. 그렇지만 그의 표정이 급속도로 딱딱하게 굳어 가고 있어 입을 열기가 겁났다. 무슨 이유에서인지 웃고 있던 시혁은 갑자기 말이 없어졌다. 이유를 모르는 그녀로선 그와 있는 게 점점 불편해져 가고 있었다. 이대로 갔다간 오늘도 별을 보며 퇴근할 게 분명했다.

이런저런 생각을 하는 그녀의 머릿속에 번쩍하면서 기막힌 생각이 떠올랐다. 왜 이제야 그 생각을 떠올렸는지 자신을 한심해하며 은율은 급하게 시혁을 불렀다.

"사장님!"

갑자기 들려온 은율의 외침에 시혁은 깜짝 놀랐다. 그는 급하게 브레이크를 밟았다.

끽-

요란하게 브레이크 밟는 소리가 들려오며 차가 급정거했다. 귀가 먹먹해질 정도로 요란하게 경적 소리가 들려왔다. 사고가 날 것 같아 은율은 비명을 질렀다.

"아빠아-"

시혁은 급하게 비상등을 켜고 은율의 상태를 확인했다. 조금 놀란 것 같지만 이상은 없어 보였다.

시혁은 안도의 한숨을 내쉬었다. 창밖으로 많은 차들이 지나며 손가락질하는 게 보였다. 도로가 정체되어 속도를 내지 않는 게 천만다행이었다. 그렇지 않았다면 무슨 일이 생겼을지도 몰랐다. 그 생각에 시혁은 화가 났다.

"고은율 씨! 죽으려고 환장했어? 갑자기 소리를 지르면 어떡해? 무슨 일이라도 있는 줄 알았잖아!"

"그, 그게 아니라요……."

시혁이 이렇게 화내는 건 처음이었다. 냉기가 철철 흘러넘쳤다. 그동안 많은 모습을 봤지만 이런 모습은 처음이었다.

시혁은 당장에라도 문을 열고 달아나고 싶을 만큼 날카로운 시선으로 그녀를 쏘아보고 있었다. 에어컨을 틀지 않아도 한기가 느껴졌다. 무서운 말투와 시선에 은율은 당황스럽기도 하고 놀라기도 했다. 어디서부터 잘못된 건지 모르겠다. 차라리 그만두는 편이 나았을지도 모른다는 생각도 들었다. 하지만 주환 생각에 그것도 쉽지가 않았다. 복잡한 심정으로 시혁을 보던 은율은 저도 모르게 눈물을 흘렸다.

갑작스러운 은율의 눈물에 시혁은 당황하기 시작했다. 은율과 있으면 항상 상황이 이상하게 꼬였다. 시혁은 한숨을 내쉬었다.

"울긴 왜 울어? 갑자기 큰 소릴 내서 놀란 것뿐이야. 사고 난 것도 아니니까 잠깐 쉬고 출발할게. 당신한테 화낼 생각은 아니었어."

시간이 흐르고 나니 진정이 되고 창피함이 몰려들기 시작했다. 갑자기 묻고 싶은 질문이 떠올랐다. 정말 중요한 질문이었는데 이제야 떠올랐다. 처음부터 왜 이 생각을 못 했는지 알 수가 없었다. 하지만 냉랭한 분위기에 쉽게 입을 열 수가 없었다.

어느 정도 차량의 정체가 풀리며 도심 속으로 차가 들어가고 있었다.

시혁은 아까부터 궁금한 표정으로 그의 눈치를 살피는 은율을 바라봤다. 차라리 말을 하는 편이 나았다. 항상 재잘대던 은율의 침묵은 어색하기만 했다. 결국 참다못한 시혁이 먼저 입을 열었다.

"고은율 씨, 좀 전에 무슨 일로 부른 거야?"

"아니에요."

은율은 여전히 그를 쳐다보지도 않고 있었다. 시혁은 한숨을 쉬며 그녀를 바라봤다.

"고은율 씨가 아무 이유 없이 날 부른 적이 있었어? 말해 봐."

"그냥…… 갑자기 궁금한 게 생각나서요."

"평상시처럼 질문하면 될 걸 사람 놀라게 왜 소리를 질러? 말해 봐. 뭐가 궁금한지."

타이르는 듯한 시혁의 말투에 걱정이 묻어 있었다. 꼭 지금이 아니어도 조만간 기회를 봐서 물으면 될 것 같았다. 은율은 작게 숨을 내쉬고 고개를 저었다.

"다음에 여쭤볼게요."

"해 봐."

"뭘요?"

"사람 깜짝 놀라게 불렀으면 물어야 될 거 아냐?"

이대로 뚱해 있는 은율을 보니 대답을 해 주는 편이 나을 것 같았다. 시혁은 무슨 질문을 한다 해도 대답해 주고 싶었다.

"나중에요."

"기회 줄 때 물어봐. 뭐든 대답해 줄 테니까."

"저……."

"뜸은 밥할 때 들이는 거라고 하던데, 아닌가?"

갑작스러운 시혁의 농담에 은율은 웃음이 나왔다. 시혁은 가끔 그녀가 놀랄 만큼 위트가 있었다. 아마도 이런 모습 때문에 여자들이 그를 더욱 좋아하는 건지도 몰랐다.

가까워질수록 더 실감하고 있었다. 헤어 나올 수 없는 원시혁의 매력을. 시혁의 새로운 매력을 깨달을 때마다 걱정은 더 심해졌다.

시혁이 계속 미주를 잊지 못한다면 미주도 언젠가는 주환을 버리고 시혁에게 돌아갈지도 몰랐다. 어떡하든 수를 써야 했고 묘안이 떠올랐다. 잘만 한다면 조만간 걱정거리가 사라질 수도 있었다. 은율은 아무렇지도 않은 얼굴로 시혁을 바라봤다.

"사장님, 그런 말은 어디서 들으셨어요?"

"내가 한국 사람이란 걸 잊었어? 외국 생활을 오래 하긴 했어도 난 흰쌀밥에 된장찌개만 있으면 되는 한국 사람이야."

알고 있었다. 시혁은 몇 시간 전에 이미 그녀에게 그 모습을 생생하게 보여 줬다. 그러고 보니 시혁과 단둘이 밥을 먹은 게 처음인 것 같았다. 은율은 항상 사내 식당에서 동료들과 점심을 먹었고 시혁은 언제나 바빴다.

점심시간이 되면 그녀는 의례적으로 사내 식당으로 갔었다. 생각해 보니 아직 그의 식성조차 파악하지 못했었다. 단 한 가지만 빼고.

"커피를 너무 좋아하셔서 탈이지만요."

은율의 말에 시혁은 소리 내어 웃었다. 은율이 시혁의 커피 사랑에 관해 근래 들어 잔소리를 늘린 참이었다. 안 그래도 조금은 줄여야겠다는 생각을 하던 차였지만 은율의 잔소리에 자꾸만 커피를 주문하게 되는 건 뭔지 모르겠다. 시혁은 웃음기 가득한 얼굴로 은율을 바라봤다.

"은율 씨도 기분 안 좋으면 가끔씩 옥상에서 마시잖아. 커피는 그냥 기호식품일 뿐이야. 고은율 씨가 감자 칩을 좋아하는 것처럼 말이야!"

시혁의 웃음소리에 심장이 간질거렸다. 은율은 시혁의 농담에 좀 전까지 긴장하고 있던 몸을 이완시키며 웃었다. 언제 그런 것까지 알고 있었는지 내심 놀랐지만 기분이 나쁘지는 않았다. 오히려 기분이 살짝 좋아졌다.

하긴 그녀를 조금만 유심히 봤다면 알 수 있는 사실들이었다. 괜한 착각은 금물이었다. 은율은 긴장을 풀고 시혁을 돌아봤다.

"사장님이 왜 아직 싱글이신지 궁금해졌어요. 솔직히 얼굴도 잘생겼고, 거기다 매너도 좋고 집안도 괜찮은데 왜 아직 싱글이세요? 혹시 사랑에 실패해서 다시는 사랑을 안 한다. 뭐 이런 건 아니시죠? 호호호. 제가 너무 개인적인 질문을 한 건가요? 개인적인 간섭은 싫다고 하셨는데 꼭 대답을 듣고 싶은 건 아니에요. 절대로, 절대로 아니에요!"

손사래를 치는 은율을 보며 시혁은 작게 웃었다. 그녀의 이런 모습에 자꾸 웃음이 나왔다. 자꾸 놀리고 싶어졌다. 또다시 이런 감정을 가지게 된 자신이 놀랍고도 신기했다. 바라보는 시혁의 시선이 다른 때와 달라져 있었다. 하지만 은율은 아무것도 눈치채지 못하고 있었다.

"내 귀엔 꼭 듣고 싶다는 말로 들리는데?"

"그럼 말해 주실 거예요?"

사실은 꼭 듣고 싶었다. 이 질문의 답으로 인해 앞으로 어떻게 해야 할지 결정될 것 같았다. 시혁은 반짝이는 은율의 눈동자를 보며 다시 작게 웃고는 정면을 응시했다. 아릿한 통증과도 같은 기억이 떠올랐다.

"사랑이라? 언젠가 했던 것 같기도 해."

"그런 말이 어디 있어요? 말해 주기 싫어서 그러시는 거죠?"

아이 같은 투정을 하는 은율이 어쩜 이리 귀여운지 모르겠다. 시혁은 너털웃음을 지었다. 은율은 그의 변화를 전혀 눈치채지 못한 것 같았다. 하긴 자신이 생각해도 너무 갑작스러운 감정이었다.

"뭐가 그렇게 궁금한 거야? 설마 나한테 관심이라도 있는 거야?"

시혁의 말에 은율은 정색하며 손을 내저었다.

"절대 아니에요! 그냥 비서로서 궁금한 거라고요. 대답하기 싫으면 관두세요."

시내로 들어서자 다시 차가 막히기 시작했다. 시혁은 정색하는 그녀를 보며 씁쓸하게 웃었다. 아직은 그만의 감정인 것 같았다. 시혁은 작게 한숨을 내쉬었다.

"이 나이가 되도록, 불같은 사랑 한 번 안 해 봤다면 거짓말이겠지?"

"당연하죠!"

어느새 그의 한마디 한마디에 온 신경이 곤두선 은율은 시혁의 말을 자세히 듣기 위해 몸을 기울였다.

가까이 다가온 그녀의 눈동자에 오롯이 비친 그가 보였다. 너무 가까웠다. 시혁은 몸을 살짝 뒤로 빼며 마른 입술에 침을 발랐다. 몸이 뜨겁다.

"죽을 만큼 사랑했던 여자가 있었는데…… 떠났어."

의외로 담담하게 말이 나왔다. 정말 시간이 약인 것 같았다. 모두 다 말할 수는 없지만 이제야 비로소 지난 과거로 인정할 수 있게 되었다. 시혁은 자신의 말에 왠지 쑥스러워졌다.

"그냥 그렇다고."

"아직 잊지 못하신 거예요?"

말하는 시혁의 눈이 슬퍼 보였다. 질문한 은율은 크게 한숨을 내쉬었다. 이미 대답은 알고 있었다. 하지만 미주를 향한 시혁의 마음이 이렇게나 큰 줄은 미처 몰랐다. 어떻게 하면 그의 마음을 돌릴 수 있을까 싶었다.

"그녀를 잊을 만큼 괜찮은 여자가 나타난다면 또 모르지. 그때까지는 아마 내 가슴속에 그녀뿐일 거야. 고은율 씨는 어때? 혹시 사귀는 사람이라도 있어?"

시혁의 말에 그녀의 머릿속에 번개처럼 생각이 떠올랐다. 그거였다. 시혁에게 미주를 잊을 만큼 괜찮을 여자를 소개하는 것! 은율의 눈이 그 어느 때보다 반짝거렸다. 시혁의 질문에 대답도 하지 않은 채 은율은 눈을 반짝이며 그를 바라봤다.

"사장님! 제가 정말 괜찮은 여자분 소개시켜 드릴게요. 꼭이요."

시혁은 인상을 쓰며 그녀를 바라봤다. 그가 원하는 대답은 그게 아니었다.

"비서가 그런 일까지 하는 줄은 몰랐는데?"

"제가 정말 하고 싶어서 그래요."

"오지랖 넓은 비서님께서 큐피드 노릇까지 하시겠다! 그건 정말 사양하고 싶어."

작게 중얼거린 시혁의 마지막 말을 은율은 듣지 못한 것 같았다. 은율은 시혁을 미주에게서 떼어 낼 방법을 찾았다는 것만으로도 기분이 날아갈 것 같았다.

어느새 은율은 작게 콧노래까지 흥얼거리고 있었다. 평소에도 은율은 그녀도 모르게 노래를 흥얼거렸다. 그 소리에 그도 일하며 홍이 났었다. 하지만 시혁은 다른 날과 달리 그런 은율을 보며 이유 없이 기분이 나빠지고 있었다.

회사로 돌아온 시혁은 아무 말도 없이 사무실로 들어가 버렸다. 그녀 또한 오후 스케줄을 조정하느라 그의 상태를 확인할 시간도, 여유도 없었다.

어느새 퇴근 시간은 지나 있었다. 6시 이후 사장실의 눈치를 살폈는데 7시가 넘어도 미동조차 없는 시혁 때문에 속이 타들어 갔다. 오후에 미주에게 전화했더니 그녀 또한 저녁 약속이 있다고 했었다. 그래서 더 불안했다. 은율의 초조한 마음을 아는지 모르는지, 시혁은 여전히 꼼짝 않고 있었다. 미주를 만나는 게 아닐지도 몰랐다. 하지만 미심쩍은 부분이 너무 많아 의심을 접을 수도 없었다.

엉덩이를 들썩이길 수십 번. 안 되겠다 싶어 막 사장실을 노크하려는데 문이 열렸다. 시혁은 은율을 멍한 표정으로 쳐다보고 있었다. 은율은 공중에 떠 있는 손을 슬며시 내리며 어색하게 웃었다.

"퇴근하셔야죠? 호, 호, 호."

시혁은 뭔가 말을 하려다 말고 머리를 쓸어 올렸다. 시혁은 그날따라 더 피곤해 보였다.

"퇴근한 거 아니었어? 그만 퇴근하도록 해."

"지금 퇴근하시게요?"

"저녁에 약속 있다고 했잖아."

대답하는 목소리에 짜증이 가득했다. 뭔가 실수라도 한 건가 싶었다. 하지만 그걸 따질 때가 아니었다. 저녁 약속이 있다는 건 이미 알고 있었다. 그녀는 단지 그 상대가 궁금할 뿐이었다.

우물쭈물 말을 꺼내려는 은율의 태도에 시혁은 나가려던 길을 멈추고 그녀를 돌아봤다.

"할 말이라도 있어?"

"저……."

"뜸은 밥할 때 들이라고 하지 않았어?"

"저, 사장님. 어느 방향으로 가세요?"

문득 튀어나온 말이었다.

"무슨 말을 하는 거야? 요점만 간단히 해."

"하루 종일 에어컨 바람을 쐬서 그런지, 몸이 으슬으슬해서요. 죄송한데 같은 방향이면 태워 주시면 안 될까요?"

재섭에게도 이런 부탁을 한 적은 없었다. 아니, 할 엄두조차 내지 않았던 일이었다. 그런데 달리 그에게 부탁할 게 없는 그녀로선 생각난 게 이것뿐이었다.

"많이 안 좋아?"

그가 어느새 다가와 안색을 살피자 괜스레 미안한 마음이 들었다. 은율은 너무도 가까이 다가온 시혁의 모습에 얼굴이 붉어졌다. 그러나 시혁은 그 모습을 보며 오해했다.

"열도 있는 모양인데 가는 길에 약국이라도 들렀다 가. 정 안 좋으면 병원이라도 가는 게 어때?"

"그 정도는 아니고요. 지, 집에 감기약 있어요."

자꾸 거짓말만 늘어나는 것 같았다. 은율은 미안한 마음이 들지만 어쩔 수가 없다는 생각에 그의 눈을 피했다.

"방향이 맞으면 근처까지는 태워다 줄게. 집이 어느 방향이야?"

"아현동이요."

"잘됐네. 마침 약속 장소도 그쪽이니까 가는 길에 태워 줄게."

"감사합니다."

은율은 기다렸다는 듯이 시혁을 따라 밖으로 나왔다. 은율은 차에 다시 올라타며 어떻게 하면 그를 약속 장소에 늦게 가게 할까 고민했다.

퇴근길로 도로는 차로 가득 차 있었다. 이걸로 약속 시간에 1분이라도 그가 늦어 미주와의 시간을 단축한다면 그것만으로도 만족할 수 있었다. 미주는 늦어도 10시 전에는 집에 온다고 했었다. 은율이 시간을 조금만 더 끌면 될 것 같았다.

여태껏 미주와 지내며 그녀가 시간 약속을 어기는 걸 한 번도 본 적은 없었다. 그래서 믿을 수 있었다. 이제 시혁만 약속 장소에 늦게 만들면 됐다. 시간은 어느새 8시가 넘어 있었다.

"저, 사장님."

"또 뭐가 궁금한 거야?"

"이상형이 어떻게 되세요?"

은율의 말에 시혁은 한숨을 내쉬었다. 기어이 실행에 옮길 생각인 것 같았다.

"여자를 소개시킬 생각이라면 접어 두는 게 좋을 거야."

"하지만……."

어떡해서든 실행에 옮기려는 그녀의 행동에 시혁은 화가 나기 시작했다.

"고은율 씨처럼 쓸데없는 데 신경 쓰지 않는 조용한 여자라면 좋겠군."

"혹시 청순가련형의 여자 스타일을 좋아하세요?"

은율은 포기를 모르는 여자 같았다. 어쩌면 이리도 그에 대해 무감각한지 모르겠다. 시혁은 한숨을 쉬며 그녀를 바라봤다.

"고은율 씨!"

"네, 사장님."

눈까지 반짝이며 그를 보는 은율의 시선에 저절로 한숨이 나왔다. 갈 길이 아주 멀어 보였다.

"내가 하는 말을 대체 듣기는 하는 거야?"

"당연히 듣고 있죠. 그게 제 일이잖아요."

"그렇다면 좀 전에 내가 한 말도 명심해. 내게 여자를 소개시킬 생각은 안 하는 게 좋은 거라는 말, 명심하라고!"

"사장님이 모르셔서 그러는데요. 세상에 괜찮은 여자가 얼마나 많은데요. 사실 나이도 있으니까 얼른 결혼하셔야죠. 혼기 꽉 찬 아들이 일에만 파묻혀 있는 걸 부모님이 좋아하는 줄 아세요? 회장님도 은근히 바라고 계실 거예요. 몇 년 전에 형님 내외분 갑자기 돌아가셔서 얼마나 적적해하셨다고요. 사모님도 얼마나 쓸쓸해하시는지 몰라요. 하나밖에 안 남은 아들인데 자식 된 도리는 하셔야죠."

말을 마친 순간, 아차 싶었다. 하지만 이미 모든 말을 내뱉은 후였다. 급한 성격이 언젠가 사고 칠 줄은 알았지만 이건 진짜 대형 사고였다. 쏟아 낸 말을 다시 주워 담을 수만 있다면 좋으련만…… 은율의 말이 끝남과 동시에 시혁의 표정은 딱딱하게 굳어 있었다.

항간에 재섭이 병을 얻은 것이 모두 시혁 때문이라는 루머가 있었다. 사실 시혁이 자회사를 맡고 있으면서 본사에 한 번도 발을 들이지 않았기에 루머가 끝도 없이 커지긴 했었다.

한순간에 큰아들 내외가 곁에서 사라졌는데 하나밖에 안 남은 아들마저도 아버지가 싫다며 멀리 떠나 버렸다고 했었다. 은율은 그 말이 진실인지 아닌지 알지 못했다. 하지만 그 상실감이 오죽했으랴 싶어 생긴 루머가 눈덩이처럼 불어났다.

은율이 입사한 초기에 들었는데 시간이 지나며 까맣게 잊고 있었다. 말을 마치고 번개처럼 그때 일이 생각나 버렸다. 은율은 아차 싶어 시혁을 슬쩍 바라봤다. 시혁의 턱이 딱딱하게 굳어 있는 게 한눈에 들어왔다.

"저, 사장님……."

"어디 괜찮은 여자 있으면 소개시켜 봐. 당신 안목을 한번 믿어 볼게."

"네?"

시혁의 착 가라앉은 음성에 놀랐다. 그리고 그의 말뜻을 뒤늦게 알아듣고 다시 한 번 놀랐다. 드디어 그녀의 노력이 통한 것 같았다. 은율은 시혁의 기분을 파악할 생각도 못 했다. 오직 그를 미주에게서 떨어트릴 생각만 하고 있었으니까.

시혁은 그 어느 때보다 기분이 가라앉아 있었다. 또 잊을 뻔했다. 그의 과거를. 하지만 은율의 말로 인해 다시 기억해 내고 말았다. 그 어둠을. 그 상처를.

"비서로서 내 취향을 얼마나 파악하고 있는지 궁금하군."

시혁의 입에서 냉기가 흘러나왔다.

"바로 알아볼게요. 절대 사장님 실망시켜 드리지 않을게요."

시혁은 말없이 운전만 하고 있었다. 하지만 확실히 분위기가 바뀌어 있었다. 은율의 바람대로 시간은 엄청나게 지나 있었다. 아현동 가구 거리 근처에서 약속이 있다는 시혁은 그녀를 집 앞까지 바래다주었다. 한참 있던 시혁은 그녀가 집으로 들어가자 차를 출발시켰다. 뒤돌아 나가는 차를 보며 은율은 서둘러 택시를 잡아탔다.

시혁은 골목에 차를 세우고 어느 바로 들어갔다. 은율은 주위를 두리번거리다 가판대에서 파는 머플러와 선글라스를 사서 뒤집어 썼다. 그러고는 조심스럽게 시혁의 뒤를 따랐다.

어두운 구석 자리에 미주가 앉아 있었다. 시혁은 자연스럽게 미주와 인사를 했다. 은율은 역시나 하는 마음에 멀지 않은 곳에 자리를 잡았다.

그런데 미주 옆에 또 다른 남자가 앉아 있었다. 서글서글한 인상의 남자는 시혁과 인사를 나눴다. 단둘이 만나는 게 아니어서 다행이다. 그럼에도 의심의 눈초리는 거둘 수가 없었다. 그들의 대화를 듣기 위해 좀 더 다가가던 은율은 갑작스럽게 말을 걸어오는 직원 때문에 당황했다.

"일행 있으세요?"

시혁이 바라보는 게 느껴졌다.

"아, 아뇨. 혼자예요. 아이스 아메리카노 하나 주세요."

은율은 급하게 근처 자리에 몸을 숨겼다. 다행히 눈치채지 못한 것 같았다. 직원은 촌스러운 머플러를 머리에 뒤집어쓴 이상한 여자라고 생각했는지 고개를 갸웃거리며 사라졌다.

은율은 촉각을 세우며 시혁과 미주가 앉은 테이블을 바라봤다.

시혁은 뭔지 모를 시선에 주위를 두리번거렸다. 멀지 않은 곳에 이상한 여자가 그들을 보고 있었다. 그런데 뭔가 익숙했다. 그제야 여자가 입고 있는 옷이 낮에 은율이 입었던 옷과 같다는 걸 깨달 았다. 체구마저 비슷했다. 촌스럽고 요상한 머플러와 선글라스만 아니라면 영락없이 은율이라고 생각했을 것이다.

하지만 은율은 지금 집에 있었다. 그가 여기 오기 전에 그녀가 집으로 들어가는 걸 확인했었다. 아마도 일행을 기다리고 있는 모양이다. 고개를 빼고 계속 주억거리는 모습에 웃음이 나왔다. 행동도 영락없이 은율이었다. 시혁은 대수롭지 않게 여기며 고개를 돌렸다. 하지만 계속해서 시선이 가는 건 어쩔 수 없었다.

옷만 같을 뿐인데 마치 은율이 그곳에 있는 것 같았다. 같은 의상만 봐도 은율이라는 착각이 들 정도라니. 이 정도면 심한 것 같았다. 그 생각에 시혁은 웃음이 나왔다.

피식 웃는 시혁을 보며 미주가 이상하게 고개를 저었다.

"무슨 생각하는데 그렇게 웃어? 오늘 기분 좋아 보이네. 좋은 일 있는 거야?"

"그냥."

"그냥이라는데 난 왠지 그렇게 보이지가 않네? 좋은 일 있지? 말해 봐."

의심 가득한 미주의 시선에 시혁은 작게 웃었다.

"풋, 나중에."

그 뒤로는 일상적인 얘기들이 오가고 있었다. 자세하게 들리지는 않지만 미주 옆에 있는 남자는 의사였다. 아마도 재섭의 건강 때문인 것 같았다. 은율은 자신의 우려와 다른 모습에 한숨을 내쉬었다. 그럼에도 미주와 여전히 만나고 있는 시혁의 모습에 걱정이 일었다.

미주는 어떨지 몰라도 시혁은 여전히 그녀에 대한 마음을 접지 못한 상태였다. 은율은 내일부터 당장 시혁에게 맞는 여자를 알아봐야겠다는 결심을 굳혔다.

아이스커피의 얼음이 모두 녹을 즈음 그들은 자리에서 일어섰다. 은율은 부리나케 자리에서 일어섰다. 그러다 그만 커피를 그대로 옷에 쏟고 말았다. 에어컨 바람이 그대로 오는 자리에 있어 안 그래도 몸이 서늘했는데 차가운 커피를 온몸으로 받자 팔에 잔소름이 돋았다. 급하게 달려오는 직원을 보며 은율은 고개를 돌렸다.

시혁의 시선이 계속 그녀에게 머물고 있었다. 은율은 급하게 커피를 닦아 내고 밖으로 나왔다. 곧이어 세 사람은 밖으로 나와 인사를 나누고 있었다. 10시가 다 되어 가고 있었다. 은율은 그제야 마음을 놓고 발을 옮겼다.

은율이 막 집에 발을 들이고 채 10분도 되지 않아 미주는 집에 들어왔다. 그날의 작전은 그야말로 성공이었다. 물론 아이스커피를 쏟은 탓에 감기가 걸리긴 했지만 상관없었다. 말이 씨가 된다고 시혁에게 한 거짓말 때문인지 지독한 감기로 며칠 동안 고생했다. 하지만 문제는 그것이 아니었다.

시혁은 작은 일에도 사사건건 트집을 잡기 시작했다. 거기다 그의 눈은 생각보다 높은 것 같았다. 아니, 하늘 꼭대기에 달려 있는 게 확실했다. 만약 그게 아니라면 미주에 대한 사랑이 그만큼 깊다는 뜻이기에 은율의 전화는 잠시도 쉴 틈이 없었다.

제4장. 위험한 동행

부쩍 시혁의 짜증이 늘어난 것 같았다. 천고마비의 계절이라는 가을이건만 은율은 날이 갈수록 말라 가고 있었다. 분명 일중독으로 생긴 스트레스를 그녀에게 푸는 게 확실했다.

아니면 은율이 소개하는 여자들이 마음에 들지 않아서인지도 몰랐다. 어쨌든 시혁의 짜증은 한계점에 다다른 것 같았다. 그 탓에 요즘은 시간을 내 여기저기 전화해 볼 틈도 없었다. 시혁이 일에 파묻혀 살고 있으니, 비서인 은율은 그보다 더하면 더했지 덜할수가 없었다. 거기다 되지도 않은 트집까지 잡으니 이제는 슬슬 부아가 치밀어 올랐다.

그날도 논스톱으로 있는 미팅에 녹초가 되어 있었다. 수행 비서라고 해도 이렇게까지 끌고 다닐 필요가 있나 싶었다. 천하의 악덕 사장이라고 해도 시혁 같은 악덕 사장은 없었다. 산더미 같은 일도 모자라 이제는 직원을 아사로 죽일 작정인 것 같았다. 지금 그녀의 배 속은 아까부터 난리였다. 점심도 일 때문에 걸렀는데 이미 저녁 시간은 한참이나 지나 있었다.

"일을 시킬 거면 밥을 먹이고 시키든가! 배고파 돌아가시겠네. 회장님은 그래도 야근 때마다 맛있는 거라고 사 주셨는데……. 완전 악덕 사장이라니까!"

한바탕 시혁을 욕하고 있는데 사장실 문이 열리며 그가 걸어 나왔다. 낮에 한바탕 소리를 지르더니 이제 좀 가라앉은 모양이었다. 이제는 제법 시혁의 사자후에도 적응이 되어 있었다. 전처럼 놀라 눈물 흘리는 일이 없었다. 대신 귀가 좀 먹먹해질 뿐이었다. 거기다 옥상을 찾아가는 일이 자꾸만 늘고 있었다. 이게 다 원시혁 때문이었다.

은율은 점심조차 먹지 못해 기분이 엉망이었다. 하지만 은율과 달리 시혁은 여전히 얼굴에 그 어떤 표정도 나타나지 않았다. 요즘 같으면 시혁에게 감정이 있는지조차 의심스러울 정도였다.

그간 소개하며 같이 나간 자리에서 시혁의 행동들로 감지했었다. 원시혁은 감정이 없는, 일밖에 모르는 워커홀릭이다.

그럼에도 불구하고 그녀는 시혁에게 여자를 소개하는 걸 게을리하지 않았다. 솔직히 그동안 소개했던 여자들은 그녀의 성에도 차지 않았다.

처음 소개했던 성원그룹 막내딸은 어찌나 콧소리를 내는지 듣던 그녀가 짜증이 날 정도였다. 그다음 소개한 한주건설 둘째 딸은 소개하는 자리에 거의 벗다시피 해서 나왔다. 시선을 어디다 둬야 할지 몰라 하는데 시혁은 별로 관심이 없는 것 같았다. 그 뒤로도 두어 차례 소개했지만 그때마다 시혁의 반응은 차가웠다. 그나마 가장 최근에 소개한 현 사장의 둘째 딸이 가장 괜찮은 것 같았다. 이런저런 생각을 하는데 배 속에서 또다시 천둥소리가 들려왔다. 책상 서랍에 있던 감자 칩도 모두 사라진 지 오래였다. 빈속에 커피만 마셨더니 속이 울렁거렸다. 배 속을 채워 줄 뭔가가 절실히 필요했다.

하지만 그것보다 지금은 다른 게 더 걱정이었다. 혹시 그녀가 하는 말을 시혁이 들은 건 아닌가 싶었다. 가끔 주체할 수 없을 정도로 목소리가 커졌다. 은율은 마른침을 삼키며 시혁을 바라봤다. 다행히 시혁은 들은 기색이 없어 보였다. 은율은 다행이다 싶어 한숨을 내쉬었다.

"일원 엔지니어링에서 이번에 감사하는 공사 말이야. 서류가 안 보이는데 못 봤나?"

다행히 그녀가 오후에 가져다 놓은 서류였다. 은율은 의기양양한 얼굴로 그를 바라봤다.

"두 번째 서랍, 보류철에 꽂아 뒀습니다. 필요하신 다른 서류는 없으신가요?"

"아직은."

몸을 돌려 들어가는 시혁의 뒤로 은율은 혀를 날름 내밀었다. 저 인간은 배도 안 고픈 모양이다. 분명 그녀와 같이 점심을 굶었을 텐데 밥 먹을 생각이 전혀 없어 보였다.

하긴 그가 마신 커피만으로도 배가 불렀을 게 확실했다. 털썩 의자에 앉으려던 은율은 시혁이 갑자기 몸을 돌리는 모습에 휘청

하며 중심을 잃었다.

"어- 어- 어-"

짧은 원피스를 입은 그녀는 뒤로만 도망가는 의자를 잡으려고 버둥거렸다. 자칫하면 뒤로 넘어갈 수도 있었다. 짧은 치마를 입고 뒤로 넘어가는 날에는 다시는 시혁 얼굴을 볼 수 없을지도 몰랐다. 날이 더워 속치마를 입지 않은 게 화근이었다. 절대 넘어져서는 안 됐다. 은율은 잡으려고 할수록 달아나는 의자를 잡기 위해 몸을 더 버둥거렸다.

그때 순식간에 달려온 시혁이 은율의 팔을 잡아당겼다. 어느새 그녀는 안전하게 시혁의 품에 안겨 있었다. 그냥 잡아도 될 것을 이렇게 안아야 되나 싶었지만, 그래도 넘어지지 않은 게 천만다행이었다. 안도의 한숨을 내쉬는데 시혁의 투덜거림이 들려왔다.

"고은율 씨는 하루라도 조용한 날이 없군."

"죄송합니다."

"그렇게 일하기 싫다면 퇴근하도록 해."

시혁의 말에 은율은 괜히 심술이 났다.

"사장님이 야근 중이시잖아요, 아직 저녁도……."

시혁은 그제야 벽시계를 바라봤다. 서류를 검토하느라 시간 가는 줄 모르고 있었다. 시혁은 잠시 기분 전환을 위해 커피를 마시러 나왔다가 그녀를 본 참이었다.

"벌써 시간이 이렇게 됐네. 고은율 씨가 특별히 싫어하는 게 있었나?"

"네?"

"혹시 못 먹거나 안 먹는 음식이라도 있어?"

"아뇨. 그런 건 없는데요. 갑자기 왜 그러세요?"

"밤늦도록 일하는 직원 배 속에서 천둥소리가 들려서야 되겠나 싶어서 말이야."

그제야 은율은 자신이 여전히 시혁의 품 안에 있고 배 속에서 엄청난 소리가 들려온다는 걸 깨달았다.

얼굴이 화르르 타올랐다. 이런 상황이 펼쳐질 줄 알았다면 차라리 넘어지는 편이 나았을지도 몰랐다.

화들짝 놀라 시혁을 밀어 버린 은율은 서둘러 의자를 잡고 앉았다. 그의 시선을 피하며 그녀는 서둘러 퇴근 준비를 했다.

시혁은 말없이 그녀를 바라봤다. 볼수록 재미있었다. 볼수록 보고 싶었다. 며칠 동안 고민해 봐도 답은 하나였다. 다른 여자와 만나며 그녀의 행동과 은율의 행동을 비교하고 있는 자신을 깨달았을 때 그는 자신의 감정이 이미 깊어졌다는 걸 알았다.

"전 그럼 이만 퇴근해야겠네요."

"나도 좀 피곤하네. 오랜만에 일찍 퇴근해야겠어. 미안해서 그러는데 같이 저녁이나 먹을까?"

"아, 아뇨. 전 집에 가야 해서요. 아빠가 기다리고 계셔서……."

자신이 생각해도 변명치곤 우스웠다. 이 나이에 아빠 때문에 집에 빨리 간다고 하다니……. 은율은 자신이 바보처럼 느껴졌다. 하지만 시혁의 대답에 곧 험한 인상을 쓰고 말았다.

"고은율 씨가 아직도 아빠 품만 찾는 꼬맹인 줄은 미처 몰랐네. 그럼 어서 빨리 안전한 아빠 품으로 퇴근하도록 해."

비꼬는 게 확실한 말투에 은율은 화가 나 그를 쏘아봤다. 말을 마친 시혁은 사무실로 들어가 버렸다. 뭐가 맘에 들지 않았는지,

사무실 문이 부서져라 쾅 닫는데 화가 나기 시작했다.

"원시혁 같은 워커홀릭한테는 약도 없어! 그저 만만한 비서한테 소리치는 게 최고지. 어휴."

은율은 다시 한 번 시혁의 스트레스 해소 방법에 열변을 토하며 퇴근했다.

머릿속이 복잡했다. 은율과 같은 공간에서 일한 지 넉 달째. 언제부턴가 그녀가 신경 쓰이기 시작했다. 간간이 경계선을 넘어 사생활에 침범하는 것도 그렇지만 그보다 신경 쓰이게 하는 건 코끝을 자극하는 그녀의 향기였다.

매일 감자 칩을 달고 살아서 그런지 한입에 삼키고 싶을 만큼 먹음직스런 향기가 풍겨 나왔다. 처음에는 코끝만 자극하더니 이제는 온 신경이 쓰여 일에 집중할 수가 없었다. 거기다 수년간 마시던 블랙커피보다 그녀가 옥상에서 마시고 오는 자판기 커피가 더 당기고 있다는 것도 문제였다. 요즘은 전처럼 이상한 그림이 그려진 캐러멜 모카도 가져오지 않았다.

사무실에서 하던 수다도 눈에 띄게 줄어들었다. 은율과 함께 하는 시간은 왜 이리 짧은 건지 모르겠다. 은율은 그가 호출하면 매번 용건만 간단히 하고 사라졌다. 다른 질문이라도 할라치면 어느새 그림자도 없이 사라져 있었다. 지난번에 화를 좀 내기는 했지만 그건 어디까지나 실수에 관한 지적을 할 때뿐이었다. 은율은 요즘 쓰디쓴 블랙커피만 가져왔다. 처음에 한 말 때문에 그는 뭐라고 할 수도 없었다. 시혁은 차갑게 식어 버린 쓴 커피를 단숨에 비웠다. 서류를 보는 와중에도 은율이 무얼 하고 있는지

한 번에 알 수 있었다.

동전을 짤랑이며 흥얼거리고 나갔던 걸 보면 또 옥상에 다녀온 모양이었다. 그에게는 쓰디쓴 커피만 가져다주면서 자신은 달달한 자판기 커피를 마시고 돌아왔다. 어떻게 된 게 한 번이라도 같이 마시잔 소리가 없었다. 채 10분도 안 돼 돌아왔지만 커피 향까지 가세해 그를 자극하고 있었다.

그날 저녁에도 그 향기에 이끌려 미친 척 슬며시 밖으로 나왔다. 그런데 은율은 그의 기척을 모르고 일하고 있었다.

모니터를 보며 인상을 찌푸리는 모습이 귀여웠다. 코끝이 잡힌 작은 주름을 펴 주고 싶었다. 시혁은 나오려는 웃음을 참고 그 모습을 좀 더 감상했다. 그런데 잔뜩 인상을 쓰던 은율이 갑자기 그에 대한 불만을 털어놓고 있었다.

은율이 소개한 여자로 인해 그가 얼마나 스트레스를 받는지 안다면 그런 말은 못 할 것 같았다. 그녀 입장에서는 서운할지도 몰랐다. 하지만 그가 가진 마음을 안다면 그녀는 대경실색할 것 같았다. 당분간은 마음 넓은 그가 그녀의 오지랖을 참아 줘야 할 것 같았다. 말 그대로 당분간만! 쓸데없이 참견하는 걸 좋아해서 그렇지 그녀는 나쁜 사람이 아니었다. 도리어 너무 사람이 좋아 탈이었다.

집에 있는 재섭도 툭하면 전화로 은율을 걱정했다. 업무에 대한 잔소리보다 은율을 걱정하며 말하는 잔소리가 더 길었다. 대체 누가 아들이고 누가 비서인지 모르겠다. 그의 입장에서는 나름 최선을 다해 그녀를 배려하는 중이었다. 그랬건만 그런 그를 은율은 악덕 사장이라고 했다. 진짜 그녀와 갈 길은 멀고도 험한 것 같았다. 잠시 피곤함도 잊을 겸 시혁은 그녀를 놀릴 생각에 소리 내 문을 다시 닫았다. 은율은 문소리에 그제야 그를 바라봤다.

"일원 엔지니어링에서 이번에 감사하는 공사 말이야. 서류가 안 보이는데 못 봤나?"

좀 전까지 읽다 던져 놔 책상 위에 버젓이 있는 서류건만, 시혁은 뻔뻔하게 거짓말하는 자신이 우스웠다. 은율은 금세 당황한 기색을 감추고 침착하게 서류의 전 위치를 알려 주고 있었다.

"두 번째 서랍, 보류철에 꽂아 뒀습니다. 필요하신 다른 서류는 없으신가요?"

"아직은."

무슨 말을 하고 싶은데 마땅히 할 말이 없었다. 이참에 그 쓸데없는 소개팅을 그만두라고 해야겠다 싶어 고개를 돌렸다.

그런데 또다시 사고가 발생했다. 은율이 휘청이는 게 보였다. 시혁은 본능적으로 움직였다. 눈 깜짝할 사이 은율은 그의 품에 안겨 있었다. 이제 그녀는 괜찮아 보였다. 그런데 놓아주고 싶지가 않았다. 시혁은 조금 더 이 상황을 즐기고 싶은 악동 같은 기분이 들었다.

"고은율 씨는 하루라도 조용한 날이 없군."

덕분에 즐거운 하루하루를 보내는 시혁이지만 그 말은 속으로 되뇌며 그녀를 바라봤다.

"죄송합니다."

"그렇게 일하기 싫다면 퇴근하도록 해."

"사장님이 야근 중이시잖아요, 아직 저녁도……."

그제야 시계로 눈이 갔다. 오후 내내 머릿속을 어지럽히는 그녀 생각에 시간 가는 줄도 모르고 있었다. 시혁은 자꾸만 마음이 조급해졌다. 보다 빨리 큰 성과를 내서 보여 주고 싶었다. 재섭에게, 그리고 은율에게. 그러는 사이 내내 커피로 배를 채운 모양이었다. 그녀의 책상에 비어 있는 커피 잔이 보였다. 커피를 좋아하지도 않으면서 마신다 생각했는데……. 시혁은 그제야 은율이 그를 악덕 사장이라고 한 이유를 알 것 같아 미안해졌다.

"벌써 시간이 이렇게 됐네. 고은율 씨가 특별히 싫어하는 게 있었나?"

"네?"

"혹시 못 먹거나, 안 먹는 음식이라도 있어?"

"아뇨. 그런 건 없는데요. 갑자기 왜 그러세요?"

"밤늦도록 일하는 직원 배 속에서 천둥소리가 들려서야 되겠나 싶어서 말이야."

시혁은 작게 들려오는 그녀의 배 속 소음에 웃음을 참으며 중얼거렸다. 시혁의 말에 은율이 화들짝 놀라 저 멀리 달아나 버렸다.

붉게 변한 얼굴이 더 귀엽게 보인다면 이상한 걸까? 어깨를 짓누르던 피곤함이 순식간에 사라졌다. 은율과 시간을 보내면 에너지가 금세 충전됐다. 사라졌던 식욕이 확 일어났다. 그녀와 있으면 여러 가지 욕구들이 생기는 것 같았다.

"나도 좀 피곤하네. 오랜만에 일찍 퇴근해야겠어. 미안해서 그러는데 같이 저녁이나 먹을까?"

"아, 아뇨. 전 집에 가야 해서요. 아빠가 기다리고 계셔서……."

분명한 거절이었다. 변명치곤 유치했다. 27살이나 먹은 성인 여자가 아빠 핑계를 대며 어렵사리 꺼낸 데이트를 거절했다. 순식간에 콧대 높은 자존심이 상해 버렸다.

"고은율 씨가 아직도 아빠 품만 찾는 꼬맹인 줄은 미처 몰랐군. 어서 빨리 안전한 아빠 품으로 퇴근하도록 해."

말을 마친 시혁은 사무실로 서둘러 들어가 버렸다. 온갖 이유를 갖다 대며 미루고 미루다 겨우 저녁을 먹자는 얘길 꺼냈다. 그런데 겨우 아빠 핑계를 대며 은율은 그를 거절했다.

시혁은 자신이 이토록 매력 없는 남자인가 싶어 화가 났다. 아니면 유독 그녀가 그에게 관심이 없는 건지도 몰랐다. 여전히 밖에 나가면 그를 돌아보는 수많은 여자들의 시선을 느낄 수 있었다. 그런데 왜? 대체 왜 그녀에게는 통하지 않는 건지 모르겠다.

사무실에 들어온 시혁은 책상 위에 있는 서류로 시선을 뒀다 다시 화가 나 갈팡질팡 사무실 안을 걷기 시작했다. 자신이 생각해도 이상했다. 남녀 관계에서 이렇게 급하게 생각한 적이 없었다. 오히려 진지하고 느긋해서 언제나 문제였다. 은율의 급함이 그에게 전염된 것 같았다.

"어휴, 내가 왜 이래야 하는 거야? 사장이 야근하는 비서랑 밥 한번 먹자는 게 죄는 아니잖아?"

안 되겠다 싶어 문을 열고 나갔지만 은율은 사라지고 또다시 빈 의자만이 그를 바라보고 있었다. 시혁은 허탈하게 웃으며 머리를 쓸어 올렸다.

"이럴 때만 잽싸군."

시혁은 아쉬운 마음에 사무실에 돌아왔지만 더는 일하고 싶지가 않았다.

그날따라 시혁이 이상했다. 오전 스케줄을 브리핑할 때도 좀 이상하다고 느꼈었다. 그런데 안산 지사에 내려가는 차 안에서는 더욱 이상했다.

슬쩍 시혁을 볼 때마다 마주치는 시선에 은율은 서둘러 고개를 돌렸다. 수행 비서 따위는 필요 없다고 할 때는 언제고 작은 일에도 그녀를 대동해 외근을 나갔다.

그날도 비교적 간단한 업무만을 처리하고 본사로 올라가는 길이었다. 그런데 오전부터 계속된 긴장감이 한계에 다다랐다.

지금 상황에서 괜한 말실수를 할까 싶어 은율은 그날따라 입을 꾹 다물고 있었다. 시혁도 정면만 응시한 채 무슨 생각에 빠졌는지 도무지 알 수가 없는 얼굴을 하고 있었다.

시간이 지날수록 침묵의 무게가 그녀를 짓눌렀다. 이제는 도저히 숨이 막혀 참을 수가 없었다. 어서 빨리 집에 가고 싶은 마음뿐이었다.

하지만 시혁은 그녀와 생각이 다른 것 같았다. 시혁은 뭔가를 결심한 듯 그녀를 똑바로 바라봤다.

"고은율 씨, 우리 잠깐 얘기 좀 하지."

분명 뭔가 있었다. 그래서 더 불안했다. 은율은 흔들리는 시선으로 시혁을 바라봤다.

"무, 무슨 얘기요?"

"가까운 곳에 괜찮은 카페가 있어. 거기로 가서 얘기 좀 해."

시혁이 운전하고 있으니 싫다고 해도 별수는 없어 보였다. 얼마 가지 않아 화사한 가을꽃으로 장식된 카페가 눈에 들어왔다. 은율은 좀 전의 긴장감도 잊은 채 꽃이 뽐내는 자태에 빠져들었다.

"여기 진짜 예쁘네요. 어떻게 아셨어요?"

"전에 한 번 왔었는데 괜찮더라고."

전에 왔었다라……. 그 상대가 누굴까 궁금해졌다. 하지만 질문보다 이곳을 구경하는 게 먼저였다. 나중에 주환과 함께 오면 좋을 것 같았다.

주환은 평소 꽃을 좋아했었다. 분명 주환이 마음에 들어 할 것 같았다. 그 생각에 은율의 입가에 미소가 끊이지 않았다.

역시 이곳을 선택하길 잘한 것 같았다. 가끔 길가의 꽃을 넋 놓고 보는 걸 보며 꽃을 좋아한다는 걸 알고 있었다. 은율의 웃는 모습에 시혁은 가슴이 살랑거렸다.

시혁은 크게 심호흡을 하고 은율을 따라 카페로 들어갔다. 지난번 이곳을 찾았을 때는 늦은 밤이었다. 그런데 대낮에 보는 카페는 생각보다 괜찮은 구석이 있었다.

단, 눈에 거슬리는 게 있다면 구석에 자석처럼 붙어 앉아 있는 커플 정도랄까?

먼저 달려가 자리를 잡은 은율은 시혁을 향해 손을 흔들고 있었다. 순간 다른 사람들 눈에 그들이 어떻게 비칠까 궁금해졌다.

평범한 커플처럼 보였으면 좋겠단 생각에 피식 웃음이 나왔다. 참 많이 변했다. 놀랄 만한 변화에 적응하기도 힘들었다. 그럼에도 그는 담담하게 자신의 심정을 받아들이고 있었다.

창가로 들어온 가을 햇살이 웃고 있는 그녀 머리 위로 눈부시게 빛나고 있었다. 그녀가 가진 빛이 어느새 그에게 스며들어 있었다. 가슴이 뜨거워졌다.

"사장님! 여기 너무 괜찮은 것 같아요. 나중에 아빠랑 꼭 다시

와야겠어요."

은율의 입에서는 언제나 부친에 대한 얘기가 끊이지 않았다. 묘하게 기분이 상했다. 명확한 대상을 향한 질투였다. 어처구니없게도 첫 질투 상대가 은율의 부친이라니. 시혁은 쓰게 웃었다.

"부친을 무척이나 좋아하는군. 어머니가 질투하시겠어."

"그렇지도 않아요. 사실 우리 아빠가 얼마 전에 재혼하셨거든요. 얼마 전까지는 아빠와 다녔지만 이제는 새엄마와 함께 셋이서 다니면 돼요. 두 분 모두, 분명히 좋아하실 거예요."

시혁만 아니라면 그녀에게 걱정 따위는 없었을지도 몰랐다. 그 생각에 갑자기 입이 써지는 것 같았다. 이렇게 들떠 있을 상황이 아님에도 시혁과 있으면 어느새 그의 실체를 잊게 됐다. 그녀도 어느새 시혁의 마력에 빠졌는지도 몰랐다. 지금이라도 정신 차려야 했다. 더 늦기 전에. 더 정신을 놓기 전에.

마음을 다잡지만 눈앞에 있는 시혁은 전보다 더 괜찮은 남자로 보였다. 차라리 몰랐다면 그를 액면 그대로 받아들였을지도 몰랐다. 하지만 그의 비서로 그의 일상을 본 결과, 그는 어디 하나 빠진 데가 없는 완벽한 남자였다. 그래서 더 걱정이었다. 그에게 빠질까 봐.

시혁은 말이 없는 은율을 바라봤다.

"서운했겠군."

"네?"

뜬금없는 시혁의 말에 그녀는 고개를 갸웃거렸다.

"독차지하던 부친의 사랑을 빼앗겼다는 생각이 들 것도 같은데, 안 그런가?"

"전혀 아니에요! 새엄마는……."

순간 시혁이 그녀와 미주의 관계를 알고 있는 게 아닌가 싶었다. 하지만 그건 아닌 것 같았다. 알고 있다면 절대 이렇게 편한 얼굴로 마주할 수 없을 것이다. 그것만은 확실했다.

잠시 숨을 고른 은율은 얼굴을 누그러트렸다.

"새엄마는…… 참 좋은 분이세요. 비록 나이 차는 많지 않지만 저를 친딸처럼 아끼는 걸 알고 있으니까요. 보고만 있어도 아빠를 사랑하는 걸 느낄 수 있어요. 아빠도 마찬가지고요. 그 모습을 보는 것만으로도…… 전 정말 행복해요."

정말 그랬다. 그래서 그 행복을 위협하는 시혁을 어떻게든 떼어 내려 고군분투 중이었다. 마음처럼 되지 않았지만 그녀는 최선을 다해 노력하고 있었다.

"착한 딸이네. 당신이 바라는 대로 부모님이 계속 행복하셨으면 좋겠어."

'당신만 사라져 주면 아빠의 행복은 문제없다고요!'

은율의 소리 없는 외침을 들을 리 없는 시혁은 느긋하게 소파에 앉아 차를 주문하고 있었다.

주문한 차가 앞에 놓이고 한참의 시간이 흘렀다. 시혁은 여전히 아무 말도 하지 않았다. 오후 스케줄이 없긴 하지만 이렇게나 여유 부리는 시혁은 낯설었다. 은율은 조심스럽게 입을 열었다.

"저, 사장님……. 하실 말씀이란 게 뭔지 궁금하기도 하고, 또 사무실에도 들어가 봐야 해서 말인데요."

"고은율 씨가 나랑 일한 지 얼마나 됐지?"

시혁은 차를 한 모금 마시고 은율을 넌지시 바라봤다.

"이제 5개월이 조금 넘었습니다."

"그동안 나 때문에 참 고생이 많았어."

두둥!

언젠가 들었던 말과 대사들. 인사이동이 모두 끝났다고 생각했었다. 그런데 드디어 그 마지막 바람이 그녀에게도 영향을 미치고 있었다. 하긴 근래 들어 시혁의 짜증이 눈에 띄게 늘긴 했었다. 설마 하는 생각에 얼른 입을 열었다.

"저, 사장님! 잠시만요."

이대로 그만둘 수는 없었다. 아직 시혁과 미주의 관계를 구체적으로 알아내지도 못했다. 위협이 버젓이 도사리고 있는데 이렇게 물러설 수는 없었다. 다급해진 은율은 어떻게든 그의 결심을 되돌려야겠다는 생각이 들었다.

"제가 사장님 사생활에 일정 부분 간섭하려 했다는 건 인정할게요. 그 점은 앞으로 시정하도록 하겠습니다. 앞으로는 아무리 늦은 밤까지 야근하거나 외근을 하더라도 불평하는 일은 없을 거예요. 그러니까……."

차마 자르지 말아 달란 소리가 입 밖으로 나오지 않았다. 그런데 시혁의 입가가 살며시 떨리는 게 보였다. 꼭 웃음을 억지로 참는 것 같았다.

이 상황에서 결코 웃을 수 없는 그녀는 그걸 따질 겨를이 없었다. 은율은 애처로운 눈길로 시혁을 바라봤다.

"저, 그러니까……."

"그러니까 뭘 어떻게 해 달라는 거야?"

시혁의 재촉에 은율은 작게 중얼거렸다.

"……그러니까 자르지 말아 주세요."

"뭐라고?"

긴장한 나머지 목이 잠겨 버렸다. 너무 작게 속삭여 듣지 못한 시혁은 몸을 숙이며 그녀에게 되물었다. 은율은 바짝 다가온 시혁을 보며 크게 심호흡하고 좀 더 큰 소리로 말했다.

"저, 자르지 마시라고요!"

은율의 목소리가 꽤 컸던 모양이다. 건너편에 있던 커플이 그녀의 목소리에 그들을 바라봤다. 은율은 얼른 고개를 숙였다.

시혁은 은율의 모습을 보며 결국 큰 소리로 웃고 말았다. 은율의 이런 모습 때문에 마음의 빗장이 열렸는지도 몰랐다. 고맙고 사랑스럽다. 웃고 있는 그의 눈가에 작은 이슬이 맺혔다.

"자른다고? 누가 은율 씨 자른다고 했어?"

시혁의 말에 은율은 얼른 고개를 들었다. 시혁의 입가가 크게 올라가 있었다. 확실히 웃고 있는 얼굴과 여전히 들리는 웃음소리. 은율은 뭔가 이상하다는 생각이 들었다.

"그럼 왜 갑자기 그런 말은 하신 거예요?"

"그동안 나 따라다니면서 고생했다고 맛있는 거라도 사 주려고 했는데…… 엉뚱한 생각을 했네. 덕분에 실컷 웃었어. 땡큐!"

슬쩍 윙크까지 하는 시혁이 그렇게 얄미울 수가 없었다. 아버지나 아들이나 사람 놀라게 하는 데는 일가견이 있는 것 같았다.

거기다 또다시 앞서나갔다는 생각에 화도 났다. 은율은 억울하다는 듯이 울상을 지으며 그를 쏘아봤다.

"전, 이번 인사이동의 마지막을 제가 장식하는 줄 알았다고요."

은율의 볼멘소리에 시혁은 또다시 큰 소리로 웃었다. 시혁이 이렇게 크게 웃는 모습을 보는 건 처음이었다.

언제나 냉정해 보였는데 웃으니 전혀 다른 사람 같았다. 이렇게 매일 웃으면 좋을 것 같았다. 은율은 또다시 떠오른 잡념에 고개를 흔들었다.

"아버지께서 고 비서가 좀 앞서 가는 경향이 있다고 하시더니 이걸 말씀하신 거였나 봐. 큭큭큭."

"진짜 너무하세요."

은율의 투덜거림에 시혁은 더 큰 소리로 웃었다. 그녀의 기분이 상할 만큼 충분히! 그녀는 눈을 반쯤 뜨고 시혁을 쏘아봤다.

한참 동안 웃던 시혁은 기분 좋은 얼굴로 그녀를 바라봤다. 웃는 얼굴에 침 뱉지 못한다고 하더니 시혁의 웃는 얼굴에 화났던 감정이 스르륵 사라졌다. 매일 이렇게 웃는다면…….

은율은 고개를 저었다. 또다시 잡념이 머릿속을 가득 채웠다.

"덕분에 신 나게 웃었으니 배는 내가 채워 줄게. 내 배 속에서는 아까부터 먹을 걸 넣어 달라고 아우성이거든. 고은율 씨는 어때? 지난번 천둥번개가 아직은 들리지 않는 것 같은데……. 좀 더 기다렸다가 먹을까?"

시혁의 가벼운 농담에 긴장이 완전히 풀어졌다. 시혁은 신기하게 긴장을 풀어 주는 재주가 있었다. 그와 있으면 어떤 순간은 숨이 막히게 긴장되다가도 어느 순간은 이처럼 편해졌다. 은율은 시혁을 향해 웃으며 메뉴판을 들었다.

"각오하시는 게 좋을 거예요. 제일 비싼 걸로 먹을 거니까요."

"마음대로 해. 얘기는 배 채우고 나서 해도 늦지 않을 테니까."

은율은 홀가분한 마음으로 음식을 주문했다. 그동안 고생한 그녀에게 진심으로 미안한 마음이 들었는지도 몰랐다.

최근 은율을 보는 사람들마다 시혁에게 비서를 혹사시킨다며 봉급을 올려 줘야 한다고 한 소리씩 하긴 했었다. 덕분에 이런 곳에도 와 보게 되고 그동안 고생한 보람이 있었다. 은율은 그 생각을 하며 환하게 웃었다.

배를 채우고 났더니 마음까지 여유로워졌다. 느긋하게 후식을 즐기던 은율은 갑자기 궁금해졌다.

"사장님, 궁금한 게 있는데…… 하나만 물어봐도 될까요?"

영락없이 영화에 나오는 고양이 눈을 하고 있었다.

"그냥 평소처럼 질문하지 그래?"

시혁은 은율이 그를 위해 주문한 케이크를 먹으며 웃고 있었다. 부쩍 시혁이 웃는 일이 많아진 것 같았다.

시선이 마주칠 때마다 시혁은 웃고 있었다. 언제부턴가 사무실에서도 그랬다. 냉혈한에 워커홀릭인 줄만 알았던 그의 변화를 새삼 깨달았다. 은율은 고개를 갸웃거리다 다시 시혁을 바라봤다. 웃고 있는 그의 미소가 눈부셨다.

"뭐가 궁금한데?"

"사장님도 이제 저한테 익숙해지고 계신 거죠?"

말을 하며 그녀 또한 시혁에게 익숙해지고 있다는 걸 깨달았다. 하지만 그건 어쩔 수 없는 일이었다. 최소한 그와 가까워져야만 하는 게 그녀의 위치고 역할이니까. 은율은 그렇게 자기합리화를 시키며 고개를 세웠다.

"사장님, 솔직하게 대답하셔야 해요."

"해 봐."

"연애하실 생각이 있긴 하세요?"

"그동안 고은율 씨의 행동에 비춰 봤을 때, 너무 이른 질문 같네."

비꼬고 있는 게 확실했다. 그럼에도 시혁의 진심이 궁금했다. 만약 그가 연애할 마음이 없다면 헛수고는 그만둘 생각이었다. 하지만 시혁이 마음먹고 있다면 계속해서 노력해 볼 생각이었다. 결실이 맺힐 때까지! 쭉!

"솔직히 그렇잖아요. 그동안 제가 소개해 드린 여자분들과 데이트하긴 하셨어요?"

"하기야 했지."

거짓은 아니었다. 최소한 시혁은 그 자리에 나갔다. 그 뒤에 상황은 은율이 마음에 들어 하지 않았겠지만.

"제가 결혼 정보 회사 직원도 아니고 얼마나 어렵게 소개해 드린 줄 알기나 하세요?"

"알긴 해."

알고 있어서 더 화가 났다. 대체 집에서도 하지 않는 잔소리를 왜 하필 은율이 나서서 하는 건지 모르겠다. 재섭이 은율에게 이런 말도 안 되는 부탁을 했을 리는 없었다. 결국 이 엉뚱한 비서님께서 친히 나서고 있다는 소리였다. 그 사실에 그는 더 답답했다.

"그런 분이 약속 시간에 일부러 늦게 가세요?"

"일부러는 아니야. 잊었을 뿐이지."

"매한가지잖아요! 거기다 식사도 안 하고 그냥 오셨다면서요?

그것도 두 번 다요. 제가 현 사장님 사모님께 얼마나 사과했는지 알고나 계세요?"

이제는 두 번 다시 이런 부탁은 못 할 걸 생각하니 화가 났다. 외모로 보나 경제력으로 보나 시혁과 더할 나위 없이 완벽하게 어울리는 여자였다.

은율은 시혁의 이상형을 대체 어디서 찾아야 할지 막막했다. 이런저런 생각에 빠져 있는데 시혁의 목소리가 들려왔다.

"고은율 씨! 이번에는 내가 하나만 물을게. 내가 그런 자리를 단 한 번이라도 원한 적이 있었어?"

"그거야……."

곰곰이 생각해 보니 없는 것 같았다. 하지만 확실히 거절하지도 않았다. 거절이 없었다는 건 수긍한다는 의미였다.

"그래도 만난다고 하셨잖아요."

은율이 권한 케이크라 먹었지만 그의 입에는 너무 달았다. 시혁은 커피를 한 모금 마시고 그녀를 빤히 바라봤다.

"참아 주는 건 거기까지야. 이제 여자를 소개하는 일 따윈 안 했으면 좋겠어. 그 모든 게 쓸데없는 시간 낭비라는 걸 왜 몰라?"

그녀의 시간을 그가 원하는 대로 쓸 수 있다면 좋을 것 같았다.

"사장님, 한 번만 더 생각해 보세요. 현 사장님 따님, 정말 괜찮은 분이에요. 얼굴도 예쁘고 성격도 얼마나 좋은지 몰라요. 주위에서 칭찬이 자자하다니까요."

시혁은 여전히 포기를 모르는 은율을 보며 한숨이 나왔다. 이런 얘기를 하려고 이곳에 온 건 아니었다.

배는 채웠지만 다른 건 여전히 허전했다. 나오는 한숨을 참으며 은율을 다시 바라봤다. 여전히 아무것도 모르는 얼굴이었다. 어쩌면 그때보다 더 힘든 시작을 할지도 몰랐다. 아니, 이미 시작되었다. 시혁은 그걸 자각하며 피식 웃어 보였다.

"고은율 씨는 나에 대해 알려면 아직도 먼 것 같아."

할 말을 마친 시혁은 남아 있던 커피를 단숨에 비우고 자리에서 일어섰다. 은율은 그 모습에 마음이 급해졌다. 이렇게 되면 그녀의 계획에 차질이 생겼다. 눈앞이 깜깜해져 버렸다. 도리어 그녀의 행동으로 인해 미주에 대한 마음이 커졌으면 어쩌나 하는 망상까지 들었다. 순식간에 불어나는 상상력에 그녀는 입이 바싹 타들어 갔다. 시혁을 이대로 보내선 안 된다는 생각만 들었다.

"그럼 알려 주세요!"

"뭘 말이야?"

"사장님에 대해서요."

은율은 마른침을 삼켰다. 시혁이 알 수 없는 미소를 지으며 자리에 앉는데 온몸에 소름이 돋았다. 알 수 없는 위험을 감지할 수 있었다. 시혁의 표정은 마치 먹잇감을 앞에 둔 여유로운 사자 같아 보였다. 왜 이런 말도 안 되는 생각이 들었는지 모르겠다. 시혁의 발을 잡으려고 건넨 말인데 도리어 그녀가 잡힌 느낌이었다.

"구미가 당기는 제안이지만, 우선은 거절이야."

은율이 먼저 이런 말을 해 주길 바란 적도 있었다. 하지만 그가 바라는 뜻은 아니었다. 시혁은 아쉬운 마음을 감추지 않고 그녀를 바라봤다. 멍한 그녀의 얼굴에 쓴웃음이 나왔다. 조급함을 버려야 하는데 쉽지가 않았다.

"그럼 이유라도 말해 주세요."

"고은율 씨! 지금 본인이 하는 말이 무슨 뜻인지 알고는 있는 거야?"

"사장님에 대해서 알려 달라는 거잖아요. 그것 말고 또 뭐가 있겠어요?"

"그게 바로 거절의 이유야."

은율은 시혁의 태도에 답답했다. 분명 같은 말인데도 시혁과 그녀의 생각은 전혀 다른 것 같았다.

"알아들을 수 있게 말해 줄 순 없으세요?"

"알아들을 수 있게라……"

시혁이 몸을 기울여 다가오고 있었다. 은율은 자신이 뭔가 큰 실수를 했다는 걸 깨달았다. 하지만 어디가 어떻게 잘못된 건지는 알 수 없었다.

어느새 코앞까지 다가온 시혁은 그녀의 눈을 빤히 쳐다보고 있었다. 까만 동공 속에 비친 그녀의 모습이 보일 정도로 그는 가까이 다가와 있었다.

사자 앞에 서 있는 양의 기분이 이럴 것 같았다. 은율은 순식간에 포식자 앞에 선 느낌에 몸이 부르르 떨려 왔다. 한기가 아닌 묘한 떨림. 시혁에게도 그녀의 떨림이 전해졌다. 둔감하지는 않은 것 같아 다행이었다.

"한 여자가 남자에게 '당신에 대해 알고 싶어요.'라고 말한다면…… 보통의 남자들은 이런 확신을 갖게 돼."

은율은 뜸을 들이는 시혁의 태도에 오히려 조바심이 났다. 시혁은 이 상황이 즐거운 것 같았다. 표정은 아니지만 마주한 눈이 분명 웃고 있었다. 하지만 그녀는 웃을 수도, 즐길 수도 없었다.

"어, 어떤 확신이요?"

"이 여자, 내게 관심 있구나."

은율은 인상을 확 구겼다. 말도 안 되는 소리였다. 은율이 시혁에게 그런 마음을 품었을 리가 없다는 걸 그는 잘 알았다. 은율은 고개를 세차게 흔들었다.

"사장님은 그게 아닌 걸 알잖아요!"

"그래서 거절한 거야."

분명 대화를 나누고 있는데 전혀 다른 말을 하는 것 같았다.

"원시혁이란 남자에게 관심 없다면, 그런 질문은 더는 하지 말아 줘. 한 번만 더 그런 질문을 하면……."

시혁은 뜸을 들이다 낮게 속삭였다.

"그땐 내가 어떻게 행동할지 몰라. 비서로서의 관심은 지금도 충분하니까."

"전 그냥……."

"경고는 이번이 마지막이야. 그만 일어나도록 하지."

뭐라고 말할 사이도 없었다. 시혁은 아무 일도 없던 것처럼 자리에서 일어나 밖으로 나갔다.

은율은 혼란스러운 기분으로 서둘러 일어섰다. 무슨 경고를 했다는 건지 모르겠지만 분위기상 더는 질문하면 안 될 것 같았다. 결국, 은율은 말없이 밖으로 나왔다.

앞서 걷던 시혁이 갑자기 돌아봤다. 은율은 멈칫하며 자리에 서 있었다. 시혁의 표정이 썩 밝지가 않았다. 지난 몇 달간의 경험으로, 지금 그는 접근 금지 상태였다. 괜히 건드려 봐야 좋을 게 하나도 없다는 뜻이었다.

잔뜩 긴장한 얼굴로 서 있는 은율을 보며 시혁은 한숨을 내쉬었다. 의도한 대로 된 게 하나도 없었다. 서울로 가는 내내 저런 얼굴을 보며 가고 싶지 않았다.

"뒤쪽에 작은 정원이 있다고 하던데…… 잠시 구경하는 건 괜찮을 거야."

안 그래도 뒤쪽으로 이어진 돌담에 줄줄이 피어 있는 꽃들이 내내 궁금했었다. 꽃에서 시선을 못 떼는 그녀를 본 모양이었다. 은율은 멋쩍게 웃었다.

"정말 그래도 괜찮아요?"

말은 그렇게 했지만 이미 발은 뒤뜰로 움직이고 있었다. 가을빛이 완연한 밖은 꽃들이 한창 자태를 뽐내고 있었다. 어차피 지금 출발해도 서울에 가 봐야 퇴근 시간은 지나 있을 터였다. 잠시 꽃구경을 하며 그의 말을 곰곰이 생각해 보는 것도 괜찮을 것 같았다.

거기다 어차피 시혁과 같이 가야 하니 별 도리도 없어 보였다. 은율은 가라앉았던 분위기도 전환할 겸 천천히 꽃길을 따라 뒤뜰로 발을 옮겼다.

차에 먼저 갈 거라 생각했던 시혁도 천천히 뒤를 따르고 있었다. 작은 정원이라고 하더니 생각보다 큰 규모의 정원이었다. 갖가지 꽃들이 만개해 있는 정원은 꽃향기로 가득 차 있었다.

"와아, 너무 예뻐요."

절로 탄성이 쏟아져 나왔다. 주환과 예전 여행에서 봤던 들꽃들도 여기저기 잔뜩 향기를 흩날리며 서늘한 가을바람에 몸을 흔들고 있었다. 은율은 한쪽에 피어 있는 꽃을 향해 얼른 달려갔다.

"여기 용담도 있네요. 이 구절초도 보이세요? 정말 예쁘게 폈죠? 호호호. 사루비아도 있고 맨드라미에 국화까지. 와! 이 분홍색 시클라멘 보이세요? 어머! 여기 패랭이꽃 좀 보세요. 색이 정말 예쁘죠? 호호호."

멀리서 팔짱을 끼고 서 있던 시혁은 끝없이 들려오는 은율의 웃음소리에 저도 모르게 웃고 있었다. 이러면 안 된다는 걸 알면서 자꾸만 그녀와 같이 있고 싶어졌다.

처음부터 확실히 선을 그어 달라고 부탁한 건 그였다. 그런데도 너무 확실하게 선을 그어 대는 그녀 때문에 자꾸만 화가 났다. 거기다 되지도 않는 여자를 소개한다며 어찌나 잔소리를 하는지 몰랐다. 그럴수록 그의 마음은 자꾸 이상한 쪽으로만 흘러갔었다. 그래서 확인하고 싶어졌다. 그의 진심이 무엇인지.

그런데 확인 따위는 필요 없다는 듯이 그녀는 그를 쥐고 흔들었다. 누구보다 냉정한 그였다. 하지만 그녀의 웃음과 몸짓, 향기에 그는 이미 취해 있었다. 뒤늦은 깨달음 같은 건 필요 없었다. 그가 다시 웃고 있다는 것만으로도 충분했다.

느긋함 같은 건 필요 없다고, 늦은 고백은 한 번이면 족하다고, 당장에라도 그녀를 안으라고 소리치고 있었다. 하지만 몸에 밴 냉기가 뜨거운 가슴을 막고 있었다.

"따로 공부한 건가? 꽃에 대해 잘 알고 있는 것 같네."

"아빠가 꽃을 좋아하세요. 그래서 덕분에 저도 조금 알게 된 거예요."

어느새 정원 끝에 도달해 있었다. 몇 분 전까지만 해도 환한 대낮 같더니 금세 석양이 지고 사방이 붉게 변해 있었다.

시원하게 불어오는 바람에 구석에 있던 그네가 삐걱거리며 자신의 존재를 드러냈다. 은율은 들뜬 얼굴로 그네로 달려갔다. 그네를 타 본 게 언제였는지 기억도 나지 않았다.

끽- 끽-

그네가 앞뒤로 흔들리며 내는 소음이 정겹게 들려왔다. 은율은 냉큼 그네에 앉았다.

"아, 기분 좋다."

시혁은 아이같이 해맑은 얼굴로 그네를 타는 그녀 옆에 섰다. 웃고 있는 그녀를 보는 게 좋았다. 같이 웃고 싶었다. 그가 그녀로 인해 웃듯이 그녀도 그로 인해 웃을 수 있으면 좋겠다. 지금보다 더 가까워지고 싶었다. 불어오는 바람을 타고 그의 바람도 점점 커져 가고 있었다.

오랜만에 타는 그네는 그녀를 감성에 빠지게 만들었다. 얼마만에 그네에 다시 앉는 건지 모르겠다. 은율은 눈을 감고 바람을 느끼기 시작했다. 귓가를 스치는 바람에 옛 생각이 떠올랐다. 그녀는 바람의 감촉에 이곳이 어디이며 누구와 왔는지 금세 잊어버렸다.

은율은 오래전 지영이 갑자기 세상을 떠나기 전날 밤, 집 앞 놀이터에서 탔던 그네 생각을 할 뿐이었다. 아직도 그날을 생각하면 눈물이 나왔다.

지영은 그날도 학원 앞까지 마중을 나왔었다. 중학생인 은율은 그날따라 괜스레 짜증이 났었다. 이제 알아서 가도 될 텐데 지영은 꼭 어린아이처럼 은율을 데리러 왔었다. 처음 있는 일도 아니었다. 그런데 그날따라 그 모습이 더 마음에 들지 않았다.

은율은 지영을 지나쳐 앞서 걸어갔다. 지영은 한달음에 은율에게 다가왔다. 은율은 짜증 난 얼굴로 지영을 바라봤다.

"알아서 간다니까 뭐하러 또 왔어?"

"우리 은율이 보고 싶어서 왔지. 공부하느라 힘들지?"

어깨에 있던 가방을 가져가며 지영은 그녀의 어깨를 다독였다. 은율은 지영의 다정한 손길에도 괜히 짜증이 나 그녀의 손을 쳐내며 화를 냈다.

"됐어."

"은율아, 엄마랑 잠깐 얘기 좀 할래."

"싫어."

"그럼 조금만 산책하다가 들어가자."

얼른 집에 가서 쉬고 싶었다. 그런데 지영은 계속 산책을 하자며 조르고 있었다.

"여기 앞에 놀이터 새로 지었더라. 우리 거기 한번 가 볼래?"

"내가 어린애야? 그냥 집에 가."

"오랜만에 구경도 하고 산책하면 좋잖아. 거기에 들꽃도 심었다고 하던데, 우리 구경 가자."

"그럼 엄마 혼자 갔다 와."

"어차피 아빠도 회식이라 늦는다고 했어. 응, 은율아. 놀이터에서 잠깐 앉았다가 들어가자. 바람이 선선하니까 너무 좋다. 그렇지?"

평소 안 하던 산책까지 하자는 지영을 따라 은율은 억지로 놀이터에 갔었다. 그날따라 지영은 이상하게 은율을 바라봤었다.

자꾸 머리를 쓰다듬는 것도 얼굴을 보듬어 주는 것도 싫었다. 하지만 은율은 거기에 신경 쓰고 싶지도 않았고 신경 쓰이지도 않았다. 모든 게 짜증스럽기만 한 날이었다.

놀이터 한쪽 벤치에 앉은 은율은 자꾸만 자신을 쳐다보는 지영의 시선에 더는 참을 수가 없었다.

"왜 자꾸 쳐다봐?"

"우리 은율이가 너무 예뻐서."

지영은 은율이 아무리 투정을 부려도 환하게 웃었다.

"치! 지난번에 성적 떨어져서 그러는 거지? 나도 알고 있어. 안 그래도 오늘 학원에서 다시 풀어 봤어."

은율의 말에 지영은 작게 웃었다.

"엄마가 성적 가지고 뭐라고 한 적 있었어? 다음에 더 잘하면 되지 뭘 걱정해. 성적이 다는 아냐. 너무 속상해하지 마."

"치! 말로만."

알고 있지만 자격지심 때문인지 자꾸 볼멘소리만 나왔다.

"우리 은율이는 뭐든 열심히 하니까, 분명 멋진 어른이 될 거야. 언제 어디서든 온화하게 빛나면서 말이야."

"지금도 애는 아니거든요."

은율의 말에 지영은 환하게 웃었다.

"은율아, 엄마가 우리 은율이 많이 사랑하는 거 알지?"

"오늘따라 왜 이러실까? 오늘 학원에서 진짜 열심히 공부했거든. 기말에서는 실수 없을 거야."

지영은 은율의 손을 살며시 잡았다. 마주 잡은 손이 무척 따뜻했다.

"살면서 실수 안 하는 사람이 어디 있어? 실수를 통해 배우면 더 크게 성장하는 거야, 우리 딸."

"어휴, 몰라. 이제 집에 가자."

자리에서 벌떡 일어서는데 서늘한 바람에 그네가 흔들거리며 소리를 냈다. 지영은 은율의 손을 잡아끌었다.

"은율아, 이리 와 봐."

"아, 왜?"

억지로 끌려간 은율은 그네에 앉히는 지영을 향해 또 짜증을 부렸다. 그네는 은율이 타기에는 턱없이 작게 느껴졌다. 일어서는 은율의 어깨를 지영이 살며시 눌렀다.

"앉아 봐."

"싫어!"

"한 번만 앉아 봐."

"어휴, 싫다니까!"

지영의 부탁에 억지로 그네에 앉은 은율은 계속 투덜거렸다.

"내가 유치원생이야?"

은율의 투정에 지영은 작게 웃었다.

"너 어릴 때 밤마다 놀이터에 그네 타러 가자고 얼마나 울었는지 알아? 그네만 타면 울다가도 얼마나 해사하게 웃었는지……. 그 모습이 아직도 선한데 어느새 이렇게 자랐네. 어릴 때는 하도 울어서 새벽까지 그네 탄 적도 있었어."

"내가 언제?"

기억에도 없는 말을 하는 지영을 향해 은율은 혀를 날름 내밀었다. 살짝 밀어 주는 지영의 손길에 은율이 탄 그네가 유선형을 그리며 움직이고 있었다.

귀를 타고 지나는 바람에 기분이 좋아졌다. 참 오랜만에 타는 그녀였다. 지영의 말대로 기분이 나아진 것 같았다.

"은율아, 엄마가 은율이 많이 사랑하는 거 잊지 마."

"알아. 누가 뭐라고 했어? 오늘따라 왜 그래?"

결국 은율은 그 밤 등을 밀어 주는 지영의 다정한 손길에도 내내 투정만 부렸었다.

그 시간이 이렇게 시릴 만큼 그리울 줄 알았다면 얼마나 좋았을까 싶었다. 그 생각에 은율의 눈에서 한 줄기 눈물이 흘러내렸다.

말없이 은율을 지켜보던 시혁은 갑자기 눈물을 흘리는 그녀의 모습에 당황했다. 한시도 눈을 뗄 수가 없었다.

"고은율 씨!"

팔을 잡는 손길에 놀라 눈을 뜬 은율은 그제야 자신이 어디에 있는지 깨달았다.

"죄송합니다."

서둘러 눈물을 닦은 은율은 시혁을 피해 옆으로 걸어가려 했다. 그러나 시혁이 그녀를 놓지 않았다.

"죄송해요. 제가 잠시 딴생각을 하느라…… 흑."

왜 갑자기 눈물이 쏟아졌는지 몰랐다. 흐느끼기 시작한 은율은 어느새 시혁의 품에서 울고 있었다. 새삼스럽게 지영을 생각하며 울다니……. 자신이 생각해도 이상했다.

어쩌면 근래 들어 너무 행복해하는 주환의 모습에 샘이 났는지도 몰랐다. 은율은 이런 자신이 싫지만 인정하지 않을 수가 없었다. 주환의 행복을 빌면서도 한편으로는 질투하고 있었다. 그녀는 이렇게 힘든데 누구에게 털어놓을 사람조차 없었다. 이제는 그날 봤던 모습조차 기억에서 흐릿해져 있었다.

그동안 봤던 시혁이 동일 인물인지조차 가늠하기 힘들었다. 차라리 아니면 좋을 것 같았다. 갈피를 잡지 못한 심정으로 은율은 고개를 돌렸다.

"죄송합니다."

"고은율 씨는 정말, 하루도 조용한 날이 없군."

"정말 죄송합니다."

은율은 서둘러 남아 있던 눈물을 닦아 냈다. 시혁을 볼 낯이 없었다. 비서로서 그녀는 최하였다. 상사가 원하지 않는 행동을 서슴지 않는 데다 사실은 그를 온통 의심하며 감시하고 있었다.

은율은 죄책감에 고개를 들지도 못했다. 상사로서 그는 더없이 좋은 사람이었다. 하지만 그녀는 아니었다.

지난 몇 달간 시혁의 행동을 봐서는 그날을 제외하고 미주와 만나는 것 같지도 않았다. 미주는 주환과 그녀에게 더없이 잘하고 있었다. 표면상으로는 아무런 문제도 없었다. 머릿속이 터질 것 같았다. 은율은 이러지도 저러지도 못한 채 서 있었다.

더는 기다릴 수 없었다. 시혁은 결심을 굳히고 은율의 어깨를 잡았다. 더는 망설이지 않을 생각이었다.

"그렇게 미안하다면, 내 부탁 좀 들어줬으면 좋겠어."

"특별히 부탁하실 일이라도 있으신가요?"

진정이 되자 미안한 마음이 들었다. 은율은 시혁에게서 한 걸음 떨어져 심호흡했다. 더는 시혁에게 쓸데없이 여자를 소개하는 일을 그만둘 생각이었다. 그녀는 미주를 믿어 보기로 했다. 은율은 한결 가벼워진 마음으로 시혁을 바라봤다. 하지만 문제는 시혁이었다.

"알고 싶어."

"뭐가 궁금하신데요?"

이제 은율은 평소의 그녀로 돌아와 있었다. 잠시 감상에 젖었을 뿐이었다. 눈앞에 있는 남자는 원시혁이었다. 그녀의 상사이며 미주를 마음에 담은 남자.

"당신!"

"네?"

잘못 들은 게 확실했다.

"무슨 말씀을 하시는 건지……."

"내가 여자에게 관심이 생겼어."

반가운 말이었다. 은율은 시혁의 팔을 잡고 진심으로 기뻐했다. 드디어 그동안 노력의 성과가 보였다.

"그래요? 어떤 여자분인데요? 역시 현 사장님 댁 따님이죠? 제가 그럴 줄 알았다니까요."

"아니야."

은율은 웃음을 멈추고 그를 바라봤다.

"그럼 누군데요? 혹시 제가 소개해 드린 분 말고 다른 분을 마음에 두신 거예요? 어떤 여자분이에요? 제가 알고 있는 분인가요?"

너무도 즐거워하는 은율을 보며 시혁은 도리어 난감해졌다. 어쩌면 받아들이지 못할지도 몰랐다. 하지만 이미 시작된 일이었다. 되돌리기엔 이미 그녀를 너무 많이 눈에 담았다. 이 모든 게 어쩌면 그녀와 처음 만난 날부터 예정된 일이었을지도 몰랐다.

　"당신도 잘 아는 사람이야."

　"그분이 누군데요?"

　"바로 당신!"

　은율은 생각지도 못한 상황에 눈만 깜빡일 뿐이었다.

제5장. 은밀하되 은밀하지 않은

사무실로 어떻게 돌아왔는지 기억조차 나지 않았다. 은율은 차에 탄 이후 정면만 응시하고 있었다. 시혁과 최대한 얼굴을 마주하지 않으면 괜찮을 거라고 생각했다. 시혁은 잠시 그녀가 궁금한 것뿐일 것이다. 그의 주위에 그녀 같은 여자는 없을 게 분명했다. 시혁의 관심이 그저 다른 부류에 대한 호기심뿐이라고 생각했다. 시혁과 그녀는 처음부터 다른 사람이었다.

은율은 시혁에게 어떤 말을 해야 할지, 어떻게 대처해야 할지 아무런 생각도 나지 않았다. 우선은 마주치지 않는 게 최선인 것 같았다.

하지만 시혁은 그녀와 생각이 다른 것 같았다. 평소처럼만 있어도 괜찮겠다 싶었다. 평소 시혁과 마주하는 건 기껏해야 커피를 가져다줄 때를 제외하면 거의 없을 정도였다.

그런데 시혁은 평소의 그가 아니었다. 워커홀릭이라고 할 정도로 일에 파묻혀 있을 때는 언제고 이제는 그녀 사무실에 있는 간이 소파에 앉아 느긋하게 잡지를 뒤척이는 한량으로 전락해 있었다.

은율은 그런 시혁을 보는 게 낯설고도 가슴 떨렸다. 시혁은 오후 내내 그러다 그것도 지쳤는지 이제 그녀를 바라보기 시작했다. 그것도 곧 뚫어 버리겠다는 듯이.

은율은 뚫어져라 자신을 바라보는 시혁의 시선을 애써 무시하며 서류를 들여다봤다. 하지만 시혁은 이제 턱까지 괴고 그녀를 바라보고 있었다. 당장에라도 누가 들어와 이 기막힌 광경을 볼 것 같아 미칠 것 같았다.

"내일 오전 미팅 자료입니다. 미리 읽어 두시는 게 합병 건에 도움이 될 겁니다. 그럼 전 이만 퇴근하겠습니다."

은율은 서둘러 책상을 정리하고 자리에서 일어났다. 그런데 시혁이 한발 더 빨랐다. 시혁은 그녀 앞을 떡하니 가로막고 서 있었다. 은율은 한숨을 내쉬고 한 걸음 뒤로 물러났다.

"고은율 씨는 배 안 고파? 난 지금 배가 너무 고파서 쓰러질 것 같은데. 우리 밥이나 먹자!"

"네?"

잘못 들은 거라 생각했다. 지금 같은 상황에서 밥이라니. 하지만 정말 배를 부여잡고 있는 모습을 보니 다른 말이 나오지 않았다. 사실 시혁이 다른 말을 하길 기대한 건 아니었다. 하지만 왠지 모를 실망감이 밀려오는 건 어쩔 도리가 없었다.

"저는 그냥……."

"내가 불편해?"

불편했다. 그것도 엄청나게. 궁금한 듯 그녀를 빤히 보는 시선에 입이 쉽게 떨어지지 않았다. 하지만 비서로서 상사를 불편하다고 말할 수는 없었다. 은율은 마른침을 삼키며 시선을 피해 작게 속삭였다.

"그, 그럴 리가요?"

"그럼 저녁 먹는 것 정도는 어렵지 않겠지? 5분 후에 나가지."

은율은 쏜살같이 사무실로 사라지는 시혁을 보며 의자에 주저앉았다. 이 상황을 어떻게 해야 할지 난감했다. 거절할 거면 그가 사라지기 전에 했어야 했다. 하지만 다시 눈앞에 시혁이 서 있는데도 그녀는 결국 거절하지 못하고 그와 밖으로 나와 있었다.

은율은 긴장에 두 손을 부여잡았다. 복도의 긴 유리창으로 저녁빛이 들어왔다. 앞서 걷던 시혁은 그녀에게 손을 내밀었다.

"가지."

손을 잡자는 건 분명 아니었다. 여긴 회사였다. 그들을 보는 수많은 사람들의 눈이 있었다. 하지만 그의 손짓 하나에 그녀는 심장이 쿵 내려앉는 걸 느꼈다.

시혁이 천천히 그녀에게 다가왔다. 가까이 서 있는 그의 긴 그림자가 그녀의 그림자 위로 다가왔다. 묘한 떨림이 전신을 감쌌다. 은율은 천천히 시혁에게 한 걸음 다가갔고 그림자는 완벽히 하나가 되어 있었다.

시혁이 안내한 곳은 조용한 레스토랑이었다. 긴장감을 감추지 못한 은율은 결국 시혁을 피해 화장실로 들어갔다. 시혁이 다른 여자에게 관심을 가진다는 건 미주에 대한 미련을 버릴 수 있는 절호의 기회였다. 은율은 이 기회를 절대로 놓칠 수가 없었다.

은율은 화장실 세면대에서 자신의 창백한 얼굴을 바라봤다. 마음을 다잡을 필요가 있을 것 같았다. 은율은 립스틱을 꺼내 덧칠하면서 입술을 야무지게 물었다.

"그래! 한번 해 보는 거야."

이제 와 아무것도 없다는 듯이 되돌아갈 수는 없었다. 만족할 정도로 화장을 고친 은율은 시혁이 기다리고 있는 레스토랑 앞으로 걸어갔다.

주위 여자들이 시혁을 흘끗거리며 보고 있었다. 시혁은 어디에서도 눈에 띄는 외모였다. 그는 의식하지 못하고 있지만 은율의 눈에는 그 모든 것들이 한 번에 들어왔다.

은율은 당당하게 어깨를 펴고 시혁의 옆으로 다가갔다. 어차피 시작된 일이었다. 시작이 있다면 끝도 있는 법이었다.

"들어가요."

출장길에 간혹 식사한 적은 있었다. 하지만 이렇게 사적으로, 그것도 마치 데이트를 나온 연인들처럼 저녁을 하는 건 처음이었다. 온몸이 바짝 긴장됐다. 입이 말라 저도 모르게 자꾸만 입술을 축이게 됐다. 기껏 바른 립스틱이 다 지워질 것 같았다. 그 생각에 은율은 작게 인상을 썼다.

"나와 식사하는 게 그렇게 싫은 거야?"

갑작스러운 시혁의 말에 은율은 그제야 고개를 들었다.

"네?"

"표정이 꼭 도살장에 끌려가는 소 같아서 하는 소리야. 싫다면 지금 나가."

"아니에요. 잠시 딴생각 좀 했어요."

"나랑 있는데 딴생각이 들었단 말이지? 그만 앉아."

몸에 밴 매너 때문인지 의자를 빼 주는 시혁의 태도가 전혀 낯설지가 않았다. 어색하게 웃으며 은율은 자리에 앉았다.

주위 여자들이 부러운 듯 그녀를 바라보고 있었다. 하지만 그녀의 속마음을 알면 절대 부러워할 수 없을 거라는 생각에 씁쓸한 미소가 떠올랐다.

시혁은 은율을 유심히 바라보다 작게 한숨을 내쉬었다. 긴장한 듯 입술을 잘근거리는 모습에 자꾸 이상한 상상이 일었다. 그러다 인상을 썼다 다시 웃는 그녀의 모습에 걱정이 일었다.

"내 얼굴이 그렇게 이상한가?"

시혁은 하루 종일 알 수 없는 말만 하고 있었다. 은율은 무슨 소리냐는 듯 시혁을 바라봤다.

"갑자기 무슨 말이에요?"

"그럼 왜 그렇게 웃는 거야?"

"아니에요."

할 말이 많은 얼굴임에도 은율은 입을 다물었다. 평소 그녀답지 않았다. 지금 그가 평소의 그가 아니듯이.

"지금 그 모습! 고은율 씨, 답지 않아."

"나다운 게 뭔데요?"

"평소 당신답지 않다는 거야."

"이제는 잘 모르겠어요."

복잡할 게 분명했다. 하지만 그녀에게 생각할 시간은 주지 않을 작정이었다. 생각이 많으면 많을수록 그녀는 도망갈 게 분명했다.

"식사하면서 얘기하도록 하지."

환하게 웃는 모습에 머리가 어지러울 지경이었다. 아무리 객관적으로 보려고 노력해도 소용없었다. 시혁은 그녀와 있기에는 너무 멋진 남자였다.

그동안 연애를 많이 하지는 않았지만 수많은 사람들을 보고 만나며 사람 보는 눈이 생겼다고 장담할 수 있었다. 그런데 시혁은 그동안 봐 왔던 남자 중에 가장 치명적인 매력을 가진 남자였다. 한번 빠지면 절대 헤어날 수 없을 것 같았다. 잊으면 안 됐다. 그가 누군지, 그가 어떤 사람인지! 다시 한 번 가슴속에 되새기며 은율은 시혁을 바라봤다.

잠시 후, 은율은 자세를 고쳐 앉으며 주위를 둘러봤다. 역시 돈의 위력이라는 게 새삼 실감났다. 시혁은 매일 이런 곳을 왔겠지만 그녀는 처음이었다.

은율은 처음 누리는 호사에 열심히 돈을 모아 주환과 꼭 한 번 와야겠다는 생각이 들었다. 잠시 공상에 빠져 있는 은율을 깨운 건 시혁의 목소리였다.

"고은율 씨!"

"네?"

"나와 있는 게 그렇게 지루한가?"

시혁은 심각한 얼굴로 은율을 보고 있었다. 화가 난 것 같았다. 아니, 분명 화가 나 있었다.

"왜요?"

"자꾸 딴생각을 하는 것 같아서."

"사실은 이런 데 처음 와서 긴장해서 그런 거예요."

모든 걸 말할 수는 없지만 이것만은 솔직하게 말하고 싶었다. 이런 곳이 주는 위압감은 또 다른 것 같았다. 은율은 다른 사람들처럼 편할 수가 없었다.

주위 사람들이 모두 그녀 테이블을 보는 것 같아 불편했다. 시혁은 그런 시선은 아무렇지도 않은 것같이 무시했다. 하지만 그녀는 그럴 수가 없었다. 은율은 애써 불편한 기색을 감추며 두 손을 마주 잡았다. 이제부터 시작이었다.

시혁은 잠시 은율을 바라보다가 입을 열었다. 우선은 가벼운 대화부터 시작해 볼 생각이었다.

"몇 달간 지켜봤는데, 애인이 있는 것 같지는 않고……. 전에 남자 만난 적 없었어?"

"당연히 있었죠."

은율도 담담하게 얘기하는 것 같았다. 시혁은 도저히 은율의 심중을 읽을 수가 없었다. 어떨 때 보면 은율은 과하다 싶을 정도로 그에게 관심을 가졌다. 그 관심이 그에게 확신을 줬었다. 하지만 은율의 이런 모습은 그 확신을 여지없이 무너지게 만들었다.

"그럼 이런 데서 데이트 한 번은 해 봤을 거 아냐?"

"대학 때 만났던 게 전부예요. 그때는 둘 다 학생 신분이라 이렇게 좋은 곳에는 처음 와 봐요."

시혁은 다행이다 싶었다. 그가 은율에게 해 줄 수 있는 것이 하나는 생긴 셈이었다.

"그럼 자주 데려와야겠네."

"아니, 그러실 필요 없어요. 다음에는 아빠랑 오려고요. 분명 좋아하실 거예요."

시혁은 대번에 인상을 썼다. 그의 경쟁 상대는 아무래도 그녀의 부친 같았다. 상대하고 싶지 않은 대상이었다.

"고은율 씨! 은율 씨는 아버지가 그렇게나 좋은가?"

"네?"

갑작스러운 주제 변화였다.

"무슨 말만 하면 아빠, 아빠 해서 하는 소리야. 은율 씨, 영락없는 파파걸이야."

은율은 그제야 자신이 또 주환 얘기를 했다는 걸 깨달았다. 항상 인지하지 못했다. 주환은 그녀 인생의 전부였다. 주환을 제외한 그녀 인생은 생각할 수도 없었다. 아무리 재혼했어도 그건 변함이 없었다. 은율은 작게 웃었다.

"파파걸이라고 해도 어쩔 수 없어요."

"아직도 애군."

예전에 만났던 남자 친구도 했던 말이고 그녀를 아는 사람이라면 누구나 하는 말이었기에 대수롭지 않게 대꾸했다. 하지만 시혁의 되돌아온 말에 은율은 기분이 상했다.

은율이 뭐라고 대꾸하려는데 시혁이 주문을 했다. 결국 은율은 아무 말도 하지 못했다. 어색한 분위기에 그녀는 애꿎은 물 잔만 매만졌다.

시혁은 기분이 상한 것 같은 은율은 보며 한숨을 내쉬었다. 본의 아니게 그녀의 기분을 상하게 만들어 버렸다. 하지만 매번 아빠 얘기를 하는 그녀에게 좋은 말만 할 수는 없었다. 시혁은 분위기를 전환하기로 했다.

"은율 씨, 와인 한잔 어때?"

"주세요."

상한 마음도 달랠 겸 와인을 한 모금 마셨다. 그런데 입안에 착 감기는 게 역시 비싼 술은 달랐다. 홀짝홀짝 마시다 보니 벌써 세 번째 잔을 비우고 있었다.

"천천히 마셔. 그러다 취해."

"저, 술 잘해요."

가끔 주환과 술을 마셨었다. 주량도 제법 주환과 대작을 할 정도였다. 은율은 망설임 없이 시혁이 건네는 와인을 마셨다.

마주치는 시선에 달리 할 말도 없었다. 거기다 저녁 시간이 꽤 지나 있어 배도 고파 왔다. 차라리 음식이라도 빨리 나오면 좋으련만 나올 생각을 않는 것 같았다. 결국 은율은 술 배라도 채워야겠다는 생각을 하며 와인을 마시기 시작했다.

역시 시혁에게 주문을 맡기길 잘한 것 같았다. 나오는 음식들이 하나같이 기가 막혔다. 앞에 펼쳐진 음식들을 보자 배 속에서 천둥소리가 났다. 은율은 눈앞의 음식에 저절로 입맛을 다시고 있었다.

시혁은 그런 은율의 모습에 웃음이 나왔다. 좀 전까지 퉁퉁 불어 있던 얼굴이 음식을 보며 금세 환해졌다. 은율은 볼수록 매력적이었다. 확실히 그동안 봐 왔던 여자들과는 달랐다. 그에게 마음이 없어 더 그런지도 몰랐다. 그 생각에 입안에 있던 와인이 더욱 썼다.

"침 떨어지겠네. 얼른 먹어."

"네, 잘 먹겠습니다."

수프도 은율이 가장 좋아하는 감자 수프였다. 한 스푼 살짝 입에 넣자, 너무 부드러워 혀에서조차 흔적을 찾을 수가 없었다. 열심히 스푼을 움직이다 문득 느껴지는 시선에 고개를 들었다. 시혁이 은율을 뚫어지게 쳐다보고 있었다.

"왜요? 사장님은 안 드세요?"

시혁은 은율을 한참 동안 쳐다보고만 있었다. 결국 시선을 피한 건 또 그녀였다.

"은율 씨는 참 보기 드문 사람이야."

"……."

"어떤 날은 날 화나게 하다가도, 또 어떤 날은 날 미치게……. 아니다. 그만하고 식사나 해."

코끝을 자극하는 향에 침샘이 요동쳤다. 은율은 맛있는 음식을 앞두고 긴장이 한순간에 풀어지는 걸 느꼈다.

그동안 맞지 않게 너무 복잡하게 살아왔었다. 시혁과 얽히지만 않았다면 평탄하기만 했을 삶이었다. 하지만 모든 게 달라져 있었다. 당장 바꿀 수 있는 건 아무것도 없었다. 은율은 그날만큼은 단순해지고 싶었다. 그저 맛있는 걸 맛있게 먹고 즐거운 건 즐기고 싶었다.

그녀는 수프 한 그릇을 금세 비우고 빵과 샐러드를 먹기 시작했다. 맛있는 음식 앞에서 체면치레 같은 건 소용없었다. 툭하면 밤새우는 시혁으로 인해 야근은 필수가 된 지 오래였고, 다음 날 힘겹게 출근하면 언제나 타이핑할 서류가 산더미처럼 쌓여 있었다.

그러다 보니 먹을 수 있을 때 최대한 먹자는 게 신조가 된 지 오래였다. 워낙 감자를 좋아했지만 수시로 감자 칩으로 영양 보충을 하지 않았다면 진작 쓰러졌을지도 몰랐다.

그날은 감자 칩은 구경도 못 한 상태였다. 잠시 옥상에 올라가 커피 한 잔 마신 게 그날 식사의 전부였다. 시혁도 먹는 동안에는 말하지 않을 것 같았다. 은율은 먹고 생각할 참이었다.

한결 편해진 은율을 보며 시혁은 작게 웃었다. 먹는 모습도 마음에 들었다. 그녀가 소개한 여자와 차를 마시면서도 은율의 모습이 여러 번 오버랩됐었다. 잘 보이려 치장하지 않는 모습이 더 좋았다. 온갖 화장품과 부를 뽐내며 과시하는 모습은 이제 질려 버렸다.

"은율 씨가 나와 근무한 지도 벌써 반년이 다 돼 가네. 시간 참 빨라."

어느새 시간은 그만큼 흘러 있었다. 그사이 많은 일들이 있었지만 여전히 변한 건 하나도 없었다.

"그러게요. 벌써 그렇게 됐네요."

"그동안 여러 가지로 고생 많았어."

은율은 절로 고개를 끄덕였다. 그동안의 고생을 말로 다 할 순 없었다. 그런데 이 대화, 언젠가 했던 것 같은 기억이 났다. 그 순간 낮에 있었던 시혁과의 일들이 떠올랐다.

은율은 천천히 포크를 내려놨다.

"갑자기…… 왜요?"

우물거리는 은율을 향해 시혁은 환하게 웃어 보였다. 그의 웃는 모습에 위험 신호등에 불이 들어왔다. 어쩌면 이렇게도 무방비 상태가 되는지 모르겠다. 은율은 스스로 생각해도 자신이 한심하게 느껴졌다. 이 자리가 어떤 자리인지 까맣게 잊고 있었다.

은율은 그제야 정신을 차리고 시혁을 바라봤다. 진지한 눈빛에 흔들림 없는 표정. 마주치는 시선. 시혁은 진심이었다.

진심이라고 느낀 순간, 모든 게 달라 보였다. 낮에 들었던 말들이 귓전에 맴돌았다.

"낮에 내가 한 말 생각해 봤어?"

"캑, 캑. 무, 무슨 말이요?"

은율은 열심히 포크를 움직이는 척했다. 하지만 좀 전까지 먹었던 음식 맛이 하나도 느껴지지 않았다.

시혁이 무슨 말을 할지 알고 있었다. 아직 그녀는 마음의 준비가 되지 않았다. 아니, 생각할 겨를조차 없었다.

"딴청 피울 생각은 안 하는 게 좋을 거야."

"딴, 딴청이라뇨?"

"당신한테 남자로서 관심 있어."

목소리가 너무 큰 것 같았다. 주위에서 이미 그들 테이블을 보는 이들이 적지 않았다. 은율은 얼른 고개를 숙이고 속삭였다.

"사장님!"

"여긴 회사 밖이야."

시혁은 아랑곳하지 않고 그녀만 바라보고 있었다. 은율은 안절부절못하며 주위를 두리번거렸다. 만약 그들을 아는 사람이라도 만난다면 총체적 난국에 부딪힐 게 분명했다.

"아무리 그래도 사장님은 사장님이에요!"

대화를 나누고 있는 건 확실한데 자신이 무슨 말을 하는 건지 알아들을 수가 없었다. 머릿속 회로가 망가져 버린 것 같았다.

"내가 당장 뭘 어떻게 하자고 했어?"

시혁의 질문에 할 말이 없었다. 그는 단지 호감을 표시했을 뿐이었다. 은율은 괜스레 호들갑을 떤 것 같아 창피함이 몰려왔다.

홍조를 띠며 고개를 숙이는 은율의 모습에 시혁은 또 웃고 말았다. 마음 같아선 그녀의 급한 성격에 불이라도 당겨 그와 같은 맘으로 끌어올리고 싶었다.

하지만 아직은 아니었다. 지금 그의 상황도 그랬고 그녀의 마음도 아직 확인하지 못한 상태였다. 한 사람에게 치우친 감정이 어떤 결과를 낳을 수 있는지 잘 알고 있었다. 그래서 더 시작하기 어려웠는지도 몰랐다. 이성적 호감이 있다는 건 감지했다. 아직 그녀가 자각하지 못했을 뿐, 그는 느낄 수 있었다.

"우선 배부터 채우자고."

은율은 고개를 숙이고 열심히 나이프와 포크를 움직이기 시작했다. 시혁은 그런 그녀를 계속 뚫어지게 쳐다보고만 있었다. 은율은 시선을 둘 데가 없어 계속 와인을 마시기 시작했다.

과음을 하는 게 아니었다. 뭐라고 횡설수설하는 것 같은데 통제가 되지 않았다.

"내가 진짜 사장님 때문에 미치겠다고요……. 나도 이 상황을 어떻게 해야 하는지…… 도저히, 도저히 생각이 안 난다고요! 사장님이 제 마음을 아세요? 아시냐고요?"

은율이 하는 말을 들으며 시혁은 자꾸 웃음이 나왔다. 이러니 좋아할 수밖에 없다. 이러니 눈에 담을 수밖에 없다. 그녀의 작은 행동에도 그는 의미를 둔 지 오래였다.

커져 가는 시혁의 웃음소리에 은율은 도리어 인상을 썼다.

"왜 자꾸 웃어요? 웃지 마세요. 그렇게 웃지 말라고요! 사장님 웃는 모습이 얼마나 절 힘들게 하는지 아세요? 끅, 그것 때문에 내가 얼마나 심각한지 알기나 하시냐고요?"

시혁이 말리는데도 은율은 그의 말을 듣지 않았다. 더 말렸어야 했는지도 몰랐다. 지금 은율은 본인이 무슨 말을 하는지도 모를 만큼 만취 상태였다.

시혁은 그만 일어나야겠다는 생각이 들었다. 하지만 웃는 것까지 참을 수는 없었다. 시혁이 계속해서 웃자 은율은 더 화가 나기 시작했다.

"뭐가 재미있다고 웃으세요? 사장님은 지금 이 상황이 웃기세요?"

꼬일 대로 꼬인 혀로 할 말은 다 하고 있었다. 차라리 다음 날 기억하지 못하는 게 나을 것 같았다. 만약 기억한다면 은율은 당장 사직서를 들고 올 것 같았다. 뭐, 그가 그 자리에서 찢긴 하겠지만.

불현듯 떠오른 생각에 웃음이 또 나왔다. 그의 웃음소리에 은율의 눈이 금세 가늘게 변했다.

"내가 적당히 마시라고 했지?"

"전 정말 심각하다고요. 우리 아빠…… 우리 아빠가 아시면……. 딸꾹, 내가 우리 아빠를 얼마나 사랑하는데요."

시혁은 그녀의 말에 더 크게 웃었다. 이 상황에서도 마지막은 항상 아빠로 끝이 났다. 처음에는 기분이 상했지만 이토록 가까운 부녀 사이가 부럽기도 했다. 시혁은 비틀거리며 일어서는 은율을 얼른 부축했다.

"누가 파파걸 아니랄까 봐. 은율 씨는 세상에서 아버지가 가장 좋다는 거잖아. 누가 뭐라고 했어?"

은율은 부축하는 시혁의 손을 세차게 뿌리쳤다. 쏘아보는 눈빛이 제법 살벌했다. 그가 무슨 큰 죄라도 지은 것 같았다.

"다 사장님 때문이라고요."

"뭐가 나 때문이라는 거야?"

"사장님이 우리 엄마……. 딸꾹, 아니면……."

계속 말을 하는데 알아들을 수가 없었다. 목소리가 점점 작아지고 있었다.

"뭐라고?"

"사장님이 우리 엄마……. 어휴."

웅얼거리던 은율은 어느새 테이블에서 몸을 기댄 채 잠들어 있었다. 그 모습에 당황스러웠다. 고백이라는 걸 한 남자 앞에서 이렇게 잠든 그녀는, 정말 감당하기 힘들었다. 그런데 그런 그녀를 보면 웃음이 나왔다. 이런 자신이 이해가 안 됐지만 이해하고 싶지도 않았다.

"당신 때문에 진짜 미치겠다. 어휴, 이제 어쩌지?"

아까부터 조잘대는 입술이 신경 쓰여 죽을 것 같았다. 그런데 아무 말도 하지 않고 있는 입술은 더 대책이 안 섰다. 아무도 보는 사람이 없으니 한입에 꿀꺽할까 하는 다소 황당한 생각이 그의 머리를 스치고 지나갔다. 하지만 그것도 잠시였다.

술에 취한 은율을 어떻게 해야 할까 고민에 빠졌다. 가방 안에 있는 핸드폰은 잠겨 있었고 지갑은 열어 봐도 신분증은 보이지 않았다.

"후, 내가 미쳤어. 어쩌자고 와인을 권한 거야?"

완전히 곯아떨어진 은율은 흔들어도 반응이 없었다. 결국, 은율을 부축하고 밖으로 나왔다. 밤은 이미 깊어 있었고 그의 입에서도 깊은 한숨이 새어 나왔다.

이 밤이 참 길게 느껴질 것 같다는 생각을 하며 시혁은 은율을 품에 안았다.

차에 태워 몇 번이고 흔들어 깨워 봤지만 깨어날 기미가 없었다. 은율은 그야말로 무방비 상태로 잠들어 있었다.

시혁은 자고 있는 은율을 보지 않으려 무던히도 애쓰고 있었다. 하지만 어느새 시선은 자꾸 그녀에게 향하고 있었다. 은율은 계속해서 그를 사지로 모는 것 같았다.

붉게 홍조 띤 얼굴에 거친 숨소리, 살짝 벌려진 붉은 입술, 더운지 자꾸만 풀어 헤지는 옷가지들. 작은 움직임 하나에도 몸이 움찔거렸다.

더는 움직이지 않는 좁은 공간에 있으면 안 될 것 같았다. 시혁은 급하게 시동을 걸었다. 은율은 점점 시혁의 상태를 망각하며 본연의 모습으로 돌아가려 애쓰고 있었다. 시혁은 급하게 웃옷을 벗어 그녀의 전신을 덮었다. 커다란 옷 아래로 그녀가 지금 어떤 행동을 하고 있는지 여지없이 보였다.

시혁은 잠시 두 눈을 감았다가 떴다. 여전히 은율은 보조석에 누워 있었고 손은 여전히 자신의 옷을 헤집고 있었다. 차라리 육안으로 보는 게 나았을지도 몰랐다. 자신의 커다란 옷 아래서 벌어지는 일들이 그 어떤 영상보다 생생하게 눈앞에 펼쳐졌다. 눈을 감아도 잔상처럼 남은 영상이 그를 괴롭혔다.

"에휴, 내가 미쳐."

아무리 생각해도 방법이 없었다. 결국 시혁은 작게 한숨을 내쉬고 차를 출발시켰다.

한국에 들어오고서도 본가로 들어가지 않았다. 처음 들어왔을 때부터 생각했던 일이었기에 회사 근처에 아파트를 하나 장만했었다.

현희와 그 일로 아직 실랑이를 벌이기는 하지만 이제는 웬만큼 적응해 도리어 혼자인 게 편해졌다. 그 덕에 이사한 지 6개월이 넘었지만 아직까지 그 누구도 그의 집에 발을 들인 적이 없었다. 하물며 재섭과 현희도 온 적 없는 집이었다. 가끔씩 도우미 아주머니가 왔다 가는 게 다인 썰렁한 집 문을 열며 시혁은 이상한 기분에 휩싸였다.

참 오랜만이었다. 자신만의 공간에 다른 사람을 들이는 것이. 그것도 여자를 데리고 온 것은 더더욱. 혼란스런 기분과 함께 실로 오랜만에 본능이 춤추고 있었다.

등 뒤로 여실히 느껴지는 감촉들. 앞으로 안자니 그녀의 얼굴이 자꾸 들어와 등 뒤로 업었을 뿐인데 이게 도리어 화근이었다.

시혁은 게스트 룸까지 가는 거리가 이토록 멀었는지 그날 처음 알았다. 가늘게 새어 나오는 입김이 그의 목덜미로 고스란히 느껴졌다. 팔에 느껴지는 허벅지의 부드러움에 몸이 부르르 떨려 왔다.

미친 짓이었다. 이곳으로 데리고 온 것부터가!

그런데 방법이 없었다. 은율을 호텔방에 혼자 둘 순 없었다. 이건 그저 상사로서 최소한의 배려일 뿐이었다. 나름 타당한 이유를 갖다 대고 있지만 세포 하나하나가 온통 그녀를 향해 촉각을 곤두세우고 있었다.

시혁은 스스로에게 물었다. 단지 그것뿐이냐고! 하지만 자신 있게 답할 수가 없었다. 정말 이것이 옳은 일인지는 그도 확신이 서지 않았다. 육체적으로 그녀에게 끌린다는 건 부정할 수가 없었다. 잠자고 있는 그녀를 흔들어 깨워 그가 겪고 있는 이 고통을 해결하고 싶었다. 하지만 그럴 수는 없었다. 은율은 지금 술에 취해 잠들어 있었다. 그것도 아주 깊게.

다른 여자 같았으면 이런 상황을 애초에 만들지도 않았을 것이다. 뿐만 아니라 만들었더라도 진저리를 치고 버려뒀을지도 몰랐다. 그는 그렇게 냉정한 사람이었다. 그랬기에 이 자리까지 오를 수 있었다. 그 예전에도 그랬었다. 하지만 고은율이란 여자 때문에 모든 게 바뀌어 있었다. 시혁은 이 모든 상황들이 하나도 싫지가 않았다. 혜주가 이 모습을 본다면 욕할지도 몰랐다. 아니, 분명 욕하고도 남았다. 나쁜 놈이라고. 천하의 나쁜 놈이라고…….

시간이 약이라고 했던가? 시혁은 그런 생각을 하는 자신이 우스웠다. 시혁은 조심스럽게 은율을 침대에 눕혔다. 하지만 그 후부터가 더 큰 문제였다.

커다란 침대에 아무런 방어도 없이 흐트러져 있는 은율의 모습은 시혁의 집중력을 흐려 놓고 있었다. 마치 손만 뻗으면 닿는 거리에 있는 금단의 열매처럼 그녀는 먹음직해 보였다.

시혁은 손만 뻗으면 닿을 수 있는 거리의 열매를 바라만 봐야 하는 심정을 절절히 느끼고 있었다. 그가 마음만 먹는다면 그 달콤함을 마음껏 맛볼 수 있을 것 같았다.

잠든 그녀의 모습을 지켜보는데 호흡이 점점 거칠어졌다. 그녀를 만지고 싶은 마음이 자꾸만 솟구쳐 주먹을 불끈 쥐었지만 소용없었다. 시선이 계속 그녀에게로 향했다. 도저히 참을 수가 없었다. 시혁은 한달음에 주방으로 달려가 시원한 냉수를 들이켰다. 하지만 아무런 소용이 없었다.

"원시혁! 정신 차려!"

거실을 왔다 갔다 해도 소용없었다. 안 되겠다 싶어 안방으로 들어가 침대에 누었다. 그날은 다른 날보다 더 피곤한 날이었다. 침대에 누우면 바로 잠들 수 있을 만큼 피곤했다. 몸은 분명 피곤하다고 말하고 있었다. 시혁은 어떻게든 잠을 자려 눈을 감았다. 하지만 은율이 침대에 누워 있는 모습이 눈앞에 아른거렸다.

시혁은 아른거리는 영상에 급하게 침대를 박차고 일어났다. 이토록 강하게 육체적 욕구를 느껴 본 적이 없었다. 강한 자석에 이끌리듯 시혁은 다시 그녀가 잠들어 있는 방 앞에 서 있었다.

"그냥…… 잘 자고 있는지 확인만 하는 거야."

시혁은 혼잣말로 자신의 행동에 타당성을 부여하고 있었다. 떨리는 손을 손잡이에 얹었다. 하지만 쉽사리 문을 열 수가 없었다. 아무리 생각해도 아니었다. 시혁은 급하게 몸을 돌려 욕실로 들어갔다.

쏟아지는 차가운 물줄기 아래, 더운 몸을 식혔다. 분명 차가운 물임에도 샤워 부스는 그가 내뿜는 열기로 잔뜩 흐려져 있었다. 밤새 시원한 물줄기 아래 서 있어도 이 뜨거운 열기는 식지 않을 것이다. 오랜만에 찾아든 열기가 그를 집어삼킬 것 같았다.

시혁은 뿌연 거울을 닦으며 자신의 얼굴을 바라봤다. 잔뜩 흐려진 검은 눈동자, 곧게 솟아 있는 코, 단호해 보이는 입매, 단단해 보이는 턱 선.

한때 누군가가 그토록 갈망하던 모습이 또 다른 누군가를 갈망하고 있었다. 이건 분명 시험이었다. 그를 벌주기 위한 먼저 간 사람들의 잔인한 시험.

시혁은 물기를 대충 닦고 밖으로 나왔다. 욕실을 나오는 순간부터 게스트 룸으로 그의 온 신경이 달려갔다. 아무리 애써 봐도 소용없었다.

인지한 순간부터 브레이크는 작동하지 않았다. 방법은 하나였다. 최대한 빨리 은율을 이곳에서 내보내야만 했다. 같은 공간에 있다간 무슨 일지 생길지 장담할 수가 없었다.

샤워 후 어느 정도 여유를 찾은 것 같았다. 그는 크게 심호흡하고 은율이 잠든 방으로 들어갔다. 여전히 깊이 잠들어 있는 그녀를 보고 있자니 다시 이상한 기분에 휩싸였다. 하지만 더는 안 됐다. 한 번의 실수로 족했다.

시혁은 천천히 은율을 흔들어 깨웠다. 그런데 잠든 은율이 그의 목을 휘감아 왔다. 당황한 시혁이 피할 사이도 없었다.

시혁은 그대로 침대 위로 쓰러졌다. 가까스로 그녀를 뭉개진 않았지만 놀란 시혁이 그녀의 이름을 크게 불렀다.

"고은율 씨. 이봐, 정신 차려. 당신이 이러면 정말 곤란해."

눈조차 뜨지 않은 은율은 손아귀에 더 힘을 주며 그의 목을 끌어안았다.

"으흠."

"후, 설마 나를 유혹하려고 작정한 거야?"

하지만 지금 그녀 귀에 그의 말이 들릴 리가 없었다. 시혁은 어떻게든 은율을 떼어 내려고 했다. 그럴수록 그녀는 더 그에게 매달렸다. 은율을 떼어 내지도 못한 채 있던 시혁은 갑자기 들려온 그녀의 울음소리에 움직임을 멈췄다.

"흐흑."

울음이 점점 커져 가고 있었다. 당황한 시혁은 그녀의 어깨를 좀 더 흔들었다.

"은율 씨, 고은율 씨, 이봐!"

은율을 떼어 내려 할수록 그녀는 그의 목을 더 세게 끌어안았다. 시혁은 결국 울고 있는 그녀의 어깨를 다독이기 시작했다.

"흐흑, 엄마…… 미안해. 정말 미안해……."

훌쩍이던 은율이 더욱 몸을 밀착해 왔다. 은율은 절대 잡은 손을 놓지 않겠다는 듯이 그의 목을 꼭 끌어안았다. 은율은 그렇게 한참을 훌쩍이다 다시 잠이 들었다. 돌아가신 엄마 꿈이라도 꾼 모양이었다. 측은한 마음이 들었다. 누군가를 잃어 본 사람만이 그 감정을 공감할 수 있었다. 시혁에게 은율의 안타까움이 고스란히 전해졌다.

등을 계속 토닥이던 시혁은 그녀를 꼭 끌어안았다. 어미 새의 품으로 들어오듯 품속으로 들어온 그녀가 너무도 따뜻했다. 밤새도록 이렇게 그녀를 안고 싶었다. 하지만 더는 이러고 있으면 안 됐다.

몸이 점점 뜨거워졌다. 목에 닿는 뜨거운 숨이 취기로 인한 것임은 알고 있었다. 하지만 그의 몸은 그걸 인지하지 않으려 했다. 아니, 그의 마음대로 해석하고 있었다.

시간이 갈수록 더 힘들어진다는 걸 알면서도 그녀를 놓을 수가 없었다. 이제 온몸이 뻣뻣하다 못해 저려 오기 시작했다. 1분만, 1분만 더. 하지만 꿈틀대는 그녀 때문에 더는 견딜 수가 없었다.

"후, 안 되겠다."

시혁은 마지막 아쉬움에 은율의 긴 머리를 쓰다듬다 그녀의 이마에 살짝 입술을 갖다 댔다. 항상 그녀에게서 나는 달콤한 향기가 코끝을 자극했다. 조금만 더 이 향기에 취해 있고 싶었다. 그러면 안 되는 줄 알면서도 천천히 그녀의 이마에, 코끝에 입을 맞춰 가기 시작했다. 그리고 입술에 살며시 입을 맞췄다.

오랜만에 지영을 보았다. 지영은 야속하리만큼 꿈에서조차 보이지 않았었다. 은율은 너무도 보고 싶던 지영의 모습에 눈물부터 나왔다. 요 며칠 가슴속에 맺힌 그날의 일들이 자꾸 그녀를 아프게 만들었다. 은율은 그날의 일을 생각하며 미안하다고 말했다. 지영은 그날처럼 괜찮다고 말하며 그녀를 안아 주었다.

오랫동안 그리웠다. 따뜻하고 언제나 편안하고 포근했던 엄마의 품이. 포근한 가슴에 안기는 순간 가슴이 벅차올랐다. 따스하게 쓰다듬어 주던 지영의 손길이 얼마나 그리웠는지 몰랐다. 다정하게 머리를 쓰다듬고 이마에 뽀뽀해 주는 지영의 모습이 너무도 생생했다.

서러움이 가신 자리에 포근함이 찾아왔다. 그런데 느낌이 이상했다. 꿈이라고 하기에는 느낌이 너무도 사실적이다. 손끝으로 느껴지는 감촉에 살며시 눈을 뜬 은율은 눈앞에 있는 시혁을 보고 놀랐다. 그리고 그의 다음 행동에 더욱 놀랐다. 시혁이 그녀에게 키스하고 있었다.

잠시라고 생각했다. 그런데 도저히 그녀에게서 헤어 나올 수가 없었다. 짧은 입맞춤에 잠자던 공주가 깨어나듯 은율이 깨어났다. 그와 동시에 그의 몸도 긴 잠에서 눈을 떴다.

안 된다고 말할 수도 있었다. 하지만 말이 나오지 않았다. 아니, 하고 싶지 않았다. 밀어내기에는 그가 너무도 가슴 깊이 들어와 있었다.

바보처럼 이제야 그 사실을 자각했다. 눈앞에 있는 그를 보며 깨달았다. 아무것도 느껴지지 않았다. 오직 자신을 안고 있는 그만 보였다. 시혁이 입을 떼고 그녀를 내려다봤다.

"당신 때문에 진짜 미치겠다."

정신은 혼미한데 시혁의 목소리가 또렷하게 들려왔다. 눈을 깜박일 때마다 그의 얼굴이 더 선명하게 가슴에 새겨졌다. 아팠다. 가슴에 새겨지는 그의 얼굴이.

"이제 감추지 않을 거야."

"뭘요?"

누군가의 눈동자에 담긴다는 게 이토록 기쁜 일이라는 걸 잊고 살았다. 시혁은 환하게 웃으며 그녀를 바라봤다.

"그 입이 가장 문제야."

말을 마친 시혁은 마치 벌이라도 주듯 그녀의 입술을 빨아들이기 시작했다. 은율은 감당할 수 없는 감각을 온몸으로 느끼며 그를 받아들이기 시작했다.

사고는 이미 정지해 있었다. 그와 엮인 문제도 잊었다. 오직 감각만이 그녀를 지배하고 있었다. 맞닿은 입술이 뜨거웠다.

"당신을 처음 만난 순간부터 이렇게 하고 싶었어. 내가 옳은 행동을 하는지 따위는 묻고 싶지 않아. 날 받아 줘. 제발……."

부푼 입술을 달싹일 사이도 없었다. 다시 그의 입술이 그녀에게 다가왔다. 마시면 마실수록 갈증이 더해 갔다. 그녀의 달콤함이 그를 흥분시켰다. 채워도 채워지지 않을 것 같은 목마름에 그는 그녀를 있는 힘껏 빨아들였다.

"아흑."

그녀의 낮은 신음은 그를 잡아끄는 자석과도 같았다. 그의 눈이 번득이더니 한 손으로 그녀가 입고 있던 블라우스 단추를 열기 시작했다. 그녀의 하얀 속살이 드러나자, 그의 가슴이 크게 들썩거렸다. 시혁이 흥분했다는 사실에 은율은 가슴이 떨려 왔다.

"이런 느낌 처음인 거 같아."

한 번도 느껴 본 적 없는 감정의 소용돌이에 시혁은 자신을 맡기기로 했다. 예전과 똑같이 끝내지는 않을 거라고 확신할 수 있었다. 진심으로 그녀에게 최선을 다할 생각이었다. 그러기 위해서는 여기서 멈춰야만 했다. 감정의 소통 없이 이루어진 끔찍한 연애는 한 번으로 족했다. 시혁은 힘겹게 손을 내리고 그녀의 옷매무새를 고쳐 주기 시작했다.

　몇 시간만 지나면 시혁이 얼마나 현명한 선택을 했는지에 대해
감사할지도 몰랐다. 하지만 지금은 서운한 마음이 더 컸다. 아무런
감정 없이도 남자는 얼마든지 여자를 안을 수 있다고 했었다. 시혁
도 분명 남자였다. 그런데…… 이런 상황에서 시혁은 아무런 행동
도 하지 않았다. 결국 시혁은 그녀를 가지고 놀았다.
　은율은 그 생각밖에 들지 않았다. 그녀도 다른 여자들처럼 쉬워
보였을지도 몰랐다. 그의 외모에 반해 그에게 수없이 몸을 던지려
는 다른 여자들처럼. 그가 마음먹으면 얼마든지 여자를 안을 수 있
다는 것 정도는 알고 있었다. 하지만 그는 그러지 않았다. 아니, 그
러고 싶지 않은 건지도 몰랐다. 아직도 미주에 대한 그의 마음이
그만큼 크다는 증거였다.
　눈앞에 있는 그녀는 안중에도 없는 것 같았다. 어찌할 수 없는
현실에 서러움이 북받쳐 올라왔다. 은율은 서러움을 애써 참아 가
며 힘겹게 입을 열었다.
　"내가, 그렇게 쉬운 여자인가요?"
　"아니야. 그래서 그런 게……."
　"그럼 왜……."
　더는 말을 이을 수가 없었다. 그의 뜨거운 입술이 그녀의 입을
막고 한 치의 틈도 주지 않았다. 한참의 입맞춤이 끝나고 그는 서
둘러 침대에서 일어섰다.
　"후회하고 싶지 않아서 그래."
　술기운은 이미 저만치 달아나고 없었다. 침대에서 내려온 은율

은 평상시의 그녀 모습으로 돌아가 있었다.

후회. 이미 그녀가 뼈저리게 하고 있는 감정이었다.

"죄송합니다. 제가 오늘 실수를 많이 한 것 같네요. 그만 가 보도록 하겠습니다."

은율은 최대한 냉정한 태도를 유지하려고 애썼다. 하지만 목소리에서 떨림이 고스란히 느껴졌다. 시혁은 한숨을 내쉬고 뒤를 돌아봤다.

"뭔가 오해하고 있는 것 같은데, 내 말은 그게 아니라……."

"말하지 않아도 충분히 알고 있습니다."

좀 전보다 더 심해진 떨림으로 알 수 있었다. 은율은 지금 상처받았다. 울고 있었다. 은율은 시혁을 피해 밖으로 나가려고 했다.

"대체 뭘 안다는 건데?"

시혁은 서둘러 나가려는 은율의 손목을 낚아챘다. 손끝으로 그녀의 떨림이 전해져 왔다. 그녀를 돌려세우고 고개를 들게 했다. 거칠게 고개를 빼는 그녀의 눈에 슬픔이 가득 차 있었다. 마주치는 시선에 은율은 결국 눈물을 흘렸다.

시혁은 한숨을 내쉬었다. 그녀를 울리고 말았다. 또다시 누군가의 눈에 눈물을 흘리게 만들었다. 누군가를 사랑하는 게 왜 이리 힘든지 모르겠다. 시혁은 은율을 당겨 품에 안았다. 그녀가 우는 게 싫었다. 아팠다. 시렸다.

"오늘, 당신을 안고 나면…… 나를 용서할 수 없을 것 같아서 그래."

시혁의 말에도 은율은 아무 말도 못 하고 눈물만 흘렸다. 시혁은 은율의 얼굴을 잡고 흐르는 눈물을 지웠다.

"처음부터 그랬어. 당신한테 자꾸만 시선이 가서 먼저 선을 그었어. 그러지 않으면 내가 날 감당할 수 없을 것 같았으니까. 그런데 마음까지는 어떻게 할 수가 없었어. 당신은 나한테 관심도 없어 보였어. 도리어 다른 여자들을 소개시켜 주니까 내가 얼마나 답답했는지 알기나 해? 더는 기다리지 않을 거야. 앞으로 나에 대해서도 알려 줄 생각이야. 다른 여자 따윈 처음부터 필요 없었어. 당신이 옆에 있었으니까."

무슨 말을 해야 할 것 같은데 입이 떨어지지 않았다. 머리는 이해가 되지 않았다. 그런데 가슴이 먼저 알아들은 건지 미친 듯이 뛰고 있었다.

"그다음에…… 당신도 지금의 나처럼 원한다면, 그때 안을 거야. 그래도 늦지 않을 테니까."

그제야 눈에 들어왔다. 그가 얼마나 힘들게 자신을 통제하고 있는지. 은율은 그의 모습에 얼굴이 확 달아올랐다.

시혁은 은율의 붉어진 얼굴을 보며 머쓱해졌다.

"흠, 계속 그러고 있을 생각이야? 열도 좀 식힐 겸 나가자. 집에 데려다 줄게."

장난스러운 제스처까지 하며 방을 나서는 시혁 덕에 한결 기분이 나아졌다. 하지만 마음만은 더 무거워진 상태였다. 이 모든 건 은율이 의도했던 게 아니었다.

마음의 갈피를 잡을 수는 없지만 한 가지 사실만은 분명했다. 그녀도 이미 시혁을 원하고 있었다. 진심을 깨달은 순간 가슴을 진정시킬 수가 없었다.

옆에서 작게 콧노래를 흥얼거리는 남자를 오래전부터 사랑하고 있었다. 바보처럼 이 순간에 깨달았다. 그저 좋은 상사라고 생각했었다. 미주와의 관계만 아니라면 완벽한 남자라고, 세상에 이런 남자는 없을 거라고 생각했었다. 차라리 그날 봤던 게 거짓이었으면. 바랄 수 없는 걸 바라던 마음들이 모두 그녀의 진심이었다. 모든 게 꼬여 버렸다. 은율은 잠시 심호흡을 하고 천천히 정리를 시작했다.

시혁이 그녀에게 관심을 보이고 있었다. 그렇게 된 이상 미주를 생각하는 일은 전보다 적어질 게 확실했다. 지난 몇 개월간 겪어 본 시혁은 한 가지에 몰두하면 다른 건 뒤도 돌아보지 않는 성격이었다. 이것만 생각하면 잘된 일이었다. 그런데 그녀도 그를 사랑하게 돼 버린 게 문제였다.

시혁은 그녀가 사랑해서는 안 되는 남자였다. 기본적으로 시혁은 그녀의 상사였다. 거기다 미주와 엮인 문제까지 생각하면 더 안 됐다.

그와 엮이는 순간, 주환의 행복은 사라질 게 분명했다. 결론은 하나였다. 시혁이 그녀를 더는 좋아하지 않게 만드는 것.

오늘 보인 추태만으로도 이미 실망했을지도 몰랐다. 술을 먹고 대체 무슨 말을, 어디까지 한 건지 기억조차 나지 않았다. 까맣게 지워진 기억이 무섭긴 처음이었다. 빈속에 와인을 마신 게 화근이었다. 그나마 시혁의 태도로 보아 모든 걸 말하진 않은 모양이었다. 다행이라면 다행이지만 앞으로가 문제였다.

시혁은 그녀에게 앞으로 실망할 것들이 더 많았다. 하지만 그녀는 아니었다. 그를 알아 갈수록 더 그에게 빠질 게 확실했다. 더는 그를 사랑하지 말아야 했다. 은밀하게 계획했지만 은밀하지 않았던 계획이 모두 틀어져 버렸다. 굳게 결심했지만 쉬울 것 같지가 않았다.

은율은 그냥 평상시대로 행동하리라 결심했다. 그저 옆에 있는 완벽한 한 남자가 잠시 그녀를 흔들어 놨을 뿐이라고. 그뿐이라고 수없이 자신에게 세뇌하며 그녀는 애써 고개를 창밖으로 돌렸다. 차창 밖, 서늘한 달이 웃으며 그녀를 따라오고 있었다.

제6장. 믿을 수 없는 진실

은율은 평소와 다를 게 없었다. 하지만 시혁은 그날 이후 전혀 다른 사람이 되어 있었다. 그는 언제나 일중독에 빠진 사람이었다. 그의 안중에는 일 외에 다른 건 전혀 없을 거라고 생각한 적도 있었다.

그런데 예전 시혁이 맞나 싶을 정도로 그는 바뀌어 있었다. 그의 책상에는 그가 검토해야 할 서류들이 잔뜩 쌓여 있었다. 급한 건 아니었지만 평소대로라면 진즉에 끝내고도 남았을 사안들이었다. 그럼에도 시혁은 한가하게 그녀의 사무실에서 시간을 축내고 있었다.

그의 손에는 이미 결재를 마친 서류가 들려 있었다. 분명 결재란에 그의 사인을 확인했었다. 하지만 시혁은 서류를 그녀에게 건네지 않고 있었다. 오전에 지사에 팩스로 보내 주기로 한 상태였

174

다. 한참을 기다리다 결국 은율은 시혁을 돌아봤다.

"사장님, 결재 끝나셨으면 서류 주세요."

은율의 말에 시혁은 그제야 서류를 건넸다. 시혁은 그녀가 팩스를 보내고 한참의 시간이 지났음에도 꼼짝 안 하고 그 자리에 서 있었다.

"사장님! 일 안 하세요?"

은율의 말에 시혁은 좀 전에 건넸던 서류를 다시 집어 들었다.

"하고 있어."

"무슨 일을 하고 계신데요? 그건 이미 결재 완료된 서류잖아요."

시혁은 서류만 집어 들었을 뿐이었다. 시선은 오전부터 은율에게 고정되어 있었다.

"업무 보고 있잖아."

은율은 한숨을 내쉬었다.

"사무실 책상 위에 있는 서류를 보시는 게 사장님 업무란 거 잊으셨어요?"

시혁은 작게 웃었다. 은율은 그의 웃는 모습에 급하게 고개를 숙였다. 상대가 정해진 웃음은 그 강도가 더 막강했다. 무슨 남자가 이렇게 예쁘고 해사하게 웃는지 모르겠다.

잘생긴 얼굴에 웃는 모습은 그야말로 마력 같았다. 그녀를 향해 웃는 모습에 가슴이 쿵 하고 내려앉았다. 겨우 마음먹었는데 시혁이 이렇게 나오면 모든 게 허사로 돌아갔다. 냉정해지는 방법밖에 없었다.

"제 얼굴에 뭐라도 묻은 건가요?"

은율은 작은 거울을 꺼내 얼굴을 들여다봤다. 바라보는 시선에 마른 입술을 훔친 탓에 립스틱이 지워진 거 빼고는 아침에 출근했던 모습 그대로였다.

"상사가 부하직원 지켜보는 게 무슨 잘못이라도 된다는 거야? 고은율 씨 얼굴 보는 것도 내 업무 중 하나야. 그것도 아주 중요한 업무 중 하나."

시혁은 점점 선을 넘어오는 것 같았다. 철저하게 지켜지던 선은 한순간에 무너졌다. 위험했다.

"사장님!"

의자에서 벌떡 일어서는 은율을 보며 시혁은 한 걸음 뒤로 물러났다. 계속 모른 척할 셈인 것 같았다. 잠시 시간을 두는 것도 나쁘지 않다고 생각했다. 아주 잠시!

"알았어. 이제 들어갈 거야. 커피 한 잔 부탁해."

"좀 전에 드셨잖아요!"

"한 잔만 더 마시고 시작하자고."

하지만 시혁은 여전히 미적거리며 그녀 앞에 서 있었다. 시혁의 느긋함에 은율은 조바심이 늘었다.

"가져다 드릴 테니까 얼른 들어가세요. 이러고 계시다 임원분들이라도 오시면 어떡하려고 그러세요? 회의 시간 다 됐다고요."

은율의 닦달에 천천히 발을 떼고 있지만 절대 그러고 싶지 않았다. 예상했던 것보다 은율과 같은 공간에 있는 게 더 좋았다. 그의 시야에 은율이 있는 게 좋았다. 은율의 시야에 그가 있다는 게 기뻤다. 한 번씩 부딪치는 시선에 자꾸 웃음이 나왔다. 하지만 은율은 쉽게 웃지를 않았다. 시혁은 쏟아져 나오는 자신의 감정에 스스로도 당황스러웠다. 그동안 어떻게 감추고만 있었는지 모르겠다.

"그러니까 이제 들어간다고."

웃음기 가득한 시혁을 보며 은율은 눈을 가늘게 떴다. 은율은 그녀의 사나운 눈초리에 뭉그적거리며 사무실로 들어가는 시혁을 보고 털썩 자리에 주저앉았다.

은율이 말하지 않았으면 시혁은 계속 그녀의 사무실에 있었을 것이다. 시혁은 작정한 것 같았다. 이미 공표하지 않았던가?

하지만 예상보다 그는 더 강력했다.

"어휴."

은율은 천천히 커피를 타며 계속해서 한숨을 내쉬었다. 아무래도 확실히 선을 그을 필요가 있었다. 그녀는 사무실에 들어가기 전 마음을 다잡으며 심호흡했다.

똑, 똑.

"들어와요."

시혁의 목소리가 크게 들려왔다. 기다리고 있었다는 게 느껴질 만큼 반가운 목소리였다. 안으로 들어서는 걸음마다 그의 시선이 느껴졌다.

커피를 내려놓고 시혁을 바라봤다. 하지만 시선은 최대한 피했다. 눈을 마주 보면 입이 떨어지지 않을 것 같았다. 그녀는 거짓말에 능숙하지 못했다. 하지만 모두를 위해 하얀 거짓말을 해야 했다.

"저녁에 시간 좀 내주세요."

은율의 말에 시혁은 자리에서 일어섰다. 성큼성큼 다가오는 그를 보며 급하게 한 걸음 뒤로 물러났다. 시혁은 그녀의 행동에 피식 웃고는 자리에 앉아 커피를 마셨다.

"데이트 신청?"

턱을 괴고 바라보는 시선에 고개를 들 수가 없었다.

"꼭 해야 할 말이 있어요."

"데이트 신청이라면 받아 주고……."

"사장님!"

그녀만 진지했다. 웃고 있는 시혁은 이 상황이 아무렇지도 않은 것 같았다. 모든 게 엉망인 상황에서 그녀가 할 수 있는 게 고작 이것밖에 없다는 게 가슴 아팠다. 진실을 알릴 수도, 그렇다고 묻을 수도 없었다. 당장에라도 눈물이 쏟아질 것 같았다.

시혁은 붉게 변하는 은율의 안색에 미소를 거뒀다. 혼란스러울 것이다. 그가 쉽지 않았듯이 그녀 또한 쉽게 결정할 수 없다는 걸 알았다. 그래도 시작한 이상 포기란 없었다.

"알았어. 먹고 싶은 거라도 있어?"

한숨이 새어 나왔다. 시혁은 아무것도 몰랐다. 그래서 더 힘들었다. 이런 상황에 놓인 자신이 바보 같았다. 도망가고 싶었다. 하지만 해결되는 건 하나도 없었다. 뒤엉킨 실타래를 풀어낼 방법이 없었다. 그저 잘라 내는 것밖에 할 수 없었다.

"간단히 차 마시며 얘기해도 돼요."

"메뉴는 내 마음대로 한다."

시혁은 은율의 말을 듣는 것 같지도 않았다. 결국 흥얼거리며 서류를 넘기는 시혁을 뒤로하고 밖으로 나왔다. 그날은 무슨 일이 있어도 그에게 말해야 했다. 그와 그녀는 절대 어울리지 않는 다고!

시혁과 있으면 항상 시간이 빠르게 지나갔다. 저녁을 먹고 얘기를 나눴을 뿐이었다. 문득 바라본 시계에 은율은 깜짝 놀랐다. 시간이 그렇게나 흘렀는지도 몰랐다. 주로 시혁이 얘기하고 그녀는 듣고 있었다. 평소와 대조적인 모습이건만 전혀 어색하지가 않았다.

마지막 말을 하기 위해 만든 자리였지만 자꾸 타이밍이 엇나갔다. 시간이 갈수록 더 초조해졌다. 말할 수 있을지 자신할 수 없었다. 술기운이라도 빌려야 될 것 같았다.

오늘도 와인을 꽤 많이 마셨다. 취기가 올라오는지 시혁의 목소리가 점점 감미롭게 들려왔다. 본인 의지와 상관없이 들려오는 목소리에 취해 있었다. 그런 취기를 한 번에 날아가게 만든 건 한 통의 전화였다.

[우리 딸, 언제 들어올 거니? 오늘도 또 야근이야? 저녁은 먹고 일하는 거지?]

주환의 목소리에 정신이 번쩍 들었다. 이대로 시혁에게 휘둘릴 뻔했다. 어쩜 이렇게도 바보 같은지 모르겠다.

"아빠, 미안. 전화하는 걸 깜빡했다. 야근하다가 저녁 먹고 있어요. 걱정 말고 먼저 주무세요. 금방 들어갈게요."

전화를 서둘러 끊고 시혁을 바라봤다. 그런데 시혁의 표정이 달라져 있었다.

"죄송해요. 아빠가 걱정돼서 전화하셨나 봐요."

아무리 봐도 오늘은 무리 같았다. 주환도 그녀를 걱정하고 있었다. 머릿속이 수많은 단어들로 어지러웠다. 올라오는 취기는 진실과 함께, 진심을 전할 용기를 주고 있었다. 역시 술기운을 빌리는 게 아니었다. 자칫 똑같은 실수를 저지를 뻔했다. 은율은 늦은 후회를 했다.

"식사 다 하셨으니까 그만 일어나요."

은율의 말에도 시혁은 자리에 앉아 꼼짝을 안 했다.

"고은율 씨는 아직도 부모님과 살고 있나? 지난번에 아버지가 재혼하셨다고 하지 않았어?"

시혁은 별걸 다 기억했다.

"재혼하시고 같이 살아요. 아빠가 해외 출장 가셨을 때를 제외하면 한 번도 떨어진 적이 없어요."

"그 나이면 독립해서 살아도 될 것 같은데, 역시 고은율 씨는 아직도 아빠밖에 모르는 꼬마 숙녀인 건가?"

"그게 아니라……."

반박하고 싶었다. 하지만 반박할 수가 없었다. 27살. 적지 않은 나이에 이제 막 신혼을 즐기고 있는 부모와 한집에 살고 있다는 건 변명의 여지가 없었다.

최근 들어 독립을 생각했었다. 아무리 생각해 봐도 이제 실행에 옮겨야 할 때가 된 것 같았다. 은율은 짧게 웃으며 시혁을 바라봤다.

"조만간 독립할 생각이에요."

시혁은 진심으로 환하게 웃었다. 은율에게는 확실히 독립이 필요해 보였다. 언제까지 아빠만 찾는 파파걸로 살 수는 없었다.

"그거 참 반가운 소식이군. 아무래도 오늘 얘기할 생각은 없어 보이네. 그만 일어나지."

먼저 일어나자고 한 건 분명 그녀였다. 그런데 시혁이 먼저 일어나자 아쉬운 마음이 들었다. 여자의 마음은 갈대라고 하더니 영락없이 미풍에도 흔들리는 갈대였다. 이렇게 쉽게 흔들릴 거면서. 은율은 흔들리는 감정에 울컥해졌다.

레스토랑 앞에 서 있던 시혁은 천천히 나오는 은율을 돌아봤다.

"집으로 가야지?"

"네. 그만 들어가 보세요. 저녁 잘 먹었습니다."

더는 시혁과 있으면 안 됐다. 그와 있으면 마음을 다잡을 수가 없었다. 급하게 인사하고 돌아서는데 몸이 휘청거렸다. 정신은 말짱한데 몸은 그게 아니었다. 그동안 쌓인 피로가 급격하게 몰려왔다.

시혁은 한쪽 벽을 잡고 있던 은율에게 급히 다가왔다. 어깨를 잡은 손이 따뜻했다. 그래서 더 시렸다. 가슴에 서늘한 바람이 부는 것 같았다. 눈가가 시큰거렸다. 은율은 급하게 몸을 돌렸다. 그가 그녀의 손을 잡았다.

"괜찮아요."

"데려다 줄게."

"아니요. 전철 타면 금방이에요."

입안에서만 맴돌던 말들이 그녀를 힘들게 했다. 부족한 용기로 결국 아무것도 하지 못했다. 은율은 잡고 있던 시혁의 손을 뿌리쳤다. 하지만 시혁은 놓지 않았다.

"취했어."

"괜찮아요. 혼자 갈 수 있어요."

시혁의 눈에는 전혀 그렇게 보이지 않았다. 통화 이후 급격하게 안색이 나빠졌다. 시혁은 한숨을 쉬고 은율의 팔을 단단하게 움켜 잡았다.

"오랜만에 드라이브 좀 해."

"그럼 혼자 가세요."

"아무 말 말고 타기나 해."

대체 무슨 생각을 하고 있는지 알 수가 없었다. 통화를 하기 전까지는 분위기도 좋았었다. 하지만 짧은 통화 후에는 그가 무슨 말을 해도 그녀는 웃지 않았다. 분명 그가 모르는 뭔가가 있었다. 확인해야 했다. 그것도 최대한 빨리.

"데려다 줄게."

"와인 드셨잖아요?"

"한 모금밖에 안 마셨어. 타."

시혁은 어느새 조수석 문까지 열며 은율에게 손을 내밀었다. 고집 피워 봐야 결국 시혁의 뜻대로 차에 탈 게 분명했다. 시선을 가득 채우는 시혁의 모습에 은율은 차에 올라탔다. 레스토랑 안에서는 좀 덥다고 느꼈었다. 하지만 밖은 제법 쌀쌀했다.

은율은 조심스럽게 올라간 치마를 당겨 그 위에 가방을 내려놨다. 차에 올라탄 시혁은 외투를 벗어 그녀에게 건넸다.

"날이 좀 추워진 것 같아. 덮고 있어. 집으로 가면 되지?"

시혁은 자상함이 온몸에 배어 있는 것 같았다. 그의 작은 행동들이 그녀를 얼마나 힘들게 하는지 그는 몰랐다. 은율은 애써 시선을 창밖으로 돌리며 속삭였다.

"아현동 동사무소 앞에서 내려 주시면 돼요."

"오늘은 집 앞까지 데려다 줄게."

"그러지 않으셔도 돼요."

"늦었어."

또다시 아무런 득도 없는 실랑이가 시작됐다. 역시 차에 타는 게 아니었다.

"그냥 지하철 타고 갈게요."

"고은율! 왜 이렇게 말을 안 들어?"

"사장님 번거롭게 하고 싶지 않아요. 저기 전철역에서 내려 주세요."

"진짜 말 많네. 합죽이가 됩시다. 합!"

놀란 은율이 시혁을 바라봤다.

"합죽이가 됩시다. 합! 빨리 따라 하지 않고 뭐 해?"

시혁의 계속되는 말에 은율은 웃음이 나왔다. 울고 싶지만 울 수 없었다. 그가 좋았다. 그녀를 웃게 만드는 시혁이 좋아 미칠 것 같았다. 그녀는 가슴에 소용돌이치는 감정들을 애써 눌렀다.

"그런 건 또 어디서 들으셨어요?"

"아직도 떠드는 거야?"

화난 어조로 말하는 시혁을 보며 긴장감이 스르륵 사라졌다. 그의 체온이 남은 외투가 따뜻했다. 그녀는 외투를 꼭 움켜쥐었다. 이렇게 잡을 수만 있다면 좋을 것 같았다. 그녀는 그렇게 부질없는 생각을 하며 눈을 감았다.

"감사해요. 동사무소 쪽으로 가시면 돼요. 집이 그 근처에 있어요."

"알아. 근처 빌라지?"

"어떻게 아셨어요?"

미주와 그녀의 관계를 이미 알고 있는 건 아닌가 싶었다. 그녀가 살고 있는 집까지 알고 있다면 충분히 알 수도 있었다. 놀란 그녀의 얼굴에 시혁이 고개를 주억거렸다.

"들어가는 거 봤어."

"언제요?"

"전에 데려다 줬었잖아."

"아."

"가끔 그런 기억력으로 어떻게 일하는지 궁금해."

시혁의 중얼거림에 그날 일이 모두 떠올랐다. 여전히 미주와 만나며 그녀와의 인연을 이어 가는 그지만, 그럼에도 그녀의 뒷모습을 바라봤다는 시혁의 말에 기분이 좋아졌다. 이러면 안 된다는 걸 알았지만 어쩔 수가 없었다. 시간이 지날수록 그에게 깊게 빠져 들고 있었다. 혼란스러움과 함께 취기가 점점 올라왔다. 이 상황을 어떻게 해야 할까 고민할 사이도 없었다. 그녀의 눈은 이미 감겨 있었다.

깨워야 한다는 걸 알았다. 하지만 깨우고 싶지 않았다. 새근새근, 그녀가 고른 숨을 내뱉으며 자고 있었다. 조잘조잘 떠들 때도 감당하기 힘들었지만 자는 모습은 더욱 감당하기가 힘들었다. 지난번 경험했음에도 그는 또 망각하고 말았다. 시혁도 아직은 혼란스러웠다. 그녀에게 자신 있게 말했지만 어떻게 시작하면 좋을지 아직 결정하지 못했다. 그런데 시시각각 다가오는 그녀의 모습에 이제는 자제력을 잃을 것 같았다.

그의 마음을 아는지 모르는지 깊은 잠에 빠져 있는 그녀의 모습에 피식 웃음이 나왔다. 어떻게 그와 한 공간에 있는데 이렇게 편하게 잠잘 수 있는지 모르겠다. 확실히는 아니지만 그녀도 마음이 있다는 걸 느꼈다.

그런데 지금 이 모습을 보면 모든 것들이 그의 착각 같았다. 아무리 봐도 그녀의 마음은 알 수가 없다. 확실한 건 그녀가 좋다는 감정 하나였다. 은율과 있으면 편안했다. 그 누구와 있어도 편안함을 느끼지 못했던 그에게 이토록 편안함을 가져다준 사람이 그녀여서 다행이었다. 시혁은 계산적이지 않고, 그렇다고 바보도 아닌 그녀의 모든 게 좋았다.

이런저런 생각을 하던 시혁은 자신의 그런 모습에 다시 한 번 놀랐다. 살면서 또다시 한 번은 찾아오겠지 했던 감정들. 그런데 이렇게 한꺼번에 그를 잠식할 줄은 몰랐다. 누군가가 그와 같은 감정이길 이렇게나 바란 적은 없었다.

한때, 혜주를 사랑했기에 이해하려 노력했었다. 오랫동안 외로움에 발버둥 치며 노력했던 그 악몽 같던 시간들. 그리고 겨우 벗어났다고 생각했던 순간 그의 인생을 바꾼 사고. 뒤늦게 깨달았던 진심들. 시혁은 혜주의 모든 게 갖고 싶었다. 그래서 노력했지만 그 결과는 참혹했었다.

"문혜주! 지금 쌤통이라고 웃고 있는 건 아니지?"

시혁은 피식 웃으며 잠든 은율을 바라봤다. 시혁은 은율의 어깨를 잡고 천천히 흔들었다. 다시 실수를 번복하지 않을 것이다. 시혁은 그가 원하는 게 무엇인지 제대로 말할 생각이었다.

"고은율, 일어나. 다 왔어."

들여보내고 싶지 않았다. 하지만 때가 아니었다. 시혁은 자신을 다스리며 은율을 다시 흔들어 깨웠다.

어깨를 흔드는 손길에 눈을 뜬 은율은 자신이 지난번과 같은 실수를 하고 있는 걸 깨달았다. 시혁과 함께하면 어쩌면 이렇게도 본연의 그녀는 사라지는 건지 모르겠다. 서너 번 눈을 깜박인 은율은 잠이 달아나는 걸 느끼며 시혁을 바라봤다. 바라보는 시선이 따뜻했다. 그래서 더 마주할 수가 없었다.

"죄송해요. 깜빡 잠들었나 봐요."

은율은 급하게 머리를 매만지며 몸을 세웠다.

"당신 이런 행동 때문에 내가 더 헷갈린다는 거 알아?"

시혁이 그녀 머리를 살며시 쓰다듬었다. 자연스러운 그의 행동에 은율은 아무 말도 않고 그를 바라봤다.

"나와 있을 때 이성으로서 긴장감이 없는 것 같아 아쉽다는 소리야. 앞으로는 긴장해야 할 거야."

시혁의 말이 끝나기 무섭게 긴장감에 어깨가 빳빳해지는 게 느껴졌다.

"저, 그게……."

"지금 이런 모습도…… 날 헷갈리게 해."

시혁은 그녀의 뒷목을 아프지 않게 잡고 그에게 끌어당겼다. 속절없이 자석에 끌리듯 그녀는 그의 시선에 사로잡혔다.

"지금 이 모습만 보면…… 꼭 나와 같은 마음인 것 같아서 미칠 것 같아……."

그의 뜨거운 입김이 뺨에 닿았다. 천천히, 그의 뜨거움이 다가오는 게 느껴졌지만 그녀는 뒤로 물러나지 않았다. 숨결보다 더 뜨거운 입술이 그녀의 차가운 입술에 닿았다.

순식간에 전해진 열기는 온몸으로 퍼져 갔다. 차라리 그 장면을 목격하지 않았다면 좀 더 나아졌을까? 하지만 이미 그 모습을 봤었고 자신의 감정을 자각한 건 그에게 마음을 송두리째 빼앗긴 뒤였다. 어쩜 이렇게도 바보 같은 행동들만 했는지 모르겠다.

누구를 원망해야 하는 걸까? 그와 숨결을 나누며 어지러운 마음의 갈피를 잡지 못하고 있었다.

뜨거운 열기에 차가 터질 것 같았다. 그 폭발을 잠재운 건 그녀의 전화기였다. 요란하게 울리는 벨소리에 그녀는 화들짝 놀라 그에게서 떨어졌다.

천천히 뒤로 물러나는 시혁을 보며 은율은 전화기를 꺼내 들었다. 미주였다.

은율은 뜨거워지는 눈가를 창으로 돌리며 전화기의 전원을 껐다. 또다시 잊을 뻔했다. 눈가가 욱신거렸다.

"그, 그만 가 볼게요."

"저기……."

더는 시혁을 볼 수가 없었다. 그녀는 서둘러 차에서 내렸다. 시혁이 지금 잡는다면 그녀는 집으로 들어가지 않을 것이다. 확신할 수 있었다. 그와 나눈 뜨거운 숨결이 말하고 있었다. 그녀도 그와 같은 감정이라고.

은율도 느끼고 있었다. 그래서 서둘러 그에게서 벗어나려 도망쳤다. 그가 잡기 전에. 아니, 그녀가 그를 잡기 전에 집으로 가야 했다. 서둘러 차에서 내린 은율은 뛰기 시작했다.

시혁은 서둘러 사라지려는 은율을 잡기 위해 차에서 내렸다. 지난번 그녀를 데려다 주며 봤던 집이 멀리 보였다. 시혁은 성큼성큼 걸어 달아나는 은율의 팔을 붙잡았다.

놀란 은율이 급하게 시혁을 뿌리쳤다. 시혁은 다시는 놓치지 않을 생각으로 그녀를 잡았다.

"놔주세요!"

"고은율! 자꾸 이럴 거야?"

"다음에, 다음에 얘기해요."

"그 다음이 대체 언제인데?"

"지금은 아니에요. 놔주세요."

그들은 한참 동안 실랑이를 벌였다. 그런데 멀지 않은 곳에 낯익은 모습의 한 여자가 서 있었다.

시혁은 은율의 팔을 놓고 살며시 그녀의 이름을 불렀다. 분명 그녀였다. 절대 잊을 수 없는 그녀.

"케이트?"

뒤를 돌아보는 미주의 눈이 커다랗게 변했다. 미주는 한달음에 그들 곁으로 다가왔다.

은율은 그들 곁으로 다가오는 미주의 모습에 사색이 되었다. 어떻게든 마주치지 않게 하려 했었다. 그런데 결국 마주하고 말았다. 미주의 전화를 받았다면 이런 일도 없었을 것 같았다. 늦은 후회를 하며 은율은 황급히 시혁을 밀기 시작했다.

"그만 가세요! 제발요."

"잠깐만!"

하얗게 질리다 못해 흙빛으로 변해 버린 은율은 안절부절못하고 서 있었다. 은율의 낯빛이 변하는 사이, 미주는 어느새 그들 옆에 와 있었다.

"믹! 진짜 믹이야? 여긴 어쩐 일이야? 그리고 우리 은율이랑은 대체 무슨 사이야?"

미주는 오랜만에 보는 시혁이 반가웠다. 걱정과 달리 시혁은 잘 지내는 것 같았다. 더는 그녀가 걱정하지 않아도 될 것 같아 마음이 놓였다. 하지만 눈앞에 있는 광경에 미주는 미간을 찌푸렸다.

미주는 멀리서 실랑이하는 은율의 모습에 한달음에 달려왔었다. 그런데 그 상대가 시혁이라니. 미주는 놀란 얼굴로 두 사람을 바라봤다. 그런데 시혁은 미주의 말에 더 놀란 얼굴이었다.

"우리 은율이라니?"

미주는 그제야 환하게 웃었다.

"아! 믹은 그때 안 와서 모르겠구나. 나 한국에서 결혼식 때 아는 사람들 몇 명 초대했었거든. 자기는 그때 미국에 있었잖아."

"그게 무슨 상관인데?"

시혁의 말에 미주는 은율을 살며시 끌어안았다. 어깨를 감싸는 손길이 그 어느 때보다 다정했다.

"소개할게. 내가 사랑하는 딸 고은율. 내가 전에 말했었지. 주환 씨한테 딸이 한 명 있다고. 은율이 바로 주환 씨 딸이야."

다정하게 소개하는 미주를 보며 시혁은 믿을 수 없다는 얼굴로 은율을 바라봤다.

"정말 은율 씨가 미스터 고 딸이라고? 닮은 곳이 전혀 없는데 어떻게……."

시혁은 믿을 수 없다는 얼굴로 은율과 미주를 번갈아 봤다. 시혁의 당황한 얼굴에 미주가 소리 내어 웃었다.

"큭큭큭, 그 사람 닮으면 안 되지. 우리 은율이는 얼마나 예쁘고 여성적인데."

그들의 대화를 듣던 은율은 화가 나기 시작했다. 분명 시혁도 주환을 알고 있었다. 그런데 어떻게 그렇게 더러운 만남을 할 수 있었는지 이해할 수가 없었다. 화난 은율은 시혁을 향해 버럭 소리 질렀다.

"두 사람 모두, 제발 그만해요! 더 이상 아빠의 행복을 망치지 말아 줘요! 흐흑."

갑자기 들려온 고함에 시혁과 미주는 얼떨떨한 얼굴로 은율을 바라봤다. 은율은 스르륵 바닥에 주저앉았다. 참고 있던 눈물이 쏟아졌다.

"제발 그만하라고요!"

"그게 대체 무슨 소리야?"

만약 주환도 시혁을 알고 있는 상황에서 두 사람이 부적절한 관계를 가진 거라면 절대 용서할 수 없었다.

그녀의 눈앞에서 두 사람은 너무도 천연덕스럽게 안부를 주고받으며 웃고 있었다. 그들은 모를 것이다. 그녀가 알고 있다는 사실을. 더는 숨길 수가 없었다. 은율은 터져 나오는 울음을 참지 못하고 내뱉었다.

"나…… 알고 있어요. 두 사람의 관계."

뿌옇게 흐려지는 시야 사이로 미주의 놀란 얼굴이 들어왔다.

"그러니까 제발…… 여기서 그만둬 줘요. 만약 아빠가 아시면……. 흐흑, 제발 아빠만 모르게 해 줘요. 나만 모른 척하면 되는 거잖아요. 그럴게요. 그러니까 제발 아빠만 모르게 해 줘요."

은율의 이야기를 듣던 시혁은 뭔가 잘못됐다는 걸 느꼈다. 시혁은 아프지 않게 은율의 팔을 잡아끌었다.

"고은율! 무슨 말인지 제대로 해 봐."

당황한 얼굴의 시혁이 그녀를 보고 있었다. 굵은 눈물이 후드득 바닥에 떨어졌다. 감추고 싶은 게 확실했다. 하지만 더는 감출 수가 없었다. 진실도, 진심도.

"거짓말해도 소용없어요. 내 눈으로 직접 봤어요. 두 사람이 호텔에서 만나는 거……."

은율의 말에 시혁은 잠시 멍해졌다. 그녀의 입에서 나오는 말을 판단하는데 한참의 시간이 걸렸다.

은율은 지금 그와 미주를 부적절한 관계라고 의심하고 있었다. 말의 의미를 모두 파악한 순간 강력한 해머로 누군가 머리를 내리친 것 같았다.

미주 또한 멍한 얼굴로 서 있었다. 시혁은 곰곰이 생각에 빠졌다. 그가 입국하고 미주를 만난 건 거의 반년 전의 일이었다. 중간에 상담의를 소개받으러 잠깐 만난 게 다였다.

간간이 통화하긴 했지만 그녀를 만난 건 그게 마지막이었다. 대체 은율은 무얼 봤기에 이런 말을 하는 건지 심히 궁금해졌다. 그리고 화가 났다. 지난 반년 동안 그를 보며 어떤 생각을 했던 건지 모르겠다. 그의 몸이 또 다른 열기로 가득 차기 시작했다.

"대체! 당신이란 여자는…… 어휴."

시혁은 은율의 팔을 잡고 살짝 흔들었다. 은율은 흐르는 눈물을 닦지도 않고 중얼거렸다.

"분명 사랑한다고, 잊지 않을 거라고 말했잖아요. 힘들면 언제든 당신한테 돌아오라고……."

"하아……."

이제야 떠올랐다. 미주를 만난 날 그들이 나눴던 대화들이.

시혁은 깊은 한숨을 내쉬었다. 그의 그 말들이 아빠밖에 모르는 은율의 귀에 어떻게 들렸을지 충분히 깨달았다.

시혁은 잡고 있던 그녀의 팔을 놓고 긴 머리를 쓸어 올렸다. 한숨이 절로 나왔다. 충분히 오해할 수도 있었다. 하지만 지난 시간 동안 은율이 그를 어떻게 생각하며 지냈을지를 생각하니 도저히 참을 수가 없었다.

"케이트! 잠시 고은율 씨 좀 빌려 갈게."

멍한 시선으로 두 사람을 보고 있던 미주는 황급히 시혁을 붙잡았다. 시혁은 여전히 은율의 손을 잡고 있었다.

최소한 상황 설명은 필요했다. 미주는 시혁에게서 은율을 떼어내 자신의 뒤로 잡아끌었다. 꼭 어미 닭이 제 새끼를 보호하는 것 같았다. 시혁은 그 모습에 화를 낼 수도 없었다.

"그 전에! 믹, 대체 무슨 일이야?"

미주는 여전히 울고 있는 은율의 말을 이해할 수가 없었다. 무엇 때문에 은율이 울고 있는지는 여전히 의심스러웠다. 시혁은 미주의 알 수 없다는 얼굴에 고개를 저었다.

"고은율 씨가 내 비서야."

"그게 대체 무슨 소리야?"

미주는 여전히 알 수 없는 표정으로 그들을 바라봤다. 최소한 한 가지는 확신할 수 있었다.

시혁과 은율 사이에 분명 무슨 일이 있었다. 시혁은 터져 나오는 한숨을 뒤로하고 미주를 바라봤다.

"말한 적 있었잖아. 본사로 들어갈까 한다고……."

시혁이 얼마나 고심하며 내린 결정인지 알기에 미주는 모든 걸 기억하고 있었다.

"한국 들어와서 만났을 때 얘기했잖아. 나중에 잠깐 봤을 때 지나며 말했었고."

"기억하고 있어. 그때 잠깐 보고 그 뒤로는 몇 번 통화하고 바쁘다고 전화도 안 했잖아. 매번 전화해도 바쁘다고 했던 사람이 누군데 그래?"

시혁은 간혹 친구가 그리울 때 미주에게 전화하고 싶었다. 하지만 새로운 삶을 찾은 미주에게 피해를 주고 싶지 않았다. 그러다 딱 한 번 은율 때문에 전화한 적이 있었다.

차라리 그때 얘기를 했다면 이런 일이 일어나지 않았을지도 몰랐다. 그 뒤로 간혹 미주에게서 전화가 왔지만 그는 항상 바빴다. 시혁은 갑자기 머리가 아파 왔다.

미주는 관자놀이를 누르는 시혁의 모습에 걱정이 일었다.

"그동안 무슨 일 있었던 거야? 통화하면서 아무 소리 없었잖아. 설마 또 시작된 거야? 새로운 닥터랑은 얘기해 봤어?"

미주는 진심으로 시혁이 걱정됐다. 이제야 모두 편해졌다고 생각했다. 하지만 아직 남은 작은 그림자가 그의 숨통을 쥐고 있는 것 같았다.

"이제는 아니야."

"그럼 왜 그래?"

미주의 걱정 어린 얼굴에 시혁은 억지로 웃었다. 미주가 다시 그를 걱정하게 둘 순 없었다.

"그때 아버지가 하루가 멀다 하고 입이 마르게 칭찬한다던 비서 얘기했었지?"

"기억하고 있어."

"그 비서가 바로 고은율 씨였어."

시혁의 말에 미주의 눈이 커다랗게 변했다. 시혁은 그날 심각하게 고민했었다. 과연 그가 다시 누군가와 일할 수 있을까라며. 시혁은 낯선 여자와 일한다는 것에 크게 걱정하고 있었다. 미주는 그날 시혁에게 걱정하지 말라고 말해 줬었다.

만나 보지 못했지만 미주는 재섭의 안목을 믿었다. 미주는 재섭이 누구보다 시혁을 아끼고 있다는 걸 알고 있었다. 절대 그에게 해가 되는 사람은 아닐 거라는 확신이 있었다. 그래서 시혁에게 같이 일해 보라고 권했던 거였다. 하지만 그 상대가 은율일 거라고는 상상도 못 했었다.

"어떻게 그런 우연이? 그런데 지금 은율이가 한 말은 대체 뭐야?"

시혁은 다시 한숨을 내쉬고 은율을 바라봤다. 은율의 눈에서는 계속해서 굵은 눈물이 떨어지고 있었다. 그 모습에 시혁은 화가 났다. 이럴 거라고 예상했었다. 그의 삶에 사랑이라는 단어는 역시 어울리지 않았다.

"우리 한국서 처음 만난 날 기억해? 내가 그때 당신한테 한 말 때문이야. 당신 뒤에 있는 맹랑한 비서 아가씨가 날 당신 애인으로 오해하고 있었어, 그동안!"

"뭐라고?"

미주는 시혁과 그날 했던 대화를 기억해 내고 놀란 눈으로 은율을 바라봤다. 사장이 바뀌고 그저 매일 하는 야근으로 얼굴이 푸석해졌다고만 생각했었다. 조만간 은율의 회사에 찾아가 봐야 되나 하는 생각까지 하고 있었는데 그 사장이 시혁이라니 놀라울 따름이었다. 거기다 그동안 시혁과 그녀 사이를 오해하고 있었다는 사실은 경악에 가까웠다. 가끔씩 뭔가를 말하려는 머뭇거림에 미주는 아직 완전한 가족으로 인정받지 못한 것 같아 서운했었다. 그래서 무던히 노력했건만. 시혁의 말에 미주는 배신감마저 들었다.

"은율! 어떻게 그런 오해를 할 수 있어? 내가 우리 주환 씨를 얼마나 사랑하는지 알고 있잖아!"

미주의 말에 은율의 눈물은 더욱 거세어졌다. 지난 몇 달 동안 상상 속에 시혁은 미주를 못 잊고 있는 애달픈 연인이었다. 이제 와 아니라 한다 해도 지난 몇 개월간 키운 작은 의심의 불씨는 거대하게 자라 그녀의 온 신경을 불태우고 있었다. 은율은 눈물을 아무렇게나 닦으며 소리쳤다.

"아빠를 사랑한다는 건 알아요. 하지만 내 앞에서까지 그런 거짓말 할 필요 없어요. 두 사람이 포옹하며 서로를 잊지 않겠다고 하는 걸 내가 직접 들었다고요."

은율의 외침에 시혁은 더는 참을 수가 없었다. 무슨 일이 있어도 오늘 이야기를 해야 했다.

"고은율!"

시혁은 버럭 소리를 질렀다. 그를 오래 알지는 못했지만 이렇게
나 화가 난 건 처음 같았다.

은율은 움찔하며 한 걸음 뒤로 물러났다. 분명 그녀에게는 아무
런 잘못도 없었다. 하지만 시혁의 표정은 그게 아니라고 말하고 있
었다. 미주는 은율의 팔을 잡았다.

"오해야! 그건……."

미주는 말을 하다가 멈칫했다. 시혁은 오랫동안 그녀의 환자였
다. 그녀에게는 환자의 비밀을 지킬 의무가 있었다. 미주는 연신
뜨거운 숨을 내쉬고 있는 시혁을 돌아보고 작게 한숨을 내쉬었다.
겨우 삶에 대한 애착을 가지게 된 그였다. 시혁은 그녀가 그토록
듣고 싶던 말을 결혼 선물로 해 줬었다. 삶에 대한 애착.

그런데 그 말이 이런 오해를 불러올 줄은 꿈에도 생각하지 못했
다. 오해가 있다면 푸는 게 맞았다. 미주는 다정하게 은율의 손을
잡았다.

"다 말해 줄 순 없지만 오해야."

"처음에는 오해일지도 모른다고 생각했어요. 하지만 두 사람의
분위기가 도저히……."

헤어지기 싫어하는 연인 같았다고 말할 수는 없었다. 은율은 크
게 숨을 들이켜고 눈앞에 서 있는 시혁과 미주를 바라봤다. 누가
봐도 반할 만큼 멋진 시혁과 어울리는 사람은 초라한 그녀보다 언
제나 빛나는 미주 같았다.

미주는 주환보다 시혁 옆에 있는 모습이 더 자연스러워 보였다.

아니, 훨씬 잘 어울렸다. 은율은 그 모습에 또다시 눈가가 젖어들었다.

"아무리 오해라고 해도 난 믿을 수 없어요. 아마 다른 사람이 들었다고 해도 나처럼 생각했을 거예요. 진짜 오해라면 제대로 설명해 보세요."

은율의 외침에 두 사람 모두 말이 없었다. 미주는 의사로서의 선서 때문에, 시혁은 지난 상처를 다시는 들여다보고 싶지 않은 마음에.

그 짧은 침묵에 은율은 더욱 확신했다.

"내가 그 상황에서 무슨 생각을 할 수 있었겠어요? 나한테는 아빠의 행복이 최우선이에요. 그러니까 여기서…… 여기서 그만둬 주세요. 제발 부탁할게요. 나만 눈감아 주면 되는 거잖아요. 제발 여기서 끝내 줘요."

처음으로 마음을 주고 싶은 여자가 생겼다. 항상 받기만 했었다. 제대로 전해 준 적이 없는 감정을 이제야 제대로 전해 보려고 했었다. 은율도 그와 같은 마음일 거라고 착각했었다. 시혁은 한숨을 내쉬고 뒤로 물러섰다. 그때처럼, 그에게 남은 건 아무것도 없었다.

"마음대로 생각해. 나는 아무 말도 하지 않을 거니까."

천천히 발을 돌리는 시혁을 보며 미주는 두 사람 사이에 그녀가 모르는 뭔가가 있다는 걸 깨달았다. 미주는 그제야 은율을 자세히 바라봤다.

흐트러진 옷매무새며 부풀어져 있는 입술과 홍조 띤 얼굴. 말하지 않아도 무슨 상황이었는지 짐작할 수 있었다.

미주가 시혁과 알고 지낸 지 벌써 5년이었다. 그동안 미주가 그토록 바랐지만 이루어지지 않았던 일이 드디어 일어났다.

어둠에 갇혀 있던 시혁이 드디어 누군가에게 마음을 열었다. 그런데 그 상대가 바로 은율이었다. 어찌 보면 다행이었다.

마음 따뜻한 은율이라면 시혁을 보듬어 안아 줄 것이다. 은율은 자신에게 온 사람을 안아 줄 수 있는, 충분히 따뜻한 가슴을 가진 여자였다. 이제 시혁 스스로 걸어 나와야 했다. 스스로 가둔 무덤 속에서. 미주는 이제 그의 힘이 되어 줄 수가 없었다. 그러나 은율이라면 가능할지도 몰랐다.

미주는 은율과 시혁을 보며 작게 미소 지었다. 사랑하는 두 사람이 가족이 된다면 더없이 행복할 것 같았다.

온전히 어둠을 내치지 못한 영혼이 다시 어둠으로 숨는 모습을 두 번 다시 볼 수는 없었다. 미주는 시혁의 팔을 단단히 붙잡았다. 시혁은 힘없이 미주의 손을 떼어 냈다.

"케이트, 미안해."

"당신이 왜 미안해? 믹! 내 입으로는 말할 수 없다는 거 알잖아. 당신이 제대로 설명해 줘. 은율이라면 이해할 거야."

미주는 은율을 시혁 쪽으로 밀었다. 당황한 은율이 미주를 바라봤다. 미주는 씽긋 웃어 보였다. 언제나 환하고 따뜻한 미소였다.

"주환 씨한테는 오늘도 야근이라고 말해 둘게."

"이제 됐어. 아무 말도 하지 마."

쓸쓸히 돌아가려는 시혁을 보며 미주는 단호한 표정을 지었다.

"또 도망가는 거야?"

미주의 말에 시혁의 눈에 불이 번쩍 들어오는 게 보였다. 시혁이 가장 싫어하는 말이었다. 그는 충분히 어둠 속을 헤매며 도망다녔고 이제 다시는 도망가지 않을 거라고 다짐했었다. 그 다짐을 같이했던 사람이 미주였다.

미주의 말에 시혁은 화가 났다. 누구보다 잘 알고 있으면서 또다시 도망가려는 그를 자극하고 있었다.

"당신이 아는 게 전부라고 착각하지 마."

"내가 아는 믹은 이렇게 비겁한 남자가 아니야!"

"더는 당신이 상관할 바가 아냐!"

미주의 외침에 시혁은 버럭 소리를 질렀다. 아무것도 바라지 않았다. 그저 앞에서 울고 있는 여자와 있고 싶다고 생각했다. 그런데 그마저 쉽지가 않았다. 모든 게 끝이었다.

"내가 알게 된 이상 당신도, 은율이도 이렇게 두진 않을 거야. 믹! 하나만 물을게. 우리 은율이 어떻게 생각해? 진심인 거야?"

은율은 미주의 난데없는 질문에 당황했다. 미주가 어떻게 알았을까 따윈 상관없었다. 시혁의 대답이 진심으로 궁금한 건 바로 그녀였다.

미주와의 사이가 단지 그녀의 오해였다고 가정한다면 풀어야 할 숙제들이 너무 많았다. 요 며칠 시혁이 보인 행동은 어떻게 규정할 방법이 없었다. 은율은 마른침을 삼키며 시혁을 바라봤다.

시혁은 미주의 꿰뚫을 것 같은 시선에 자조적으로 웃었다. 이제 얼굴만 봐도 그의 심리를 알 수 있는 모양이었다. 미주는 그에 대해 누구보다 잘 알고 있는 유일한 사람이었다.

미주는 그에 대해 너무 많은 걸 알았다. 그 누구도 알지 못하는 비밀까지도. 그 사실에 시혁은 더는 은율에게 다가가선 안 된다는 생각이 들었다. 분명 그녀도 도망갈 것이다.

그의 마음에 걸린 봉인이 해제되는 순간, 그녀는 그에게서 달아날 수 없었다. 절대 놓아주지 않을 것이다. 그의 어둠이.

그 어둠이 그녀까지 삼키게 하고 싶지 않았다. 울게 하고 싶지 않았다. 그녀가 웃는 게 좋았다.

시혁이 워커홀릭이라는 소리까지 들어가며 일에 몰두하는 건 그럴 만한 이유가 있었다. 그를 삼키려 달려드는 어둠을 피할 곳은 오직 일뿐이었다. 또다시 사랑이라는 감정으로 누군가에게 집착하며 사지로 내몰고 싶지 않았다.

"내 입에서 무슨 말이 듣고 싶은 거야?"

힘겹게 말한 시혁과 달리 미주는 아주 간단하게 답했다.

"진실!"

"이제 더는 소용없어."

"아직도 무서운 거지? 혜주 그림자가."

"연미주!"

진짜 화난 모양이었다. 시혁은 한 번도 미주의 한국 이름을 부른 적이 없었다. 혜주의 친구라고 소개받고 가끔 만났을 때도 시혁은 미주의 한국 이름을 부르지 않았다.

유학 생활 중 우연히 친해진 혜주가 남자 친구라고 시혁을 처음 소개했을 때 미주는 왠지 그를 오래 볼 것 같다는 생각이 들었다.

혜주가 갑자기 한국에 가고 몇 개월 후, 그녀의 사고 소식을 들었다. 갑작스러운 교통사고. 안타깝지만 단순한 사고라고 생각했다. 몇 개월 뒤 우연히 시혁을 환자로 만나기 전까지.

시혁은 처음 만났을 때와는 많이 달라져 있었다. 그는 빛을 완전히 잃어버린, 어둠 속에 갇혀 있었다.

환자로 다시 마주하게 된 이후, 시혁은 지금까지 깍듯이 그녀를 케이트라고 불렀다. 의사로서가 아닌 친구로서 미주는 처음으로 그를 불렀다.

"시혁 씨, 그만 놓아줘."

미주의 볼에 뜨거운 눈물이 흘러내렸다.

"혜주는 이미 떠났어. 알고 있잖아?"

"난, 난……."

시혁은 쉽사리 말을 잇지 못했다. 알고 있었다. 다른 사람도 아닌 그, 스스로가 달아나려는 어둠의 그림자를 붙잡고 있었다는 걸. 하지만 그것만이 그에게는 용서를 비는 유일한 속죄 방법이었다.

"새로 시작해. 약속했잖아! 나, 결혼 선물 제대로 받고 싶어. 설마 말뿐이었던 거야?"

행복할 거라고 했었다. 미주가 다시 열어 준 삶의 행복이었다. 한때 그의 삶에는 온통 어둠만이 있을 뿐이라고 생각했었다. 그런데 미주는 그의 삶에 끊임없이 빛을 가져다주었다.

미주는 시혁이 다시 일어설 수 있게 해 준 조력자였다. 일주일에 일곱 번을 찾아가 넋두리를 늘어놓아도 미주는 한 번도 불평하지 않았다.

낮, 밤, 새벽. 언제든 상관없었다. 미주는 시혁을 대하며 인상 한 번 찌푸린 적이 없었다. 그 덕에 시혁은 그 깊고 어두운 어둠 속에서 한 발짝씩 걸어 나올 수 있었다.

"믹! 웃으면서 행복하게 살아. 그러기로 약속했잖아?"

약물에 중독되어 있던 시혁에게 미주는 말 그대로 천사였다. 시혁은 그때 기억이 떠올라 주먹을 불끈 쥐었다. 다시는 떠올리고 싶지 않았던 악몽 같던 지난날. 다시는 돌아가지 않을 것이다. 시혁은 많은 사람들에게 약속했었다.

그는 스르륵 주먹을 풀고 은율을 바라봤다. 사랑했다. 이 여자를. 또 사랑이라는 감정이 그를 쥐고 흔들 테지만 한번 버텨 볼 생각이었다. 그 누구보다 멋지게.

"고은율! 잠깐 얘기 좀 해."

은율은 손을 잡아끄는 시혁과 말없이 미소 짓는 미주를 바라보다 고개를 흔들었다. 이 상황을 도저히 납득할 수가 없었다. 은율은 시혁의 손을 뿌리치며 소리쳤다.

"사장님, 이게 지금 뭐 하자는 거예요?"

"지금 여기서 설명하라는 거야? 그럼 어디서부터 시작해 줄까? 그래, 그때부터 얘기하면 되겠다. 내가 스물……."

은율은 팔짱을 끼고 말을 하는 시혁을 잡아끌었다. 시혁의 목소리에 지나가는 사람들이 하나둘 그들을 지켜보며 서 있었다.

만약 이곳에 계속 있다가 주환이라도 보는 날에는 모든 게 끝장이었다. 그 생각에 은율은 한달음에 시혁에게 달려갔다. 은율은 아무 생각도 하지 않고 그를 끌어당겼다.

"빨리 가요. 여기 말고 다른 데로 가서 얘기하자고요."

은율은 멀리 보이는 대문에서 시선을 떼지도 못하고 다급하게 말했다. 하지만 시혁은 어느새 평정심을 찾고 느긋하게 은율을 바라보고 있었다.

"왜? 그냥 여기서 얘기하는 게 낫지 않겠어?"

"사장님!"

시혁의 말에 은율은 버럭 소리를 질렀다. 그러다 얼른 주위를 돌아봤다. 혹시나 주환이 나올까 점점 초조해졌다.

"여긴 회사가 아냐!"

"아무리 그래도 사장님은 사장님이에요!"

"계속 여기서 싸울 거야?"

은율과 시혁의 말다툼에 미주가 보다 못해 끼어들었다. 둘 사이에 그녀가 모르는 일들이 많았던 것 같았다. 미주는 조만간 시혁을 따로 만나야겠다는 생각을 하며 은율을 바라봤다.

"내가 밖에 나온 지 좀 돼서 곧 주환 씨 나올 텐데……. 계속 여기 서 있을 거야? 안 그럼 그냥 지금 주환 씨 부를까?"

미주의 말에 화들짝 놀란 은율은 시혁을 더 세게 잡아끌었다. 아무리 오해라고 해도 이 상황을 주환에게 보여 줄 순 없었다.

"사장님, 빨리요!"

"그럼 호칭부터 바꿔."

말도 안 되는 말이었다.

"지금 상황에서 호칭이 문제예요?"

"나한테는 중요한 문제야."

시혁은 완강해 보였다. 은율은 한숨을 내쉬었다.

"사장님을 사장님이라고 부르지, 그럼 뭐라고 불러요?"

"원시혁이라는 이름 있잖아!"

"말이 되는 소릴 하세요! 제가 어떻게 사장님 이름을 불러요?"

"그럼 계속 여기 서 있든가."

"사장님!"

"호칭!"

씩씩대던 은율은 시혁을 한참 노려보다 작게 입을 열었다.

"원, 원시혁 씨, 제발 다른 곳으로 갔으면 좋겠어요. 이렇게 부탁 드릴게요."

느긋하게 주차장 벽에 기대서 있던 시혁은 몸을 번쩍 세우며 은율의 손을 잡았다.

"케이트! 많이 늦을지도 몰라."

시혁의 말에 미주는 눈을 살짝 흘겼다. 하지만 그 안에서 따뜻한 미소가 번지고 있었다. 빛으로 걸어가는 친구에게 보내는 끝없는 응원이었다.

"지금도 늦었어. 아무리 그래도 한 시까지는 보내 줘. 그리고 제발 우리 은율이 그만 부려먹어! 당신 밑에서 일하고 우리 은율이 제시간에 퇴근한 적이 없어! 여전히 아주 악덕 사장이야, 당신!"

시혁은 피식 웃으며 은율의 손을 더 세게 잡았다.

"저녁은 먹었으니까 차 한 잔만 하고 들여보낼게. 물론 장담은 못 하겠지만."

"사장님! 지금 제가 듣고 있다는 걸 잊으신 거예요?"

오고 가는 어이없는 대화에 은율은 헛웃음이 나왔다. 이게 진정 지난 몇 달간 그녀가 상상한 그들의 모습이란 말인가?

머릿속에 있던 수많은 탑들이 순식간에 무너지는 기분이었다. 결국 떠밀리듯 차에 올라탄 은율은 차창 밖으로 지나는 야경을 바라보며 생각에 빠져들었다.

뭔가 크게 오해하고 있었다. 그런데 왜 시혁이 미주에게 그런 말을 했는지는 아무리 생각해도 이해되지 않았다. 그렇다면 이 방법밖에 없었다.

"저, 사장님……."

"계속 그 호칭을 쓰겠다면, 난 아무 말도 안 할 거야."

시혁의 말에 은율은 버럭 소리를 질렀다.

"이것 보세요! 원시혁 씨!"

"그래! 이게 바로 고은율 본래 모습이지. 큭큭큭."

놀리는 게 확실한 그의 어조에 은율은 화가 나 고개를 확 돌렸다.

"그거 알아? 당신 이런 모습 때문에 내가 당신에게서 시선을 뗄 수가 없다는 거."

차창 밖으로 빠르게 지나는 가로등을 보며 은율은 자신의 심장 고동도 그만큼 빨라지는 걸 느꼈다. 은율은 슬며시 손을 들어 가슴에 대 보았다. 뻐근하게 느껴지는 심장의 거센 박동. 당장에라도 손안에 심장이 들어올 것 같았다. 이제 더는 시혁을 상사로만 볼 수가 없었다. 다시는 그와 예전으로 돌아갈 수 없다는 걸 여실히 깨달았다. 다음 날부터 어떻게 일해야 할지 난감해졌다. 하지만 옆에서 아무 말 없이 운전에 몰두하는 시혁을 보자 생각이 바뀌었다. 그녀의 문제는 지금부터 시작이었다.

제7장. 어둠의 그림자

　6년 전 여름, 시혁은 그 어느 때보다 정신없는 나날을 보내고 있었다. 재섭이 처음으로 자회사를 맡으라고 그를 불렀다. 아무래도 그를 본사로 부를 생각인 것 같았다.

　시혁은 재섭의 회사에 한 번도 간 적이 없었다. 아니, 고등학생 때 홀로 유학을 떠나고 한국에 들어간 적이 없었다.

　시혁은 얼마 전까지도 시준을 편하게 볼 자신이 없었다. 하지만 지금은 생각이 많이 바뀌어 있었다. 그동안 한국에 오지 않는 시혁 탓에 현희가 가끔 미국으로 찾아오긴 했지만 그가 가족이라는 이름으로 재섭이나 시준을 못 본 지는 벌써 10년이 넘어 있었다.

　재섭은 언제나 바쁜 사람이었다. 그런 재섭에게 공부한다는 시혁을 굳이 부를 이유는 없었다. 재섭이 시혁을 찾지도 않았지만 시준이 달가워하지 않는다는 걸 알게 된 이후, 집은 더 이상 그에게 쉴 곳이 아니었다.

시혁은 미국에서 대학을 졸업하고도 한국에 들어가지 않았다. 대신 친구들과 작은 회사를 차렸다. 시혁은 기본적으로 사업가적인 소질이 탁월했었다. 시혁은 그렇게 홀로 타지에서 자신의 사업을 계획대로 키워 나갔고 시간은 흘러갔었다.

그때 시혁은 외로움이라는 걸 모르고 있었다. 꽤 오랜 시간이 지났지만 재섭은 여전히 사업체를 키워 가느라 바빴고 시준 또한 바쁜 나날을 보내고 있었다. 시혁은 오로지 자신의 사업만 생각했었다.

누군가의 후계자가 아닌 자신의 힘으로 당당하게 일어서는 모습을 보여 줄 거라고 다짐했었다. 그렇게 홀로 결심을 지켜 나갔고 이제 다짐은 현실이 되어 있었다.

몇 년 새 시혁의 사업체는 몰라보게 성장해 있었다. 언제부턴가 시혁은 친구들을 대표해 사업을 지휘하고 있었다. 그럼에도 불구하는 그는 여전히 혼자였다.

처음 유학이라는 이름으로 집을 떠나고 다시는 한국에 돌아가지 않을 거라 생각했었다. 그런데 막상 재섭의 제안을 받은 뒤에는 생각이 달라졌다.

재섭은 시혁의 회사를 그대로 인수하고 싶어 했다. 높은 가격과 더없이 좋은 조건. 시혁과 그의 친구, 동료들에게는 거절할 이유가 없었다. 그때쯤 시혁은 지쳐 있었다. 이제 혼자인 것도 지겨웠다. 철저히 혼자였던 10년. 정확히 말해 혼자는 아니었지만 진짜 가족이라는 울타리 안에 살고 싶었다.

고민은 길지 않았다. 시혁의 회사는 그대로 재섭의 회사와 합병

했다. 시혁은 그 후에도 한동안 미국 지사에서 일했다. 외로움에 지쳐 한국으로 가는 것뿐이라고 말했다. 하지만 오랫동안 가족이 그리웠다. 막상 한국에 가기로 마음먹고 나니 온갖 생각이 떠올랐다.

처음 한국을 떠날 때는 그저 비뚤어지고 싶은 마음뿐이었다. 결혼이며 하는 일마다 승승장구하는 시준은 처음부터 그의 우상이었다. 하지만 시준에게 시혁은 그저 거치적거리는 동생일 뿐이었다. 자라는 동안 시준은 한 번도 시혁에게 내색하지 않았다. 그러나 시혁은 알게 되었다. 시준이 그를 싫어한다는 걸. 아니, 죽었으면 좋겠다고 생각한다는 걸.

시혁은 우연히 그 사실을 알게 됐었다. 이미 오래전 일임에도 그날의 일이 생생하게 떠올라 가슴이 묵직하게 내려앉았다.

그날따라 학원에 가기가 싫었다. 어차피 무언가를 배우기 위해 다니는 것이 아닌, 남아도는 시간을 때우기 위해 다니는 학원이었다.

시혁은 그날 아무도 모르게 집에 들어갔었다. 몰래 방에 들어가 한가로이 간식거리나 먹으며 그동안 못 봤던 책을 읽을 생각이었다.

고등학교 1학년이던 시혁은 어차피 내년이면 대학에 입학하기로 결정했었다. 이제 학교만 선택하면 끝나는 일이었다. 시혁은 그저 남들처럼 학창 시절이라는 걸 가져 보기 위해 학교에 다녔다. 그런데 지루함을 더는 참을 수가 없었다. 시답지 않은 일로 매일 시끄러운 친구들도 그렇고 사물함과 책상에 쌓이는 선물과 편지들도 이제는 지겨웠다. 이 정도면 학창 시절이 어땠다는 추억을 가지기에는 충분했다.

특별히 남을 만한 게 있는 것도 아니었다. 하지만 학창 시절은 그에게도 기억 속에 존재하게 된 시간이었다. 이런저런 생각을 하며 집 안에 발을 들이는데 유난히 1층이 조용했다.

항상 들리던 텔레비전 소리도 들리지 않았다. 혹시나 현희나 아주머니에게 들킬까 살금살금 거실을 지나가는데, 아무래도 집이 비어 있는 것 같았다. 안방은 물론이고 주방에서도 항상 들려오던 소리가 나지 않았다.

"시장 가셨나? 흐흐, 잘됐다."

시혁은 느긋하게 주방으로 가 냉장고에서 음료를 챙겼다. 차가운 음료를 마시며 여유롭게 방으로 가려는데 2층에서 말소리가 들려왔다. 방으로 향하던 걸음이 저절로 멈춰졌다.

이 시간에 2층에 누군가 있을 리가 없었다. 분명 아주머니의 걸쭉한 사투리 소리는 아니었다.

"형수님인가?"

흘끗 시계를 봐도 아직 퇴근하기에는 이른 시간이었다.

"누나, 일찍 퇴근했나?"

얼마 전에 결혼한 시준과 주아는 어릴 적부터 친구 사이였다. 시혁이 태어나기 전부터 친구였던 그들은 자연스럽게 결혼했었다. 시혁에게 주아는 오래전부터 가족이었다. 아직 형수라는 호칭이 낯설지만 싫지가 않았다. 나이 차이가 많은 시준은 자신을 따라다니는 시혁을 가끔 귀찮아했다. 하지만 주아는 한 번도 시혁을 귀찮아하지 않았다. 시혁은 주아가 자신의 형수인 게 참 좋았다. 주아라면 그를 봐도 잔소리를 하지는 않을 것이다. 이참에 용돈이라도 달라고 해야 할 것 같았다.

시혁은 느긋하게 음료를 마시며 2층에 올라갔다. 그런데 주아는 혼자가 아니었다. 시준의 목소리도 들려왔다. 시혁은 별일이다 싶어 입을 열다 자신의 이름이 나오자 본능적으로 발을 멈춰 세웠다.

"시혁이, 시혁이! 너까지 왜 그래? 왜 너까지 날 이렇게 바보 같은 놈으로 만드는 건데! 왜 다들 그 자식이라면 더 해 주지 못해 안달인 거냐고!"

집이 비었다는 걸 아는지 시준은 마음껏 소리 지르고 있었다. 처음 보는 광경에 시혁은 당황했다.

오랜 시간 시혁과 주아를 봤지만 싸움을 하는 건 처음 같았다. 거기다 싸움의 주제가 아무래도 그인 것 같았다. 시혁은 호기심을 참지 못하고 한쪽에 서서 그들의 대화에 귀를 기울였다.

"내 말은 그게 아니잖아! 대학 간다고 하니까 면허 따면 차 한 대 사 주겠다는 게 무슨 큰일이라도 된다는 거야?"

주아의 말에 시준은 콧방귀를 뀌었다.

"시혁이 이제 겨우 17살이야!"

"내년이면 면허 딸 거 아냐? 그때 사 주겠다는 건데 왜 이렇게 화를 내? 전에도 종종 선물해 줬잖아. 오늘 진짜 왜 그래? 무슨 일 있었어?"

주아는 달래듯이 시준에게 말하고 있었지만 그는 굉장히 화가 난 것 같았다. 멀리 있어도 시준의 분노가 고스란히 시혁에게 전해져 왔다.

시혁은 시원한 음료가 체온으로 데워지고 있다는 것도 잊고 그들의 대화에 귀를 기울였다.

"그럼 내년에 얘길 하든가 했어야지! 왜 하필 지금이야! 왜!"

"너랑 상의하려고 얘기 꺼낸 거잖아! 매일 바쁘다고 새벽에나 들어온 사람이 누군데 그래?"

시준은 주아의 말에 더 화가 났다. 주아는 한 번도 틀린 말을 한 적이 없었다. 시준은 자신이 생각해도 말도 안 되는 화풀이에 신경질이 났다.

"됐어! 너랑 이런 얘기 하고 싶지 않아!"

"제발 그만 좀 해! 다른 사람도 아니고 시혁이한테 준다는 거잖아. 당신 동생인데 왜 그래?"

주아의 말에 시준은 또다시 화가 치밀었다.

"누가?"

"원시준!"

진심으로 화난 것 같았다. 주아는 시준을 쏘아보며 서 있었고 시준도 그 시선을 고스란히 받으며 화내고 있었다.

"시혁이 그 새끼, 어릴 때부터 마음에 안 들었어!"

"시준아! 이제 그만 좀 해! 언제까지 그럴 건데?"

오래전부터 계속된 잘못된 시기심. 어릴 때는 그저 단순한 질투라고 생각했었다. 누가 봐도 시혁은 잘났었다. 하지만 시혁에 비해 시준도 절대 뒤지는 사람은 아니었다. 그걸 정작 본인만 모르고 있었다. 주아는 답답한 마음에 시준을 바라봤다.

"넌 알고 있었잖아! 내가 시혁이 자식 싫어하는 거! 시혁인 뭐든 노력하지 않아도 척척 해내고 자기가 어떤 능력이 있는지, 사람들이 자신을 어떻게 보는지 따위는 신경 쓰지도 않아! 그 자식의 그런 태도가 더 싫어! 그 자식을 보는 대단하다는 시선들, 난 한 번도 받아 본 적이 없었어. 온통 보는 사람들마다 잘났다! 잘났다! 내 이름은 어느새 원시준이 아닌 잘난 원시혁 형으로 불리고 있었어. 아버지 뒤를 이을 재목은 역시 시혁이뿐이다! 내가 언제까지 그 소리를 듣고 참아야 하는 건데! 나 같은 놈은 언제나 안중에도 없었어. 대학 졸업하자마자 말단부터 시작해서 죽어라 노력해 겨우 실적 올리면 그건 당연한 거야!"

주아는 작게 한숨을 내쉬었다. 또 시작이었다. 언제부턴가 시준은 시혁을 동생이 아닌 경쟁 상대로 여겼다. 주아는 그 마음이 안타까웠다.

"지금 한 말들, 모두 억지란 거 알고 있지? 요즘 회사 때문에 힘든 거 알아! 그래도……."

"아니! 넌 몰라! 그 자식이 어떤 줄 알아? 아무것도 모른다는 얼굴로 여기저기 인사만 했을 뿐이야. 그런데 사람들은 마치 사업 파트너를 만난 듯이 그 자식을 대하고 있었어. 겨우, 이제 겨우 17살인 자식한테 벌써 회사 업무 얘기를 하는 걸 듣고 있는 내 기분이 어떨 것 같아? 나 17살 때는 아버지가 원하는 대학에 들어가기 위해 죽기 살기로 공부하기도 바빴어. 그런데 그 자식을 봐!"

시준의 악다구니에 주아는 지쳤다.

"시준아!"

"이제 겨우 고 1인데 알아서 대학 간다고 하잖아! 보나마나 1, 2년 안에 졸업하는 건 당연하겠지. 그리고 자연스럽게 본사에 들어올 거야. 그 잘난 녀석이 평범하게 학교생활 한다고 했을 때부터 이상하다고 생각했어. 이제 편한 신선놀음도 그만하고 싶다는 거겠지.

그게 바로 자기 자리 찾아가겠다는 소리잖아! 그러면 난, 순식간에 개밥의 도토리 신세 되는 거야! 알아?"

"그렇게 생각하지 마. 지금까지 잘해 왔잖아."

시준은 거칠게 넥타이를 풀어헤쳤다. 주아는 그 모습을 안타깝게 바라봤다.

"오늘 안 좋은 일 있었어? 말해 봐."

달래는 듯한 주아의 말에 시준은 천천히 입을 열었다. 한바탕 쏟아 내고 난 뒤라 그런지 조금은 마음이 진정됐다.

"오늘 회사에서 간부회의 끝나고 회식하는데 제일재단 이사장이 그러더라. 역시 시혁이는 크게 될 재목이라고. 회사는 시혁이 같은 놈이 키우는 거라고. 근데 그거 아니? 맞은편에 앉아 아무 말도 못 하고 듣는 내 기분이 어땠을지? 바닥에 거꾸로 곤두박질한 기분이었어."

시준은 평소에도 유난히 시혁에게 경쟁의식이 심했었다. 초등학교부터 결혼한 지금까지 시준과 알고 지낸 지 20년이 넘었지만 날이 갈수록 경쟁의식은 심해졌다.

주아는 작게 한숨을 내쉬며 열변을 토하는 시준을 안타깝게 쳐다봤다. 시간이 지나면 나아지리라 생각했었다. 하지만 날이 갈수록 경쟁심과 시기심은 심해지고 있었다. 주아는 다시 한숨을 내쉬고 열을 내는 시준을 살며시 끌어안았다.

"시준아, 시혁이가 잘하면 너한테도 좋은 거잖아. 두 사람이 힘을 합치면 아버님 꿈처럼 우리 회사를 일류 기업으로 키울 수 있을 거야."

시준은 등을 따스하게 쓸어내리며 다독이는 주아의 말에 짜증이 일었다. 언제나 같은 말이었다. 한 번이라도 그의 편에서 얘기를 해 주면 좋으련만, 주아는 항상 냉정했다. 옳은 말임을 알지만 서운함이 먼저 들었다.

"지금 둘이라고 했어? 어차피 난 허수아비일 뿐이야. 매번 그 자식이랑 비교대상이 되어야 하는 내 신세가 얼마나 비참한지 알기나 해?"

"시준아!"

주아는 시준을 더 세게 끌어안았다. 마음속에 누군가를 향한 원망을 안고 살아간다면 이 얼마나 불행한 삶이란 말인가? 거기다 그 대상이 가족이라면 불행 속에 삶을 영위하는 거나 마찬가지였다. 주아는 사랑하는 사람이 불행 속에 사는 걸 보고 싶지 않았다.

"시준아, 우리 빨리 아이 갖자. 응?"

주아의 말에 시준은 그녀를 살짝 밀어냈다.

"몇 년간 아이 안 갖기로 했잖아. 지금 회사 일로도 벅차!"

"빨리 갖고 싶어졌어. 그러니까 이제 시혁이 때문에 속상해하지 마. 아버님도 두 사람이 잘 지내면 분명 좋아하실 거야."

"결국 그거였어? 이거 놔!"

시준은 주아의 손을 뿌리치며 소리쳤다.

"시혁이, 시혁이! 나란 놈 인생에서도 왜 걔가 나보다 우선순위인 건데?"

피해 의식이 왜 그리 깊은지 모르겠다. 주아는 시준의 팔을 잡아끌었다.

"대체 왜 이래?"

시준은 주아의 손길을 단번에 쳐 냈다.

"아버지는 처음부터 그 자식한테 모든 걸 맡기기 위해 날 이용한 것뿐이었어!"

더는 안 됐다. 주아는 시준의 팔을 잡고 단호하게 그를 바라봤다.

"제발 그만 좀 해! 시혁이는 시혁이고, 너는 너야! 언제까지 동생과 자신을 비교하면서 널 깎아내릴 거야? 내가 선택한 남자가 이것밖에 안 된다니 정말 실망이다."

시준은 자신이 한심하게 느껴졌다. 하지만 폐 속까지 차오르는 질투를 어떻게 할 수가 없었다. 주아에게라도 털어놔야 숨이 트일 것 같았다.

그를 위해 더 차갑게 말하는 주아 맘은 잘 알았다. 이렇게 말하고 몇 시간도 안 돼 미안해할 게 분명했다. 그럼에도 멈출 수가 없었다.

시준은 원시준이 아닌 원시혁의 형으로 더 많이 불렸다. 시준은 그게 싫었다. 당당하게 인정받고 싶었다. 하지만 그의 피땀 어린 노력은 시혁 앞에 서면 항상 보잘것없는 것으로 전락하는 것 같았다. 한 번이라도 제대로 인정받고 싶었다.

"지난달, 동성재단 이사장 생일 파티에 왜 시혁이까지 데리고 갔는지 넌 모르지? 아버지가 그동안 있던 재계 모임마다 왜 우리 둘을 데리고 다녔다고 생각해?"

시혁도 기억하고 있었다. 한창 공부하라고 해도 모자랄 판에 재섭은 그를 주마다 모임에 데리고 갔었다. 물론 나쁠 건 없었다. 기분 전환도 되고 나름 괜찮은 친구들도 알게 됐으니까. 시혁에게는 그뿐이었다. 하지만 시준에게는 아니었다.

"아버지는 일찌감치 사람들에게 시혁이를 눈도장 찍게 하셨던 거야! 앞으로 일원을 이끌 재목은 원시준이 아니라 원시혁이다, 라고 말하고 다니셨던 거라고! 지금 아버지 옆에서 뼈 빠지게 일하고 있는 건 나, 원시준인데! 아버지 눈에는 그저 시혁이만 보인 거였어. 아버지는 보란 듯이 사람들 앞에서 날 망신시켰어. 오늘 낮에도!"

"후."

"너한테라도 말해야지 더는 참을 수가 없어."

낮에 겪었던 모멸감이 다시 한 번 떠올랐다. 뜨거운 분노가 그를 강타했다. 차라리 조금만 그와 비슷했으면. 아니, 그보다 조금만 잘났다면 이러지 않았을지도 몰랐다. 하지만 시준도 알고 있었다. 시혁은 그와 비교할 수 없을 정도로 다른 존재였다. 그걸 알면서도 시준은 인정하고 싶지가 않았다. 아니, 인정이 되지 않았다.

시준은 자신을 애처로운 눈으로 바라보는 주아를 보며 스스로가 초라하게 느껴졌다. 언제쯤이면 너그러운 형으로 시혁을 볼 수 있을까 싶었다. 과연 그에게 그런 날이 올까라는 의문도 들었다. 시준은 자괴감에 휩싸이며 주아를 향해 시선을 돌렸다.

"그런 눈으로 쳐다보지 마! 나도 충분히 이런 내가 싫으니까."

"시준아, 제발!"

"그래도 이게 내 진심인 걸 어떻게 해? 잘난 시혁이 새끼, 내 눈 앞에서 사라져 버렸으면 좋겠어. 아니, 차라리 확 죽어 버렸으면 좋겠어. 이런 생각을 하는 내 자신이 싫지만 이게 내 진심이야. 알아?"

공명하는 시준의 외침에 저절로 뒷걸음질 쳐졌다. 세상이 미친 게 확실했다. 다른 사람도 아니고 시준이, 그가 가장 존경하는 우상 같은 형이 그를 미워하고 있었다. 아니, 증오하며 죽길 바라고 있었다는 사실은 시혁에게 충격이었다.

집을 서둘러 빠져나온 시혁은 아무 생각 없이 거리를 걸었다. 머리가 지끈거렸다. 모든 게 거짓 같았다. 그동안 시준이 보여 줬던 모습은 다 거짓이었다.

웃으며 지나는 수많은 사람들의 얼굴에 가면이 덧씌워진 것 같았다.

"하아."

차라리 학원에 가서 시간을 보냈다면 이 지옥 같은 현실을 몰랐을 것이다. 늦은 후회를 해도 이미 현실은 차가운 공기와 함께 그의 폐 속 깊이 들어와 있었다.

늦은 밤 집에 돌아온 시혁은 아무렇지도 않게 자신을 대하는 시준과 주아를 보며 아무 말도 하지 않았다. 아니, 하지 못했다. 하지만 그 예전처럼 시준을 볼 수 없었다. 시혁은 시준의 말처럼 차라리 자신이 사라져 버렸으면 좋겠다고 생각했었다.

고민을 길게 해 봐야 소용이 없었다. 시혁은 결심을 굳히고 천천히 거실로 나갔다.

"아버지, 저 드릴 말씀이 있어요."

살면서 뭔가를 부탁한 적이 없었다. 재섭은 탈 없이 자라는 시혁을 보며 항상 기특해했다. 그의 옆에서 고군분투하는 시준도 기특하지만 시혁이 곧 그들과 함께하며 꿈을 키울 생각에 여간 기쁘지가 않았다. 재섭은 짐짓 속내를 숨기며 자리에 앉는 시혁을 바라봤다.

"급한 일이니?"

언제나처럼 재섭은 집에서도 회사 업무 서류를 보고 있었다. 서류에서 시선을 떼지도 않은 채 재섭은 소파에 앉아 있었다.

"네."

시혁은 재섭이 서류에서 시선을 뗄 때까지 아무 말도 않고 기다렸다.

한참의 시간이 지나고 서류를 한쪽으로 미뤄 둔 재섭이 시혁을 바라봤다. 꽤 급한 모양이었다. 눈에서 다급함이 엿보여 재섭은 걱정이 들었다.

"그럼 얘기해 봐라."

"저, 유학 가겠습니다. 미국 쪽 대학에서 이미 입학 허가서 나왔습니다. 다음 주에 그쪽에 가기로 했습니다."

재섭은 단호한 표정의 시혁을 물끄러미 바라봤다. 결코 쉽게 내린 결정이 아니란 걸 알았다. 그를 닮아 한번 결정한 걸 번복하는 일은 없었다. 재섭은 작게 한숨을 내쉬고 시혁을 바라봤다. 언제 이렇게 자랐는지 모르겠다.

그때 다과를 내오던 현희가 놀란 얼굴로 시혁을 바라봤다.

"시혁아! 갑자기 그게 무슨 소리니? 유학이라니? 대학은 여기서 다니기로 했잖아. 전에 엄마랑……."

재섭은 현희의 손을 잡으며 시혁을 바라봤다.

"이미 마음 굳힌 게냐?"

놀란 현희와 달리 재섭은 태연하게 차를 마셨다.

"네."

"그럼 가도록 해라."

"네."

"여보!"

재섭은 시혁에게 그 어떤 질문도 하지 않았다. 말리는 현희를 뒤로하고 시혁은 준비한 대로 유학 절차를 밟았다. 시혁은 그렇게 도망치듯 유학을 떠났었다. 그런데 딱 10년 만에 재섭과 시준이 돌아오라고 말했다. 이제는 그때 일로 시준의 얼굴을 대하는 게 어려울 것 같지 않았다. 시혁은 재섭과 시준에게 인정받았다는 생각에 뿌듯해졌다. 그동안 홀로 애쓴 보람이 있었다. 스스로 일군 회사로 재섭과 시준에게 보탬이 되고 싶었다. 이제는 떳떳하게 시준 앞에 설 자신이 있었다. 더는 형 자리를 위협하는 사람이 아니다. 시준의 자리를 더 굳건하게 만들 조력자며 형을 아직도 우상처럼 생각하는 동생이라고, 시혁은 자신 있게 말할 수 있었다.

시혁은 미국에서 일원의 글로벌화를 위해 유전 사업에 관해 구상 중이었다. 조용히 투자자들과 교류하며 사업 확장을 위해 힘쓰고 있었다.

이번에 글로벌 그룹, 골든 티켓에서 받은 투자로 유전 사업은 차질 없이 진행될 것 같았다. 한국의 본사도 이제 확실히 자리 잡고 있었다.

시준이 맡고 있는 일원전자도 하루가 다르게 성장하는 것 같았다. 일원은 건설 쪽으로 이미 입지가 다져져 있는 회사였다. 하지만 최근 경기가 하락하면서 건설사 쪽 적자가 늘어난 것 같았다. 엔지니어링 회사도 별반 차이는 없지만 다른 계열사에 영향을 줄 정도는 아니었다. 시혁은 타지에 있어도 항상 회사에 관심을 두고 있었다. 최근 적자는 시혁이 유치한 투자로 해결될 것이다. 의도한 건 아니었지만 어쨌든 시혁의 투자 유치로 인해 일원은 그룹으로 한 걸음 도약하게 됐다. 시혁은 시준도 그 예전 같지 않을 거라 확신했다. 이제 다시 한국으로 돌아가는 일만 남아 있었다. 정해진 이상, 최선을 다해 볼 생각이었다.

사랑하는 가족의 한 사람으로 그들 곁에서 살고 싶었다. 잠시 공상에 빠져 있는데 진한 장미향이 코끝을 자극했다. 그녀였다.

"믹! 사랑해."

시혁은 목을 끌어안는 혜주의 행동에도 서류에서 눈을 떼지 않았다. 지금 그는 한가하게 그녀와 노닥거릴 시간이 없었다.

"알아. 나 바빠."

"자기가 언제 안 바쁜 날 있었어? 그래도 저녁은 먹어야 할 거 아냐? 같이 나가자!"

귀찮은 듯이 팔을 떼어 냈지만 혜주는 다시 그의 목을 끌어안았다.

"바쁘다고 했잖아."

내일 오전 회의에 브리핑해야 할 서류가 산더미였다. 짜증스러운 마음에 약간 언성이 높아졌지만 혜주는 언제나 개의치 않아 했다. 혜주는 누군가의 기분을 먼저 헤아린 적이 없었다. 그녀는 언제나 자신의 기분이 우선이었다.

"배고프지 않아? 저녁 시간 지난 지 한참이야."

목을 끌어안고 한껏 애교를 부리는 모습을 봐도 아무렇지도 않았다. 시혁은 작게 한숨을 쉬고 그녀의 팔을 떼어 냈다.

"배고프지 않아."

"그럼 최소한 얼굴 정도는 봐 줘도 되잖아?"

"⋯⋯."

혜주는 말해 봐야 소용없다는 걸 알면서 또 바라고 있었다. 그러다 어느새 서류에 빠져 있는 시혁을 보며 한숨을 내쉬었다.

"천하의 문혜주! 성격 진짜 많이 죽었다. 워커홀릭은 약도 없지? 어휴, 좋아 죽겠는 일 열심히 해. 갈게!"

혜주는 문을 닫고 나오며 슬쩍 웃었다. 저렇게 일에 몰두하는 시혁을 보는 게 좋았다. 그래서 일부러 아무 말도 하지 않고 사무실에 찾아갔었다.

역시나 시혁은 반가워하지도, 그녀를 쳐다보지도 않았다. 하지만 상관없었다. 벌써 3년이다. 시혁만 바라본 시간이. 시혁은 아직도 그녀의 본모습을 모르고 있었다. 시혁이 혜주에 대해 알고 있는 건 표면적인 것뿐이었다. 로즈 문. 한국 이름 문혜주. 글로벌 그룹, 골든 티켓의 막내딸. 누구나 부러워하는 혜주의 사회적 지위와 신분은 그녀에게 수많은 얼굴을 가져다줬다. 시혁에게만 보이는 조신하며 착하게 공부하는 모습과 동주에게 보이는 독하고 자기밖에 모르는 안하무인의 모습까지, 모두 다 혜주였다.

시혁은 처음 만났을 때처럼 변함없었다. 이제는 시혁도 알고 있을 것이다. 하지만 그는 한 번도 내색하지 않았다. 시혁의 그런 모습이 더 미치게 만들었다. 시혁의 사무실을 나온 혜주는 아래에서 기다리고 있던 동주에게 손짓했다.

"가져오라는 건?"

"여기 있어."

동주는 말없이 쇼핑백을 내밀었다.

"오늘은 맨해튼 클럽으로 갈 거야."

차에 올라탄 혜주는 능숙하게 뒷자리에서 옷을 갈아입었다. 동주는 정면을 응시한 채 운전을 했다. 혜주는 운전하는 동주를 흘끗 바라봤다.

전형적인 미남은 아니지만 동주는 어디에 데리고 다녀도 기죽지 않을 정도는 됐었다. 거기다 그녀의 말이라면 뭐든 들어줬다. 설사 자신의 목을 내놓으라고 해도 동주는 흔쾌히 그럴지도 몰랐다. 동주는 혜주만큼이나 냉정한 사람이었다. 차갑기는 시혁이나 동주나 마찬가지였다. 혜주는 동주를 보면 꼭 자신을 보는 것 같았다. 시혁만 보고 있는 그녀나 그녀만 보고 있는 동주나 외사랑은 마찬가지였다.

혜주는 그래서 동주가 싫었다. 그 마음을 알면서 일부러 동주를 부른 건, 못된 심보라고 해도 어쩔 수가 없었다. 이제 이런 생활도 지겨웠다. 차라리 한국에나 들어갈까 싶었다. 시혁도 곧 한국에 돌아간다고 했었다. 시혁이라면 결혼 상대로 나쁜 조건은 아니었다. 그렇다고 그녀나 가족들 마음에 드는 조건도 아니었다. 일원그룹의 사장 정도 된다면 만족스러울지도 몰랐다. 마음만 먹으면 못 만들 것도 없었다. 아니면 그에게 걸맞은 회사를 하나 차려도 상관없었다. 시혁이 원하면 혜주는 그 정도는 얼마든지 해 줄 수 있었다. 그런데 시혁은 그 어떤 도움도 원하지 않았다. 처음 혜주가 골든 티켓 사주의 딸인 걸 알았을 때, 시혁은 도리어 그녀를 멀리했었다. 남들은 어떻게든 친해지려고 발버둥 쳤었다. 그런데 시혁은 반대로 그 사실을 알고 혜주를 철저히 무시했었다. 그 후 어렵게 혜주가 손을 내밀어 연인 관계가 되었지만 그녀가 본격적으로 사업을 시작하고 시혁은 또다시 그녀에게 이별을 통보했었다.

혜주가 예전으로 돌아가려고 아무리 노력해도 시혁은 그녀를 더 멀리할 뿐이었다. 시혁은 결국 자신의 힘으로 모든 투자를 유치했었다. 그리고 다시 혜주에게 돌아왔다. 하지만 시혁은 완전히 그녀의 사람이 되지 않았다. 혜주는 시혁을 완벽하게 소유하고 싶었다. 그녀에게 굴복하지 않는 그가 처음부터 마음에 들었다. 시혁을 생각하자 따분한 클럽이 지겨워졌다. 오랜만에 집에 가서 공부나 해 볼까? 문득 떠오른 생각에 피식 웃었다.

"오늘은 피곤하다. 집으로 가."

혜주는 느긋하게 기대어 차창 밖으로 지나는 야경을 바라봤다. 동주는 아무 말 없이 뉴욕의 중심부로 차를 몰았다.

파국은 언제나 뜻하지 않게 찾아왔다.

시혁이 한국에 오고 채 한 달도 되지 않았을 때였다. 현희는 언제나 타지에 나가 있는 시혁 걱정에 잠을 설쳤었다. 이제야 그 걱정을 덜었단 생각에 현희는 하루가 멀다 하고 상다리가 휘어지게 음식을 준비했다. 그날도 여느 때와 마찬가지였다. 자리가 모자랄 정도로 차려진 음식을 보며 시혁은 작게 웃었다.

"어머니! 이렇게 안 차리셔도 된다고 몇 번을 말씀드려요? 저녁부터는 그냥 된장국에 밥만 주세요."

"내가 좋아서 하는 거야! 거기다 네 형수······. 아니다. 호호호. 알았으니까 얼른 먹고 출근해."

현희는 뭐가 그리 좋은지 콧노래까지 흥얼거리며 음식을 나르고 있었다. 시혁은 그 모습을 보는 게 행복했다. 다른 게 행복이 아닌 것 같았다. 사랑하는 가족과 같은 공간에서 같이 먹고 마실 수 있다는 게 진짜 행복 같았다. 그동안의 못다 한 시간을 보상받을 순 없었지만 지금처럼만 산다면 그는 행복할 거라고 생각했다.

"그만 가져오시고 같이 식사하세요."

시혁의 말에 현희는 웃으며 식탁에 앉았다.

"다음 달부터 본사로 출근한다고?"

"아마 그렇게 될 거예요."

"오늘 혹시 운전하니?"

"네."

"차 조심해라. 꿈자리가 영 뒤숭숭했어."

"참 어머니도."

"아침부터 내가 별소릴 다 한다. 얼른 먹어. 주아야, 너도 얼른 먹어야지. 여기 네가 좋아하는 가지다. 많이 먹으렴."

시혁은 아직 남아 있는 투자를 받기 위해 지금은 골든 티켓 한국 지사에서 일하고 있었다.

아무리 봐도 재호는 이 기회에 시혁과 혜주를 결혼시키려고 작정한 것 같았다. 나쁜 자리는 아니었다. 하지만 결혼이 썩 내키지가 않았다. 아니, 결혼 자체에 관심이 없었다. 물론 혜주가 싫은 건 아니었다. 다만 지금은 결혼보다 회사의 기반을 다져야 하는 시기였다.

현희가 알면 당장 한 소리를 할 것이다. 시혁은 자신 쪽으로 반찬을 가져오는 현희를 보며 작게 웃었다. 세월이 흘렀어도 집은 크게 변하지 않았다. 한 가지 문제를 제외하면 시준과 주아는 별 탈

없이 지내온 것 같았다.

　결혼한 지 10년이 넘은 시준과 주아는 아직 아이가 없었다. 얼마 전부터 병원에 다니고 있다고 하는데 시준이 좀처럼 달가워하지 않는 눈치였다. 시혁은 모른 척 아침을 먹고 회사를 나가기 위해 천천히 집을 나섰다. 그 아침을 그토록 그리워할 날이 될지도 모른 채……

　출근하고 자리에 앉기 무섭게 사무실 문이 열리며 혜주가 들어왔다.

　"무슨 일이십니까?"

　시혁은 서류에서 시선을 떼지도 않았다.

　"나 좀 보고 말하면 안 돼?"

　혜주는 지친 표정으로 시혁을 바라봤다.

　"바쁩니다."

　혜주는 시혁의 변함없는 태도에 갑자기 화가 났다.

　"믹!"

　"여긴 회사입니다, 문혜주 실장님!"

　화를 내 본들 무슨 소용이 있을까? 혜주는 웃으며 천천히 시혁에게 다가갔다.

　"시혁 씨, 자꾸 이럴 거야? 어떻게 미국에 있을 때보다 더 일에 파묻혀 살 수가 있어? 한국 들어오고 더 보기 힘들어졌잖아."

　혜주는 어느새 그의 목을 끌어안고 귓불을 지분거리고 있었다.

　"오늘 밤 같이 있자. 자기 품이 너무 그리워."

　시혁은 억지로 혜주를 떼어 내고 다시 서류로 고개를 돌렸다.

"여기 회사라고 했다. 9시에 임원진 회의 있어. 너랑 말장난할 시간 없어."

혜주는 시혁이 들고 있던 서류를 빼앗아 들었다.

"결혼하자!"

시혁은 혜주의 손에 들린 서류를 다시 빼앗으며 신경질적으로 말했다.

"로즈! 아니, 문혜주! 지금 장난할 시간 없다고 했다. 회의 전에 분석 자료 다시 검토해야 돼."

"결혼하자! 우리 내년에 결혼해! 아니, 난 오늘이라도 해도 상관없어."

시혁은 그제야 뭔가 이상하다고 느꼈다. 혜주는 언제나 당당했었다. 그 당당함이 가끔 그를 곤혹스럽게 만들 때도 있었지만 그 당당함 때문에 시혁을 혜주가 선택했다. 그의 선택이 그녀의 선택이었다. 지금까지는.

시혁은 서류에서 시선을 떼고 혜주를 바라봤다. 애절하게 바라보는 시선. 평소와 달리 조급함이 엿보였다. 시혁은 한숨을 내쉬었다. 혜주가 그에게 조금 더 시간을 주면 좋을 것 같았다.

"좀 기다릴 순 없어?"

"얼마나 더? 3년이야! 이제 그만 넘어와도 되잖아."

가슴에 파고드는 혜주는 다른 날과 분위기가 달랐다. 시혁은 뭔가 이상한 느낌에 천천히 일어서며 혜주를 떼어 냈다.

"왜 그래?"

"결혼하자!"

혜주는 똑같은 말만 반복했다.

"조금만 더 기다려 달라고 했잖아."

"그게 언제인데?"

"아버지 회사가 기반 좀 잡고 나면 다시 미국 가자. 그때 생각해도……."

시혁의 대답에 혜주는 소리쳤다.

"돈이라면 우리 집에 넘치게 있어! 투자를 얼마나 원하는데? 말만 해. 지금이라도 당장 줄 테니까! 당신이 말만 하면 얼마든지 줄 거라는 거 이미 알고 있잖아."

그래서 싫었다. 재섭과 시준이 더는 자금 걱정 없이 탄탄하게 기업을 경영할 정도가 되면 시혁은 회사를 차려 독립할 생각이었다. 지금은 기반을 다지는 재섭과 시준의 곁에서 가족으로서 지켜보고 싶었다. 돈 많은 여자 덕으로 가족을 도울 생각 따윈 처음부터 없었다.

"싫어!"

처음 재호는 시혁을 달가워하지 않았다. 시혁은 투자를 받기 위해 얼마나 고군분투했는지 모른다. 지금 눈앞에 서 있는 혜주는 모를 것이다. 그가 혜주를 얼마나 자신의 사람으로 만들고 싶어 하는지. 단지 모든 걸 버리고 그녀에게 집착하지 않으려 내색하지 않을 뿐이었다. 한번 잡는 순간 다시는 놓아주지 않을 것 같았다.

시혁은 스스로의 힘으로 그녀를 자신의 사람으로 만들고 싶었다. 시혁은 당당하게 재호에게 요구하고 싶었다. 그러기 위해서는 좀 더 시간이 필요했다. 하지만 그 마음을 모르는 혜주는 날이 갈수록 집요하게 그를 괴롭혔다.

화려한 외모에 자신밖에 사랑할 줄 모르는 일편단심. 누구나 탐

내하는 조건까지. 시혁에게 혜주는 넘치는 상대였다. 시혁은 스스로 그 격차를 줄일 생각이었다. 품에 다시 안기는 혜주의 허리를 끌어안으며 시혁은 작게 웃었다. 처음이나 지금이나 혜주는 언제나 그에게 빛나는 존재였다. 그녀만 그걸 모르고 있었다. 시혁은 처음 그녀를 만난 날을 생각하며 피식 웃었다.

시혁이 혜주를 만난 건 아주 우연한 기회였다. 우연이라고 하기에는 누군가의 계략이 존재하긴 했지만 지금 생각해 보면 그건 그에게 운명이었는지도 몰랐다. 가혹하고 잔인한 운명.

혜주를 처음 본 곳은 미국 기업인 연합에서 주최하는 파티였다. 사실 그곳은 시혁이 절대 가고 싶지 않은 곳이었다.

시끌벅적 떠드는 그와 무관한 사람들. 그 안에서 입에 경련이 일 정도로 웃어야 하는 자신의 위치. 모든 게 마음에 안 들었다. 그날도 입에 경련이 일 정도로 웃었음에도 성과는 없었다. 매번 반복되는 실패에 힘이 빠졌다. 그래도 옆에서 동료들이 그를 바라보고 있다는 생각에 시혁은 다시 일어섰다. 하지만 몇 시간이 지났음에도 변한 건 하나도 없었다.

최소한 사업 제안서를 내려고 해도 익혀야 하는 인맥이었다. 시혁은 한숨 돌릴 겸 동료인 제이크와 파티장 구석에 서 있었다.

눈앞에서 수천수만 달러가 오가고 있었다. 시혁은 언제쯤이면 자신도 그들과 어깨를 나란히 하며 설 수 있을까 싶었다. 갑자기 목이 타는 것 같았다. 시혁은 손을 뻗어 샴페인을 집어 단숨에 비웠다.

"적당히 마셔. 이 밤은 아주 길어. 거기다 우리가 해야 할 일은 더 많고 말이야."

제이크가 시혁의 어깨를 치며 농담했다. 시혁은 슬쩍 다른 잔을 들며 중얼거렸다.

"분명 내가 원하던 밤은 아닌 것 같다."

"그건 밤이 깊어 봐야 알 수 있는 거야."

시혁의 말에 제이크는 뜻 모를 미소를 지어 보였다. 시혁은 실없이 웃는 제이크에게서 시선을 떼고 홀을 둘러봤다. 여전히 파티가 한창이었다.

그때 천천히 문을 열고 들어오는 그녀가 보였다. 화려하지만 동시에 우아함이 느껴지고, 그 어떤 여자에게서도 볼 수 없을 정도로 섹시한 자태가 넘쳐흐르는 드레스를 입고 당당하게 들어오는 혜주.

혜주 주위로 빛이 났다. 그 안에 있던 모든 남자들의 시선이 혜주에게 향한 건 어쩌면 당연한 건지도 몰랐다. 시혁 또한 마찬가지였다.

혜주의 등장과 동시에 파티장은 일순 정적에 휩싸였다. 시혁의 눈에는 오직 혜주만 보였다. 그의 귀에는 더 이상 파티장의 소음은 들려오지 않았다. 멀리서도 혜주의 번득이는 눈동자가 그의 시선을 사로잡았다.

시혁은 혜주의 시선을 피하지 않고 모조리 받아 냈다. 그녀의 입꼬리가 살짝 올라가는 게 보였다. 코끝으로 진한 장미향이 스며들었다. 혜주는 눈도 깜박이지 않았다.

살아 있는 존재가 맞는 건가 싶을 정도로 아름다웠다. 희미하던 모습이 선명해지며 장미향에 눈이 시큰거렸다. 가까이 올수록 여실히 보이는 그녀의 모습에, 주위 공기가 사라지는 것 같았다.

순간, 혜주의 옆으로 남자들이 하나둘 다가가 인사하기 시작했다. 잠시 멈춰 있던 공기가 제자리를 찾아가고 음악 소리가 다시 들려왔다. 시혁은 급하게 손을 뻗어 샴페인 잔을 들었다. 심장이 미친 듯이 뛰었다. 마치 10대 시절로 돌아간 것 같다는 생각에 시혁은 피식 웃었다. 홀로 생각에 빠져 있던 시혁을 옆에 있던 제이크가 급하게 찔렀다.

"드디어 납시었다."

"무슨 소리야?"

시혁은 샴페인을 홀짝이며 애써 모른 척했다.

"내가 전에 말했지?"

"무슨 말?"

시혁의 말에 제이크는 고개부터 저었다.

"사업 외에는 네 귀에는 들어오지도 않지?"

제이크의 빈정거리는 말에 시혁은 손에 든 샴페인으로 가볍게 목을 축였다. 그의 친구들이 늘 하던 말이었다. 아무리 머리를 굴려 봐도 떠오르는 생각은 없었다.

"새삼스럽게 왜 그래?"

"이건 사업과 아주 밀접한 관계가 있는 얘기니까 잘 들어! 쟤야. 그 유명한 글로벌 그룹, 골든 티켓의 둘째 딸이자 실세인 로즈 문. 저 여자만 잡으면 우리 회사 투자 문제도 끝이라고, 끝!"

제이크의 손이 정확하게 그의 시선을 모조리 빼앗았던 여자에게로 향했다. 들떠 있던 심장이 차갑게 식었다.

시혁은 골든 티켓으로부터 투자받기 위해 몇 개월째 애쓰는 중이었다. 사업을 시작하고 가장 큰 투자를 받기 위해 시혁은 처음으로 고군분투 중이었다.

제이크가 그날은 무슨 일이 있어도 파티에 가야 한다고 했을 때 뭔가 이상하다고 눈치챘어야 했다. 제이크는 어떻게든 여자 하나 꾀어 사업 자금을 끌어들이고 싶은 모양이었다. 하지만 시혁은 그 생각에 동의하지 않았다. 그는 정당한 방법으로 반드시 투자하게 만들 자신이 있었다. 그의 아이디어라면 분명 몇 년 안에 회사는 눈부시게 성장할 것이다. 확신할 수 있었다. 지금 시혁에게 필요한 건 그를 알아볼 혜안을 가진 사람이었다. 말하려는데 제이크가 더 빨랐다.

"어! 이쪽으로 온다. 믹! 이 형님 솜씨 잘 봐 둬. 이번 투자는 내가 반드시 성공시킬 테니까."

당당하게 혜주에게 다가가는 제이크를 보며 시혁은 근처에 있는 잔을 집어 들고 단숨에 비웠다. 어차피 그와는 다른 부류였다. 절대 개인적으로 얽히고 싶지 않았고 그럴 일도 없는 사람들. 많은 사람들을 만나며 시혁도 한계라는 걸 알게 됐었다. 그리고 그 예전 시준이 자신에게서 느꼈던 감정을 고스란히 느끼는 중이었다.

"하, 진짜 싫다."

한시라도 빨리 이곳을 벗어나고 싶었다. 기회를 봐서 나가야겠다고 생각했다. 그런데 제이크와 얘기하던 혜주가 그에게 걸어오고 있었다. 오로지 시혁만 바라보고 걸어오는 게 느껴졌다. 손에 들린 샴페인 잔이 떨리지 않는 게 신기할 정도로 긴장됐다.

"나와 얘기를 하고 싶다고요?"

시혁은 긴장감을 감추려 샴페인 잔을 입으로 가져갔다. 시혁은 일부러 그녀의 시선을 피했다.

"누가 그러던가요?"

목소리가 떨리지 않은 게 다행이다 싶었다.

"저기 있는 저분이 그러더군요. 당신이 날 만나고 싶어 했다고요. 아닌가요?"

조금 전 말하고 간 상황과는 많이 다른 거 같았다. 멀리서 제이크가 난처한 표정으로 서 있었다. 시혁은 최대한 아무렇지도 않은 얼굴로 혜주를 바라봤다. 어차피 던져진 게임 판이었다. 승자와 패자가 나와야 한다면 시혁은 언제나 승자이고 싶었다.

"하나만 묻죠? 지금 이 자리에 어떻게 온 겁니까?"

혜주는 웃는 얼굴로 시혁에게 다시 물었다.

"정확히 묻고 싶은 게 뭐죠?"

"이 자리에 골든 티켓 이름으로 온 겁니까, 아니면 단순히 파티를 즐기러 온 겁니까?"

시혁에게는 매우 중요한 일이었다.

"두 가지 모두라고 한다면?"

"인사드리죠. W&J 컴퍼니 대표 미키 원입니다."

"내 이름 정도는 알고 있겠죠?"

그녀의 이름처럼 진한 향이 코끝으로 느껴졌다. 시혁은 살짝 고개를 끄덕였다. 아까부터 계속해서 현기증이 느껴졌다. 시혁은 혜주에게서 퍼지는 진한 향 때문이라며 자신에게 되뇌었다. 하지만 웃고 있는 그녀의 모습에 그게 전부가 아님을 느낄 수 있었다. 정신 차려야만 했다. 이곳에 온 목적을 잊으면 안 됐다. 시혁은 최대한 냉정을 유지한 채 입을 열었다.

"로즈, 지난번에 저희 회사에서 보내 드린 기획안을 다시 설명드리고 싶습니다."

"잠시만요."

혜주는 시혁의 손에 들린 샴페인을 빼앗아 한 모금 마셨다. 그녀의 붉은 입술을 적시는 샴페인.

넓은 회장의 공기가 아까보다 적어진 것 같았다. 시혁은 크게 숨을 들이켜고 그녀의 목으로 샴페인이 천천히 넘어가는 걸 지켜봤다.

사람들이 그들을 지켜보는 게 느껴졌다. 시혁은 속으로 긴장했지만 겉으로는 내색하지 않았다. 혜주는 여유롭게 잔을 비우고 그의 손에 빈 잔을 건넸다.

"이 밤은 길어요. 사업 얘기는 천천히 하도록 하고, 다른 얘기 먼저 하는 게 어떻겠어요?"

"그럼 무슨 얘길 먼저 할까요?"

"우선 신원 파악을 위해 다시 한 번 얘기해 줄래요? 이름이……."

혜주의 말에 시혁은 빈 잔을 내려놓고 가볍게 목 인사를 했다.

"제가 잘못 판단했군요. 방금 전에 말해 준 제 이름도 잊을 정도라면, 몇 달 전에 드린 저희 회사 기획안 같은 건 아예 기억조차 못 하실 것 같군요. 실례가 많았습니다."

모험이었다. 인사를 하고 급히 자리를 피하려는 시혁을 혜주가 먼저 잡았다.

"이봐요, 미키!"

"아! 이제야 제 이름이 생각난 모양이군요. 그럼 이제 천천히 사업 얘기를 해 볼까요?"

시혁의 말에 혜주는 좀 전보다 더 환하게 웃었다. 누군가의 미소가 이토록 눈부시다는 걸 그때 처음 알았다.

"뭐, 한번 들어 보죠? 알고 있는지 모르겠지만 난 그저 들어 주겠다는 것뿐이에요. 결정은 회사에서 하는 거예요."

"알고 계신지 모르겠지만, 저도 실패할 일은 시작하지도 않습니다."

혜주는 피식 웃었다. 따분한 파티에 혜성을 대신해 오길 잘한 것 같았다. 잠시 얼굴만 비치면 된다는 말에 나왔는데 의외의 수확이었다.

시혁의 기획안은 꽤 마음에 들었다. 회사에서도 내부적으로 그와 비슷한 사업을 진행하고 있었다. 얼마 전에 우연히 읽었다. 혜성은 최근 신생 회사에 투자를 시작해 꽤 재미를 본 것 같았다. 미국 지사의 투자 결정은 대부분 재호가 하지만 간혹 혜성이나 그녀가 투자를 결정짓기도 했었다.

혜주는 눈을 반짝이며 사업 설명을 하는 시혁을 말없이 바라봤다. 처음 이곳에 온 순간부터 시혁만 보였다. 혜주는 자석에 이끌리듯 그에게 다가갔다. 알 수 없는 이끌림. 그런데 한 남자가 거치적거렸다. 다른 때 같았으면 그냥 지나쳤을 테지만 남자는 그 남자와 같이 서 있던 남자였다. 혜주는 결코 자신에게 오는 기회를 버리는 여자가 아니었다.

"무슨 일이죠?"

옆에 서 있던 동주가 막아섰지만 혜주는 가볍게 손을 들어 그를 막았다. 이 정도는 그녀 혼자서도 충분히 가능했다. 필요한 정보를 빼낸 다음이겠지만.

"잠시 애길 나누고 싶은데 괜찮을까요? 로즈 문 팀장님."

상당히 기름진 어조였다. 다른 여자 같았으면 넘어갔을지 모르겠지만 혜주는 절대 아니었다. 혜주의 그날 타깃은 이 기름진 남자와 같이 있던 남자였다.

"내 말에 대답해 준다면 가능할지도."

혜주의 말에 남자의 눈이 번쩍거렸다. 간이라도 당장 빼 줄 기세였다. 권력이 이래서 좋았다. 원하기만 하면 누구든 무릎 꿇릴 수 있었다.

"뭐가 궁금한가요?"

"좀 전까지 당신 옆에 있던 남자."

"누구요?"

제이크가 놀란 눈으로 혜주를 바라봤다.

"저기 저 남자."

혜주의 시선 끝에는 시혁이 서 있었다.

"시혁, 아니 미키 원입니다. 참고로 제 이름은 제이크 윈슬로입니다만……."

"중국인인가요?"

혜주는 제이크의 다음 말은 듣지도 않았다. 이제 보니 시혁에게 관심이 있는 모양이었다. 오히려 잘됐다는 생각이 들었다. 사업적인 부분이라면 그보다는 시혁이 나았다. 다른 부분도 시혁이라면 빠지진 않을 것이다. 제이크는 만족스런 얼굴로 혜주를 바라봤다.

"한국인입니다."

"오호, 그렇군요."

같은 한국인이란 말에 혜주의 입가가 슬쩍 올라갔다. 동주는 그걸 놓치지 않고 지켜봤다. 제법 마음에 드는 모양이었다.

혜주는 자신 있는 걸음으로 시혁에게 걸어갔다. 동주는 이번에도 기껏해야 며칠 가겠지, 라고 생각했었다. 하지만 동주의 예상은 보기 좋게 빗나갔다. 혜주는 시혁에게 모든 걸 걸었다. 심지어 인생에서 가장 소중한 것까지도.

제8장. 사랑하기에 잊을 수 없는

청담동에 위치한 글로벌 그룹, 골든 티켓 한국 지사는 얼마 전부터 혜주가 총괄 책임권을 가지기로 합의했다. 미국과 해외 지사의 대부분은 혜성이 가진다는 조건으로 혜주는 많은 부분을 양보했다. 물론 시혁은 아무것도 모르고 있었다. 시혁은 여전히 혜주를 사업 파트너로 인정하지 않았다. 그저 떼쓰고 어리광 부리는 로즈문으로 보고 있었다. 하지만 그사이 혜주는 많이 변해 있었다.

시혁에게 좀 더 멋진 여자가 되기 위해 그녀는 방탕한 생활도 접었다. 학위도 따고 회사 일을 하며 많은 것을 자연스럽게 익혔다.

혜주는 시혁에게 튼튼한 성이 되고 울타리가 돼 줄 생각이었다. 누구도 함부로 들어올 수도 없는 커다랗고 높은 성. 그 안에서 그녀만 바라봤으면 하는 마음으로 혜주는 그에게 모든 걸 줄 만반의 준비를 했다. 물론 그 전에 해결해야 할 일이 있었다. 우선 시혁에게 해가 되는 것들의 제거가 당연히 최우선이었다. 그 첫 번째는 두말할 것도 없이 시준이었다.

시준은 처음 혜주의 말에 콧방귀를 뀌었다. 혜주는 그럴 줄 알았다는 듯이 아무런 표정 없이 시준을 바라봤다. 시준은 자신이 좀 전에 들었던 말을 믿을 수가 없었다. 그는 다시 한 번 물었다.

"지금 나한테 물러나라고 하는 겁니까?"

"네."

혜주는 너무도 침착한 표정이었다. 조금의 흔들림도 없는 차가운 표정에 시준은 약간 주춤했다. 혜주는 알 수 없는 위화감을 주는 여자였다. 나이는 상관없었다. 기껏해야 20대 중반밖에 되지 않을 것 같지만 함부로 대할 수가 없었다. 머릿속으로 수만 가지 생각이 떠돌았다. 그리고 결론을 내릴 수 없는 의문들로 가득 찼다.

"당신이 뭔데 나한테 이래라 저래라 하는 겁니까?"

"아까 받으셨잖아요, 제 명함."

받았다. 혜주는 골든 티켓 한국 지사의 운영팀장이었다. 시혁이 일하고 있는 회사, 그리고 이번 사업에 막대한 투자를 한 회사라는 것 정도는 알았다. 하지만 혜주에게 투자회사의 자회사 인사권까지는 없었다.

"아무리 그래도 당신이 나한테 사장 자리에서 물러나라고 할 권리는 없는 걸로 알고 있습니다."

"과연 그럴까요?"

당당한 태도. 혜주는 시준 앞으로 커다란 서류 봉투를 던졌다. 시준은 뭔지 모를 불안감이 엄습해 오는 걸 느꼈다.

"보세요!"

보고 싶지 않았다. 마치 판도라의 상자를 앞에 둔 것 같았다. 시준은 불안감이 더 커져 가는 걸 느끼며 혜주를 바라봤다.

"내가 이걸 왜 봐야 합니까?"

"지금 보시는 게 나을 거예요. 원재섭 사장님 손에 들어가기 전이에요."

혜주의 말에 시준은 서둘러 봉투로 손을 뻗었다. 시준은 안에 든 내용들로 인해 파랗게 질려 갔다.

"이, 이게 도대체 어, 어떻게 당신 손에……"

혜주는 느긋하게 차를 마셨다. 시준은 손까지 벌벌 떨며 서류에서 시선을 떼지 못했다. 그 안에는 시준이 그동안 일원전자의 판매 실적을 속이기 위해 주가를 조작한 내용이 고스란히 담겨 있었다.

몇 년 새 전자 쪽 매출은 확실히 떨어졌다. 시준은 아무리 돌파구를 찾으려고 해도 찾을 방법이 없었다. 처음으로 이름을 내걸고 시작한 사업이었다. 성과도 없이 이렇게 문 닫는 걸 두고 볼 수는 없었다. 한 번만, 딱 한 번만 했던 주가 조작이 이렇게 눈덩이처럼 커질 줄은 생각도 못 했다. 시준은 자신의 과오를 눈으로 확인하고 피가 차갑게 식는 걸 느꼈다. 절대 공개돼서는 안 되는 내용이다.

혜주는 느긋하게 찻잔을 내려놨다.

"앞으로 가족이 될 거니까, 조용히 넘어가려고 먼저 뵙자고 한 거예요."

시준은 입가가 파르르 떨려 왔다.

"소개가 늦었네요. 이름은 아시니까 생략하도록 하죠. 제가 앞으로 시혁 씨와 결혼할 여자예요."

시준은 혜주의 말에 놀라 아무 말도 나오지 않았다. 그의 목에 칼을 겨누고 있는 여자가 시혁과 결혼할 여자라고 했다. 시혁이 한국에 들어온 지 이제 겨우 한 달이었다. 그동안 현희가 결혼 얘기를 몇 번 꺼냈지만 시혁은 한마디도 하지 않았다.

그런데 결혼할 여자라니? 거기다 골든 티켓의 운영팀장이라면 말로만 듣던 실세였다. 시준은 혜주의 말에 둔기로 머리를 맞은 듯 멍해졌다.

그가 미처 보지 못했던 거대한 퍼즐의 조각이 그 앞에 모습을 드러낸 것 같았다. 이제야 모든 게 한눈에 들어왔다. 전날 밤, 시혁이 그에게 한 과거를 털어 버리자는 말은 모두 다 개수작이었다. 시혁은 한국에 그냥 돌아온 게 아니었다. 그동안 미국에서 복수의 칼날을 갈며 그에게 복수할 날을 기다렸던 거였다.

시준은 시혁의 말에 미안함을 가졌던 자신이 한심하게 느껴졌다. 이 모든 게 계획의 일부분이라는 걸 여실히 깨달았다. 시혁은 그를 안심하게 만든 뒤에 이렇게 한 방에 무너트릴 생각이었다. 철두철미하다 못해 치가 떨릴 정도였다. 도저히 참고 있을 수가 없었다. 시준은 자리에서 벌떡 일어섰다.

"시혁이가 시킨 겁니까?"

앞에 놓인 차를 한 모금 마신 혜주는 느긋하게 답했다.

"아뇨."

시준은 믿지 않았다. 아니, 믿을 수가 없었다. 배신감이 온몸을 강타했다.

"하! 사실대로 말할 거라고 생각하진 않았습니다."

시준의 말에 혜주는 어깨를 으쓱였다.

"그 사람은 아무것도 몰라요. 뭐, 아직 결혼하겠다는 답도 못 받았지만 결혼은 곧 하게 될 거예요. 전 단지 믹, 아니 시혁 씨와 결혼하기 전에 그 사람이 회사를 제대로 경영할 수 있게 만들고 싶을 뿐이에요."

잠시 뜸들이던 혜주는 시준과 아무렇게나 나뒹굴고 있는 서류를 바라봤다.

"그러던 중에 상당히 흥미로운 부분을 알게 됐죠. 보시는 바와 같이."

시준은 쓴웃음을 지었다. 시간이 지났어도 변한 건 여전히 하나도 없었다.

"여전하군. 원시혁 새끼 재수 없는 건. 말하지 않아도 알아서 해결해 준다 이겁니까?"

시준의 말에 혜주는 쓴웃음을 지었다. 시준은 생각했던 것보다 더 나약했다.

"어떻게 생각할지 모르겠지만 지금 상황에서 물러나는 게 본인에게도 좋을 거라고 판단했어요. 그동안 운용한 자금은 제 쪽에서 알아서 처리하도록 하죠."

혜주는 본인의 용건은 이미 끝난 것처럼 자리에서 일어섰다. 혜주는 서류를 다시 봉투에 넣어 시준에게 내밀었다.

"이건 알아서 처리하세요."

"사장 자리에서 물러나는 게 지금 최선이라고 말하는 겁니까?

"그동안에 했던 것처럼 주가 조작을 하지 않겠다고 약속한다면 다른 자회사에 이사 자리 정도 드리죠."

그룹으로 도약하려는 회사의 사장에서 일개 자회사 이사로 밀려나는 꼴 같은 건 당할 수가 없었다.

시혁은 역시 철두철미했다. 평범한 그로선 시혁을 당해 낼 재간이 없었다. 지난밤 자신이 철저히 농락당했다는 생각이 들었다. 감출 수 없는 분노가 치밀어 올랐다.

"그 새끼, 오늘 반드시 내 손으로 죽여 버릴 거야!"

화가 난 시준은 급하게 밑으로 내려갔다. 그런데 깜박한 게 있었다. 그날은 주아와 병원에 가기로 한 날이었다.

혜주는 5분이면 되는 일이라고 했었고 시준도 별생각이 없이 그 자리에 갔었다. 당연히 잠시 얘기를 나눌 거라는 생각에 주아와 함께 이곳에 왔다. 하지만 지금 그는 아무것도 생각할 수가 없었다. 이성적인 판단은 이미 사라졌다. 오직 주체할 수 없는 분노만이 끓어올랐다. 씩씩대며 내려오는 시준을 보며 주아는 급하게 그에게 다가갔다.

"무슨 일이야? 안 좋은 일이라도 있는 거야?"

하얗게 질린 얼굴에 거친 숨소리. 뭔가 일이 있는 게 분명했다. 주아의 불길한 예감은 항상 맞았었다. 전날 밤 꿈자리가 뒤숭숭했었다. 현희 또한 아침 내내 조심하라고 말했었다. 그래서 혹시 하는 마음에 시준에게 병원에 같이 가자고 했던 거였다. 그동안 한 번도 조른 적이 없었다. 하지만 오늘만은 꼭 시준과 같이 가고 싶었다.

"시준 씨! 무슨 일이야?"

주아의 따뜻한 목소리에 시준은 울컥해졌다. 진심으로 시혁이 모든 걸 받아들였다고 생각했었다. 부족한 자신의 모습도 이제는 다 잊어도 된다고 생각했었다. 하지만 진실은 그게 아니었다.

"시혁이 새끼가 뒤통수를 쳤어!"

주아는 분노에 가득 찬 시준의 말에 놀랐다.

"그게 무슨 소리야? 도련님이 왜?"

차에 올라탄 시준은 뭔가 이상했다. 주아는 급하게 보조석에 올라탔다.

"시준 씨, 왜 그래? 무슨 일이야?"

"내려!"

시준은 당장 무슨 일이라도 벌일 기세였다. 주아는 시준의 손을 얼른 잡았다. 잡은 손이 부들부들 떨려 왔다.

"지금 자기 운전하면 안 될 것 같아. 내려. 내가 운전할게."

시준은 주아의 손을 세게 뿌리쳤다.

"아무 말 말고 내려!"

시준은 몹시 흥분한 상태였다. 주아는 운전대를 잡고 있는 시준의 손을 다시 잡았다. 하지만 시준은 또다시 그녀의 손을 뿌리쳤다. 주아는 한숨을 쉬다 뒷자리에 던져진 봉투를 발견했다.

"이거 뭐야?"

시준이 말릴 새도 없이 주아는 봉투 안에 든 서류를 꺼내 들었다. 내용을 확인하는 주아의 눈이 점점 커졌다. 눈으로 보고도 믿을 수 없는 사실들. 주아는 시준을 보며 이게 무언지 무언으로 묻고 있었다.

시준은 눈을 감고 화를 다스리려 애썼다. 그가 잘못한 건 알고 있었다. 하지만 인정받고 싶었다. 그 방법이 비록 잘못됐을지라도 한 번이라도 제대로 인정받고 싶었다.

주아가 그에게 얼마나 실망했을지 그렇한 눈만 봐도 알 수 있었다. 이대로 사라졌으면 좋겠다는 생각이 들었다. 다른 사람의 입을 통해서 듣는 것보다 그나마 자신에게서 듣는 게 나을지도 몰랐다. 시준은 한숨을 내쉬고 주아를 바라봤다.

"보는 그대로야."

"시준아."

주아의 볼을 타고 눈물이 흘러내렸다. 시준은 주아의 눈물에 더 화가 났다. 시혁이만 돌아오지 않았다면 이런 일은 일어나지 않았을 것이다.

"이게 다 시혁이 자식 때문이야."

"원시준!"

또다시 잘못을 회피하려고만 하는 시준의 모습에 주아는 진심으로 화가 났다.

"더는 시혁이 새끼 덮어 줄 생각은 하지 마. 오늘 만난 여자, 골든 티켓 사람이야. 내가 그럴 줄 알았어! 그런 대기업에서 왜 갑자기 회사에 막대한 투자를 하나 싶었어. 그런데 이 모든 것들이 다 그 자식 농간이었던 거야. 어젯밤, 덮고 가자고 했던 것도 다 거짓이란 소리야."

시준의 입에서 나오는 말을 다 알아들을 수는 없었다. 하지만 주아는 흥분한 시준을 어떻게든 말려야 한다는 생각이 들었다.

"시준아, 무슨 소릴 하는 거야?"

"어젯밤 시혁이가 회사로 찾아왔어. 그리고 10년 전 왜 유학을 갔는지 말하더라."

"그러니까 무슨 소리냐고!"

시준도 그 전과는 달라졌다고 생각했었다. 그래서 진심으로 기뻤다. 하지만 그건 그녀의 작은 바람일 뿐이었다. 시혁이 돌아오고 시준은 그 예전으로 돌아가 있었다. 안타까움에 계속해서 눈물이 흘러내렸다.

"내가 그 자식 죽어 버렸으면 좋겠다는 소릴 들었대."

시준의 말에 주아는 입을 급히 가리고 소리 없는 비명을 질렀다.

"너도 기억할 거야. 10년 전, 시혁이 차 사 준다고 했다가 우리 처음 싸운 날이니까."

"어떻게 그런……."

전부는 아니지만 기억하고 있었다. 그날 나눈 끔찍한 대화들을. 그 일을 계기로 시준과 주아 사이도 조금씩 틀어졌었다. 하지만 그걸 시혁이 들었다니 가슴이 무너지는 것 같았다.

시혁이 갑자기 유학 간다고 했을 때 주아는 이해할 수가 없었다.

시혁은 어릴 적부터 유난히 집을 좋아했었다. 그런 시혁이 갑자기 집을 떠난다고 했을 때 한동안 주아는 시혁을 설득하려고 애썼다. 하지만 시혁은 넓은 곳에서 맘껏 날아 보고 싶다는 말로 그녀를 안심시켰다. 마지막까지 웃으며 시혁은 유학을 떠났다. 그때 주아는 그의 그 말을 믿었다. 그런데 진실은 그게 아니었다.

시혁은 가장 좋아하는 사람에게 상처받고 떠난 거였다. 주아는 시혁이 시준을 얼마나 좋아하는지 알았다. 그래서 시준의 말도 안 되는 시기가 더 안타까웠다. 분명 오해가 있는 게 틀림없었다. 시혁이 집으로 돌아오고 얼마나 기뻐하는지 매일 보고 느꼈다. 주아는 시준이 더는 시혁을 시기하며 망가지는 걸 두고 볼 수가 없었다.

"시준아, 이제 그만하자."

"대체 뭘? 너도 날, 내치고 싶은 거야?"

"시준아, 제발……."

주아는 그날 시준과 함께 확인해 보고 싶었다. 그녀 안에 숨 쉬고 있을지 모를 오랜 희망을. 그런데 그 희망을 확인하기도 전에 시준은 그녀에게 절망을 안겨 주고 있었다.

"시준아, 이제 그만하고 외국이나 지방 내려가서 살까? 유산으로 받은 돈도 그대로 있고 건물이랑 안암동 집 정리하면 이것도 해결할 수 있을 거야. 그리고…… 우리 둘이 편하게 살자. 응?"

주아의 말에 시준은 주먹을 불끈 쥐었다. 그에게 조금만 시간을 주면 얼마든지 해결할 수 있는 일이었다.

시준은 지난 몇 년간의 적자를 한 방에 채워 줄 큰 사업을 목전에 두고 있었다. 그런데 하필이면 이런 때 시혁이 나타났다. 이 사실을 상대 회사에서 알게 된다면 그동안 일군 사업은 한순간에 물거품이 될 게 분명했다. 이 모든 것이 엉망으로 돌아간다면 그건 전부 시혁 탓이었다.

"내가 왜? 내가 왜 도망가듯 그래야 하는 건데? 필요 없어! 오늘은 무슨 일이 있어도 시혁이 자식이랑 담판 지을 거야. 내려!"

시동을 켜고 정면을 응시하고 있는 시준은 그 어느 때보다 불안해 보였다. 주아는 어떻게 해야 할지 복잡해졌다.

혜주가 서류를 재섭에게 주는 날이면 모든 게 끝이다. 불안감이 점점 커져 갔다. 안절부절못하는 시준의 모습에 주아는 한숨을 쉬고 안전벨트를 고쳐 맸다.

"나랑 선약 있었잖아. 그럼 도련님은 이따가 만나."

주아는 정면을 응시한 채 그대로 앉아 있었다. 시준은 주아의 모습에 버럭 소리를 질렀다.

"신주아!"

"병원 가기로 약속했잖아. 약속 지켜!"

주아의 억지에 시준은 한숨을 내쉬었다.

"나중에. 아니, 내일 가자."

"싫어."

"신주아!"

"그럼 도련님한테 같이 가."

말린다고 들을 주아가 아니었다. 주아는 한없이 여린 것 같다가도 화가 나면 그 누구도 감당할 수 없었다. 물론 시준에게 주아는 한없이 다정한 사람이었다. 처음 만난 그때부터 지금까지 그녀는 한결같았다. 시준은 더는 주아를 실망시키고 싶지 않았다.

그의 인생에서 단 한 사람을 선택한다면, 그 사람은 다른 누구도 아닌 주아였다. 시준은 시동을 끄고 한숨을 내쉬었다.

"너한테는 정말 미안하다."

"그런 말 하지 마. 내가 널 모르니? 실수는 누구든 할 수 있는 거야. 우리에게는 만회할 시간이 얼마든지 있잖아. 안 그래?"

주아의 웃는 모습에 시준은 작게 웃으며 한숨을 내쉬었다. 모두가 그에게 등을 돌린다 해도 주아는 언제나 그의 편에 설 거라는 걸 알았다. 그래서 더 미안하고 고마웠다.

"실망시켜 미안하다."

"원시준! 그 옛날 저지른 온갖 만행에도 불구하고 옆에 있는 거 보면 몰라? 콩깍지가 얼마나 단단히 씌었는지 아직도 내 눈에는 네가 제일 멋지다. 어쩌면 좋니?"

주아의 우스갯소리에 헛웃음이 나왔다. 주아와 이곳에 온 건 어쩌면 다행인지도 몰랐다. 혼자였다면 끝없는 자괴감에 어떤 선택을 했을지 몰랐다.

"어디서부터 잘못된 건지 모르겠다."

"나 봤어. 당신 편지."

주아의 웃는 얼굴에 시준은 인상을 썼다. 설마 그걸 말하는 건 아니겠지 하는 얼굴로 주아를 보는데 그녀의 미소가 더 커지고 있었다.

"네 성격에 절대 시혁이한테 줄 것 같지 않아서 내가 좀 전에 보내고 왔어. 무슨 뜻인지 몰랐는데 이제야 알겠다. 진즉에 그럴 것이지! 특별히 예쁜 봉투에 담아 보냈으니까 내일이면 시혁이 손에 들어갈 거야. 그런 줄 알아."

"야!"

시준은 버럭 소리를 질렀다. 당장 찾아와야 했다. 아무것도 결론 내지 못한 상태에서 그건 그냥 쓸데없는 종잇조각에 불과했다. 시준의 고함에 주아는 크게 웃었다.

"왜?"

"하아."

머릿속이 복잡했다. 시준은 어디서부터 해결해야 할지 감도 오지 않았다. 모든 것이 엉망이었다.

"고마우면 지금 고맙다고 말해. 그럼 너그럽게, 아까 화낸 것까지 용서해 줄 테니까."

시준은 졌다는 듯이 운전석 등받이에 몸을 기댔다. 새벽 내내 한 글자, 한 글자 고민하며 써 내려간 편지.

10년 전, 그때는 감정을 다스리는 법을 몰랐었다. 지금에야 조금은, 아주 조금은 다스려 보려 노력하고 있었다. 하지만 여전히 어떻게 할 수 없다는 변명뿐인 글들. 그래도 항상 미안한 마음은 가지고 있었다는 그의 진심을, 시준은 새벽 내내 글로 옮겼었다.

입으로는 어떤 말도 나오지가 않았다. 시준은 시혁이 자신의 동생이라는 게 항상 자랑스러웠다. 닮고 싶은 재섭과 너무도 닮은 시혁을 시기할 수밖에 없는 속 좁은 자신을 그는 용서할 수가 없었다. 시준은 자신의 감정임에도 스스로 조절할 수 없어 늘 괴로웠다.

주아는 그런 그의 진심을 전해 주고 싶었던 모양이었다. 말하지 않아도 주아는 그의 마음을 이미 알고 있었다. 고맙다는 말은 안 할 생각이었다.

감정이 가라앉는 것 같았다. 하지만 여전히 문제는 산재해 있었다. 아직 재섭에게 말할 용기는 없었다. 차라리 지금 다시 들어가 혜주에게 시간을 달라고 말해 볼까라는 생각도 들었다. 하지만 자존심이 쉽게 허락하지 않았다.

"하, 답답하다."

그때 혜주가 나오는 모습이 보였다. 혜주의 손에는 조금 전 그에게 건넨 것과 같은 봉투가 들려 있었다. 시준은 급하게 차에서 내려 혜주에게 달려갔다.

"잠깐만! 잠깐만 기다려 봐요."

혜주는 아직도 여기 있었냐는 듯이 시준을 바라봤다.

"더는 나눌 대화가 없을 것 같군요. 제가 해 드릴 수 있는 최선의 호의는 좀 전까지였어요. 그럼 이만."

급하게 떠나려던 혜주는 다시 뒤를 돌아봤다. 시준은 굉장히 불안한 눈빛을 하고 있었다. 시혁과 형제라는데 어쩜 이리도 다른지 모르겠다.

시혁은 언제나, 누구 앞에서건 당당했다. 혜주는 시혁의 그 당당함에 반했다. 시준에게 사장이라는 자리는 처음부터 어울리지 않는 자리였다. 시준은 지금 그걸 여실히 보여 주고 있었다. 혜주는 한숨을 쉬었다.

"지금이라도 제 제안, 받아들일 건가요?"

시혁의 형이기에 주는 마지막 호의였다.

"조금만 시간을 주면 안 되겠습니까?"

지금 차에서 자신을 바라보고 있는 주아를 위해서. 아니, 이제는 좀 더 멋진 형으로 시혁의 앞에 서고 싶었다. 시준은 처음으로 자존심을 버렸다.

"지금까지 충분히 드렸다고 생각하는데요. 아닌가요?"

"그럼, 지금 당장 그만두라는 말입니까?"

힘겹게 내려놓은 자존심이 무참히 짓밟혔다. 세상은 언제나 그에게만은 냉정했다. 발버둥 칠수록 진흙탕을 뒹구는 기분이었다.

"왜, 어려우신가요? 제가 그럼 도와드리죠."

혜주는 몸을 틀어 그를 지나갔다. 시준은 급하게 다시 혜주의 앞을 막았다.

"내가 해결하겠습니다. 그러니 해결할 시간을 좀 주면 안 되겠습니까?"

"시간이 모든 걸 해결해 주지는 않아요."

스스로 걸어 나가고 싶었다. 하지만 그것도 여의치가 않았다. 몸 부림칠수록 더 나락으로 떨어지는 심정을 어찌할 수가 없었다. 잠 재웠던 분노가 다시 들끓기 시작했다. 모든 게 시혁 탓이었다.

혜주는 시준이 불같이 화내고 나가는 모습에 동주에게 연락했다. 동주는 언제나처럼 그녀 곁에서 모든 걸 해결해 주고 있었다. 하지만 그날은 꽤나 멀리 있었다.

"문제가 생긴 것 같다. 와서 뒤처리 좀 부탁할게."

[무슨 일인데?]

"좀 전에 원시준 씨 만나서 사임하라고 했어. 마음 같아서는 지금 당장 본사에 서류 넘기고 싶지만 시혁 씨가 별로 좋아하지 않을 것 같아서 참았어. 원시준 씨, 서류 보더니 바로 사색이 되더라. 자기가 한 짓들을 눈으로 확인하니 놀랍기도 하겠지. 그런데 쉽게 받아들이질 않네. 뭐, 예상했지만 생각보다 더 별로였어."

동주는 혜주의 신랄한 어조에 작게 한숨을 내쉬었다.

[꼭 그렇게까지 해야 돼?]

처음으로 동주가 혜주의 일에 이의를 제기했다. 굳이 혜주가 나서지 않아도 되는 일이었다. 하지만 혜주는 자신의 계획대로 할 생각 같았다.

"시혁 씨가 알아 봐야 좋을 거 없어. 지금은 내가 알아서 처리할 거니까 입막음만 잘해 줘. 좋은 뜻에서 기회를 줬는데도 거부한 건 그쪽이야. 이제 내가 알아서 할 거야."

혜주의 말에 동주는 한동안 말이 없었다. 안 봐도 시준이 어떤 일을 겪었을지 알았다. 돈이 전부인 사람에게 돈을 빼앗고 명예가 전부인 사람에게 명예를 빼앗으면 목숨을 빼앗는 것과도 같았다.

동주가 알아본 시준은 명예욕이 상당했다. 원재섭 사장의 눈에 들려고 발버둥 치는 것 같지만 그럴수록 그는 더 나락으로 떨어지고 있었다. 하루아침에 사장 자리에서 물러나라고 했으니 시준이 받아들이지 못하는 건 어쩌면 당연한 일일지도 몰랐다.

혜주의 방식이 틀렸을지는 몰라도 시혁을 사랑하는 마음에서 한 행동임은 알고 있었다. 그랬기에 동주는 아무 말도 하지 않았다. 그동안 그가 혜주의 나쁜 일들을 말없이 해 준 것과 다르게 느껴지지 않았다.

[지금 청주야. 공항 가고 있으니까 한 시간만 기다려.]

"안 돼. 30분 안에 와."

동주의 말에도 혜주는 그를 재촉했다.

[최대한 빨리 갈게.]

"기다리는 거, 별로야."

혜주는 자신의 말만 하고 전화를 끊었다. 시준이 나간 빈자리를 한참 동안 바라보던 혜주는 느긋하게 자리에서 일어섰다.

어차피 알아야 한다면 빠른 게 나았다. 시준은 혜주를 물끄러미 바라봤다. 다시 부탁한다고 들어줄 것 같지 않았다. 시준은 혜주를 향해 가볍게 목 인사를 했다. 그녀로 인해 조금 앞당겨진 것뿐이었다.

"그럼 시혁이랑 담판 짓죠!"

획 돌아 성큼성큼 사라지는 시준을 보며 혜주는 콧방귀를 뀌었다. 괜한 고집이었다. 진짜 사업가라면 그녀의 제안을 받아들이는 게 최선이라는 걸 알고 있을 것이다.

시준은 결국 받아들이지 않을 생각인 것 같았다. 그 선택이 안돼 보였다. 혜주 입장에서는 딱히 좋은 것도, 그렇다고 싫은 것도 없었다. 시혁이 사업하는 데 방해 요소만 없으면 그만이었다. 시준의 뒷모습을 보며 혜주는 단호한 어조로 말했다.

"그래도 상황은 변하지 않을 거예요."

혜주의 비아냥거리는 말에 시준은 뒤를 돌아보며 피식 웃었다.

"시혁이나 나, 둘 중 하나가 없어지면 끝나는 거 아니었습니까?"

어차피 선택해야 하는 게 인생이었다. 시준은 뭔가를 결심한 듯 차에 올라탔다. 그들이 탄 차가 그녀 앞으로 빠르게 지나갔다.

혜주는 자신을 지나쳐 가는 차를 보며 불안한 마음이 들었다. 시준이 시혁에게 무슨 말을 어떻게 할지 알 수 없었다. 괜한 말로 시혁과 거리를 만들고 싶지 않았다. 혜주는 서둘러 시준을 따라가기 시작했다.

사고가 났다는 소식에 한달음에 달려갔다. 하지만 그가 도착했을 때는 이미 늦어 있었다. 두 사람, 아니 세 사람은 이미 싸늘한 주검이 되어 그 앞에 누워 있었다. 믿을 수 없는 현실에 시혁은 다리에 힘이 풀렸다.

"어, 어떻게 된 일입니까?"

"마주 오던 차와 정면으로 충돌했습니다. 남자분은 그 자리에서 숨지셨고 여자분은 병원으로 이송하는 길에 숨을 거두셨습니다."

의사가 하는 말을 이해하고 싶지가 않았다. 하지만 이미 몸이 이해하고 스르륵 무릎이 꺾였다.

"아."

이럴 수는 없었다. 아직 제대로 대화 한 번 나눠 본 적이 없었다. 그런데 이렇게 가 버릴 수는 없었다. 형언할 수 없는 감정들이 휘몰아쳤다.

"안 됩니다. 안 돼요. 이럴 수는…… 이럴 수는 없습니다."

"병원에 이송되어 왔을 때는 이미 손을 쓸 수가 없었습니다. 여자분은 이제 막 임신하신 것 같은데……."

시혁은 의사의 말에 놀라 고개를 들었다.

"뭐라고요?"

"이제 4주 정도 된 것 같은데 가족분들은 아직 모르셨습니까? 산모분은 아마 아셨던 것 같습니다. 마지막까지…… 배를 감싸 안고 계셨습니다. 뭐라 위로의 말씀을 드려야 할지……."

의사도 안타깝다는 어조로 시혁을 위로했다.

"하아."

인지하지도 못하는 사이, 눈물이 하염없이 흘러내렸다. 믿고 싶지도, 믿을 수도 없었다. 하얀 천에 싸여 있는 차가운 기운이 그대로 전해져 왔다. 오싹하게 전해 오는 이별을 시혁은 받아들일 수가 없었다.

"아아악!"

아무 말도 하지 않았더라면 이런 일이 일어나지 않았을까? 가족이니까! 이제는 멋진 동생으로 시준 옆에 있고 싶을 뿐이었다.

시혁은 악몽 같은 10년 전 그날 일을 털어 버리고 싶었다. 그래서 시준과 마주한 거였다. 질질 끌고 싶은 마음은 처음부터 없었다. 투자금은 모두 들어왔었다. 앞으로 한국에 머물 시간도 기껏해야 석 달이었다.

본사 사업이 어느 정도 진행되면 다시 미국으로 돌아갈 생각이었다. 시혁은 그 사실을 아무에게도 말하지 않았다. 시혁은 본사에 출근하기 전 시준에 대한 껄끄러운 마음을 없애기로 마음먹었다. 멀리 떨어져 있어도 이제는 진정한 가족이고 싶었다. 그런데 모든 게 어긋나 버렸다. 왜 하필 얘기를 나눈 다음 날 사고가 있어났는지 알 수 없었다.

가슴속이 뜨겁게 끓어올랐다. 마치 뜨거운 불덩이를 삼킨 것 같았다. 삼키지도, 차마 내뱉지도 못한 뜨거움에 숨이 막혀 왔다. 목 끝까지 올라온 슬픔이 차마 밖으로 나오지 못하고 있었다. 작은 신음조차 나오지가 않았다. 목구멍을 묵직하게 누르고 있는 자책이 그의 흐느낌을 송두리째 집어삼켰다.

멍한 얼굴로 앉아 있는 시혁의 눈에 재섭과 현희가 달려오는 게 보였다. 뒤늦게 도착한 재섭과 현희는 시혁을 보며 자리에 털썩 주저앉았다.

오열하는 현희와 멍한 얼굴로 서 있는 재섭의 모습이 흐리게 보였다. 모든 게 악몽 같았다. 빨리 깨어났으면 좋겠지만 깨어나지 못하는 무서운 악몽이 현실이 되어 그 앞에 있었다. 시혁은 아무 생각도 않고 밖으로 나왔다.

밖에는 겨울을 재촉하는 비가 내리고 있었다. 눈물인지 빗물인지 모를 것들이 그의 얼굴에 하염없이 흘러내렸다. 무작정 걸었다. 아무것도 생각하고 싶지 않았다. 그런 그를 깨운 건 한 통의 전화였다.

처음에는 받지 않으려 했었다. 하지만 계속되는 벨소리에 뭔지 모를 불안감이 엄습해 왔다. 시혁은 작게 숨을 내쉬고 전화를 받았다.

"어디십니까?"

[여기 한국대병원입니다. 혹시 원시혁 씨 되십니까?]

무척이나 다급한 목소리였다. 시혁이 조금 전까지 있던 병원은 한라병원이었다. 시혁은 이상하다는 생각이 들었다.

"네, 맞습니다. 무슨 일이십니까?"

[혹시 문혜주 씨라는 여자분을 알고 계십니까?]

온몸으로 퍼지는 소름. 손등에 시퍼런 핏줄이 솟아올랐다.

"무슨 일 때문에 전화한 겁니까?"

[지금 문혜주 씨가 사고로 저희 병원으로 이송되어 왔습니다. 그런데 원시혁 씨를 불러 달라고 하고 있습니다. 빨리 치료해야 하는데 계속 거부하고 있어서 연락드린 겁니다.]

설마 아닐 것이다. 이건 우연일 뿐이다. 시혁은 온몸으로 엄습해 오는 불안함에 병원으로 향하며 끝없이 자신에게 되뇌고 있었다.

응급실에 들어서자 코를 찌르는 약 냄새와 비릿한 피 냄새에 속이 울렁거렸다. 시혁은 급하게 뛰어가는 의사의 팔을 잡았다.

"문혜주 씨 어디 있습니까?"

당황한 의사가 곧 정신을 차리고 그를 바라봤다.

"원시혁 씨?"

"네!"

"빨리 이쪽으로 오세요. 지금 환자 상태가 위급합니다."

급하게 달려가는 흰 가운이 펄럭이는 모습조차 슬로비디오 같았다. 이건 진짜 악몽이었다. 시혁은 멀지 않은 곳에 산소호흡기에 의존해 호흡하는 혜주의 모습에 숨이 멎는 것 같았다. 만신창이가 되어 있는 얼굴과 어디를 다쳤는지 헤아릴 수 없을 만큼 흥건히 젖어 있는 옷가지를 보며 걸음을 멈췄다.

"혜, 혜주?"

시혁의 목소리에 혜주는 천천히 고개를 돌렸다. 그토록 보고 싶던 시혁이 눈앞에 있었다. 차라리 한국으로 돌아오지 말걸 그랬다. 늦은 후회를 하며 두 눈 가득 그를 담았다. 그에게 모든 걸 주고 싶었다. 그의 아버지 회사도 그의 사람들도, 모두 그에게 주고 싶었다. 혜주는 자신의 방식이 잘못됐다고는 생각하지 않았다. 이런 결과 또한 그녀가 원한 게 아니었다. 한 줄기 눈물이 볼을 타고 흘러내렸다. 하지만 아무런 감각이 없었다. 이미 고통이라는 이름을 넘어선 무언가가 그녀를 몰아세우고 있었다.

"미, 믹……."

그저 막고 싶었다. 시준이 시혁을 만나면 결코 좋은 일이 있을 것 같지 않았다. 기껏해야 며칠, 아니 일주일 정도는 유예의 시간을 줄 수도 있었다. 하지만 더는 곤란했다.

시준이 추진하는 사업은 절대적으로 시혁에게 불리했다. 지금 당장의 수익을 위해 불공정하게 계약하도록 둘 수는 없었다.

혜주는 뒤를 따르며 시준에게 계속 전화했다. 하지만 시준은 전화를 받지 않았다. 경적을 울리며 시준에게 차를 세우라고 했지만 그는 혜주의 말을 듣지도 않았다. 옆에 타고 있는 여자의 눈빛이 불안해 보였다. 혜주는 한숨을 쉬며 계속 시준의 차를 따라갔다.

시준은 혜주가 계속해서 따라오는 걸 보며 불안함을 느꼈다. 재섭에게 달려가고 있는 건지도 몰랐다. 온갖 불안한 상상이 시준을 힘들게 만들었다.

"시준 씨, 속도 좀 줄여."

주아는 불안한 어조로 시준의 손을 잡았다.

"분명 시혁이 만날 생각인 거야. 아니, 어쩌면 아버지를 만날지도 몰라. 아냐. 어쩌면 상대 회사에 서류를 넘길지도 몰라."

"무슨 소릴 하는 거야?"

주아는 불안감에 횡설수설하는 시준을 애처로운 눈으로 바라봤다.

"저 여자보다 먼저 시혁이를 만나서 얘길 해야겠어. 시혁이라면 막을 수 있을 거야."

"시준아!"

시준은 혜주를 따돌리려고 신호를 무시하고 달렸다. 주아가 말릴 틈도 없었다.

-빠아앙, 쾅!

바로 눈앞에서 사고가 일어났다. 혜주는 너무 놀라 피할 사이도 없이 가드레일을 그대로 들이받았다. 온몸에서 통증이 느껴졌다. 아니, 통증이 느껴지지 않는 곳이 없었다.

기침하는 입가에 흥건하게 피가 흘러내렸다. 혜주는 시준을 따라갈 욕심에 그대로 액셀을 밟았다.

과욕이 부른 사고. 모든 게 엉망으로 변해 버렸다. 몸에서 감각이 사라지는 걸 느끼며 혜주는 천천히 의식을 잃었다.

시혁은 혜주의 참혹한 모습에 차마 눈을 둘 수가 없었다. 아닐 것이다. 좀 전에 형 내외가 겪은 사고와 혜주의 사고는 무관할 것이다. 아무리 마음속으로 외쳐 봐도 직감이란 게 무섭게 그를 쥐고 흔들었다. 혜주에게 다가간 시혁은 그녀의 손을 살며시 잡았다. 차갑게 식은 혈액이 그의 손을 물들였다.

"혜주야, 어떻게 된 거야?"

"믹, 나 때문에……. 쿨럭."

기침하는 혜주의 입에서 시뻘건 피가 한 움큼 튀어나왔다. 차라리 모른 척했더라면. 아니, 조금의 아량을 베풀어 스스로 해결할 시간을 줬더라면 이런 일이 생기지 않았을까?

아니다. 어차피 일어난 일이었다. 그녀의 인생에서 후회 따윈 없었다. 그래도 미안했다. 눈앞에서 벌어진 사고로 차에 타고 있던 사람들이 무사하지 못할 거라는 건 알고 있었다.

붉게 변한 시혁의 눈동자에는 슬픔이 가득 차 있었다. 이미 알고 있는 것 같았다.

"미안해. 나 때문에……."

시혁이 말을 하려는데 한 무리의 사람들이 혜주의 곁으로 다가왔다. 겨우 벗은 호흡기를 다시 끼우고 그들은 혜주를 다른 곳으로 데려갔다. 시혁은 궁금한 것들을 다 묻지도 못하고 그대로 혜주와 헤어졌다. 분명 뭔가 있었다. 하지만 지금은 아무것도 생각할 수가 없었다.

시혁은 정신을 차리고 다시 병원으로 갔다. 이미 혼절해 입원해 있는 현희와 달리 재섭은 담담한 얼굴로 장례식장 안에 앉아 있었다.

갑작스러운 사고로 아들을 잃은 슬픔을 무엇으로 치유할 수 있을까? 시혁은 말없이 다가가 재섭의 손을 잡았다.

"왔니? 내가 정신이 좀 없구나. 네가…… 형 마지막 가는 길 좀 봐 주거라. 난 병실에 좀 올라가 봐야겠다. 뭐 좀 먹이고 내려오마."

밖으로 나가는 재섭의 어깨가 이렇게나 작은지 처음 알았다. 축 처진 어깨에 시혁은 눈가가 뜨거워졌다.

시혁은 시준과 주아의 장례식을 치르고 집으로 돌아왔다. 아직 병원에 입원해 있는 현희 때문에 재섭은 그날도 병원에서 밤을 지새울 모양이었다. 시혁은 집으로 가 간단히 옷가지를 챙겨 나왔다. 회사에 결재해야 할 서류도 산더미일 게 분명했다. 우선 급한 것부터 정리해야 할 것 같았다. 재섭은 아무렇지도 않게 일에 몰두하는 것처럼 보였다. 하지만 늦은 밤까지 서재에서 시준과 주아의 사진을 쓰다듬고 있는 모습을 봤다.

부모가 떠나면 산에 묻고 자식이 떠나면 가슴에 묻는다고 했었다. 죽는 날까지 묵직한 가슴을 안고 살아갈 부모에게 힘이 되어줄 수 없다는 게 얼마나 큰 고통인지 뼈저리게 느끼고 있었다. 시혁은 자신이 할 수 있는 게 고작 일뿐이라는 게 더 죄스러웠다. 시혁은 최선을 다해 재섭을 도울 생각이었다.

병원에 가기 전, 잠시 회사에 들른 시혁은 책상 위에 수북이 쌓인 우편물을 보자 한숨이 나왔다. 그냥 병원으로 갈까 고민하다 다시 책상으로 걸어갔다. 대부분 광고 우편물과 조의를 표하는 우편물이었다. 답신을 해야 할 우편물과 버릴 우편물을 정리하던 시혁은 한 편지를 발견하고 멈칫했다.

발신인에 시준의 이름이 적혀 있었다. 하지만 분명 주아의 글씨였다. 편지를 쥔 손이 파르르 떨려 왔다. 사고가 난 당일, 그에게 보내진 편지였다. 편지를 뜯는 손끝이 저릿했다. 다시는 볼 수 없는 혈육, 그리움이 사무친다는 말을 실감하며 시혁은 편지를 읽기 시작했다.

＜내 동생 시혁아……＞

시혁은 시준이 남긴 마지막 한 글자까지 가슴에 새기며 편지를 끝까지 읽었다. 형언할 수 없는 그리움이 온몸으로 엄습해 왔다. 이 편지가 아니었다면 시준의 마음을 끝까지 몰랐을 것이다. 다행이라면 다행이건만, 마주 보며 술 한잔 하지 못한 아쉬움은 어찌할 수가 없었다. 거기다 얼굴도 보지 못한 조카까지…….

"흑, 흑, 흐흑, 아아악!"

감당할 수 없는 슬픔이 시혁을 뜨겁게 적시고 있었다. 하지만 그게 끝이 아님을 그때는 알지 못했다.

제14장. 이미 알고 있는 걸 알기 전으로 되돌릴 수는 없다

혜주는 그대로 미국에 있는 병원으로 옮겨졌다. 이미 한국에서 응급으로 간단한 수술은 마친 상태였지만 내부 장기 손상이 심한 상태였다. 혜주는 자신에게 남은 시간이 그리 길지 않음을 느낄 수 있었다.

재호와 혜성, 동주를 뒤로하고 혜주는 결국 한국으로 돌아왔다. 얼마 남지 않은 마지막 시간까지 시혁의 곁에 있고 싶었다. 시혁이 진실을 알고 원망한다고 해도 받아들일 것이다. 하지만 말하지 못했다.

호흡기에 겨우 의존해 있는 혜주는 가끔 찾아오는 시혁을 보는 것만으로도 만족했었다. 결국, 그녀 뜻대로 마지막 시간을 시혁과 함께했다. 혜주는 마지막까지 시혁을 볼 수 있어서 다행이라고 생각했다. 하지만 한 사람만은 그렇게 생각하지 않았다.

혜주 또한 그에게 반했다는 건 어쩌면 축복이자 가장 큰 저주일 지도 몰랐다. 한때 축복이라 여겼던 잔인하고도 지독한 저주. 차라리 마지막까지 그녀와 함께하지 않았다면…… 그랬다면 과연 이 잔인한 진실을 끝까지 몰랐을까?

아니다. 영원한 진실은 세상 어디에도 없었다. 차라리 혜주를 통해 알게 되었다면 그는 그녀를 편하게 보냈을까? 그것도 아니다. 어쩌면 혜주를 원망했을지도 몰랐다. 아니, 원망했을 것이다. 시혁은 동주가 전해 준 서류들. 그 안에 있던 것들로 인해 더 혼란스러웠다.

혜주는 결국 미국에 있는 가족 묘지에 안장됐다. 차라리 미국에서 치료를 받았다면 이렇게 빨리 곁을 떠나지 않았을지도 몰랐다. 하지만 그녀의 선택이었다. 그 선택을 그 누구도 말릴 수는 없었다. 시혁은 자신이 할 수 있는 마지막까지 그녀의 곁에 있었다. 그리고 자신의 자리로 돌아갔다.

시혁은 정신없이 돌아가는 회사 일로 결국 혜주의 장례식에는 참석하지 못했다. 재섭은 정신이 없었다.

시준이 맡았던 자회사도 그렇지만 신규 사업도 새로운 적임자를 찾는 게 쉽지가 않았다. 끊임없이 이어지는 임원회의 끝에 새로운 사장단이 발대식을 했다. 시혁은 이제야 한숨을 돌리며 신규 사업의 진행 상황을 보고하기 위해 골든 티켓 한국 지사로 들어갔다. 시혁은 사표를 낼 생각이었다. 이번이 마지막이었다.

갑작스럽게 딸을 잃은 재호는 시혁에게 더 냉정해진 거 같았다. 이미 투자금은 회수하지 않는다고는 했지만 앞으로의 투자는 어려울 것 같았다. 재호는 인사하는 시혁을 보며 고개를 돌렸다. 시혁은 착잡한 심정으로 보고서를 내밀었다.

"투자하신 사업 진행 현황입니다."

"서류는 됐네."

냉정한 재호의 태도에 시혁은 아무런 말도 하지 않았다.

"그동안 감사했습니다."

시혁의 인사에 재호는 한숨부터 내쉬었다. 무리하게 한국행을 고집하지 않았다면 어쩌면 혜주는 아직도 그의 옆에 있을지도 몰랐다. 하지만 이미 돌이킬 수 없는 일이었다. 부질없는 생각인 줄 알았지만 다시 한 번 원망의 눈길로 시혁을 바라봤다.

처음부터 맞지 않는 짝이었다. 시혁은 혜주가 담기에 너무 큰 사람이었다. 그걸 알면서도 욕심내어 본 것이, 결국은 이런 결과를 낳고 말았다. 깨끗하게 포기하게 만드는 편이 나았을지도 몰랐다. 그를 닮아 포기를 모르는 혜주였다. 혜주의 유언이 아니라면 모든 걸 철수하고 싶었다. 하지만 그러지 않았다. 혜주가 범한 과오를 알기에 재호는 그대로 덮기로 결심했다. 가끔은 묻어 두는 게 나은 진실도 있었다.

재호는 다른 인연으로라도 시혁을 보고 싶었다. 사업가로서 그는 두말할 것 없이 좋은 파트너였다. 하지만 당장은 아니었다. 시혁을 보면 자연스럽게 떠나 버린 혜주가 떠올랐다.

처음부터 끝까지 재호는 냉랭했다. 시혁은 마지막으로 간단하게 브리핑하고 사무실을 빠져나왔다. 앞으로 헤쳐 나가야 할 일들이 너무 많았다. 우선 미국으로 돌아가 사업을 정리하고 다시 한국에 들어와야겠다는 생각이 들었다.

재섭의 옆에서 힘이 돼 줄 사람은 이제 그뿐이었다. 이런저런 생각을 하며 막 회사를 빠져나오는데 그 앞에 동주가 나타났다. 혜주와 만나며 안면이 있지만 오랜만에 보는 얼굴이었다. 동주는 여전히 아무것도 모를 것 같은 얼굴로 그 앞에 서 있었다.

"원시혁 씨, 잠시 시간 좀 내주시죠."

"무슨 일인지 모르겠지만, 제가 나눌 얘기는 없을 것 같군요."

이제 그들과 인연은 끝났다. 시혁은 빠르게 동주를 지나쳐 갔다. 그런데 동주가 시혁의 팔을 거세게 붙잡았다. 싸하게 전해지는 감각에 시혁은 발을 멈췄다.

"놓으시죠."

"할 얘기가 있습니다."

"내가 꼭 들어야 하는 얘깁니까?"

"꼭 들어야 하는 얘깁니다."

동주의 단호한 어조에 시혁은 짧게 숨을 내쉬었다.

"긴 시간을 내지는 못합니다."

"오래 걸리진 않을 겁니다."

동주의 뒤를 따라가는 발걸음이 무거웠다. 마치 누군가가 그의 발목을 잡고 당기는 것 같았다. 마치 동주를 따라가선 안 된다고 만류하는 것 같았다. 하지만 시혁은 동주와 마주 앉아 있었다.

근처 카페에 앉은 동주는 한참 동안 시혁을 바라보기만 했다.

"들어야 할 얘기라면 빨리하시죠."

시혁이 먼저 침묵을 깼다. 동주는 주문한 차를 마시지도 않고 한쪽으로 밀었다. 기분 탓이겠지만 시혁은 그날따라 커피가 더 쓰게 느껴졌다.

"하나만 묻겠습니다. 몇 분 후면 누군가를 원망할지도 모릅니다. 그래도 듣고 싶습니까? 만약 듣고 싶지 않다면, 난 이대로 묻을 겁니다. 영원히."

동주의 말에 등을 타고 온몸으로 소름이 퍼져 갔다. 알고 싶지 않았다. 영원히 묻어야 할 비밀이라면 묻어야 한다고 생각했다. 하지만 그의 입은 전혀 다른 말을 하고 있었다.

"내가 들어야 하는 얘기라면, 누군가를 원망한다고 해도 듣겠습니다."

시혁의 단호한 말에 동주는 서류 봉투를 내밀었다. 시혁은 의아한 눈으로 동주와 봉투를 번갈아 바라봤다.

"이게 뭡니까?"

"많은 것들을 알게 될 겁니다."

서류를 집어 드는 손끝이 파르르 떨렸다. 시혁은 잠시 숨을 들이쉬고 서류를 꺼내 들었다.

천천히 서류를 꺼내 읽는 시혁의 표정이 시시각각 변하고 있었다. 믿을 수 없었다. 시준은…… 시준은 절대 그런 사람이 아니었다.

절대 있을 수도 없고 있어서도 안 되는 일이었다. 시준이 회사를 위해 얼마나 헌신했는지 누구보다도 잘 알았다. 그랬기에 10년을 홀로 타국에서 있어도 견딜 수 있었다.

재섭의 옆에는 시준이 있어야 한다고 믿었으니까. 그게 당연하다고 믿었으니까. 시준만 한 사람이 없다고 생각했었다. 그런데 몇 장 되지도 않는 종잇조각들이 그의 믿음을 와르르 무너트리고 있었다.

믿을 수 없다는 시혁의 얼굴을 보며 동주는 쓰게 웃었다. 분명 혜주는 그를 원망할 것이다. 하지만 참을 수가 없었다. 시혁은 끝까지 아무것도 몰랐다. 혜주가 그를 얼마나 사랑하는지. 그를 위해 어떤 짓까지 저질렀는지. 원시혁이라는 남자 하나 때문에 얼마나 많은 사람이 상처받고 아파했는지.

동주는 자신이 받은 상처를 돌려주고 싶었다. 사랑하는 사람을 잃은 고통을 그도 느껴야만 한다고 생각했다. 시혁은 혜주의 장례식조차 참석하지 않았다. 시혁에게 혜주는 언제나 뒷전이었다.

시혁이 그렇게나 중요시하는 일보다 중하게 여겨지지 못한 동주의 소중한 사람. 언제나 뒷전으로 밀리는 혜주를 옆에서 보고만 있어야 했던 고통을, 시혁에게 고스란히 전해 주고 싶었다. 동주는 아무것도 모르는 얼굴로 시혁이 편하게 살게 둘 수가 없었다.

"그날 혜주는 원시준 씨를 만나 서류를 전했습니다. 그리고 사장 자리에서 물러나라고 했습니다."

믿을 수가 없었다. 시혁의 표정에 동주는 묘한 감정이 일었다. 분노와 연민. 하지만 한번 열린 판도라 상자는 닫을 수가 없었다.

"혜주는 처음부터 원시혁 씨에게 걸림돌이 되는 것들은 모조리 제거할 생각이었습니다."

시준의 추악한 과거와 함께 있던 수많은 서류들. 시혁은 그걸 보며 참담함을 느꼈다. 그동안 사업이 승승장구할 수 있었던 건 모두 혜주 덕이었다.

시혁은 그동안 자신의 피땀으로 사업이 번창한 줄 알았다. 하지만 아니었다. 그동안 자신이 흘려보낸 피땀은 아무런 효용 가치도 없었다. 그의 빛나는 현재는 누군가의 입김 한 번으로 만들어진 피조물에 불과했었다. 무력함이 순식간에 그를 장악했다.

"하지만 사고는 의도한 게 아니었습니다. 혜주는 원시준 씨와 다시 한 번 얘기를 나누려고 했을 뿐입니다. 그런데 원시준 씨가 무리하게 신호를 위반하고 추월하는 바람에 사고가 일어났던 겁니다."

사고 경위는 알고 있었다. 하지만 사고가 난 원인에 대해서는 한 번도 생각해 보지 않았다.

"혜주는 피하려고 했습니다."

그날 동주가 청주로 내려가지 않았다면 사고도 일어나지 않았을 것이다. 동주는 그날 시혁이 준비하는 새로운 사업의 부지 선정을 위해 그곳에 내려갔었다. 혜주는 다른 사람 명의로 시혁이 시작할 사업 부지를 매입했었다.

지난 몇 년간 시혁의 사업을 물밑 작업했던 것과 마찬가지였다. 모든 게 다 시혁 탓이었다. 동주에게 이제 미련은 남지 않았다. 모든 걸 털어 버릴 셈이었다. 동주는 지난 몇 년간의 자료들은 그 앞에 던져 주고 사라졌다.

시혁은 동주가 사라진 뒤에도 한참 동안 서류를 확인했다. 마지막 서류를 확인하며 시혁은 그 자리에서 무너졌다.

이제야 알겠다. 결국, 모든 게 그의 잘못이었다. 차라리 한국에 돌아오지 않았다면 이런 일도 일어나지 않았을 것이다.

자책이 꼬리에 꼬리를 물고 그를 괴롭혔다. 시혁은 결국 목을 조이는 자책으로 도망을 택할 수밖에 없었다. 시혁은 그렇게 다시 한국을 떠났다.

달빛이 커다란 창을 통해 방 안으로 쏟아져 들어왔다. 정원에 만개한 장미의 진한 향이 서늘한 바람과 함께 창 안으로 스며들어 왔다. 그녀의 이름처럼 진한 향이 그의 코끝으로 스며들었다. 그 향기가 너무 진해 현기증이 날 정도였다. 그러나 방 안에 있던 남녀 사이의 뜨거운 눈빛과 그 둘을 감싸고 있는 열기에는 아무런 방해가 되지 못했다. 오히려 진한 장미향이 열정에 불을 지피는 것 같았다.

시혁은 손을 들어 천천히 혜주의 매끄러운 볼을 어루만졌다. 그의 뜨거운 손길에 그녀가 부르르 몸을 떨었다. 시혁은 그녀를 삼킬 듯 바라보며 천천히 끌어당겨 입술을 덮쳤다. 작은 신음이 새어 나오며 그녀의 입술이 붉은 장미의 꽃잎처럼 벌어졌다. 그의 혀가 더욱더 깊숙이 그녀의 입안으로 파고들면서 그녀를 강하게 끌어안았다.

그의 손이 그녀의 부드럽고 풍만한 곡선을 따라 내려갔다. 그녀의 몸이 이끌리듯 그의 품으로 빨려 들어갔다. 은은한 장밋빛 레이스 속옷에 둘러싸인 풍만한 가슴이 눈에 들어왔다. 그는 거칠게 속옷을 걷어내고 수줍게 드러난 정점에 입술을 가져 갔다. 그녀의 신음에 더욱더 그녀를 밀어붙이며 남아 있던 그녀의 옷도 벗겨 냈다. 마침내 그녀의 눈부신 나신이 그의 눈앞에 드러났다.

그는 거친 신음을 내며 그녀를 안아 들고 침대로 걸어갔다. 그녀의 긴 머리카락이 실크처럼 침대 위로 흩어졌다. 티끌 하나 없는 하얀 얼굴의 그녀는 달빛 아래 더 빛을 발하고 있었다. 그녀가 흐려진 눈을 들어 그를 바라보고 있었다. 그녀는 그를 향해 천천히 손을 뻗었다.

"날, 사랑해 줘."

짙은 욕망이 묻어나는 그녀의 목소리가 들리고 고개를 드는데 그녀의 모습이 흐려지고 있었다.

"혜주야."

"믹, 미안해."

어느새 품 안에 있던 여체는 사라지고 서늘한 장미향만이 남아 있었다. 사방을 둘러봐도 주위는 온통 어둠뿐이었다.

그 어떤 곳에도 빛은 보이지 않았다. 생명력을 찾으려고 사방을 둘러봐도 어둠은 그 어떤 것도 허락하지 않는 것처럼 그를 에워싸고 있었다. 출구를 찾을 수도 없었다. 목소리를 내어 보려 입을 열어도 아무 소리도 들리지 않았다. 소리 없는 외침만이 그 안에서 울려 퍼졌다.

그렇게 어둠 속에서 헤매던 시혁은 흠뻑 젖은 채 잠에서 깨어났다. 또다시 악몽이 시작됐다. 시혁은 자리에서 일어서지도 못하고 머리를 감싸 안았다.

"그만하자. 더는 널 미워하지 않게 제발……. 혜주야, 내가 네 곁으로 가길 바라는 거니?"

미국으로 돌아온 지 6개월. 이제 눈을 감는 것조차 두려웠다. 손에 들린 약병을 보며 시혁은 자신이 점점 무서워졌다.

아직 세상의 모든 것들과 이별할 자신이 없었다. 하지만 마주할 자신은 더더욱 없었다. 한국에서는 이제 살 수가 없었다. 재섭과 현희를 볼 낯이 없었다. 그가 어떻게 다시 가족이라는 이름으로 그들 곁에 설 수 있을까 싶었다. 모든 진실을 알게 되면 재섭과 현희가 그를 어떻게 볼지 겁났다.

갑작스러운 시준의 부고로 힘들어하고 있을 부모에게 시혁은 힘이 돼 줄 수가 없었다. 모든 사실을 알고 시혁은 곧바로 미국으로 돌아왔다. 이제는 골든 티켓과 얽히지 않을 것이다. 다행히 미국 회사는 제이크가 잘 운영하고 있었다.

하지만 시혁에게는 사업에 대한 열정이 사라지고 없었다. 그동안 무엇을 위해 일했는지 완전히 지표를 잃어버렸다.

시혁은 철저히 혼자가 되어 어둠 속을 걸었다. 그의 어둠 속에서는 언제나 피비린내와 함께 진한 장미향이 났다. 눈을 감으면 하얀 천에 싸여 있던 시준과 주아의 모습이 자꾸 떠올랐다. 그의 손을 잡고 마지막 숨을 거두던 혜주의 모습까지도……. 어둠이 진저리 쳐지도록 무서웠다. 하지만 그의 곁에는 오직 어둠뿐이었다.

시혁은 자신을 잠식하는 어둠이 무서워 약물에 의존하기 시작했다. 시간이 지나며 그는 점점 망가져 갔다. 그런 시혁을 보다 못한 제이크가 그를 끌고 간 곳이 미주의 상담소였다.

처음 미주를 알아보고 시혁은 다시는 그녀와 마주하지 않으려 했었다. 혜주와 관련된 사람은 누구도 보고 싶지 않았다.

누군가를 미워하는 마음을 가슴에 품고 사는 게 얼마나 지옥인지 그는 몸소 체험하고 있었다. 어둠만이 가득한 지옥 속에서 자신이 그 한가운데 있음을 자각할 필요까지는 없었다. 그런데 미주는 그런 시혁을 빛으로 끌어당겼다. 굳게 닫힌 가슴에 끊임없이 노크하고 온기를 불어넣어 준 천사.

세상 무엇으로도 보답할 수 없었다. 미주는 시혁이 삶에 대한 의지를 가진 것만으로도 항상 고맙다고 말해 줬었다. 누가 누구에게 고맙다고 말하는 건지 모르겠다. 하지만 시혁은 지금 가족 옆에서 다시 행복이라는 걸 바랄 수 있게 되었다.

그 모든 건 다 미주 덕이었다. 시혁에게 미주는 삶에 대한 애착을 갖게 해 준 은인이며 절대 잊을 수 없는 사람이었다.

시혁은 한동안 자신을 알아주는 미주를 가슴에 품었다. 미주는 시혁에게 여자가 아닌 그를 지탱해 주는 유일한 버팀목 같은 존재였다. 자신으로 인해 아파해야 했던 사람들의 고통을 고스란히 떠안은 시혁은 살아갈 용기가 없었다. 하지만 그럼에도 살아가야 한다고 믿게 해 준 미주를 시혁은 진심으로 아끼고 사랑했다. 그래서 미주가 누군가를 사랑하고 그 사람의 아내가 되어 그의 곁에 머물 수 없다고 했을 때, 흔쾌히 보낼 수 있었다. 그런데 끊을 수 없는 인연이라도 되는 것처럼 은율로 인해 다시 재회했다. 미주도 그렇지만 은율도 그의 인연이었던 것 같았다.

시혁은 머리가 지끈거렸다. 어디서부터 어떻게 말해야 할지 막막했다. 이제 겨우 아문 상처를 헤집고 싶지는 않았다. 하지만 다시 꿈꿀 수 있다면. 누군가를 사랑할 수 있다면 지난 고통쯤은 얼마든지 감당할 수 있었다. 그녀이기 때문에 시혁은 용기를 낼 수 있었다. 시혁은 한국에 돌아오기 전 처음이자 마지막으로 혜주를 찾아갔었다.

"너만큼 사랑하고 너만큼 날 힘들게 한 사람은 없을 거다. 문혜주! 이제야 말해서 미안하다. 사랑한다. 그리고 고맙다. 날 사랑해 줘서. 그 사고도…… 네 잘못 아니야. 그러니 자책 마. 그동안 널 탓해서 미안하다."

그날 봤던 서류만으로도 시준이 왜 그리 난폭하게 운전했는지 알 수 있었다. 거기다 동주가 전한 그날의 일들은 시혁의 무릎을 꺾기에 충분했었다.

시준은 아마 그를 오해했을 것이다. 사고 하루 전, 10년이나 지난 일을 들춰내 잊자고 하고서는 다음 날 보기 좋게 그를 사장 자리에서 끌어내리려 한 동생을 어느 누가 믿을 수 있었을까?

여전히 눈엣가시 같은 동생. 시준이 그를 얼마나 원망하며 눈을 감았을지 상상하고 싶지도 않았다. 하지만 저절로 10년 전 시준의 말들이 더 크게 가슴속에서 울리고 있었다.

회의가 끝나고 수십 통의 부재중 전화가 처음에는 이해되지 않았다. 시준은 그가 외국에 있는 동안에도 전화 한 번 없었다.

시혁은 부재중 전화만으로도 기뻤다. 아니, 반가웠다. 드디어 시준과 깊은 골을 조금은 메울 수 있겠구나 싶었다. 그러나 시혁이 즐거운 마음으로 시준과 통화하기 위해 전화기를 들었을 때는 이미 사고가 난 뒤였다.

만약 사고가 일어나지 않았고 제대로 통화했다면…… 시준은 과연 무슨 말을 했을까? 주아가 전해 준 시준의 진심은 이미 동주의 말로 검게 퇴색되어 버렸다.

어찌 됐든 사고의 원인은 혜주와의 만남인 게 확실했다. 그게 아니라면 시준이 주아와 함께 있으며 그렇게 운전했을 리가 없었다. 혜주가 그에게 한 말도 이제야 그 의미를 깨달을 수 있었다. 혜주 또한 자책으로 편하게 눈감지 못한 것이다. 그래서 그토록 그의 어둠 속에 같이 머물러 있었는지도 몰랐다.

"우리…… 다음 생에 다시 만나자. 그때는 내가 먼저 청혼할게.

내가 먼저 사랑할게. 하지만 이번 생에선…… 날 그만 놔줘. 다시는 찾아오지 않을 거다. 나…… 다시 가족 옆에서 살고 싶어졌다. 미안하다. 나만 행복해지려 해서……."

시혁의 마음을 알기라도 하듯 하늘에서 서글픈 비가 내리기 시작했다.

그날의 아린 기억들로 가슴이 다시 묵직해졌다. 하지만 이제 당당하게 맞설 생각이었다. 더 이상 도망 따윈 가지 않을 것이다.

결심한 순간 오히려 마음이 홀가분해졌다. 시혁은 다시 한 번 굳게 결심하고 은율을 바라봤다.

한강 둔치로 온 지도 벌써 10여 분이 지났지만 시혁은 말이 없었다. 잔뜩 긴장하고 있던 은율은 갑작스럽게 들려온 시혁의 목소리에 놀랐다.

"고은율."

은율은 저도 모르게 안전띠를 꼭 붙잡았다.

"네, 사장님."

"그 사장님 소리, 안 하면 안 돼?"

시혁은 대번에 인상을 썼다. 안전띠를 꼭 잡고 있는 모습은 마치 그를 치안으로 취급하는 것 같아 기분이 더 나빠졌다.

엘리베이터에서 만났던 첫날도 그랬었다. 앞에 있는 그녀를 어떻게 해야 할지 감당이 안 됐다. 시혁은 한숨을 내쉬고 머리를 쓸어 올렸다.

"안전띠 좀 놓지?"

"네?"

은율은 시혁의 말을 처음에 알아듣지 못했다.

"안전띠 좀 놓으라고! 누가 잡아먹을까 봐 그래?"

은율은 그제야 손을 놓고 자세를 바로잡았다. 하지만 여전히 긴장감이 가득했다. 시혁이 무슨 말을 할지 감도 오지 않았다. 어설픈 변명이라도 해야 하나 싶었다.

"얘기 좀 해."

"사장님, 이제 그만하셔도 돼요. 저, 다 이해해요."

은율은 미안한 마음에 고개를 들지도 못했다. 그녀는 비서로서 완전 실격이었다. 모시는 상사를 불신하는 비서라니. 은율이 아무말도 못 하고 있는데 시혁이 버럭 소리 질렀다.

"아직 시작도 하지 않았어!"

은율은 작게 한숨을 쉬고 시혁을 바라봤다.

"죄송해요. 제가 뭔가 오해했었던 것 같아요. 정말 죄송합니다."

"사과한다면 받아 줄 생각은 있어."

시혁은 뜻밖에 시원한 데가 있었다. 은율은 다행이다 싶어 안도의 한숨을 내쉬었다.

"휴, 감사해요."

만약 시혁이 이 일로 그녀를 자른다고 해도 할 말이 없었다. 시혁은 조용히 넘어갈 생각인 것 같았다. 은율은 앞으로는 비서로 최선을 다할 생각이었다. 진심으로 그들 사이가 오해라고 한다면! 아직 남아 있는 의심의 찌꺼기가 그녀를 불안하게 만들었지만 어쨌든 그들이 연인 사이가 아닌 건 확실해 보였다.

"앞으로 최선을 다하겠습니다."

말만이 아니었다. 은율은 비서로서 최선을 다해 시혁을 보필할 생각이었다.

"그동안 정말 죄송했습니다."

"대신, 정확하게 설명해 봐. 어떻게 오해했었는지 세세하게!"

시혁의 말에 은율은 당황했다. 역시나 그는 그냥 넘어가지 않았다. 은율은 당황한 얼굴로 어색하게 웃었다.

"꼭 그걸 들어야 할까요? 좋은 얘기도 아니고요."

어색하게 웃으려 애쓰는 은율의 모습에 웃음이 나려는 걸 억지로 참았다. 고지식한 성격에 그동안 얼마나 많은 상상의 나래를 펼쳤을지 안 봐도 훤했다.

가끔 이상하리만치 그를 노려보던 시선도 이제 이해할 수 있었다.

"난 충분히 들을 권리 있다고 생각해. 사과는 그 뒤에 받도록 하지."

"저, 그러니까……."

은율은 시선을 마주하지 못하고 안절부절못했다.

"정확하게, 라고 분명 말했어. 혹시 보고서로 작성해 달라고 할 걸 잘못한 건가?"

농담 섞인 말에 은율은 시혁을 휙 쏘아봤다.

"사장님!"

"또! 여긴 회사가 아니라고 몇 번을 말해."

시혁은 이 모든 상황을 우습게 생각하는 것 같았다. 하지만 은율은 지난 몇 개월 동안 진심으로 고민했었다.

시혁과 미주가 은율이 상상하던 그런 관계가 아니라면 대체 그

녀는 무얼 위해 고민을 했던 건지 모르겠다. 지나간 불멸의 밤을
그 누가 보상한단 말인가? 은율은 괜스레 바보 같은 자신에게 화
가 났다.

"솔직히 아직도 진실이 뭔지 잘 모르겠어요. 어쨌든 사장님과
새엄마가 부적절한 관계에 있다고 오해한 건 사과드릴게요. 죄송
합니다."

"디테일이 빠졌어. 디테일이!"

집요했다. 은율은 잠시 시혁을 노려보다 슬쩍 고개를 돌렸다. 차
마 눈을 보며 말할 수는 없었다. 그녀도 수없이 아니길 바랐던 일
이었다. 그런데 막상 진실이 아니라고 하니 더 겁났다.

그렇게 되면 시혁과 그녀는 어떻게 되는 걸까? 머릿속은 뒤엉
킨 실타래 같은데 시혁은 은율을 재촉하고 있었다.

"너무 늦으면 미주가 날 가만두지 않을 거야. 설마 내가 미주와
다시 만나길 바라고 있는 건가?"

아니다. 은율은 짧게 숨을 들이마셨다.

"사장님이 취임하기 한 달 전쯤이었어요. 그날은 부모님이 결혼
하고 처음 맞는 기념일이었어요. 그래서 들뜬 마음에⋯⋯."

은율은 최대한 담담하게 그동안 가슴속에 쌓아 뒀던 생각들을
털어놓기 시작했다. 시혁은 미동도 없이 은율의 말을 들었다. 표정
변화 또한 없었다. 차라리 무슨 말이라도 하면 좋으련만. 오전 브
리핑을 할 때보다 더 표정 변화가 없었다.

한참 만에 말을 마친 은율은 고개를 들지도 못하고 모은 두 손
을 바라봤다. 두 손에 땀이 흥건했다. 침묵이 이리도 불편한지 처
음 알았다.

은율은 안 되겠다는 생각에 고개를 번쩍 들었다. 제대로 사과하라고 하면 백번이든 할 수 있었다. 그런데 시혁이 좀 더 빨랐다. 불쑥 다가온 시혁이 그녀를 품에 꼭 안았다.

놀란 은율이 저항할 사이도 없었다.

"사, 사장님……."

"또 사장님 소리 하면, 그 입 확 막아 버릴 거야."

놀란 은율이 두 눈만 껌뻑거렸다.

"이 바보 같은 여자야! 그동안 얼마나 마음고생을 한 거야? 그래서 그렇게 살이 빠진 건가?"

은율은 시혁의 말에 멍하니 그의 얼굴만 바라봤다.

"어떻게 그런 생각을 가지고도 내 밑에서 일할 수 있었어? 여자를 소개한 것도 다 그것 때문이었어. 맞지?"

시혁의 말에 은율은 뾰로통하게 대꾸했다.

"아니라고 말은 못 하겠어요. 하지만 그게 이유의 전부는 아니에요. 사장님, 솔직히 너무 일에 빠져 있잖아요. 다른 데도 좀 관심을 가질 필요가 있는 것 같았어요. 그래서……."

은율의 말에 시혁은 웃으며 그녀에게 가까이 다가갔다. 얼굴에 닿은 그의 입김이 뜨거웠다.

"그 점은 확실히 한 것 같아."

"뭐, 뭐가요?"

뚫어질 듯 바라보는 시선에 얼굴이 화끈거렸다. 마주하는 시선을 피할 수가 없었다.

"일이 아닌 다른 곳에 관심을 가질 수 있게 만든 건 진심으로 대단하다고 생각해. 하지만! 다른 건 진지하게 고려해 봐야겠어."

그러고는 시혁이 그녀에게서 멀어지자 은율은 마음이 조급해졌다.

"오해해서 미안하다고 했잖아요."

"이게 지금 미안하다고 될 일이야?"

시혁은 심각한 얼굴로 그녀를 바라봤다. 은율의 당황한 모습을 보는 게 즐거웠다.

"그럼 어떡하라는 말이에요?"

은율의 말에 시혁은 기다렸다는 듯이 입을 열었다.

"원시혁과 진지하게 만나 봐."

시혁의 대답에 은율은 입을 다물었다. 아무리 생각해 봐도 그럴 수는 없었다. 엄연히 시혁은 그녀의 상사였다.

은율의 삶에 오피스러브 같은 건 존재하지도 않았고 꿈꿔 본 적도 없었다. 그저 평범한 사람 만나 평범하게 살고 싶었다. 은율이 아는 범주에서 시혁은 절대 평범한 사람이 아니었다. 물론 시혁을 좋아했다. 하지만 좋아한다고 무조건 만나는 건 아니었다.

시혁은 그녀와 어울리는 사람이 아니었다. 은율은 그걸 너무 잘 알았다. 그녀는 길게 고민하지 않았다.

"그건 안 될 것 같아요."

시혁은 짧게 한숨을 내쉬었다. 역시나 예상했던 대로였다.

"그게 아니라면 회사를 그만두기라도 할 생각이야?"

아니다. 회사를 그만두고 싶은 생각은 없었다. 생각이 거기까지 미치자 심각하게 고민에 빠졌다. 시혁과 이대로 지낼 수는 없었다. 그도 마찬가지겠지만, 그녀도 그를 편하게 볼 수가 없었다.

결국, 그녀는 어떤 선택이든 해야 했다. 그것도 최대한 빨리. 가까이 다가와 있는 시혁으로 인해 사고는 이미 정지한 것 같았다. 하지만 이성이 그녀를 만류하고 있었다.

"아무리 생각해도 제가 그만두는 게……."

그녀의 말을 들은 시혁은 갑자기 그녀의 양팔을 잡았다. 놀란 은율은 몸을 한껏 웅크리고 그를 바라봤다.

"겨우 내린 결론이 그거야?"

아무리 생각해도 그게 최선 같았다. 은율은 작게 고개를 끄덕였다.

"이게 최선인 것 같아요."

은율의 말에 시혁은 털썩하고 운전석에 기댔다. 참 고지식했다. 생각하고 있었지만 이제 답답하기까지 했다. 그렇다면 방법은 하나였다. 그가 살짝 용기를 주는 것.

시혁은 난처한 얼굴로 앉아 있는 은율을 슬쩍 바라봤다. 시혁도 이제 그녀와의 이런 시간이 익숙해진 것 같았다. 시혁은 애써 웃음을 감추며 화난 듯한 얼굴로 그녀를 바라봤다.

"추천서는 기대하지 마. 써 줄 생각 없으니까."

"네."

기대하지도 않았다. 은율은 작게 한숨을 내쉬고 시혁을 바라봤다. 어쨌든 제대로 사과해야 할 것 같았다.

"진심으로 사과드릴게요."

"됐어. 그만둔다면 다시 일할 생각은 안 하는 게 좋을 거야. 내가 아는 기업으로는 절대 취업하지 못할 거니까. 내가 절대 뽑지 말라고 할 거거든."

어이가 없었다. 아무리 그래도 그녀가 이곳에서 얼마나 열심히 일했는지 누구보다 시혁은 잘 알고 있었다. 은율은 부당한 처사에 진심으로 화가 났다.

"사장님!"

"그만둔다면서 아직도 사장님이야?"

"자꾸 이러실 거예요? 제가 잘못한 건 인정할게요. 하지만 일적인 부분에서 한 번도 사장님 실망시켜 드린 적 없잖아요."

"변명은 듣고 싶지 않아."

"이건 변명이 아니잖아요."

"아니다. 이참에 왜 그만두는지 미스터 고를 만나서 얘기하는 것도 괜찮을 거야. 오랜만에 케이트도 만나고……."

일부러 이러는 게 확실했다. 하지만 참을 수가 없었다. 아무리 오해라고 해도 그 상황을 주환이 알게 할 수는 없었다. 은율은 시선을 외면하는 시혁의 팔을 붙잡았다.

"사장님! 대체 저한테 왜 그러세요?"

"그러는 당신은, 어떻게 나한테 그럴 수가 있어?"

시혁은 도리어 그녀의 두 팔을 옴짝달싹 못하게 움켜잡았다. 놀란 은율이 두 눈을 깜빡였다.

"제, 제가 뭘요?"

시혁의 사나운 눈초리에 은율은 얼른 고개를 숙였다.

"몰라서 묻는 거야?"

목소리의 톤이 완전히 달라져 있었다. 심박동 소리가 귀까지 들려오는 것 같았다. 은율은 시선을 외면하며 창밖만 바라봤다. 시혁은 천천히 그녀를 놓고 정면을 응시한 채 입을 열었다.

"6년 전에 사고가 있었어."

시혁은 담담한 어조로 말을 시작했다. 은율은 맨 처음 그가 무슨 말을 하는 건지 알아들을 수가 없었다. 하지만 그의 이야기가 계속될수록 눈물을 참을 수가 없었다.

시혁의 이야기는 차마 한 사람이 겪었다고 하기에는 너무 잔인했다. 이야기를 마친 시혁은 울고 있는 은율을 살며시 끌어안았다.

가슴이 아팠다. 바보처럼 핑계만 대고 있었는데 가슴은 이미 그의 아픔을 공유하며 울고 있었다. 그가 아픈 게 싫었다.

"오해해서 미안해요."

"다시는 돌아오지 못할 줄 알았어."

"흐흑, 사장님 잘못이 아니잖아요."

시혁은 그녀를 지그시 바라봤다.

"당신에게 여전히 난 사장님이야?"

시혁은 작게 웃으며 그녀의 얼굴을 적시고 있는 눈물을 닦았다. 이것이 그녀가 흘리는 마지막 눈물이었으면 좋겠다. 이제 더는 그로 인해 다른 누군가가 울게 하고 싶지 않았다.

"울지 마."

"그 어떤 것도 시혁 씨, 잘못 아니에요."

시혁은 살며시 그녀를 품에 안았다. 그녀의 뜨거운 눈물이 그의 가슴을 적셨다. 누군가 자신을 위해 울어 주고 있다는 게 이렇게 가슴 따뜻하다는 걸 다시 깨달았다.

"아픈 게 당연하다고 생각했어. 아니, 아파야 한다고 생각했어. 나 때문이니까. 모든 게 다 나 때문이니까. 그래서……."

시혁의 자책에 은율은 가슴이 아팠다. 자신으로 인해 누군가가 세상을 떠났다는 자책이 그를 얼마나 짓눌렀을지 상상하고 싶지도 않았다. 지난 시간 동안 그가 겪었을 고통이 그녀에게 전해지는 것 같았다. 은율은 시혁을 더 세게 끌어안았다.

"시혁 씨 잘못 아닌 거 알잖아요. 이제 그만 잊어요."

등을 도닥이는 은율의 손길이 따뜻했다. 시혁은 가슴이 뜨거워지는 걸 느꼈다.

"냉정하게 받아들일 수가 없었어. 형이, 형이 마지막까지 날 얼마나 원망했을지 생각만 해도 가슴이 무너지는 것 같았어. 차라리 내가 한국으로 오지 않았다면……. 만약 그랬다면 형과 형수, 그리고 조카까지도 웃으며 살고 있을지도 몰라. 아버지, 어머니가 그렇게 힘들어하지도 않았을 거야."

입 밖으로 꺼낸 진실에 또다시 폭풍 같은 설움이 그를 감쌌다. 시혁은 울지 않으려 이를 악물었다. 하지만 터진 둑에서 물이 새듯 그의 입에서 상처가 쏟아져 나왔다.

"견딜 수가 없었어. 눈을 감으면 원망 섞인 형의 목소리가 들리는 것 같았어. 피를 토하며 마지막까지 나를 원망하던 모습이 자꾸만 날 괴롭게 만들었어. 차라리 죽고 싶다고 생각한 적도 있었어. 하지만 난…… 죽을 용기조차 없었어. 형도, 형수도, 그리고 혜주도…… 모두 나 때문에 그렇게 됐는데. 나만 아니었으면…… 나만 없었으면……. 흑."

참고 참았던 설움이 터져 나왔다. 미주에게도 차마 하지 못했던 말들이 쏟아져 나왔다. 눈을 감으면 항상 어둠 속에서 그들이 기다리고 있었다.

짙은 어둠은 그에게 빠져나올 출구를 허용하지 않았다. 시혁이 할 수 있는 건 오직 어둠을 피하는 방법뿐이었다.

잠들지 않으려 몸부림치던 날들. 약물 치료를 받으며 조금씩 나아지긴 했지만 지금도 가끔 소스라치게 놀라 잠을 깨곤 했었다. 지금은 약물 대신 카페인에 의존해 잠을 피하긴 했지만 어쩔 수 없이 잠든 밤이면 그는 항상 악몽에 시달렸다.

한국에 오고 그 악몽은 더 심해졌었다. 그래서 시혁은 혼자 있는 어두운 집보다 사무실에서 일하는 걸 택했었다. 미주가 소개해 준 의사에게 처방받은 약이 있었지만 그 약은 손도 대지 않았다. 또다시 약물에 의존할 수는 없었다. 대신 독하게 마음먹고 카페인에 의존하며 밤을 지냈었다.

어느 곳에서도 그는 편하게 잠든 적이 없었다. 그런데 어느 순간부터 마음이 가벼워지기 시작했다. 처음에는 그도 인지하지 못했다. 그러다 한순간 깨달았다.

은율의 목소리에 피곤함이 가시고 간간이 휴식을 취하며 그는 어둠이 그에게서 조금씩 사라지는 걸 느꼈다. 그의 어둠 속, 은율은 이미 빛으로 다가와 있었다. 그의 이름을 불러 주는 그녀의 목소리에 시혁은 이제 어둠이 겁나지 않았다.

"당신이 곁에 있었으면 좋겠어. 날 불러 주는 당신이 좋아. 아파도 당신만 옆에 있다면 견딜 수 있을 것 같아. 날 좀 제대로 봐 주면 안 돼?"

아프다. 누군가의 상처가 이렇게 가슴 아픈지 몰랐다. 은율은 시혁을 더 세게 끌어안았다.

"난 해 줄 게 아무것도 없어요."

"옆에 있어 주기만 하면 돼."

"아직 잘 모르겠어요. 어떻게 해야 할지……."

시혁은 그녀를 품에 더 세게 끌어안았다.

"천천히 하자."

머릿속이 복잡했다. 하지만 한 가지만은 확실했다. 그의 옆에 있고 싶었다. 옳고 그름을 판단하고 싶지 않았다. 지금은 마음이 가는 대로 하고 싶었다. 은율은 귓가에 들려오는 그의 심장박동을 느끼며 안도했다. 모든 게 오해여서 다행이다. 처음부터 사실을 물었다면 어쩌면 그와 이렇게 되지 않았을지도 몰랐다.

오해가 빚은 새로운 인연. 은율은 얼떨떨한 기분과 함께 뭔지 모를 설렘을 느끼며 그의 품에 안겨 있었다.

시혁은 은율을 안으며 생각에 빠졌다. 그녀만 있으면 마음이 편안해졌다. 이야기를 하며 뭔가 중요한 것을 잊은 것 같다는 생각이 들었다. 시혁은 조심스럽게 은율을 바라봤다.

설마 아닐 것이다. 하지만 시기상으로 본다면 얼마든지 가능한 일이었다. 시혁은 마른 입술을 축였다.

"하나만 물을게. 나 처음 본 게 언제야?"

"무슨 말이에요?"

고개를 들어 바라보는 눈빛에 시혁은 확신했다. 어째서 이제야 그녀를 기억해 냈는지 모르겠지만 분명 그녀다. 왜 그토록 은율이 그의 시선을 빼앗았는지 이제야 깨달았다. 온몸으로 소름이 돋았다.

"날 처음 본 게 정확하게 언제야?"

"그거야 새엄마랑 호텔에서……."

은율의 말에 시혁은 고개를 저었다.

"그 전에 우리 만났었잖아! 장례식장에서……."

"잠깐 스치듯 봤는데 기억나요?"

은율은 놀란 얼굴로 그를 바라봤다.

시혁은 그녀를 꼭 끌어안았다. 그 어느 때보다 가슴이 뜨거웠다.

"그때 고마웠어."

이마에 짧게 입 맞추는 시혁의 행동에 놀랐다.

"네?"

"그때 고마웠어. 진심이야."

"뭐가요?"

시혁은 얼떨떨해하는 은율을 더 세게 끌어안았다. 어쩌면 그 순간부터 그들의 만남은 예정되어 있었는지도 몰랐다. 시혁은 그날 일을 아직도 잊을 수가 없었다.

시준의 장례로 정신없는 와중이었다. 시혁은 병실에서 내려온 재섭을 보며 아무 말도 할 수가 없었다. 그 어떤 위로도 해 줄 수가 없는 자신이 한심스러웠다. 숨이 막힐 것 같은 답답함에 잠시 밖으로 나왔다. 어둠에 몸을 숨긴 시혁은 눈을 감았다.

계속해서 아른거리는 떠난 이들의 그림자에 등골이 오싹했다. 잠이 들면 그들의 손길이 발목을 타고 올라오는 것 같았다.

시혁의 얼굴은 며칠 새 몰라볼 정도로 망가져 있었다. 제이크가 보면 당장 한 소리 하겠지만 무엇을 어떻게 해야 할지 아무것도 생각나지 않았다.

재섭은 병실에 누워 있는 현희를 돌보느라 기력이 없어 보였다.

그런데 회사 여직원이 줄기차게 찾아와 재섭을 데리고 나갔다. 몇 시간 전에도 분명 그 직원이 왔었다. 다행이었다. 재섭에게 좋은 직원이 있어서.

하지만 그에게는 아무도 없었다. 제이크는 회사 때문에 내일이나 도착할 것이고 다른 동료들은 바빠서 얼굴조차 못 비친다고 했었다. 거기다 혜주도 이제 곁에 없었다.

오랜만에 그의 친구들이 찾아왔지만 그들의 사회적 지위 때문에 오래도록 머물지는 못했다. 고등학교 때 잠시 쌓은 인연이었다. 하지만 그들은 진심으로 그를 위로해 주었다. 그럼에도 시혁은 아무런 말을 할 수가 없었다. 차라리 그들과 좀 더 돈독하게 학창 시절을 보냈다면 좋았을지도 몰랐다.

친구가 그리웠다. 사람의 온기가 그리웠다. 시혁은 옆에 아무도 없다는 게 이렇게 슬프고도 무섭다는 걸 새삼 깨달았다. 그가 있는 곳은 온통 어둠뿐이었다.

시혁은 몇 년 만에 담배를 꺼내 물었다. 담뱃불의 빨간 온기조차 그에게는 따스하게 느껴졌다. 길게 한 모금 빨아들였다. 하지만 작은 온기 속에 숨겨져 있던 독한 기운이 그의 폐를 거칠게 자극했다.

"콜록, 콜록, 콜록."

허리를 접고 연신 기침을 하는데 누군가의 손이 그의 등을 쓸어내렸다.

"괜찮으세요?"

혼자 있다고 생각했었다. 그런데 갑자기 들려온 따뜻한 목소리에 시혁은 당황했다. 하지만 계속해서 나오는 기침 때문에 말을 할 수가 없었다. 부드럽게 등을 쓸어내리는 손길에 기침이 잦아들었다. 시혁은 길게 심호흡하고 급하게 고개를 숙였다.

"감사합니다."

낯익은 여자는 해사하게 웃으며 그에게 물을 내밀었다. 오후에도 찾아왔던 직원이었다. 무슨 일로 이 시간에 다시 왔는지 모르겠다.

"이거요! 그런데 앞으로 담배는 피우지 마세요."

"아, 네."

목이 타들어 가는 것 같았다. 시혁은 시원하게 물을 마셨다, 며칠 만에 목으로 무언가를 넘겼다. 아무리 먹으려고 해도 물조차 넘길 수가 없었다. 그런데 처음 보는 여자가 건넨 물은 그 어떤 것보다 그를 충족하게 만들어 줬다. 몸이 한결 가벼워진 것 같았다.

"고맙습니다. 저……."

"떠나보내기가 쉽지 않죠?"

"네?"

갑작스러운 질문에 당황했다. 설마 그를 알아보기라도 한 건가 싶었다. 하지만 그는 아직도 자신을 어둠에 감추고 있는 상태였다.

가로등 불빛 아래 여자는 온기 가득한 얼굴로 웃고 있었다. 그 온기가 그의 어둠으로 슬며시 스며드는 것 같았다.

"그렇게 어둠 속에 있지 말고 밖으로 나오세요. 기왕이면 밝은 곳에서 우세요."

"혹시 제가 누군지 아십니까?"

"장례식장 담벼락에 그렇게 숨어 있으면 이유야 뻔하죠. 혹시 제가 결례를 범한 건가요?"

오지랖도 넓은 것 같았다. 하지만 기분 나쁘지가 않았다. 흔해 빠진 위로의 말보다 담담하게 말하는 그녀의 진심이 더 가슴에 와닿았다. 시혁은 여자의 얼굴을 자세히 바라봤다.

예쁘장한 얼굴에 눈빛이 유난히 따뜻해 보였다. 기회가 되면 나중에 제대로 인사해야 할 것 같았다. 하지만 지금은 아니었다. 시혁은 그녀가 자신을 알아보지 않아 다행이라는 생각이 들었다. 누구에게도 보여 주고 싶지 않았다. 그의 나약한 모습을. 그의 절망을.

"슬픔을 왜 공유해야 합니까?"

"그래야 줄어드니까요. 평생 그 슬픔을 등에 지고 갈 수는 없잖아요. 내려놓으세요."

여전히 어둠 속에 몸을 숨기고 있던 시혁은 눈을 감았다. 눈가가 욱신거렸다.

"후훗, 내려놓을 수 있습니까? 이 슬픔을, 이 공허함을……"

은율은 그의 어깨를 살며시 잡았다. 작은 손이 전하는 온기는 생각보다 크고 따뜻했다.

"경험자로서 드리는 말이에요. 그럼 마음이 한결 가벼워질 거예요. 슬픔은 나누면 반이 되고 기쁨은 배가 된다고 하잖아요."

인지하지 못하는 사이 눈물이 떨어졌다. 그녀의 손으로 그의 떨림이 전해졌다.

"참지 마세요. 그거 병 돼요."

말을 마침과 동시에 그녀의 전화기가 울렸다.

"같이 울어 주고 싶은데 제가 울면 아빠가 속상해하셔서 안 되겠네요. 빛으로 나오시길 바랄게요. 그쪽 분 삶이 온화하게 빛나시길 바랄게요. 여보세요. 아빠……."

뛰는 듯이 걸으며 은율은 또 쓸데없는 일에 참견했다는 생각을 하며 집으로 향했다. 그녀의 기억에서 그날의 일은 그렇게 사라졌었다. 하지만 시혁의 기억 속에 그날은 깊이 새겨져 있었다.

시혁은 그날 일을 생각하며 다시 한 번 웃었다. 그때나 지금이나 은율은 여기저기 다니며 자신도 모르는 사이에 온기와 빛을 전하고 있었다. 오래도록 방황했지만 시혁은 지금 당당하게 걸어가고 있었다. 온화하게 빛나는 그녀를 향해.

제10장. 서로를 품는다는 것

　낯설고 새롭다. 시혁에 대한 오해가 사라지고 그의 모습은 언제나 새로웠다. 그를 감싸고 있던 거대한 막이 사라진 기분이었다.

　같은 사람, 같은 모습, 같은 일상의 반복이지만 모든 게 달랐다. 하물며 오랜 시간 일했던 그녀의 공간도 달라진 것 같았다.

　은율은 매일 시혁의 모습에 놀라움과 감탄을 자아내고 있었다. 지난 몇 개월간 그녀가 알고 있던 시혁은 허상인 것 같았다.

　눈앞에 있는 실체는 그녀가 감당할 수 없을 정도로 눈부신 남자였다. 그걸 새삼스레 깨달았다. 그 많은 상처와 아픔을 가지고도 시혁은 참 잘 견뎠다. 그 시간으로 인해 시혁은 더 단단하고 강한 사람이 되어 있었다. 그런 남자가 그녀를 보고 있었다. 그녀의 입가에 행복한 미소가 걸렸다.

오전 회의가 끝나고 임원들이 모두 나간 사무실, 은율은 서둘러 회의 자료를 정리해 지사로 메일을 보냈다. 급한 일은 모두 처리가 끝났다. 이제 한숨 돌려도 되겠다 싶은데 인터폰이 울렸다.

띠, 띠.

"네, 사장님."

-커피 한 잔.

오전부터 벌써 몇 잔째인지 모르겠다. 걱정스러운 마음에 쿠키부터 접시에 담았다. 처음 에스프레소만큼 진하게 마시던 커피도 최근 많이 연해지기는 했었다.

간혹 캐러멜 모카를 만들어 줬었는데 시혁이 그녀가 그려 놓은 라떼 아트를 보며 질색하는 것 같아 그것도 그만두었다. 그런데 사실 시혁은 캐러멜 모카를 제일 좋아하는 것 같았다. 전에는 그의 표정을 봐도 그가 무슨 생각을 하는지 알 수 없었다. 하지만 지금은 알았다. 그는 달콤한 캐러멜 모카와 자판기 커피를 무척이나 좋아했다.

하지만 임원진들과 회의가 있을 때만은 언제나 블랙커피를 마셨다. 예외는 없었다. 시혁은 오직 그녀와 야근하며 있을 때만 캐러멜 모카를 마셨다. 물론 반 이상은 그녀가 마시는 것 같지만 말이다. 시혁은 캐러멜 모카를 아주 뜨겁고 달콤한 방법으로 마셨다.

시혁은 밤이 되면 낮보다 좀 더 부드럽고 뜨거운 남자가 되는 것 같았다. 차갑기만 했던 처음 모습은 이제 찾아볼 수가 없는 것 같았다. 시혁은 그렇게 천천히, 조금씩 바뀌고 있었다. 하지만 커피를 마시는 양만큼은 변하지 않았다. 은율은 그에게 잔소리하고 싶지 않았다. 그에게는 좋은 말만 하고 싶었고 좋은 모습만 보여주고 싶었다. 하지만 도저히 이대로 볼 수는 없었다.

잠을 제대로 자는 건지 부쩍 푸석해진 얼굴을 보며 은율은 걱정 어린 한숨을 내쉬었다. 이야기를 나눈 지 벌써 며칠이 지났다.

은율은 매일 퇴근하고 그와 저녁을 먹는 게 일상이 되어 있었다. 하루에도 수없이 키스를 나눴다. 하지만 시혁은 아무런 말이 없었다. 그 흔한 사귀자는 말도 없었다. 은율은 어떻게 해야 하나 고민에 빠졌다. 아무리 머리를 싸매고 고민해 봐도 당장은 답이 나오지 않았다. 지금 상황에서는 커피가 먼저였다. 은율은 크게 심호흡을 하고 그의 사무실로 들어갔다.

시혁은 서류에 빠져 있는지 그녀가 들어와도 기척이 없었다. 수척해진 얼굴이 안타까울 정도였다. 그녀는 작게 헛기침을 하고 커피를 내려놨다.

"커피만 드시지 말고 이것도 같이 드세요."

은율의 말에도 시혁은 대꾸가 없었다. 시혁은 심각한 얼굴로 서류를 뚫어져라 쳐다보고 있었다. 은율은 가볍게 목 인사를 했다.

일에 심취해 있는 모습은 그를 가장 빛나게 하는 것 같았다. 아직은 아무것도 바뀐 게 없었다. 여전히 시혁은 상사, 그 이상도 이하도 아니었다. 은율은 작게 한숨을 내쉬고 밖으로 나가려고 했다. 그때 시혁이 그녀를 불러 세웠다.

"고은율 씨, 이거!"

시혁은 은율을 향해 서류철을 내밀었다. 은율은 천천히 다가가 서류철을 집었다. 그런데 시혁은 서류철을 잡고 놓지 않았다. 은율은 의아한 눈길로 그를 바라봤다.

"무슨 문제라도?"

시혁은 아무렇지도 않은 얼굴로 은율을 바라봤다. 그의 얼굴에서는 아무것도 읽을 수가 없었다. 빤히 바라보는 시선에 은율은 먼저 눈을 피했다.

"회의 자료는 다 보냈겠지?"

"좀 전에 메일로 발송했습니다."

"바쁜 일은 대충 끝났겠네."

"네."

여전히 서류철을 마주 잡고 있었다. 은율은 서류철을 놓을까 말까 고민했다. 놓자니 서류철을 떨어트릴 것 같고 계속 잡자니 어색했다.

혹시라도 빠진 서류가 있었던 건 아닐까 곰곰이 생각해 봤다. 분명 결재까지 마친 서류들을 확인해 발송했었다. 보류된 서류를 확인하라는 건가 싶었다. 곰곰이 생각해 봐도 당장 처리해야 할 급한 서류는 없었다. 머릿속에 떠오르는 게 하나도 없었다.

시혁은 당황한 표정의 은율을 보며 작게 웃었다. 하지만 그의 얼굴에 미소는 보이지 않았다. 오래전부터 웃는 모습을 감추는 게 습관이 됐었다. 누군가에게 웃어 보이는 게 쉽지가 않았다. 그런데 그녀와 있으면 입가가 저절로 올라갔다. 시혁은 은율이 잠시 딴생각에 빠져 있는 사이 서류철을 힘껏 잡아당겼다.

갑작스럽게 당기는 힘에 중심을 잃은 은율은 그대로 쓰러졌다. 시혁은 힘들이지 않고 그녀를 품에 안았다. 놀란 은율이 급하게 일어나려 했지만 시혁은 그녀를 놓아주지 않았다. 아니, 오히려 더세게 그녀를 끌어안았다.

놀란 은율은 서둘러 문을 바라봤다. 다른 누군가가 이 광경을 보기라도 한다면……. 생각하고 싶지도 않았다. 은율은 어떻게든 시혁에게서 빠져나가려고 했다. 그럴수록 그의 팔은 더 세게 그녀를 옥죄었다.

"사장님!"

"둘이 있을 때는 그 사장님 소리 안 하면 안 돼? 저녁에는 이름도 잘만 부르더니……."

시혁은 힘들이지 않고 그녀를 무릎에 앉혔다. 은율은 어떻게든 일어나려고 했지만 그는 더 세게 그녀의 허리를 움켜잡았다.

놀란 은율은 그의 손을 소리 나게 때렸다. 은율은 자신의 행동에 놀란 것 같았다.

"이제 봤더니 은근히 폭력적이야."

시혁은 작게 웃으며 그녀의 등에 머리를 기댔다.

"지금 뭐 하시는 거예요? 여긴 회사라고요."

"그래서?"

놀란 은율과 달리 시혁은 느긋하게 그녀의 허리를 끌어안았다. 둘이 있을 때도 하지 않던 행동들을 회사에서, 그것도 벌건 대낮에 서슴없이 하고 있었다. 은율은 이 상황이 당황스럽기도 했지만 화가 나기 시작했다. 은율은 몸을 틀어 그를 쏘아봤다.

"사장님은 제가 그렇게 우스워 보여요?"

은율의 말에 시혁은 고개를 들었다. 은율은 화난 얼굴로 그를 쏘아보고 있었다.

"내가 언제 우습다고 했어?"

"그럼 이게 지금 뭐예요?"

"너무 피곤해서 그래. 조금만 자게 해 줘."

시혁은 그녀를 안은 채 그대로 눈을 감았다. 은율은 시혁의 행동이 당황스러웠다. 다른 행동을 기대한 건 아니었다. 하지만 잠이라니? 이건 더더욱 아니었다.

"피곤하면 소파에라도 누우면 되잖아요."

퉁명스럽게 말하는 은율과 달리 시혁은 벌써 잔뜩 잠에 취한 목소리로 속삭였다.

"나한테 필요한 건 소파가 아니라 당신이야. 배 많이 고픈 건 아니지?"

뜬금없는 말에 은율은 인상을 썼다.

"갑자기 왜요?"

"이제 점심시간이잖아. 이따 안산 지사 다녀와야 하니까 그때 같이 먹자. 지금은 잠 좀 자게 해 줘."

그러고 보니 어느새 점심시간이었다. 은율은 아까부터 왜 이리 밖이 조용한가 싶었다. 혹시나 누군가 들어오면 어쩌나 노심초사했지만 그럴 일은 없을 것 같았다.

점심시간에 사장실을 찾는 사람은 거의 없었다. 시혁이 새롭게 단장한 사내 식당과 테라스는 점심시간인 1시간 30분 동안 인산인해를 이루었다. 그 덕에 점심시간에 사무실은 언제나 조용했었다. 은율은 그제야 숨을 돌렸다. 하지만 여전히 긴장감을 늦출 수는 없었다.

잔뜩 긴장한 채 안겨 있는 그녀 때문에 시혁은 웃음이 나왔다. 그는 나오는 하품을 참으며 속삭였다.

"숨 좀 쉬지?"

"네?"

"숨 좀 쉬라고."

시혁은 작게 웃으며 허리를 잡고 있던 팔을 풀었다. 은율은 그제야 숨을 들이켜고 한달음에 일어서 멀리 물러났다. 시혁은 피곤한 듯 머리에 손을 올리며 은율을 바라봤다.

"피곤하다."

그동안 일하며 시혁은 한 번도 피곤하다고 말한 적이 없었다. 아니, 피곤이란 단어는 그에게 존재하지 않은 줄 알았다. 그런데 그의 입에서 생경한 단어가 튀어나왔다.

며칠 새 얼굴이 반쪽이 됐다. 은율은 진심으로 시혁이 걱정됐다. 은율은 조심스럽게 시혁에게 다가갔다.

"어디 아픈 거 아니에요?"

시혁은 눈을 감은 채 몸을 뒤로 기댔다. 의자에 기댄 그의 얼굴이 안타까울 정도로 거칠었다. 처음 봤을 때보다 많이 지쳐 보였다. 설마 그 예전처럼 악몽이라도 꾸는 건가 싶었다. 안쓰러움과 안타까움이 교차했다. 은율은 그의 팔을 살며시 잡았다.

"안산 지사는 내일 다녀와도 되니까, 오후에 반차 쓰고 들어가 쉬는 게 어때요?"

은율의 말에 시혁은 미동도 하지 않았다. 진짜로 병이 났을지도 몰랐다. 아니, 병이 나고도 남았다. 진즉에 아프지 않은 게 이상할 정도로 그는 일에 빠져 있었다.

은율은 급하게 시혁의 이마에 손을 댔다. 열이 있지는 않았다. 아니, 조금 전보다 뜨거워진 것 같기도 했다. 은율이 그의 이마와 볼을 만지는데 시혁은 미동조차 하지 않았다. 은율은 그의 어깨를 거칠게 흔들었다.

시혁은 어깨를 거칠게 흔드는 은율의 손길에 가슴이 소용돌이 치는 걸 느꼈다. 시혁은 은율의 손목을 잡았다. 얼마나 더 참아야 하는 것일까?

그의 손길이 조금만 닿아도 움찔하며 긴장하는 그녀였다. 무슨 말을 꺼내려고 할 때마다 급하게 화제를 전환하는 그녀 때문에 그는 하루하루가 고단했다. 그나마 둘이 야근하는 시간에는 긴장을 늦추는 것 같지만 밤은 그에게 더 힘든 시간이었다. 시혁은 눈을 뜨고 작게 한숨을 내쉬었다.

"당신이 이러면 잘 수가 없잖아."

"진짜 어디 아픈 거 아니죠?"

은율은 그의 얼굴을 샅샅이 살폈다. 아무리 봐도 며칠 새 더 야위었다. 그녀도 그날 밤 이후 쉽사리 잠자리에 들 수가 없었다. 하물며 그녀도 그런데 당사자인 시혁은 오죽할까 싶었다.

"아무래도 안 되겠어요."

은율은 팔을 잡아끌며 시혁을 일으켜 세웠다. 잔뜩 흐려진 눈동자. 뭔가에 취한 것 같은 시혁이 은율을 바라보고 있었다.

"지금 뭐 하는 거야?"

"병원 가요!"

은율의 말에 시혁은 다시 의자에 앉았다. 병원에 간다고 해결될 게 아니었다. 물론 앞에 있는 그녀만 허락한다면 당장에라도 해결할 수는 있었다.

문득 떠오른 생각에 시혁은 자조적으로 웃었다. 참 많이 변했다. 혜주와 만나며 단 한 번도 그녀가 먼저인 적은 없었다. 그런데 언제부터인가 일보다 은율이 먼저가 돼 버렸다. 당장에라도 모든 일을 내팽개치고 그녀와 단둘이 있고 싶었다. 시혁은 은율의 허리를 감아 다시 품에 안았다. 은율은 그의 무릎에 그대로 주저앉았다.

"잠깐만 이러고 있을게."

시혁은 은율의 말대로 오후에는 좀 쉬어야 할 것 같았다. 그녀와 함께.

늦은 점심을 먹고 외근 나온 시혁은 갑자기 방향을 틀었다. 분명 오후에 안산에 내려가기로 했었다.

"지금 어디 가는 거예요? 오후에 은 이사님 만나기로 하셨잖아요? 어디 들렀다가 가는 거예요?"

"은 이사님과 통화했어. 내일 서안으로 검토하기로 합의했어."

"아, 네."

은율은 자세를 바로 세우며 스케줄 표를 들여다봤다. 일정이 취소됐으니 다음 일정으로 넘어가면 될 것 같았다. 하지만 그날은 별다른 일정이 없었다.

은율은 시혁의 말에 마음이 상했다. 이럴 거면 뭐하러 외근을 나왔는지 모르겠다. 진즉에 말했으면 그녀도 좀 편하게 일했을지도 몰랐다.

이번 주 내로 작성해야 할 서류가 산더미였다. 초안까지 잡혀 있는 거라 몇 시간만 하면 되는 일이었다. 괜스레 길에서 시간을 낭비하게 생겼다. 거기다 요 며칠 야근을 해도 일은 할 수가 없었다. 누구 탓에!

"오후에 별다른 일정은 없네요. 회사로 바로 가실 건가요?"

"아니."

"그럼, 어디 들르실 데라도……."

시혁은 회사를 나오며 아무 말도 하지 않았다. 중간에 다른 일정이 생겼을 수도 있었다. 회사 일정이 아닌 개인 일정이.

최근 들어 은율은 그의 개인 일정에 대해 한 번도 질문한 적이 없었다. 궁금하지만 궁금해하지 않기로 결심했었다. 나름대로 그녀는 결심을 잘 실행하고 있었다.

"바로 퇴근할 거야."

"네?"

잘못 들었다고 생각했다. 아직 2시도 되지 않았다. 그런데 퇴근이라니? 은율은 자신이 들은 게 맞는지 시혁을 보며 다시 물었다.

"지금 퇴근한다고 한 거 맞아요? 제가 분명 잘못 들은 거죠?"

웃음기 가득한 은율의 말에 시혁은 고개를 끄덕였다.

"제대로 들은 거 맞아. 지금 퇴근하는 중이야."

"혹시 다른 계획이라도 있으세요?"

시혁은 눈을 빛내며 그녀를 바라봤다.

"있기야 있지. 하지만 오늘은 그냥 퇴근."

"왜요?"

이런 질문을 하게 될 줄은 몰랐다. 일에 파묻히다 못해 치여 죽을지도 모른다고 생각한 적도 있었다. 그런 시혁이 농땡이를 치다니. 생각지도 못한 일이었다.

시혁은 은율의 질문에 눈썹을 치켜세웠다.

"당신이 쉬라고 했잖아. 그래서 집에 가서 쉬려고 하는 거야."

은율은 그제야 점심시간 내내 했던 말이 생각났다. 그때는 그의 건강에 이상이 있는 줄 알았다. 하지만 전혀 아니었다. 그녀를 안고 있던 그의 심장박동과 열기가 고스란히 전해져 왔다.

시혁이 아프다고 생각했던 것부터가 잘못이었다. 그는 전혀 이상이 없었다. 아니, 심각할 정도로 건강한 것 같았다. 아직도 여실히 느껴진 그의 열기가 그녀에게 남아 있는 것 같았다. 그에 은율은 아직까지 심장을 주체하지 못하고 있었다. 은율은 작은 소리로 투덜거렸다.

"언제부터 내 말을 잘 들었다고……."

"이제부터 잘 들을 생각이야."

은율의 혼잣말에 대꾸하는 시혁을 어떻게 바라봐야 할지 모르겠다. 은율은 발개진 얼굴을 들키지 않으려 창밖으로 시선을 돌렸다.

뒤통수로 시혁의 뜨거운 시선이 느껴졌다. 은율은 시혁의 시선을 계속 무시했다. 심장이 터져 죽을 것 같았다.

"사장님, 저기 앞에서 내려 주시면 제가 알아서 퇴근할게요."

"누가 당신도 퇴근하라고 했어?"

시혁의 말에 은율은 고개를 확 돌렸다.

"네?"

"당신 퇴근은 7시야."

시혁의 말에 잠시 멍해졌다. 은율은 당연히 그와 함께 퇴근하는 줄 알았다. 이 얼마나 오만한 생각이었던가?

잠시 생각하던 은율은 차라리 잘된 건지도 모른다고 여겼다. 시혁이 없는 사무실에서 일하는 건 편했다. 빨리 사무실에 들어가서 서류를 마무리하면 이번 주는 여유로울 것 같았다.

"저기 앞에서 세워 주세요. 회사는 제가 알아서 갈게요."

"누가 회사로 가라고 했어?"

시혁은 계속 알 수 없는 말만 하고 있었다.

"집으로 갈 거야. 어쩌면…… 야근할 수도 있어."

시혁의 말에 이상하게 몸이 떨려 왔다. 또다시 그와 같은 공간으로 들어가고 있었다. 은율은 아무 말도 하지 않고 정면만 응시하고 있었다.

전에 온 적 있었다. 술에 취한 그 밤. 이곳에서 무슨 일이 있었는지 아직도 생생하게 기억하고 있었다. 현관에서 쭈뼛거리는 은율을 보며 시혁은 그녀의 손목을 잡아끌었다.

"누가 잡아먹어? 들어와."

단어 선택이 얼마나 중요한지 여실히 깨달았다. 은율은 시혁의 말에 어쩌면 그럴지도 모른다는 생각이 들었다. 설렘과 불안이 동시에 찾아왔다.

순식간에 당겨진 은율은 현관문이 닫히는 소리에 가슴이 철렁 내려앉았다. 역시 이곳을 다시 오는 게 아니었다. 은율은 황급히 손잡이를 잡고 문을 열었다. 시혁은 다시 나가려는 은율을 쏘아봤다.

"아직 3시도 안 됐어. 이 길로 영영 퇴사하고 싶은 거야? 농땡이는 절대 용납 못 해."

은율의 마음을 읽기라도 한 듯 시혁은 그녀의 손에 들린 가방을 빼앗았다.

"이건 퇴근할 때 찾아가."

어쩔 수가 없었다. 가방 안에 지갑은 물론이고 휴대전화도 들어 있었다. 문이 다시 조용히 닫혔다. 은율은 천천히 안으로 들어갔다.

"커피라도 마실래?"

"아뇨."

지금 상황에서 커피가 넘어갈 것 같지 않았다. 은율은 최대한 그녀가 있었던 방으로 시선을 두지 않으려고 애썼다. 하지만 저절로 시선이 그 방으로 향했다.

시혁은 능숙하게 커피를 내리고 소파에 털썩 주저앉았다. 커피 향이 집 안을 가득 채우도록 그는 미동도 하지 않고 누워 있었다.

은율은 조심스럽게 주방으로 가 커피를 따랐다. 회사에서 덜 마신 커피를 집에서 채우는 모양이었다. 사약만큼 진한 커피를 보며 은율은 인상을 찡그렸다.

시혁은 아직 잠든 것 같지 않았다. 커피를 마실 게 분명했다. 여전히 눈을 감고 있는 그를 보며 은율은 한 잔을 제외하고 나머지 커피는 모두 버렸다. 이렇게 계속 마셔 대니 잠을 못 자는 거였다.

은율은 머그컵에 커피를 희석시켰다. 이게 그가 마시는 오늘의 마지막 커피다. 은율은 커피를 가지고 나와 조심스럽게 테이블에 올렸다.

"오늘은 이게 마지막이에요."

은율의 목소리에 시혁은 힘겹게 눈을 떴다. 피곤함이 한꺼번에 몰려오는 것 같았다. 커피를 한 모금 마신 시혁은 이내 소파에 몸을 기댔다. 은율은 조심스럽게 그에게 다가갔다. 아무리 봐도 그는 정상적인 상태는 아니었다.

"진짜 아픈 거 아니죠?"

"피곤해서 그래."

잔뜩 잠긴 목소리에 피곤이 가득했다. 이렇게 두면 지금은 괜찮을지 몰라도 수일 내에 분명 병원 신세를 질 것 같았다. 나가서 약이라도 사 와야 하는 건가 싶었다. 하지만 그것보다 편하게 잠자리에 드는 게 먼저 같았다.

"지금 힘들더라도 침대 가서 편하게 자요."

소파에서 겨우 몸을 일으킨 시혁은 멍한 얼굴로 그녀를 바라봤다. 그러고는 잠시 머리를 흔들더니 앞에 있는 커피를 단숨에 비웠다.

은율은 놀란 얼굴로 그의 손에서 잔을 빼앗았다. 하지만 잔은 이미 텅 비어 있었다. 잔소리를 안 하고 싶지만 그의 행동은 잔소리를 부르는 것 같았다.

"피곤하다면서 커피를 그렇게 마시면 어떡해요? 진짜 말 안 들어."

나무라는 은율의 말에 시혁은 그녀의 손목을 잡아당겼다.

"피곤한데 잠을 잘 수가 없어."

"낮에는 잘 잤잖아요."

점심시간, 시혁은 진짜 그녀를 안고 의자에서 잠들었다. 너무도 곤하게 자는 시혁을 보며 은율이 얼마나 많은 생각을 했는지 그는 모를 것 같았다.

"당신이 재워 줬잖아."

은율이 재워 줬다기보다 그녀를 안고 시혁이 잠든 게 맞았다. 하지만 은율은 아무 말도 하지 않았다. 말을 할수록 매번 상황이 꼬였다. 아무 말이 없는 은율을 보며 시혁은 손을 내밀었다.

"당신이 다시 재워 주면 되겠네."

말도 안 됐다. 어느새 시혁은 그녀의 손을 잡고 침실로 향하고 있었다. 당황한 은율은 손을 잡아 뺐다. 하지만 시혁은 손을 더 세게 움켜잡았다.

"이, 이건 아니라고 생각하는데요."

"피곤해서 당장에라도 쓰러질 것 같아. 그냥 안고만 있을게. 낮에도 봤잖아? 약속할게."

은율은 미심쩍은 눈으로 시혁을 바라봤다.

"정말이죠?"

"내가 거짓말하는 거 봤어?"

시혁은 언제나 진실했다. 그래서 걱정이었다. 그는 그녀의 손을 단단히 잡고 침실로 들어갔다. 혼란스러운 감정으로 은율은 시혁을 따라 안으로 들어갔다.

넓은 침실은 덩그러니 침대와 사이드 테이블뿐이었다. 썰렁하다 못해 춥게 느껴질 정도였다. 은율은 이런 곳에서 그동안 편하게 잠을 잤다고 해도 믿을 수 없을 것 같았다.

환한 햇살이 온 방을 비추고 있지만 온기라고는 눈을 씻고 찾아봐도 없었다. 은율의 표정을 보며 시혁도 느낀 것 같았다.

"필요한 것만 있으면 돼."

커다란 침대가 을씨년스러웠다. 은율은 여전히 주춤거리며 문 앞에 서 있었다.

"아무리 봐도 잠자기에는 너무 이른 것 같네요."

은율은 환한 창을 바라봤다. 시혁은 서둘러 창으로 가 쏟아지는 빛을 차단했다. 훤하던 방이 순식간에 암흑으로 바뀌었다.

"이제 됐다."

놀란 은율이 어쩌지도 못하는 사이, 시혁은 그녀를 안고 그대로 침대에 누웠다.

"자, 잠깐만요."

시혁은 은율을 꼭 끌어안았다. 은율은 그의 품에서 빠져나오려 고 애를 썼다. 아무리 생각해도 이건 아닌 것 같았다.

"시혁 씨, 잠깐만요."

시혁은 긴 다리로 그녀의 몸을 옭아맸다.

"잠들 때까지만 이러고 있을게. 부탁해."

시혁은 그녀를 부드럽게 안으며 잠에 취한 목소리로 웅얼거렸 다. 마음만 먹으면 얼마든지 그를 밀어내고 일어날 수 있었다. 하 지만 매몰차게 그를 밀어내고 싶지가 않았다. 어느새 긴장을 풀고 잠의 세계로 빠지는 시혁이 느껴졌다. 안고 있는 팔이 싫지 않은 무게감으로 그녀를 눌렀다. 결국 은율은 등 뒤로 시혁의 고른 숨을 느끼며 안겨 있었다.

분명 시혁을 재우려고 했었다. 그런데 오히려 그녀가 잠의 세계 로 빠지는 것 같았다. 며칠 동안 밤잠을 설쳤다.

지금 자면 안 된다는 걸 알지만 자꾸만 눈꺼풀이 무겁게 내려앉았다. 암막 커튼으로 가려진 침실은 시간 개념을 완전히 잊은 듯 어둠을 만들어 내고 있었다.

시간이 지나며 점점 몸이 나른해지고 있었다. 은율은 하품이 나오는 걸 겨우 참았다. 이곳에 온 이유는 잠자려는 게 아니라 시혁을 쉬게 하기 위함이었다. 그제야 원래 목적을 떠올렸다.

"난, 이제 시혁 씨가 좀 편하게 쉬었으면 좋겠어요. 잘 자요."

은율은 시혁을 향해 고개를 돌리며 작게 중얼거렸다. 지금은 그녀가 잘 때가 아니었다. 은율은 작게 속삭이며 시혁의 팔을 도닥이기 시작했다.

시혁은 은율이 긴장을 풀고 몸이 누그러지는 걸 느꼈다. 점점 그녀의 숨소리가 편해지고 있었다. 하지만 그녀의 작은 목소리에 잠은 이미 저만치 달아났다.

아니, 그녀를 안고 침대에 누운 순간부터 잠은 잊은 지 오래였다. 은율과 함께 있는 것만으로도 마음이 편했다. 그에게는 잠보다 은율이 더 절실하게 필요했다.

하지만 마음의 평화와 몸의 평화를 맞바꾼 것 같았다. 그의 휴식을 위해 작게 도닥이는 손길에 애정이 묻어났다. 은율은 자신의 작은 행동이 그를 얼마나 시험에 들게 하는지 모르는 것 같았다. 그녀가 하는 말과 아무렇지도 않게 하는 행동들이 그를 요동치게 만들었다. 앞으로 며칠을 버티는 것도 힘들 것 같았다. 아니, 지금 이 시간을 버티고 있는 것도 그에게는 커다란 인내를 요하고 있었다. 시혁은 토닥이는 은율의 손을 잡았다.

"굿나잇 키스도 없이 자라는 거야?"

잠든 줄 알았다. 그런데 그의 목소리는 전혀 잠에 취해 있지 않았다.

"안 잤어요?"

"잠이 쉽게 오질 않네. 아무래도 굿나잇 키스를 안 해 줘서 그런 것 같아."

가볍게 말하고 있지만 그 안에 욕망이 가득 묻어나고 있었다. 그냥 안고 잔다고 말했지만 지킬 자신은 처음부터 없었다.

"굿나잇 키스 해 줘."

시혁은 자신의 육체에 밀착되어 있는 그녀를 여실히 느끼고 있었다. 여전히 그는 다리로 그녀의 몸을 감싸고 있었다.

시혁은 또다시 자신을 시험하는 자신에게 화가 났다. 이 상황에서 키스라니. 미친 짓임이 확실했다. 하지만 이렇게라도 하지 않으면 그녀와의 첫 약속을 어길 것 같았다.

당황한 은율의 몸이 긴장으로 뻣뻣해졌다.

"가, 갑자기 굿나잇 키스라뇨? 말도 안 돼요."

놀란 그녀의 떨리는 목소리에도 시혁은 그녀를 놓지 않았다. 이렇게라도 해야 될 것 같았다.

"왜 말이 안 돼?"

"지금은 오후라고요. 거기다 그냥 안고만 있겠다고 했잖아요?"

놀란 은율이 한껏 몸을 빼고 있었다. 하지만 그의 단단한 몸이 그녀를 놓아주지 않고 더 옥죄었다.

"자꾸 이러면 당신과 한 약속을 어길지도 몰라서 그래. 그래도 괜찮다면 상관없고."

시혁의 목소리가 잔뜩 잠겨 있었다. 그의 말에 은율은 몸이 작게 떨려 왔다. 뜨거운 열기가 안에서 점점 커져 가고 있었다. 잠이 순식간에 달아나 버렸다. 뜨거운 기운이 온몸으로 퍼지고 있었다. 하지만 아직 확신이 서지 않았다. 무작정 마음 가는 대로 행동하기에는 적지 않은 나이였다. 신중하다고 나쁠 건 없었다. 은율은 조심스럽게 시혁을 바라봤다.

"이 상황에서 할 얘기는 아니지만, 묻고 싶은 게 있어요."

"언제 상황 봐 가면서 질문했어? 그냥 평소대로 해."

은율은 잠시 고민하다 입을 열었다.

"지금 우리 관계가 정확히 뭐예요?"

시혁은 한 팔을 괴고 은율을 내려다봤다.

"무슨 소리야?"

"여전히 직장 상하 관계예요? 아니면……."

은율이 무슨 말을 하는 건지 모르겠다.

"무슨 말이야?"

"그렇잖아요. 당신은 여전히 사장이고 난 비서예요. 그건 변하지 않는 거잖아요. 하지만 지금 상황으로 보면…… 이건 일반적인 상하 관계가 아니잖아요."

은율의 어이없는 생각에 시혁은 화가 났다.

"이럴 때 보면 당신 머릿속에 뭐가 들어 있는지 진심으로 궁금해. 당신은 어떨지 모르겠지만 난 직원과 불장난하는 사람 아니야."

듣고 있자니 기분이 상했다. 그녀는 불장난을 즐기는 사람이라도 된 것 같았다.

"그런 게 아니잖아요! 그냥 옆에 있으라고 했지, 사귀자거나 만나자는 말도 없었잖아요. 아무 말도 없는데, 그럼 어떻게 해요?"

시혁은 은율의 말에 기가 막혔다.

"며칠 전 당신에게 한 말은 뭐라고 생각한 거야?"

"그건 그거고요……."

"그래서 내내 불만이었던 거야? 그럼 야근하면서 키스는 왜 했어?"

"……."

얼굴을 붉히며 고개를 돌리는 모습에 시혁은 한숨을 내쉬었다.

"꽃이라도 들고 고백해야 사귀는 거야? 당신이 좋아. 당신과 항상 같이 있고 싶고, 같이 있으면 안고 싶어 미칠 것 같아. 이런 사람과 만나지 않으면 대체 누굴 만나겠어?"

시혁은 은율을 다시 품에 안았다. 마주 보는 시선에서도 느낄 수 있었다. 그가 지금 원하는 게 무엇인지. 은율은 황급히 시선을 피했다.

"알았어요."

"당신은, 늘 내 예상을 빗나가."

"알았다고요. 그럼 키스만 하면 되는 거죠?"

조심스러운 은율의 말에 시혁은 작게 한숨부터 나왔다. 약속했지만 여전히 자신 없었다.

"솔직히 장담은 못 하겠어. 사실 내가 진짜 원하는 건 다른 거지만 아직 당신이 원하지 않으니까…… 키스만으로 만족할게."

시혁의 말에 더 난감해졌다. 키스를 할 수도 안 할 수도 없었다. 은율은 조심스럽게 그에게로 다가갔다.

마주 보고 있는 시선이 뜨거웠다. 그가 천천히 손을 들어 그녀의 얼굴로 쏟아지는 머리를 치웠다. 살짝 닿은 손끝이 저릿했다.

"키스만 하는 거예요."

"난 장담할 수 없다고 했어."

은율은 천천히 그에게 다가갔다. 점점 더 가까워지는 그의 얼굴을 보며 은율은 눈을 감았다. 입술 위로 그의 뜨거운 입김이 느껴졌다. 은율은 조심스럽게 그의 입술에 입을 맞췄다.

입술이 닿고 뜨거운 숨이 서로를 향해 달려갔다. 그의 입에서는 연한 커피향이 났다. 그 향에 취해 그녀는 더 깊이 안으로 들어갔다.

거침없이 다가오는 그녀를 마음껏 희롱했다. 달아났다, 다시 휘어 감고 열기로 가득 찬 입안에서 그녀는 대담하게 그를 농락하고 있었다.

목마름의 끝에서 시작한 키스였다. 키스를 하면 할수록 갈증은 커져 갔다. 그녀의 얼굴을 쓰다듬던 손이 목을 타고 천천히 아래로 내려갔다. 그의 손이 부드럽게 그녀의 배를 어루만졌다. 손에서 전해지는 열기가 고스란히 그녀의 몸속으로 전달됐다. 그녀는 몸이 달아오르면서 점점 숨이 가빠졌다. 시혁은 천천히 부드럽게 그녀를 어루만졌다.

"당신이 좋아."

시혁의 뜨거운 손이 부드럽게 그녀의 등을 쓸어내렸다. 그의 손길이 닿는 곳마다 미친 듯이 불길이 치솟았다. 그의 손은 어느새 그녀의 등을 타고 내려와 맨허리를 쓰다듬고 있었다.

맨살에 닿는 손길이 너무도 자연스러웠다. 하지만 은율은 맨살에 그의 손이 닿는 순간 깜짝 놀랐다.

"잠깐만요."

은율은 숨을 헐떡이며 그의 옷을 움켜잡았다. 그녀의 떨림이 그에게 고스란히 전해졌다. 그런데 뭔가 이상했다. 유난히 긴장한 얼굴, 난처한 표정. 시혁은 조심스럽게 그녀의 얼굴을 어루만졌다.

"왜 이렇게 긴장하는 거야?"

"아니, 그게 아니라……."

고개를 들지도 못한 채 머뭇거리는 은율의 모습에 시혁은 이상한 기분이 들었다. 설마 아닐 것이다.

그녀의 나이 스물일곱이었다. 거기다 분명 남자를 만난 적도 있다고 했었다. 하지만 그렇다고 하기에는 남녀 사이에 벌어질 수 있는 자연스러운 일들을 너무 몰랐다.

당연히 경험이 있을 것이다. 그렇다면 분명 이보다는 능숙하게 대처하는 게 맞았다. 키스만으로 끝나지 않을지도 모른다고 미리 말했었다. 그 말이 무슨 뜻인지 모르진 않을 것이다. 아무리 생각해도 이치에 맞지 않았다. 설마 하는 기분으로 시혁은 은율을 내려다봤다.

"설마 처음은 아니지?"

그의 말이 끝나기 무섭게 벌겋게 달아오른 그녀의 얼굴에 시혁은 확신했다.

처음에는 그저 부끄러워 그런 줄 알았다. 하지만 그녀는 진심으로 모르고 있었다. 이 상황을 어떻게 해야 할지 심각하게 고민됐다. 그는 이미 한계점에 다다라 있었다. 여기서 그만둘 수는 없었다. 지금 그녀를 안으면 분명 다치게 할 수도 있었다. 하지만 그녀를 안지 않으면 견딜 수 없을 것 같았다. 욕망과 이성이 미친 듯이 격투를 벌였다.

은율은 시혁의 말에 고개를 들 수가 없었다. 남자와 밤을 보내지 않은 건 그녀의 선택이었다. 물론 기회가 없었던 건 아니었다. 하지만 그러고 싶지 않았다.

집에서 그녀만을 기다리고 있을 주환을 생각하면 모든 게 조심스러웠다. 그리고 어느 순간부터 남자를 만나는 것보다 주환과 보내는 시간이 많아졌고 그 시간이 더 즐거웠었다.

자연스럽게 그녀의 연애는 종지부를 찍었고 단 한 번도 아쉽다는 생각이 들지 않았다. 하지만 지금에야 아쉬운 생각이 들었다.

조금만 더 경험했더라면 좋았을 것 같았다. 물론 남녀 사이에 행해지는 행위에 대해 모르진 않았다. 하지만 알고 있는 것과 경험하는 것은 엄청난 차이가 있었다. 지난번은 알코올의 힘이었다지만 지금은 너무도 맑은 정신이었다.

시혁은 결국 한숨을 내쉬고 그녀의 옷매무새를 다시 정리했다. 시혁은 그녀의 목까지 이불을 덮었다.

"나야말로 당신에 대해 아는 게 하나도 없는 것 같아."

시혁은 은율을 이불에 돌돌 말고 가슴에 끌어안았다. 그러고는 두 눈을 꼭 감았다. 눈앞에 있는 그녀를 보면 또다시 흔들릴 것 같았다. 그의 마음을 아는지 은율은 미동도 하지 않고 그의 품에 안겨 있었다.

시혁은 그녀의 머리에 입술을 살며시 갖다 댔다. 언제나처럼 향긋한 냄새가 그의 폐부를 가득 채웠다. 그를 가득 채우던 소용돌이가 서서히 기세를 줄여 가고 있었다. 시혁은 조심스럽게 입을 열었다.

"왜 여태까지 지켜 온 거야? 혼전순결을 지키겠다. 뭐, 그런 건가?"

시혁은 담담한 어조로 묻고 있었다. 은율은 작게 한숨을 내쉬었다. 이제 와 감출 것도 없었다.

"그건 아니에요."

"한 번도…… 그런 걸 바란 적이 없었던 건 아니지?"

시혁은 나름대로 신중하게 단어를 선택했다. 바란 적이 없다고 하면 진짜로 문제가 심각해질 수도 있었다.

은율은 그의 질문에 잠시 고민했다. 하지만 회피할 수 있는 상황은 아닌 것 같았다.

"그런 적 없었어요."

"전에 남자 만난 적은 있다고 했잖아? 혹시 거짓말이었어?"

"만난 적 있어요. 그냥 마음이 내키지 않았어요. 그런 행위……."

은율은 말끝을 흐리며 입을 다물었다.

"그럼 지금은? 지금은 어떤데?"

그의 질문에 숨 쉬기가 어려웠다. 은율은 자신을 감싸고 있는 열기만으로 알 수 있었다. 지금은 원하고 있었다. 남녀가 할 수 있는 가장 궁극적인 사랑의 표현을. 그 모든 행위들을.

"당신을 처음 본 날부터 난 계속 힘들었어. 당신의 맨다리를 본 순간부터 매일 상상했어. 내 손에 닿는 감촉이 어떨지, 내 몸에 닿는 당신의 손길이 어떨지. 나의 어둠에 언제부턴가 당신이 있었어."

시혁의 고백에 은율은 결국 자신의 마음을 내보였다. 그녀의 손길에 반응하는 그를 만지는 게 좋았다.

손끝으로 전해지는 감각에 은율은 뭔지 모를 희열을 느꼈다. 그와 처음 키스했을 때부터 이 순간을 바라고 있었는지도 몰랐다. 갈팡질팡하던 마음이 이제야 닻을 내렸다. 그에 대해 더 많은 것을 알고 싶었다. 그의 팔에 안겨 모호하게 추측했던 감정들을 확인하고 싶었다.

은율은 손을 뻗어 그의 얼굴을 어루만졌다. 열기가 가득한 그의 눈에 그녀 얼굴이 가득했다. 마주 닿은 피부가 뜨거워졌다.

그 어느 때보다 온몸이 예민해져 있었고 은밀한 부분은 그 어느 때보다 강력한 주술에 걸린 듯 젖어들고 있었다. 그를 원하고 있었다.

"어쩌면 이 순간을 위해 아껴 뒀을지도 몰라요."

"그 말이 무슨 뜻인지 알고 있는 거야?"

은율은 천천히 고개를 끄덕였고 시혁은 강하게 입술을 부딪쳐 왔다. 그의 모든 걸 받아들이듯 그녀는 입을 열었다. 거칠 거라 생각했다. 하지만 뜨거운 혀는 세상 그 어떤 것보다 부드러운 감촉으로 그녀의 안에 들어왔다. 그는 부드럽지만 격렬하게 혀를 움직여 그녀의 깊숙한 곳까지 쓸고 어루만졌다.

그녀의 목에서 격한 신음이 새어 나왔다. 그녀의 안으로 들어가고 싶은 욕구가 온몸에 차올랐다. 시혁은 간신히 욕구를 억누르고 은율을 내려다봤다.

열기로 붉어진 얼굴과 키스로 부풀어 오른 입술이 무척 사랑스러웠다.

"후회하지 않을 자신 있어?"

"내가 후회하길 바라요?"

"아니."

시혁은 거칠게 숨을 내쉬며 그녀에게 속삭였다. 숨이 막힐 것 같았다. 눈을 감았지만 그의 모습이 선명하게 눈에 보이는 것 같았다. 볼을 어루만지는 손길과 목을 타고 흘러내려 가는 그의 입술, 허리를 쓰다듬는 그의 강인한 손길까지. 모든 것이 생생했다.

그녀의 뺨이 열기로 붉게 물들었다. 그의 키스로 붉어진 입술이 가느다랗게 떨리고 있었다. 이 모든 순간들이 그녀의 뇌리에 강하게 각인되고 있었다.

시혁은 가는 신음을 내며 자신의 입술을 거칠게 몰아붙였다. 그녀는 기다렸다는 듯이 입술을 열었다. 입술을 열자마자 그의 혀가 그녀의 입속을 점령하기 시작했다.

두 사람이 뿜어 대는 열기에 침실이 후끈거렸다. 시혁은 입술을 떼지 않은 채 그녀의 옷을 천천히 벗겼다. 블라우스 단추가 하나씩 열릴 때마다 심장의 질주는 더 빨라졌다.

침대 밑으로 블라우스가 떨어졌다. 브래지어에 감싸인 탐스러운 가슴을 그는 태울 듯이 바라봤다. 열기가 치솟았다. 시혁은 자신을 감싸고 있던 거추장스런 웃옷을 한 번에 벗어 던졌다. 내려다보는 시선, 올려다보는 시선. 모두 열기로 가득 차 있었다.

"당신은 아마 모를 거야. 내가 이 시간을 얼마나 꿈꿨는지……."

"당신도 모를 거예요. 내가 어떤 걸 꿈꿨는지……."

은율의 하얀 손이 그의 넓고 단단한 가슴에 닿았다. 그녀의 손길에 그의 몸이 움찔하는 게 느껴졌다. 시혁은 그녀 앞에서 늘 약한 모습도 서슴없이 보여 주었다. 강하면서도 약한 모습을 감추지 않는 그를 사랑했다.

하나도 두렵지 않았다. 아니, 오히려 다가올 시간이 설레고 기대됐다. 그녀는 용기를 내 그의 바지 버클을 열었다. 그녀의 손길에 시혁은 급하게 숨을 들이마셨다. 그녀는 천천히 그의 바지를 벗겼다.

누군가의 옷을 탈의하는 게 이렇게 짜릿하고 숨 막히는 일인지 처음 깨달았다.

시혁은 그녀에게 시간을 주고 싶었다. 하지만 이제 참을 수가 없었다. 그는 두 사람에게 남아 있던 옷들을 한 번에 모두 걷어냈다.

실오라기 하나 걸치지 않은 몸에 소름이 돋았다. 추위가 아닌 전율로 인한 소름. 시혁은 그녀의 위로 천천히 올라갔다. 그녀는 눈을 들어 뜨거운 눈으로 그를 바라봤다.

"사랑해. 날 어둠에서 꺼내 줘서."

시혁은 다시 격정적으로 그녀의 입술을 탐했다. 혀가 뒤엉켰다. 두 사람의 입에서 거친 신음이 새어 나와 방을 가득 채웠다. 그의 입술이 그녀의 입술에서 내려와 턱을 지나 하얀 어깨를 훑었다.

시혁은 그곳에 자신만이 남길 수 있는 붉은 자국을 새겼다. 그는 자신이 남긴 자국에 짧은 입맞춤을 하고 한껏 고개를 들고 있는 가슴으로 천천히 내려왔다.

오뚝하게 솟은 정점이 그를 기다리고 있었다. 그는 천천히 정점에 경의를 표했다. 입을 맞추고 주위를 부드럽게 혀로 핥았다. 한 손으로 나머지 가슴을 주무르며 그의 입술은 쉼 없이 움직였다. 나머지 한 손은 그녀의 등과 둔부를 쓸어내리기에 여념이 없었다. 그는 가슴 주위를 맴돌다 마지막에 한껏 솟은 정점을 입안에 가득 머금었다. 그녀의 입에서 거친 신음이 새어 나왔다.

"아흑."

그녀는 몸을 비틀며 계속 신음했다. 그의 혀는 그녀의 가슴을 마음껏 머금고 느끼며 맛봤다. 그의 손이 허리를 지나 골반을 쓸고 내려갔다. 그 손길에 그녀의 몸은 더 젖어들었다. 아무도 닿지 않은 그녀의 숲에 그의 손이 닿았다. 그녀의 입에서 낮은 교성이 터져 나왔다.

"핫, 흑."

그의 길고 단단한 손이 그녀의 숲을 어루만지며 꽃잎을 지분거렸다. 젖어든 꽃잎이 문을 열자, 그는 숲을 헤치고 더 깊이 안으로 들어갔다.

가장 은밀하고 깊은 곳에 있는 그의 손이 느껴졌다. 그녀는 더는 참지 못하고 그의 팔을 잡았다. 더 많은 걸 원했다.

시혁은 고개를 들어 은율을 바라봤다. 그와 같은 열기로 달아오른 모습에 더는 기다릴 수가 없었다. 그는 머금고 있던 가슴에서 떨어져 그녀의 얇은 배를 지나 숲으로 내려갔다. 이미 습기로 가득 찬 그녀의 숲에 그는 진한 입맞춤을 했다.

"아아흑."

그녀의 신음에 그는 그녀에게 급하게 올라갔다.

"당신을 아프게 할지도 몰라. 하지만 더는 참을 수가 없어."

그의 말에 그녀는 손을 들어 그의 허리를 잡아 끌었다. 그는 그녀의 다리를 허리에 감기도록 들어 올리고 자신을 그녀의 깊숙한 숲으로 밀어 넣었다.

그를 가로막는 장벽은 순식간에 무너졌다. 그녀는 통증으로 작게 이마를 찡그릴 뿐이었다. 그는 최대한 천천히 자신을 그녀 안에 가득 담았다. 가장 깊은 곳에 다다른 순간 그곳이 바로 천국임을 깨달았다.

"아플 텐데 미안해."

"생각만큼 아프지 않았어요."

그는 그녀의 입술에 입을 맞추고 천천히 몸을 움직이기 시작했다. 서서히 움직이기 시작한 그가 점점 격정적으로 몸을 움직이기 시작했다. 그의 몸이 낮은 곳에서 높은 곳으로 그녀를 점점 인도하고 있었다.

고통은 이미 사라진 지 오래였다. 그가 자신을 깊이 넣을수록 환희에 찬 신음이 새어 나왔다. 절정에 찬 그녀의 신음에 그는 마지막으로 가지고 있던 이성의 끈을 놓았다.

격한 움직임에 침대마저 흐느끼고 있었다. 살과 살이 맞닿는 뜨거운 마찰음이 계속되고 그녀의 입에서 다시 한 번 격한 울음이 터져 나왔다.

시혁은 그녀의 신음을 입안으로 삼키며 자신의 모든 것을 뿜어내듯 폭발했다. 그녀 안으로 그의 뜨거움이 퍼져 나갔다. 경직된

몸으로 한참 동안 떨던 그가 그녀 위로 쓰러졌다. 묵직한 무게감에 눈이 스르륵 감겼다.

꽤 오래 잔 것 같았다. 눈을 뜬 은율은 낯선 공간에 잠시 어리둥절했다. 그리고 곧 깨달았다. 그녀는 자신이 옷을 모두 벗고 있다는 걸 느끼며 옆자리를 바라봤다.

시혁은 아주 편안한 모습으로 잠들어 있었다. 그의 단단하고 넓은 가슴을 보자, 몇 시간 전에 있었던 일이 떠올랐다. 그녀는 얼굴을 붉히며 이불을 끌어 그를 덮어 줬다. 벌써 10시가 넘어 있었다.

은율은 조심스럽게 침대에서 몸을 일으켰다. 허리부터 시작해 온몸에서 둔통이 느껴졌다. 하지만 그녀는 금세 다시 침대에 누여졌다. 시혁이 환하게 웃으며 그녀를 다시 품으로 끌어당겼다.

"조금만 더 자자."

"더 늦으면 아빠가 걱정하실 거예요."

은율의 볼멘소리에 시혁은 한숨이 나왔다.

"하루쯤 그 아빠 소리, 안 들을 순 없어?"

투정 어린 그의 말에 은율은 쪽 하고 입을 맞췄다.

"나한테 1순위는 이제 당신이에요."

그녀의 말에 시혁은 환하게 웃었다. 누군가에게 1순위가 된다는 건 무엇보다 기쁜 일이었다.

"그럼 아버님은?"

"그야 당연히 0순위죠!"

"뭐?"

시혁은 몸을 벌떡 세우며 그녀를 쏘아봤다. 은율은 시혁의 태도에 작게 웃었다.

"숫자는 0부터 시작이라고요."

"그런 게 어디 있어? 이리 와!"

시혁은 은율의 벗은 허리를 마음껏 간질였다. 그녀는 간지럼에 몸을 배배꼬며 웃었다. 은율도 가만히 있지 않고 그의 허리를 간질이기 시작했다. 어느 순간 서로를 간질이던 손길이 부드럽게 바뀌어 있었다.

제11장. 온화하게 빛나는

이제 퇴근 후 시혁의 집으로 가는 게 일상이 되었다. 미주는 아무 말이 없었다. 분명 궁금할 텐데 아무런 질문도 하지 않았다.

시혁의 이야기를 통해 왜 그토록 미주를 잊지 못하는지 알게 되고 그를 이해하게 됐다. 은율은 시혁 덕에 미주를 제대로 볼 수 있게 됐다.

어쩌면 화려한 외모와 스펙에 주환과 맞지 않는 이유를 찾으려 애쓰다 오해를 했는지도 몰랐다. 은율에게 주환은 전부나 마찬가지였었다.

그런 주환이 선택한 사람을 은율은 제대로 볼 생각을 못 했었다. 하지만 이제는 아니었다. 미주는 볼수록 사랑하지 않을 수 없는 여자였다. 미주의 마음 씀씀이에 반하지 않는 게 더 이상했다. 미주는 누구에게든 사랑받아 마땅한 사람이었다. 그런 미주가 주환을 사랑해서 고마웠다. 그녀를 친딸처럼 아껴 줘서 고마웠다. 그리고 시혁이 미주가 아닌 그녀를 사랑한다는 사실에 또 감사하고 행복했다.

하지만 출근하는 은율을 아무 말 없이 보며 웃는 미주의 모습은 그녀를 난처하게 만들었다. 차라리 속 시원하게 물으면 좋으련만. 귀가 시간이 늦을수록 미주의 상상력은 늘어날 게 분명했다. 은율은 최대한 늦지 않으려 결심했다. 하지만 시혁은 그녀를 쉽게 놓아 주지 않았다.

아침에도 의미심장한 눈으로 그녀를 보는 미주의 시선에 급하게 집을 빠져나왔었다. 빠른 시일 내 독립해야 할 것 같았다. 은율은 그날만큼은 일찍 들어가리라 마음먹고 그의 차에 올랐다.

은율은 매일 하는 외식이 지겹기도 했지만 시혁에게 맛있는 저녁을 해 주고 싶었다. 그녀는 반드시 저녁만 무조건 나올 결심이었다.

"잠깐 마트 들렀다 갈게요. 간단하게 장 봐서 갈게요. 먼저 가 있어요."

"같이 보면 되잖아."

시혁은 금세 차에서 내려 그녀 옆으로 다가와 있었다. 은율은 놀란 눈으로 주위를 두리번거렸다.

"회사 근처예요. 누가 보기라도 하면 어쩌려고 그래요?"

"무슨 비밀 연애 해? 남들이 보면 좀 어때?"

그녀의 걱정과 달리 시혁은 이미 카트까지 밀며 안으로 들어갔다. 은율은 답답한 심정으로 그의 뒤를 따라갔다.

회사에서 벌써 몇몇 사람은 눈치챈 것 같았다. 그날 오전 회의가 끝나고 엔지니어링의 노진중 사장은 은율을 보며 인사했었다. 아직도 그 생각에 얼굴이 화끈거렸다.

"맞지?"

"네?"

웬만해서 말이 없는 진중이 의미심장한 얼굴로 그녀를 바라보고 있었다.

"전에 같이 지사 내려왔을 때부터 이상하다고 생각했어. 요즘 부회장 얼굴이 활짝 폈어. 역시 청춘이 좋아!"

"노 사장님, 그게……."

"좋을 때야."

진중은 은율의 말을 듣지 않고 손까지 흔들며 밖으로 나갔다. 은율은 고개를 숙이며 자리에 주저앉았다. 몇 시간 전까지 기나에게 시달렸건만 이제는 임원들까지 눈치를 챘다.

조만간 회사에도 소문이 퍼질 게 분명했다. 안 그래도 요 며칠 기나는 계속해서 전화했었다. 이런저런 핑계로 피했건만 결국, 참다못한 기나가 사무실로 찾아왔었다.

기나는 눈을 가늘게 뜨고 은율의 얼굴을 샅샅이 살폈다.

"은율 씨, 사실대로 말해 봐. 그 소문 사실이야?"

"무, 무슨 소문?"

"자기랑 사장님, 아니 이제 부회장님이지. 아무튼! 대체 어떻게 된 거야?"

기나의 말에 은율은 한숨부터 내쉬었다. 시혁은 며칠 전 부회장으로 승진했다. 그리고 얼마 전 이사회를 통해 재섭은 정식으로 회장에 취임했다.

계열사가 늘어나면서 그룹으로 규모가 늘어나긴 했지만 재섭은 극구 회장 자리를 거부했었다. 하지만 이번 이사회를 통해 경영 능력을 인정받아 그는 초대 회장으로 취임했다. 그리고 시혁은 부회장으로 바로 취임을 하게 됐다.

졸지에 회장과 부회장의 비서가 된 은율은 정신없는 나날을 보내고 있었다. 물론 재섭이 자택에서 근무한다고 하지만 가끔 사무실에 불시에 찾아오기도 했었다. 그런데 자꾸 소문이 크기를 더해가고 있었다. 지금 상황에서 관계가 밝혀지면 곤란한 건 그녀만이 아니었다.

"아, 아니……."

당황한 은율은 안절부절못하고 부회장실 문을 바라봤다. 기나는 여전히 의심의 눈초리로 그녀를 보고 있었다.

"아니지? 내가 은율 씨랑 알고 지낸 게 몇 년인데. 에이, 아닐 거야? 맞지? 사람들이 자꾸 이상한 소리를 해서 말이야. 사람들이 참, 남 말하기 좋아해? 그치?"

으스대듯 말하는 기나를 보며 은율은 작게 한숨을 내쉬었다. 기나가 아는 날이면 온 회사에 삽시간에 소문이 날 게 분명했다.

무슨 일이 있어도 기나는 맨 마지막에 아는 게 나았다. 은율은 불안한 시선으로 부회장실을 바라봤다. 툭하면 나타나는 시혁이었다. 눈치 빠른 기나가 시혁과 같이 있는 모습이라도 본다면 대번에 눈치챌 게 분명했다.

"기나 씨, 안 바빠?"

"요즘은 그럭저럭 한가해."

얼른 갔으면 좋으련만 기나는 일어날 생각을 안 했다. 기나는 은율의 사무실에 앉아 시혁의 사무실을 뚫어져라 쳐다보고 있었다.

기나는 심각한 얼굴로 부회장실과 은율의 얼굴을 번갈아 쳐다봤다. 바라보는 눈초리가 날카로워 은율은 최대한 시선을 피하며 눈앞의 모니터만 쳐다봤다.

"아무리 생각해도 답은 하나야! 확실해!"

확신하는 기나의 말에 은율은 놀랐다. 설마 기나가 눈치챈 건 아닌가 싶었다.

"요즘 부회장님 만나는 여자가 은율 씨랑 닮았어. 확실해!"

"캑, 캑."

기나의 얼토당토않은 말에 기침이 나왔다. 역시 기나다운 발상이었다. 기나의 입장에서 봐도 은율이 시혁과 만난다는 건 말도 안 되는 일일 것이다.

은율은 사실대로 말하지 못하는 게 못내 미안했다. 하지만 지금은 그 어떤 말을 할 수 있는 때가 아니었다. 기나의 수다는 끝이 없었다.

한참의 시간이 흐르고 곤란한 그녀를 살려 준 건 시혁이었다.

-띠.

은율은 안도하며 인터폰을 눌렀다.

"네, 부회장님."

-고은율 씨, 커피 한 잔 부탁해요. 노 사장님은 녹차. 그리고 아까 말한 서류 아직도 안 됐나?

시혁은 다른 날보다 목소리에 날이 서 있었다.

"정리 끝났습니다."

-회의 끝나는 대로 검토하게 준비해 줘요.

"네, 부회장님."

시혁은 대답도 듣지 않고 이미 통화를 끝낸 것 같았다. 은율은 기나를 보며 미안하다는 표정을 지었다.

"오전 내내 회의 중인데 벌써 차만 몇 번째인지 모르겠다. 서류도 얼른 준비해야겠어. 어휴, 안 그럼 또 얼마나 잔소리를 할지 모른다니까. 이따 점심때 봐."

은율의 말에 기나는 천천히 발을 움직였다. 여전히 얼굴 가득 뭔가 생각하는 눈치였다. 하지만 우선은 돌아갈 모양이었다. 은율은 그제야 안도의 한숨을 내쉬었다. 그럼에도 기나는 여전히 방심할 수 없는 상대였다.

"우리 부회장님은 여전히 일에 파묻혀 사는구나. 그런데 용케 여자 만났다. 은율 씨! 내가 어떤 여자 만나는지 한번 알아볼게. 은율 씨, 요즘 부회장님 매일 외근하던데, 오늘은 외근 없어? 내가 한번 미행이라도 해 볼까?"

기나의 말에 은율은 잊고 있던 스케줄이 생각났다. 부쩍 생각이 많아지며 실수가 잦아진 것 같았다.

"오후에 잠깐 나갔다 와야 돼. 점심은 다음에 먹자. 점심시간에 급하게 정리할 서류가 있어. 미안."

얘기를 하면서 바삐 움직이는 은율을 보며 기나는 그제야 의심을 지웠다.

"은율 씨가 고생이 많다. 혹시나 사람들이 이상한 얘기하면 내가 아니라고 말해 줄게. 걱정하지 마."

"고, 고마워."

기나는 마지막까지 안됐다는 표정으로 사무실을 나섰다. 유유히 사라지는 기나를 보며 은율은 한숨을 내쉬었다.

그런데 오전 내내 시혁과 회의하고 나온 진중마저 그녀를 놀리고 사라졌다. 은율은 이 상황을 어떻게 해야 하나 심각하게 고민에 빠져들었다.

이것저것 사다 보니 짐이 한가득이었다. 간단하게 먹을 저녁거리를 사려고 했는데 질문을 할 때마다 시혁은 쇼핑 카트에 물건을 담았다. 카트를 가득 채운 물건을 보며 다시는 그와 장을 보지 말아야겠다는 생각이 들었다.

결국 쇼핑 카트에 담긴 것들 중 절반은 그녀가 다시 제자리에 갖다 놨다. 하지만 나머지는 그녀와 시혁의 손에 들려 온 상태였다. 한동안 그의 냉장고는 가득 차 있을 것 같았다.

그의 집으로 들어온 은율은 걸치고 있던 외투만 벗고 주방으로 들어갔다. 장 봐 온 물건들을 정리하는데 시혁이 주방으로 들어왔다. 그는 그녀의 허리를 끌어안으며 목덜미에 짧게 입을 맞췄다. 하지만 점점 농도가 짙어지고 있었다.

은율은 목을 간질이는 시혁을 살짝 밀어냈다. 벌써부터 이러면 오늘도 야근이었다. 시혁과 함께하는 시간이 싫은 건 아니지만 피곤한 것도 사실이었다. 시혁은 체력이 남아도는 것 같았다. 이 밤이 가기 전에 그는 도대체 몇 번이나 그녀를 안을지 상상하고 싶지도 않았다. 은율은 좀 더 세게 그를 밀어냈다.

"저녁 준비해야 돼요."

"배고프지 않아. 대신 다른 게 고파."

그의 손이 능숙하게 그녀의 블라우스 속을 헤집고 들어와 가슴을 움켜쥐었다.

그는 집에만 오면 다른 사람이 되는 것 같았다. 집으로 들어오는 순간 스위치 전원이 바뀌며 완전히 다른 사람으로 변신하는 것 같았다. 시혁은 집에서는 말투부터가 달랐다. 회사에서는 차갑다 싶은 정도로 목소리마저 냉랭했었다. 하지만 집에서 그는 목소리부터 열기가 느껴졌다. 시혁은 이 모든 상황에 완벽히 적응한 것 같았다. 그러나 은율은 아니었다.

그의 손은 마치 해빙기를 맞은 물줄기처럼 거침없이 그녀의 몸을 유형하고 있었다. 어느새 브래지어에서 해방된 가슴이 그의 손바닥 아래서 예민하게 고개를 들고 있었다. 은율은 그 사실을 애써 무시하며 야채를 손질했다.

"내가 배고파요."

"이래도?"

시혁은 그녀의 가슴을 지나 척추를 천천히 쓸어내렸다. 그녀는 더는 참지 못하고 그의 손을 잡아 뺐다.

"이러지 말아요. 자꾸 이러면 다시는 오지 않을 거예요."

은율의 말에 시혁은 능글맞게 웃었다.

"그럼 지금이라도 회사로 가. 같이 야근하면 되겠네. 솔직히 난 회사에서 하는 게 더 좋더라."

은율은 시혁을 사납게 쏘아봤다. 어쩜 이리도 주도면밀한지 모르겠다. 처음부터 약속을 하지 말든가. 언제부턴가 시혁의 약속을 믿을 수 없게 돼 버렸다.

"야근 안 한다는 조건으로 같이 퇴근했잖아요! 이런 법이 어디 있어요?"

"그랬나?"

시혁은 처음부터 이럴 속셈이었다. 은율은 시혁을 지나쳐 거실로 나왔다.

"알았어요. 난 그럼 집으로 갈게요. 어차피 퇴근 시간도 지났잖아요."

장을 보며 꽤나 시간이 지나 있었다. 외투를 집어 드는 은율을 보며 시혁은 서둘러 손을 잡았다.

"알았어. 밥 먹자."

"또 주방에 들어오면 진짜 갈 거예요."

"쳇, 알았어."

시혁은 투덜거리며 자신의 방으로 들어갔다. 시혁은 나날이 새로운 모습을 보여 주고 있었다. 은율은 작게 웃으며 다시 주방으로 들어가 저녁을 준비했다.

간단하게 된장찌개를 끓이고 밥이 되는 동안 은율은 마트에서 사 온 반찬들을 접시에 담았다. 시혁은 혼자 살면서 제대로 된 밥을 먹은 건지 궁금했다. 하다못해 쌀도 없다고 해서 사 가지고 왔었다. 텅 빈 냉장고에 생수 몇 병이 다인 걸 보며 은율은 한숨을 내쉬었다.

차라리 재섭과 같이 살면 좋을 것 같았다. 하지만 시혁은 아직도 죄의식에 사로잡혀 있었다. 그건 은율이 어떻게 해 줄 수 있는 게 아니었다. 그래서 더 안타까웠다. 은율은 조만간 수를 써야겠다고 다짐했다.

대충 식탁이 차려지고 은율은 시혁을 바라봤다. 시혁은 어느새 소파에 앉아 서류를 보고 있었다. 회사에서의 야근은 피했지만 일을 전부 피할 수는 없는 것 같았다.

"밥 먹고 봐요."

은율의 말에 시혁은 서류를 놓고 자리에서 일어섰다. 회사에 있었다면 꿈도 못 꿀 일이었다. 시혁은 회사에 있으면 일에 더 몰두했었다.

그 탓인지 회사에서 그는 제때에 식사를 하는 경우가 거의 없었다. 매번 점심시간이 되면 알아서 먹으라는 지시에 그녀는 구내식당으로 가서 동료들과 점심을 먹었었다.

당연히 시혁은 약속이 있거나 따로 점심을 먹고 일했을 거라고 생각했었다. 하지만 시혁은 거의 점심을 먹는 경우가 없었다. 은율은 그걸 최근에서야 깨달았다. 그 탓에 은율은 시혁이 더 걱정됐다. 그런 걱정을 아는지 모르는지 시혁은 식탁에 앉으며 환하게 웃었다.

"아까부터 냄새 때문에 힘들었어."

시혁은 수저를 들고 맛있게 먹기 시작했다. 은율은 그런 시혁을 보며 작게 웃었다. 그는 좀 전까지 배고프지 않다고 말했었다. 하지만 지금 그의 모습은 마치 며칠 굶었다고 해도 믿을 만큼 빠른 속도로 그릇을 비워 가고 있었다. 은율은 그런 시혁을 흐뭇하게 바라봤다.

"천천히 먹어요."

은율은 물을 따라 그에게 건넸다. 시혁은 그제야 그녀를 바라봤다.

"왜 안 먹어?"

"배가 안 고파요."

은율은 수저를 한쪽으로 밀었다. 처음부터 배가 고프지는 않았다. 아무래도 오후에 간식으로 먹은 감자 칩이 소화가 덜 된 것 같았다.

"아까는 배고프다며?"

시혁은 약간 원망하는 눈초리로 그녀를 바라봤다. 은율은 샐쭉거리며 입을 삐죽였다.

"그러는 시혁 씨는요? 배고프지 않다면서요?"

"내가 언제? 난 분명 고프다고 한 것 같은데……."

시혁은 웃으며 고개를 갸웃거렸다. 은율은 그 모습에 그냥 웃고 말았다.

"맛있다."

시혁은 눈을 찡긋하더니 다시 밥을 먹기 시작했다. 은율은 턱을 괴고 시혁이 먹는 모습을 바라봤다. 이렇게 보고만 있어도 좋았다.

시혁은 벌써 반찬 몇 가지와 된장찌개에 밥을 두 그릇째 먹고 있었다. 한참 먹던 시혁이 그녀를 다시 바라봤다.

"조금이라도 먹지 그래?"

"시혁 씨 먹는 모습만 봐도 배불러요. 지금 보니까 참 잘 먹는 것 같아요. 보기 좋아요."

은율을 잠시 보던 시혁이 갑자기 수저를 내려놨다.

"나만 보기 좋아서야 되겠어?"

"네?"

"좋은 말로 할 때 먹어야 할 거야."

가늘게 눈을 뜨고 바라보는 게 수상쩍었다. 그녀가 뭐라고 할 사이도 없이 시혁은 그녀 옆자리로 옮겨 왔다.

"먹으면서 돌아다니지 말아요."

"난 이제 다 먹었어! 이제 당신 차례야."

시혁이 들고 온 그릇에는 아직 밥이 반이나 남아 있었다. 은율은 그를 쏘아봤다.

"장난하지 말고 얼른 밥이나 먹어요."

은율이 자리에서 일어서려고 하자 시혁은 그녀의 허리를 단단하게 움켜잡았다.

"안 되지!"

시혁은 은율이 옴짝달싹 못하게 꽉 잡고 있었다. 시혁은 밥을 한가득 떠서 그녀의 입 앞에 가져왔다.

"자! 아!"

시혁의 행동에 은율은 당황했다. 주환도 그녀에게 이런 식으로 밥을 먹인 적은 없었다. 그녀는 그의 손을 잡고 몸을 최대한 뒤로 뺐다.

"내, 내가 먹을게요."

"자! 아, 해 봐."

좀 전보다 목소리는 부드러워졌지만 허리를 잡고 있는 손은 여전히 힘이 들어가 있었다.

"장난 그만해요. 알았어요. 내가 먹을게요."

은율은 서둘러 수저를 들고 밥을 먹기 시작했다. 시혁은 그제야 흐뭇한 표정으로 밥을 먹었다. 하지만 정작 그녀는 밥에 집중할 수가 없었다.

허리를 단단하게 잡고 있던 그의 손이 천천히 그녀의 허리를 타고 위로 올라가고 있었다. 그의 손이 가슴 언저리를 정신없이 맴돌았다. 은율은 결국 수저를 소리 나게 딱 내려놓고 그를 쏘아봤다.

"밥 먹으라면서요?"

"누가 뭐라고 했어?"

"어휴."

은율은 한숨을 내쉬고 그의 손을 잡아 뺐다. 시혁은 아쉬운 얼굴로 다시 수저를 들었지만 나머지 한 손은 다시 그녀의 허리를 쓰다듬었다.

"그러니까 제대로 먹어. 내가 더는 악덕 사장 소리 듣지 않게 말이야. 왜 자꾸 살이 빠지는 거야?"

그걸 지금 몰라서 묻는 건지 모르겠다. 은율이 쏘아봤지만 시혁은 여전히 한 손으로 열심히 밥을 먹고 있었다. 은율은 안 되겠다 싶어 자리에서 일어섰다. 하지만 그의 단단한 팔이 그녀의 허리를 다시 감아쥐었다. 그의 단단하고 긴 손가락은 다시 그녀의 블라우스 속으로 거침없이 들어갔다.

"당신이 이러니까 살이 빠지는 거잖아요!"

"핑계야, 핑계! 그러니까 제대로 먹어. 오늘도 점심 거르고 오후에 대충 감자 칩만 먹는 거 내가 모를 줄 알았어? 점심시간에 왜 구내식당 안 갔어?"

언제 그거까지 꿰고 있었는지 모르겠다. 하지만 그 이유를 말할 수는 없었다. 시혁 앞에서 대놓고 수군거리지는 않았다. 하지만 그녀 앞에서는 몇몇 사람들이 여전히 안 좋은 시선으로 바라보는 게 느껴졌다. 그 생각에 입맛이 사라졌다.

다시 수저를 내려놓는 은율을 보며 시혁은 안 되겠다는 생각이 들었다. 시혁은 은율을 번쩍 들어 무릎에 앉혔다. 놀란 은율이 바동거리며 내려오려고 애썼다. 하지만 시혁을 완력으로 당할 수는 없었다.

"진짜 왜 이래요?"

"말을 안 들으니까 그렇지."

시혁은 바동거리는 그녀를 안고 다시 수저를 들어 밥을 한가득 떴다.

"아! 제대로 안 먹으면, 그대로 침대로 직행하자는 건 줄 알 거야."

말도 안 된다. 이건 억지였다. 하지만 그의 눈빛은 단호했다.

"알았어요. 내가 먹을게요. 놔줘요."

"빨리 아, 해!"

"진짜 먹는다니까요."

결국, 은율은 시혁이 억지로 떠 넣어 주는 밥을 먹고 있었다. 빠르게 입안에 있던 음식물을 삼킨 은율은 그의 손에 들린 수저를 빼앗았다. 시혁은 이번에는 순순히 수저를 내주었다.

"이제부터 내가 먹을게요."

하지만 바로 후회했다. 순순히 수저를 내어 줄 때부터 알았어야 했다. 이미 모든 식사를 마친 시혁은 다른 걸 섭취하고 싶은 모양이었다.

그의 단단하고 긴 손가락은 그녀 옷 속으로 이미 들어와 있었다. 그의 손안에 이미 정점은 고개를 빳빳하게 들고 있었고 다리 사이는 조금씩 젖어들고 있었다.

그의 손은 이미 방향을 정하고 움직이는 것 같았다. 밥이 코로 들어가는지 입으로 들어가는지 모르겠다. 그의 손이 척추를 타고 아래로 내려가 팬티 언저리에 닿는 순간, 은율은 신음을 토해 냈다.

"아흑, 진짜 이럴 거예요?"

"후식이 급한 것뿐이야."

그의 손은 이미 그녀의 팬티를 지나 탐스러운 엉덩이를 주무르고 있었다. 그의 바지 앞섶이 불편하게 일어서 있는 게 눈에 들어왔다.

"어떻게 매번 그 생각만 할 수 있어요?"

"그러게 말이야. 그런데 이건 당신 잘못이야."

시혁은 자신의 과한 열정을 모두 그녀 탓으로 돌렸다. 사랑에도 기술이 필요한 법이라고 했다. 시혁은 은율에게 자신이 가지고 있는 모든 기술을 알려 주는 것 같았다. 하지만 어떻게 매번 다른 감각이 있다는 걸 가르쳐 주는지 모르겠다.

"또 내 핑계 대는 거예요?"

"아니. 진실을 말한 것뿐이야."

시혁은 밝게 웃으며 몸을 살며시 기대 왔다. 발끝부터 열기가 피어올랐다. 하지만 오늘은 무슨 일이 있어도 일찍 들어갈 생각이었다. 기회를 엿보고 있던 은율은 이때다 싶어 입을 열었다.

"그럼 말씀드려요."

"뭘?"

"형님 얘기요."

은율의 말에 시혁은 손을 멈췄다.

"그 얘기는 이제 그만해."

시혁은 천천히 손을 거두고 몸을 일으켰다. 은율은 그의 넓은 등을 살며시 끌어안았다. 은율은 시혁이 이제는 편해졌으면 좋겠다고 생각했다. 그러기 위해선 반드시 필요한 과정이었다. 은율은 며칠 전부터 넌지시 말을 꺼냈었다.

시혁은 그녀의 마음은 고맙게 생각했다. 하지만 그가 겪은 시간을 재섭과 현희만은 피하게 하고 싶었다. 할 수 있다면 영원히 묻어 둘 생각이었다. 그것이 긴 시간 홀로 버틴 힘이었고 이유였다. 이제 와 구태여 알릴 이유 따위는 없다고 생각했다.

"당신이 행복했으면 좋겠어요."

등 뒤로 그녀의 뜨거운 숨이 닿았다. 시혁은 한숨을 쉬고 그녀를 돌아봤다.

"행복해. 지금도 넘칠 만큼 충분히. 난 이걸로 족해."

"그럼 편하게 해 드려요. 지금도 슬퍼하고 있을 거예요. 형님도 형수님도요. 이제 그분들 생각하며 슬퍼하지 말아요. 그래야 그분들도 편해지지 않겠어요?"

시혁은 은율의 말에 눈을 꼭 감았다. 가끔 그를 찾아오는 시준을 보는 게 괴로웠다. 그 괴로움을 당연하게 여기고 있었지만 피할 방법을 찾을 생각은 하지 못했다. 아니, 하지 않았다. 미주도 그에게 수없이 했던 말이었다. 과거와 제대로 마주 보라고.

시혁은 늘 피할 생각만 했었다. 그에게는 그 방법이 가장 쉬운 일이며 가장 덜 아픈 길이었다. 시준과 주아를 생각하면 여전히 아팠다. 가슴에 아릿한 통증이 느껴질 만큼. 잊지 않기 위해서는 아파야 한다고 생각했었다.

더는 혜주를 원망하지 않았다. 그녀에게는 미안한 마음도 들었다. 전해 주지 못한 마음으로 그녀는 늘 외로웠을 것이다. 아팠을 것이다. 그에게 더 큰 성을 만들어 주기 위해 언제나 뒤에 서 있던 혜주에게 고맙다는 말도 제대로 전하지 못했었다.

시혁은 은율의 말에 처음으로 차분히 생각에 빠져들었다. 과거, 어느 하나에도 마침표를 찍지 못했었다. 그가 끝내야 비로소 끝나는 과거였다. 마지막까지 붙잡고 있는 건 그였다. 시혁은 긴 한숨을 내쉬었다.

"쉽지가 않아."

"가끔 떠올려요. 그래도 평생 잊지 않을 거잖아요. 형님도 그걸 바랄 거예요."

은율은 천천히 그의 얼굴을 쓰다듬었다. 뜨거운 숨이 그녀의 손끝에 닿았다. 파르르 떨리는 입술. 눈가가 점점 흐려지고 있었다.

은율은 어쩜 이리도 그의 마음을 흔들어 놓는지 모르겠다. 그녀와 함께하면 매번 이렇게 약해졌다. 하지만 창피하거나 부끄럽지가 않았다. 오히려 누군가에게 모든 걸 털어놓을 수 있어서 기뻤다.

그 예전 미주가 오랜 시간 공들여 발을 디딘 공간을 은율은 단 시간에 차지해 버렸다. 그것도 아주 깊은 심중의 가운데 그녀는 깊게 뿌리내린 것 같았다.

흔들리는 그를 잡아 주고 어둠을 밝혀 주는 그녀가 옆에 있어 감사하고 또 감사했다. 은율은 이름처럼 그에게 온화하게 빛나는 빛이며 아름다운 선율이었다. 그녀의 밝은 성품이 가진 빛과 그를 끊임없이 자극하는 부드러운 목소리에 그는 이제 겁날 게 없었다. 시혁은 솔직하게 입을 열었다.

"떠나보낼 방법도 모르겠고, 자신도 없어."

"이제 내가 옆에 있을게요."

은율은 시혁의 손을 꼭 잡았다.

"가족 옆에 있고 싶어서 돌아왔잖아요. 이제 돌아가요."

시혁은 은율을 물끄러미 바라봤다. 그렁한 눈으로 그를 바라보는 따뜻한 미소에 가슴이 뭉클해졌다. 눈가가 계속 시큰거렸다.

"부모님이 날 용서하실까?"

가장 오랜 시간 힘들어한 이유 중 하나였다. 과연 재섭과 현희가 그 사실을 알고 그를 전처럼 봐 줄까라는 두려움. 그 두려움에 시혁은 어둠을 앞에 두고 숨어 있었다. 이제 현실과 직면해야 할 시기가 온 것 같았다. 은율은 그의 두려움을 알기에 그에게 용기를 북돋았다.

"처음부터 시혁 씨 잘못 아니었어요. 잘못한 것도 없으니까 용서받을 것도, 용서할 것도 없는 거예요."

시혁은 짐짓 화난 듯이 그녀를 쏘아봤다.

"나, 지금 굉장히 화났어."

"갑자기 왜요?"

"당신 속셈 모를 줄 알아?"

진심으로 화가 난 듯 시혁은 그녀의 손에 들린 수저를 빼앗아 소리 나게 내려놨다. 은율은 얼떨떨한 표정으로 그가 내려놓은 수저를 다시 들었다.

"먹, 먹을 거예요!"

"누가 그걸 말하는 줄 알아?"

시혁은 다시 그녀의 손에서 수저를 빼앗아 멀리 싱크대에 던져 버렸다. 놀란 은율이 시혁을 바라봤다.

"갑자기 왜 그래요? 알았어요. 먹을게요. 다 먹으면 되잖아요!"

"분명 말했지! 제대로 안 먹으면 침대로 직행할 거라고."

시혁은 은율을 번쩍 안아 들었다. 놀란 그녀가 그의 목을 급하게 끌어안았다.

"뭐 하는 거예요?"

"다른 걸로 채워 줄게. 가득."

시혁은 성큼성큼 안방으로 들어갔다. 그녀는 온몸을 타고 흐르는 감각에 그의 목에 고개를 기댔다. 그는 침대에 살며시 그녀를 내려놨다.

긴 머리를 활처럼 펴고 누워 있는 은율을 바라보며 시혁은 천천히 얼굴을 쓰다듬었다.

"당신을 만난 건 축복 같아. 이제야 머리가 맑아지는 것 같아."

"약속해요. 더는 혼자 힘들어하지 말아요. 이제 내가 옆에 있잖아요."

은율은 손을 들어 웃고 있는 시혁을 쓰다듬었다. 손끝에 따끔거리며 올라온 수염이 느껴졌다. 그녀는 그의 얼굴을 천천히 쓸어내리며 작게 웃었다.

"벌써 수염이 자랐네요."

그녀는 신기한 듯 그의 수염을 천천히 쓸었다.

"당신이 책임져야겠어."

"뭘요?"

"날!"

"그게 무슨 말이에요?"

"지금처럼 옆에서 날 위해 웃어 주고 걱정해 주고 날 만져 줘. 당신 바람처럼 온화하게 빛나 줘. 대신 울지는 마. 당신 우는 모습 안 예쁘니까. 전에 봤더니 우는 모습은 영 아니었어."

"뭐예요?"

은율이 발끈하자 시혁은 큰 소리로 웃으며 그녀의 입술을 막았다. 미끈하게 들어온 혀가 그녀의 혀를 한 번에 휘감았다. 뜨거운 열기가 확 치솟았다. 그는 송두리째 그녀의 숨을 삼켰다. 그는 긴 키스를 하고 그녀의 입술에 작게 속삭였다.

"당신 말대로 노력해 볼게. 당신이 옆에 있어서 다행이야."

"고마워요."

"지금처럼 옆에서 환하게 빛나 줘."

"알았어요."

"약속해. 내가 말하면 뭐든 들어준다고!"

시혁은 새끼손가락을 내밀며 은율을 바라봤다. 그녀는 웃으며 새끼손가락을 걸었다.

"알았어요."

"지금처럼 맛있는 저녁도 같이 먹자."

"알았어요."

"가끔 밖에서 데이트도 해."

"알았어요."

"외근 나갈 때도 이제 무조건 같이 가는 거야."

시혁의 말에 은율을 더 크게 웃으며 대답했다.

"알았어요."

"결혼해 줘."

"알았……. 뭐라고요?"

시혁의 말에 놀란 은율이 그를 바라봤다.

"결혼해 달라고."

"네?"

놀란 은율이 시혁을 바라봤다.

"빨리 대답해."

"그건 쉽게 결정할 문제가 아니라……."

"약속이 틀리잖아! 빨리 대답해."

"설마? 이게 프러포즈예요?"

은율의 말에 시혁은 급하게 고개를 돌렸다. 얼굴이 조금 붉어진 것 같은 건 분명 어두운 방의 조명 때문일 것이다. 하지만 시혁은 그녀의 눈도 못 보고 있었다.

"시혁 씨, 나 좀 봐요."

"싫어."

시혁은 은율과 조금 떨어진 곳에 앉아 시선을 피하고 있었다.

"나 좀 봐요."

"싫다니까."

"왜요? 설마 부끄러운 거예요?"

웃음기 가득한 은율의 말에도 시혁은 좀처럼 시선을 마주 보지 않았다.

"아니라니까."

"그럼 왜요?"

"당신 얼굴 보면 나도 모르게 덮칠 것 같아서 그래."

순식간에 진심을 말하고 말았다. 시혁은 은율의 째려보는 시선에 얼른 입을 열었다.

"아니, 그게 아니라 이 순간만큼은 좀 멋지게 보이고 싶어서……."

"이미 다 들었거든요. 어쩜 이렇게 한결같은지 모르겠어."

시혁은 토라진 은율을 꼭 안았다.

"그래서 대답이 뭔데?"

"뭐긴 뭐예요."

은율은 그의 얼굴을 잡고 쪽 하고 입을 맞췄다. 그녀의 입맞춤에 시혁은 환하게 웃었다. 시혁은 은율의 허리를 세게 끌어안았다. 하지만 그녀는 잽싸게 피해 침대에서 일어섰다.

"싫어요."

"대체 왜?"

시혁은 진심으로 모른다는 얼굴로 앉아 있었다. 은율은 팔짱을 끼고 시혁을 바라봤다.

"그걸 몰라서 물어요?"

"결혼 안 할 거야?"

"할 거예요."

"그럼 왜?"

"난 이런 프러포즈 받고 결혼할 수 없어요."

은율의 말에 시혁은 침대에서 훌쩍 뛰어내렸다. 그는 갑자기 그녀의 손목을 잡고 거실로 나갔다. 영문을 모르는 은율은 손을 뿌리치려고 했다. 하지만 그는 손목을 단단히 잡고 그녀를 돌아봤다.

"따라와."

시혁은 예전 그녀가 처음 그의 집에서 잠들었던 게스트 룸 앞에 섰다. 은율은 눈을 크게 뜨고 그를 바라봤다.

"들어가 봐."

말을 하는 시혁의 얼굴에 옅은 홍조가 번졌다. 은율은 뭔가 이상한 기분에 휩싸이며 천천히 문을 열었다.

어둠 속에서도 알 수 있었다. 코끝을 자극하는 꽃향기. 그녀는 떨리는 손으로 방을 환하게 밝혔다. 은율은 방 이곳저곳에 쌓여 있는 말라 버린 꽃다발과 상자들에 시혁을 돌아봤다.

"이게 다 뭐예요?"

"당신 거야."

시혁은 소파에 몸을 기댄 채 그녀의 시선을 피하고 있었다. 은율은 천천히 안으로 들어갔다. 꽤 오래전에 사 둔 꽃들은 이미 말라 있었다. 대체 몇 개나 있는 건지 모르겠다. 말라 버린 꽃을 한쪽으로 밀어 놨다. 은율은 아무렇게나 굴러다니는 상자를 하나 열어 봤다. 그 안에는 액세서리가 들어 있었다.

몇 달 전, 시혁과 외근 나가서 봤던 헤어밴드와 귀걸이가 그 안에 들어 있었다. 놀란 은율은 멀리서 그녀를 보고 있는 시혁을 바라봤다.

"이게 어떻게⋯⋯."

"딱 당신 거라고 말했잖아. 그래서 나도 모르게 샀어."

　그 외에도 상자를 열 때마다 그와 비슷한 액세서리들이 쏟아져 나왔다. 이걸 대체 언제부터 사 놨는지 모르겠다. 은율은 천천히 자리에서 일어서 시혁에게 다가갔다.

"대체 언제부터 산 거예요?"

"몰라."

　시혁은 은율의 눈을 바라보며 웃고 있었다. 은율은 그의 허리를 꼭 끌어안았다.

"고마워요."

　시혁은 그녀의 이마에 입술을 지그시 눌렀다.

"계속 주고 싶었어. 그런데 당신이 기회를 쉽게 주지 않더라고."

　누군가가 그녀를 위해 선물을 사 놓고 있었다는 게 이렇게 가슴 설레는지 몰랐다. 은율은 벅차오르는 가슴을 안고 시혁의 얼굴을 살며시 잡았다. 마주 보는 시선에 몸이 뜨거워졌다.

"다시 물어봐요."

　시혁은 그녀의 허리를 살며시 잡았다.

"고은율 씨, 제 평생의 빛이 되어 주시겠어요?"

　은율은 그 어느 때보다 환하게 웃으며 고개를 끄덕였다.

"네."

　부드럽게 닿은 입술이 달콤하고 짜릿했다. 은율은 입을 열고 시혁이 원하는 걸 내주었다. 시혁은 키스를 하며 천천히 은율을 밀고 게스트 룸으로 들어갔다.

그들을 감싸고 있던 거추장스런 옷들이 하나둘씩 바닥으로 떨어졌다. 발 뒤로 침대가 걸리며 은율은 그대로 쓰러졌다.

시혁도 그녀 위로 그대로 쓰러졌다. 그의 혀가 그녀의 입속을 가득 채워 곳곳을 쓸며 맛보고 있었다. 그의 긴 손이 허리를 타고 아래로 내려갔다. 여린 숲의 입구에 도착한 그는 꽃잎을 열어 그 안을 탐색하기 시작했다. 그녀의 입에서 거친 신음이 새어 나왔다.

"아홋."

"당신을 이렇게 만들 수 있는 사람이 나라서 좋아."

그는 좀 더 깊숙이 그녀를 탐했다.

"아홋."

그녀는 새된 신음을 그의 입에 쏟아 내고 있었다. 시혁은 곧장 그녀의 안으로 들어갔다. 커다란 몸이 불쑥 들어서자 은율은 고개를 젖히며 작게 비명을 질렀다.

가득 채우는 뜨거움에 발끝까지 짜릿했다. 그는 그녀의 무릎을 잡고 양쪽으로 벌렸다. 그녀의 몸이 더 크게 열리고 엉덩이가 한껏 올라갔다. 그는 자신을 더 깊이 넣으며 만족스럽게 한숨을 내쉬었다. 그녀는 자신을 채우는 열기에 숨을 헐떡였다.

시혁은 마치 그 안에 자신을 새기듯 천천히, 느리게 그녀를 채우고 비우기를 반복했다.

그의 몸이 그녀의 가장 깊은 곳을 향하고 있었다. 그의 뜨거움이 그녀에게 밀려 들어왔다. 그의 몸이 그녀를 채웠다 비우는 느낌에 온 세상이 흔들리는 것 같았다.

"아흐흑."

그녀의 신음이 커져 갈수록 그의 움직임은 더 거세어져 갔다. 더는 끝이 없을 정도로 그는 질주했다.

"아앗!"

그는 거친 신음과 함께 몸을 경직시켰다. 그녀를 채우고 있는 그의 일부가 움찔거리며 뜨거운 기운을 쏟아 내는 게 느껴졌다. 마지막까지 그는 더 깊이 그녀를 채우며 몸을 떨었다. 가득 채우는 느낌에 그녀는 신음만 내뱉었다.

시혁은 뜨거운 숨을 내쉬며 그녀를 안았다. 여전히 하나인 그의 몸이 크기를 줄여 가는 게 생생하게 느껴졌다. 그는 숨을 고르며 그녀의 입술에 진하게 입을 맞췄다.

처음 관계를 하고 피임 때문에 많은 고민을 했지만 역시 약을 먹는 게 가장 안전한 것 같았다. 그와 함께 있으면 으레 이런 일들이 생겼다. 시혁은 처음에도 그랬고 항상 피임을 하지 않았다. 결혼 얘기까지 꺼냈으니 그도 생각이 있는 거겠지만 아직은 걱정거리들이 많았다. 은율은 자신을 바라보는 시혁의 얼굴을 조심스럽게 쓰다듬었다.

"다음부터는 피임 제대로 해요."

"싫어."

"만약…… 문제라도 생기면 어쩌려고요?"

은율의 말에 시혁은 그녀에게서 떨어져 나왔다. 그는 타월을 가져와 자신의 흔적을 조심스럽게 닦았다. 은율은 이 과정이 매번 부끄러웠다. 시혁은 거침없이 자신이 머물던 곳을 세세히 닦으며 확인했다. 나체의 그를 보는 것도 제법 익숙해질 만도 한데 여전히 눈을 들 수가 없었다. 시혁은 그녀의 붉어진 얼굴에 작게 웃었다.

"생길 때도 됐는데 내 노력이 부족한가 봐."

"네?"

"당신도 그렇고 나도 건강한데 왜 그럴까?"

"뭐가요?"

"왜 안 생길까?"

시혁의 말에 은율은 몸을 벌떡 일으켰다. 차마 시혁에게 묻지 못했다.

"설마?"

"섹스가 단순히 즐기기 위해 하는 행위만은 아니잖아! 난 항상 생산적인 걸 생각하는 사람이야."

은율은 어이없는 표정으로 그를 바라봤다. 그동안 왜 그렇게 집요하게 그가 그녀를 안았는지 이제야 깨달았다. 하지만 아직 결혼한 것도 아니고 이제야 결혼 애기를 꺼낸 상황이었다. 은율은 시혁의 행동에 화가 났다.

"그래서 피임 안 한 거였어요?"

"당연하지!"

시혁은 그녀의 나신을 바라보며 슬며시 입꼬리를 올렸다.

"아무래도 다시 한 번……."

"잠시만요!"

은율은 두 손으로 최대한 그가 가까이 오는 것을 막았다. 하지만 그는 단번에 그녀의 두 손을 포박하듯 잡아 머리 위로 올렸다.

은율이 최대한 몸을 틀며 그를 밀어냈다.

"잠깐 애기 좀 해요."

"난 이 대화가 더 급해."

시혁은 그녀의 귀를 한입에 넣고 혀로 살살 핥기 시작했다. 귓불을 잘근거리다 혀를 깊은 곳으로 밀어 넣으며 뜨거운 기운을 불어 넣었다.

어느새 눈이 감기고 입에서는 작은 신음이 새어 나왔다. 혼미해지는 정신을 겨우 잡으며 그녀는 그를 밀어냈다. 다시 그녀를 안을 생각에 이미 그의 몸은 준비를 끝낸 상태였다. 뜨겁게 꿈틀대는 분신이 당장에라도 제집을 향해 달려갈 듯이 몸을 흔들었다.

열기로 흐려진 눈에 그녀의 탐스러운 가슴이 들어왔다. 정점이 그를 향해 고개를 한껏 치켜들고 있었다. 시혁은 고개를 숙여 정점을 가득 입에 담았다. 그는 혀로 정점을 마음껏 희롱하고 있었다. 커져 가는 신음 사이로 은율이 헐떡이며 속삭였다.

"아훗, 소용없어요."

시혁은 자신의 타액으로 젖어 온통 번들거리는 가슴에서 고개를 들었다. 그는 작게 웃으며 그녀 위로 올라가 입을 맞췄다.

"소용없다니 무슨 소리야?"

은율은 그제야 제대로 된 대화를 해야 한다는 생각이 들었다.

"약 먹고 있어요."

"무슨 약? 어디 아파?"

"피임약 먹고 있었어요."

은율의 말에 시혁은 놀란 얼굴로 그녀에게서 내려왔다.

"무슨 소리야?"

"당연한 거잖아요!"

"그게 왜 당연한 건데?"

적반하장도 유분수였다. 지금 상황에서 화낼 사람은 은율이었다. 그런데 시혁은 더 화난 얼굴로 그녀를 바라봤다.

"우리 아직 아무 사이도 아니에요. 피임하는 건 당연한 거라고요."

"그럼 최소한 나한테 한마디 말 정도는 했어야지!"

"그러는 시혁 씨도 아무 말 없었잖아요!"

은율은 지지 않고 그를 쏘아봤다.

"난 아이 때문에 어쩔 수 없이 하는 결혼, 반대예요."

"누가 어쩔 수 없이 결혼하자고 했어? 난 그냥 하루라도 빨리 내 가족을 만들고 싶었던 거야."

"난 제대로 된 과정으로 내 가족 만들고 싶어요. 아이는 그다음이에요."

시혁은 잠시 생각에 빠져 있다 자리에서 일어섰다. 그러고는 은율의 옆에 앉아 그녀를 꼭 끌어안았다.

"이번 주말에 당신 집에 인사 가자."

"각오하는 게 좋을 거예요. 우리 아빠가 쉽게 허락 안 할지도 몰라요."

"파파걸 고은율을 사랑하면서 이미 각오했던 일이야."

"뭐라고요?"

시혁은 은율을 안고 그대로 침대 위로 쓰러졌다.

"지금 당장 생산적인 활동은 못 해도 다른 건 할 수 있어!"

어느새 그의 한 손이 가슴을 부드럽게 쓰다듬고 있었고 다른 손은 그녀의 숲을 거침없이 가르며 움직이고 있었다. 은율은 열에 들뜬 표정으로 그에게 손을 내밀고 있었다.

제12장. 마이 파파걸

시혁은 조금 긴장된 얼굴로 주환과 미주를 바라봤다. 주환은 시혁이 인사 오고 한참이 지났지만 말이 없었다.

주환과는 이미 안면이 있었다. 미주의 상담실에 갈 때마다 한번씩 인사하기도 했었고 저녁을 먹은 적도 있었다. 하지만 은율의 남자로 정식 인사를 하려니 긴장이 됐다.

시혁은 앞에 놓인 차로 목을 축이고 주환을 바라봤다. 미주는 주환의 옆에서 젖은 눈길로 시혁과 은율을 바라보고 있었다.

바라보는 시선에서 이미 말로 표현 못 할 감정들이 고스란히 전해져 왔다. 시혁은 미주를 보며 환하게 웃었다. 이제 진심으로 웃을 수 있었다. 과거의 그림자 따윈 겁나지 않았다. 어둠이 무섭지 않았다. 그의 얼굴을 보며 미주도 그걸 느낀 것 같았다.

미주는 주환의 손을 살며시 잡으며 웃었다. 주환은 건너편에 앉아 있는 은율과 시혁을 물끄러미 바라봤다.

주환은 은율이 남자를 소개한다고 할 때부터 마음이 이상하게 요동쳤었다. 지난 시간 동안 은율은 그에게 모든 이야기를 털어놨었다. 하지만 그가 재혼하고 제대로 된 대화를 나눈 적이 없었다. 소중한 사람으로 인해 정작 중한 사람이 멀어진 것 같았다.

은율에게 자신이 모르는 사이 남자가 생겼다. 주환은 서운함과 함께 묘한 감정을 느꼈다.

분명 은율도 느꼈을 감정들을 주환은 이제야 깨달았다. 내색하지 않고 혼자 힘들었을 은율에게 미안한 마음이 들었다. 주환은 시혁을 그제야 자세히 바라봤다.

처음 봤을 때와 분위기가 완전히 바뀌었다. 그때 시혁은 어두웠다. 미주의 상담실에서 처음 봤기에 내담이거니 생각하며 대수롭지 않게 넘겼다. 하지만 흔치 않은 외모에 그를 기억하고 있었다. 그러다 미주와 가까워질수록 시혁을 더 자주 보게 됐다. 개인적으로 친분이 있는 그들은 주환이 끼어들 수 없는 뭔가를 공유하고 있었다.

시혁은 입을 열지 않으면 암흑 속에 있는 그림자 같았다. 사업적인 부분에서 그가 얼마나 대단한지 몰라도 시혁은 언제나 말이 없었다. 시혁은 오래전부터 그랬던 것처럼 어둠인 채로 있었다. 그런데 지금은 표정에서부터 밝고 힘찬 기운이 느껴졌다.

주환은 한동안 시혁을 미주의 연인이라고 생각했었다. 자연스러운 포옹과 시선으로 알 수 있었다. 평범한 내담자만은 아닐 거라고. 주환은 두 사람 사이에 끼어들 틈은 없다고 생각했었다. 그와도 전혀 인연이 없을 것 같았던 미주였다. 하지만 인연은 참 묘한 것 같았다. 주환이 한 오해로 미주와 가까워졌고 그로 인해 결혼까지 할 수 있었다.

어찌 보면 시혁은 주환과 미주를 이어 준 사람이었다. 미주는 시혁을 그저 오랜 친구라고만 얘기했었다. 하지만 표정으로 알 수 있었다. 시혁은 미주를 많이 의지하고 있었다.

상담가로서 미주는 더없이 완벽한 사람이었다. 주환은 사람에게는 누구나 상처가 있다고 생각했었다. 그래서 묻지 않았다. 하지만 은율의 남자라면 상황은 달라졌다.

주환의 끈질긴 질문에도 미주는 단 한마디도 하지 않았다. 주환은 앞에 앉아 있는 두 사람의 모습에 더는 질문을 하지 않기로 결심했다.

서로를 바라보는 시선이 따뜻했다. 잡고 있는 두 손이 예뻐 보였다. 거기다 시혁은 은율이 선택한 남자였다. 은율이 그의 사랑을 축복해 줬듯이 주환도 딸의 사랑을 축복해 주고 싶었다.

시혁은 다른 말을 하고 싶지는 않았다.

"따님과 결혼하고 싶습니다."

주환은 은율을 따뜻한 눈으로 바라봤다.

"은율이는 어떠니?"

은율은 시혁의 손을 살며시 쥐며 주환을 바라봤다.

"저도 하고 싶어요."

"아빠는…… 당연히 축하해 줘야지."

따뜻하게 바라보는 시선에 은율은 눈물이 났다. 주환은 이미 눈으로 말하고 있었다. 그녀의 사랑을 축복하고 있다고. 언제나 그녀를 사랑하고 응원할 거라고.

은율은 자리에서 일어나 주환에게 달려갔다. 주환은 은율을 꼭 안았다. 넓은 품이 그 어느 때보다 따뜻했다.

"아빠, 고마워요."

"우리 은율이가 결혼하는구나."

주환은 은율의 등을 따뜻하게 도닥였다.

"잘 살아야 된다, 아빠 딸."

"응, 아빠."

그 밤, 시혁은 완벽하게 은율의 가족에게 가족으로 인정받았다.

시혁이 인사하고 한 주가 지났다. 이제 은율이 인사 갈 차례였다. 간혹 전화로 안부를 묻기도 하고 회장으로 취임 후 사무실에 들러 얼굴을 보긴 했었다.

오랜 시간 동안 재섭과 가까이 지냈고 현희와도 아무 이유 없이 안부 전화를 하며 친하게 지냈지만 집으로 찾아가는 건 처음 있는 일이었다. 다른 것도 아니고 정식으로 인사하는 일이었다. 긴장감으로 죽을 수 있다면 은율은 그 자리에서 심장마비를 일으킬 것 같았다.

은율은 크게 숨을 들이켜고 시혁을 바라봤다. 시혁은 웃으며 그녀의 손을 꼭 잡아 줬다.

"긴장돼?"

"네."

은율의 떨리는 말투에 시혁은 소리 내어 웃었다. 은율은 그와 같이 웃고 싶었다. 하지만 그럴 수가 없었다. 긴장감에 입가가 떨려 왔다.

"이제 와서 돌아가면 안 되겠죠?"

"당연하지. 걱정하지 마. 분명 좋아하실 거야."

웃고 있는 시혁을 보며 기운을 차려 보려 했지만 쉽지가 않았다. 재섭과 현희의 얼굴을 어떻게 봐야 할지 모르겠다.

아직 그들은 모르는 것 같았다. 회사에서도 제법 소문이 난 것 같지만 재섭의 귀에까지 들어가진 않은 것 같았다.

그들이 그녀를 보면 얼마나 놀랄까? 얼마나 당황스러울까? 온 갖 생각이 의식을 지배했다. 은율이 말릴 사이도 없이 시혁은 벨을 눌렀다.

"어머니, 저 왔습니다."

시혁의 목소리가 크게 울렸다. 은율은 마른침을 삼켰다.

[어머! 벌써 왔니? 잠깐, 1분만. 아니, 2분만 있다 들어올래? 아가씨한테 미안하다고 전해 줘.]

대답도 듣지 않고 인터폰이 꺼지고 문이 열리는 소리가 들려왔다. 심장이 당장에라도 튀어나올 듯이 펌프질을 해 댔다. 은율은 주춤거리며 뒤로 물러났다.

분명 반대할 것이다. 아무리 재섭과 현희가 그녀를 예뻐했다 치더라도 시혁의 짝으로 그녀는 턱없이 부족한 상대였다. 은율은 그걸 너무 잘 알았다. 뒤로 물러서는 은율을 보며 시혁은 조심스럽게 그녀를 안았다.

"괜찮아?"

은율은 황급히 그의 품에서 빠져나왔다.

"누가 보면 어쩌려고 그래요?"

"누가 보면 어때서?"

"원시혁 씨!"

톡 쏘아붙이는 말에 시혁은 그녀를 놓으며 크게 웃었다.

"전투력 상승했네! 좀 더 올려 줄까?"

시혁은 잽싸게 그녀의 입술에 쪽 하고 입을 맞췄다. 놀란 은율이 급하게 주위를 두리번거렸다. 다행히 어둑한 저녁이라 지나는 사람은 없었다.

"자꾸 이럴 거예요?"

"어때? 긴장이 조금 풀어졌지?"

시혁은 웃음기 가득한 얼굴로 그녀를 바라봤다. 그의 말처럼 좀 전까지 긴장됐던 마음이 조금은 가라앉았다. 은율은 크게 숨을 들이켰다.

"후우."

"2분 지났다. 안에서 기다리실 거야."

"네."

은율은 용기 내어 한 걸음 앞으로 걸어갔다. 시혁이 옆에서 그녀에게 손을 내밀었다. 은율은 그의 손을 꼭 잡았다. 따뜻하게 전해지는 온기에 마음까지 든든해졌다.

"들어가요."

무슨 말을 하든 달게 받아들일 생각이었다. 처음부터 쉽지 않은 인연의 시작이었다. 지금보다 더 어려울 거라고 생각했지만 상관없었다. 시혁이 옆에서 웃고 있었다. 그 모습에 힘이 났다. 은율은 어깨를 쫙 펴고 안으로 걸어갔다.

안으로 들어오는 시혁을 보며 재섭은 흐뭇함을 감출 수가 없었다. 평생 혼자 지낼 거라고 생각했었다.

시준이 세상을 떠나고 시혁은 완전히 달라졌었다. 시혁은 어릴 적부터 사람을 좋아했었다. 특히 시준을 누구보다 잘 따랐었다. 그런 시준의 부재는 부모인 그들뿐만 아니라 시혁도 바꿔 놨었다.

오래전 시혁은 좋은 사람이 생기면 결혼부터 할 거라고 생각했었다. 하지만 사고 이후, 시혁은 철저히 혼자인 채였다. 미국에서도 그랬고 한국에서도 마찬가지였다. 그런데 난데없이 전화가 걸려 왔었다.

[아버지, 내일 저녁에 찾아가겠습니다.]
업무 내용은 아닌 게 확실했었다. 전날 회사에 들렀을 때만 해도 시혁은 아무 말이 없었다.

"무슨 일이라도 있는 게야? 영 안 올 것처럼 알아서 혼자 산다고 하더니……."
재섭은 독립한 시혁이 여태 서운했었다. 시혁은 소리 나지 않게 웃었다. 하지만 목소리가 그 어느 때보다 밝아 보였다. 확실히 몇 개월 사이에 많이 웃는 것 같았다. 그 변화에 재섭은 흐뭇함을 감출 수가 없었다. 그의 예상대로 은율 덕을 본 것 같았다. 제법 사무실에서 얘기하는 폼이 은율의 페이스에 제대로 걸려든 것 같았다. 그 예전 자신이 그랬듯이 시혁도 은율과 사소한 농담을 하는 모습에 다행이라는 생각이 들었다.

시간이 약이라고 했던가? 이 집에서 가진 추억이 많은 시혁이 찾아오겠다는 말에 가슴이 시큰거렸다. 시혁도, 그도 이제는 조금은 무뎌진 것 같았다.

[소개시켜 드릴 여자가 있습니다. 내일 저녁에 가겠습니다.]

정신없이 일하는 와중에 용케 연애를 한 모양이었다. 그간 은율이 여자를 소개했었다는 이야기는 전해 들었지만 누구를 만나고 있는지는 들은 게 없었다.

은율이 소개했다면 믿어도 될 것이다. 궁금증에 전화를 할까 고민하다 재섭은 수화기를 내려놨다. 시혁이 데리고 온다고 할 정도면 느긋하게 기다리며 기쁨을 만끽하는 것도 괜찮을 것 같았다.

현희는 재섭의 말에 한바탕 눈물을 쏟아 내더니 아침부터 부산을 떨었다. 재섭은 수년 만에 보는 현희의 밝은 모습에 눈가가 뜨거워짐을 느꼈다.

시혁이 현관을 들어서고 있었다. 재섭은 시혁의 뒤에 있는 여인의 모습을 빨리 보려고 한 걸음 앞으로 나아갔다.

쭈뼛거리며 뒤에 서 있는 여인이 꾸뻑하고 인사했다. 그런데 모습이 낯익었다.

"회장님, 안녕하셨어요?"

재섭은 오랜만에 보는 은율이 반가웠다.

"고 비서가 이 시간에 어쩐 일인가?"

은율의 얼굴을 확인한 재섭은 어리둥절한 표정으로 서 있었다.

"저, 그게……"

시혁은 그제야 은율의 허리를 가볍게 끌어안았다.

"소개시켜 드린다고 했잖아요."

시혁의 말에 재섭은 그제야 깨달았다. 재섭의 입술이 살며시 올라갔다. 앙큼한 녀석 같으니라고. 그새 얌전한 은율을 제 사람으로 만든 모양이었다. 재섭이 조금만 서둘렀다면 일이 크게 복잡해질 뻔했다. 재섭은 슬쩍 미소를 감추며 은율을 바라봤다.

"고 비서! 하라는 일을 안 하고 연애만 한 건가?"

당황한 은율은 두 손을 내저었다.

"회장님, 그게 아니라……."

재섭의 말에 시혁이 두 사람을 가로막았다.

"아버지!"

주방에서 한창 음식을 준비하던 현희가 소란스런 현관을 보며 걸어 나왔다. 그런데 현희는 단번에 모든 상황을 파악한 것 같았다.

"왜 현관에 그러고 서 있어요? 어서 들어와요."

현희는 환한 얼굴로 은율을 안았다. 은율을 끌어안은 현희는 차오르는 눈가를 슬며시 감췄다.

"이렇게 보니 더 반갑네."

현희는 연신 소리 내어 웃으며 은율과 시혁을 바라봤다.

"요즘 전화도 통 없더니, 이래서였구나. 우리 집에 온 손님인데 대접 먼저 해야지."

현희는 웃으며 주방으로 사라졌다. 은율은 현희의 말에 고개를 들 수가 없었다.

재섭은 짐짓 미소를 감추고 안으로 들어갔다.

"식사 먼저 하지."

"네."

커다란 식탁에는 음식들이 가득 차려져 있었다. 얼굴도 들지 못하고 은율은 결국 자리에 앉았다. 자리에 앉는 은율은 겨우 고개를 들었다. 현희는 여전히 싱글거리며 웃고 있었고 재섭의 얼굴에는 아무런 표정도 나타나지 않았다.

"오랜만에 솜씨 발휘했으니까 많이 들어요."

말을 마친 현희는 음식을 자꾸만 그녀 앞으로 가져다 놨다. 재섭은 아무 말도 하지 않고 묵묵히 식사하고 있었다. 은율은 재섭의 눈치를 보며 억지로 수저를 들었다.

"감사합니다. 그냥 두세요. 제가 알아서 먹을게요."

은율의 만류에도 불구하고 그녀 앞에는 어느새 접시들이 줄줄이 놓여 있었다.

"시혁이가 누굴 데려온 게 처음이라 내가 너무 좋아서 그만. 부담 갖지 말고 많이 들어요."

"네. 감사합니다."

현희의 말에 더 부담이 됐다. 은율은 어떻게 저녁을 먹었는지 기억도 나지 않았다.

정신없는 식사가 끝나고 거실에 마주 앉은 재섭은 여전히 말이 없었다. 차라리 뭐라고 말이라도 하면 좋으련만.

긴 침묵에 자꾸만 입이 말랐다. 긴장감에 애먼 입술만 잘근거렸다. 참다못한 시혁이 긴 침묵을 깨고 입을 열었다.

"결혼하고 싶습니다."

"진짜니? 어머! 잘됐다."

현희는 박수까지 치며 기뻐했다. 하지만 그런 현희의 모습에 재섭은 인상을 찡그렸다.

"왜 이리 호들갑이야?"

"내가 뭘요? 우리 시혁가 드디어 장가를 가는구나."

현희는 시혁과 은율을 보며 그 어느 때보다 밝게 웃었다. 은율은 반대할 거라 생각했던 현희의 찬성에 어리둥절했다.

시혁은 현희가 허락하자 이대로 밀어붙일 생각이었다.

"최대한 빨리했으면 합니다."

"사고라도 친 게야?"

재섭의 말에 은율은 얼굴이 벌겋게 달아올랐다. 그렇지 않아도 혹시나 이런 말을 들을지도 모른다고 생각했었다.

지난 며칠 동안 수만 가지 이유로 그녀를 반대하는 재섭과 현희의 모습을 상상했었다. 은율의 당황하는 모습에 시혁은 대번에 인상을 썼다.

"그런 거 아닙니다!"

"난 반대다."

재섭은 그 한마디만 하고 자리에서 일어섰다. 시혁은 당황스러운 재섭의 말에 자리에서 벌떡 일어섰다.

"대체 왜 반대하시는 겁니까? 고 비서라면 아버지가 더 마음에 들어 하지 않으셨습니까?"

시혁의 말에 재섭은 그를 돌아봤다.

"누가 고 비서 반대한다고 했냐?"

"네?"

재섭의 말에 모두가 당황했다.

"난 네놈 반대하는 거다. 고 비서가 아까워! 고 비서! 내가 사람 보는 눈을 그렇게 길러 줬건만 기껏 고른 놈이 이놈이야?"

재섭의 말에 은율은 놀란 얼굴로 그를 바라봤다. 재섭은 짐짓 화난 듯이 서 있었지만 표정으로 알 수 있었다. 언제나처럼 재섭은 그녀를 놀리고 있었다.

은율은 차마 입을 열 수가 없었다. 어쩜 이렇게도 좋은 분들인지 모르겠다. 이분들이라면 시혁이 가진 상처도 분명 보듬어 안아 줄 것이다. 그래서 그동안 홀로 아파한 시혁이 더 안쓰러웠다. 그 생각에 눈가가 뜨거워졌다.

현희는 어느새 은율의 옆에 앉아 손을 꼭 잡고 있었다. 쓰다듬는 손길에서 애정이 묻어났다.

"고맙다."

현희의 이 한마디에 모든 게 담겨 있는 것 같았다.

한편, 시혁은 재섭의 어이없는 행동에 자리에 털썩 주저앉았다.

"그래서 진짜 반대라도 하시게요?"

"내가 반대하면 안 할 생각이냐?"

재섭은 자신을 바라보는 시혁의 눈을 똑바로 바라봤다. 어디 한번 해 볼 테면 해 봐라 하는 눈빛이었다. 시혁은 재섭을 바라보며 피식 웃었다.

"그럴 리가요. 최대한 빨리 이 집에 데리고 들어와야죠."

"내가 언제 네가 하는 일에 반대하는 거 봤더냐? 험, 사람 보는 눈은 있구나."

재섭의 말에 시혁은 웃음을 머금고 은율을 바라봤다.

"그래도 아버지만은 못하죠."

"네놈 때문에 내 신용도만 떨어지게 생겼어."

시혁은 난데없이 역정을 내는 재섭을 보며 인상을 찌푸렸다. 또 트집을 잡을 속셈인 것 같았다. 재섭의 의중은 아무리 생각해도 알 수가 없었다.

"그게 무슨 말씀이세요?"

"조만간 김 이사 둘째 아들한테 고 비서 소개시킨다고 약조했는데, 약속을 지킬 수가 없겠으니 하는 말이다."

재섭의 말에 시혁은 웃음이 나왔다. 역시나 마지막까지 그를 실망시키지 않는 재섭이었다.

"그럼 더 서둘러야겠네요. 어머니, 어머니는 찬성하시는 거죠?"

시혁의 말에 현희는 살짝 눈을 흘기며 재섭을 바라봤다.

"네 아버지 때문에라도 빨리 결혼해야겠다. 그나저나, 이제 어떻게 불러야 하나? 은율이라고 부르면 되려나?"

현희의 말에 은율은 수줍게 웃었고 재섭은 아무 일도 없었다는 듯이 자리에 앉았다. 부드럽게 휘어진 입가에 잔주름이 잡혔다.

"앞으로도 우리 아들 잘 부탁하네. 진짜 고맙네."

애정이 묻어나는 재섭의 말에 은율은 가슴이 뭉클해졌다. 처음 발령받아 사무실에 들어온 첫날부터 재섭은 유난히 그녀를 아끼고 예뻐했었다. 오래도록 존경하며 모셔 온 분에게 애정을 받고, 앞으로 더 많이 받을 거라는 걸 알기에 가슴이 벅차올랐다. 바라보는 시선에서도 충분히 느낄 수 있었다. 은율은 고개 숙여 인사했다.

"감사합니다."

어느새 화기애애해진 분위기 속에 시혁은 행복이 가슴 깊이 차오르는 걸 느꼈다. 시혁은 은율의 손을 꼭 잡았다. 마주 보는 그녀의 눈에서 행복이 보였다. 시혁은 자신이 참 행복한 사람이라는 걸 새삼 깨닫고 있었다.

현희는 일사천리로 결혼을 진행했다. 눈 깜짝할 사이에 결혼식 일정을 잡고 매일 저녁마다 결혼 준비로 정신없는 하루를 보냈다.

소문은 순식간에 퍼졌다. 출근하며 마주치는 사람마다 축하 인사를 건넸다. 은율은 인사하느라 사무실에 어떻게 올라왔는지 기억도 나지 않았다.

막 사무실로 들어가려는데 기나가 앞을 가로막았다.

"은율 씨!"

놀란 은율은 뒤로 주춤거리며 물러났다. 기나는 당장에라도 울 것 같은 표정으로 은율을 바라보고 있었다.

"기, 기나 씨."

"자기! 진짜 너무한다. 어떻게 나한테까지 비밀로 할 수가 있어? 우리 사이가 고작 그것밖에 안 됐어?"

기나의 외침에 은율은 황급히 그녀의 손을 잡았다. 기나는 회사 생활은 물론이고 처음 혼자 있으며 겪은 크고 작은 어려움을 조건 없이 도와줬었다. 다른 사람은 몰라도 기나에게까지 비밀로 한 건 내내 미안했었다.

"그게 사정이 좀 있었어. 미안해."

"누가 그걸 몰라서 그래? 사람들이 다 사실이라고 말할 때, 내가 아니라고 얼마나 말했는지 알아? 은율 씨 때문에 내 신용이 바닥으로 떨어졌어. 이거 어떻게 책임질 거야?"

예상했던 말이 아니었다. 은율은 기나의 말에 작게 웃었다.

"미안하게 생각하고 있어."

"미안하면 그동안 부회장님과 있었던 일들, 죄다 풀어 놔야 할 거야!"

기나의 말에 은율은 고개를 끄덕였다. 기나는 은율의 얼굴을 빤히 쳐다봤다. 찬찬히 뜯어보는 시선에 은율은 얼굴을 어루만졌다.

"왜? 뭐 묻었어?"

"진짜 예뻐지긴 했어."

뜬금없는 기나의 말에 은율은 작게 웃었다. 기나는 말과 행동에 항상 가감 없이 솔직했다. 그래서 그녀를 더 좋아했는지도 몰랐다. 덕분에 회사 생활이 언제나 즐거웠었다. 앞으로도 기나가 있어 즐거울 것 같았다.

"무슨 소리야?"

"은율 씨 요즘 점점 예뻐지는 거 알아? 하긴 회장님도 예뻐하셨고 부회장님도 자기한테 반했으니 오죽하겠어. 사랑받는 여자의 오라가 확확 풍긴다고. 이참에 나도 자기처럼 쌍수 할까?"

기나는 혼잣말을 했다가 고개를 사정없이 흔들며 뭔가를 계속 중얼거렸다. 은율은 어이없는 표정으로 웃음을 지었다.

"기나 씨는 지금도 충분히 예뻐."

"가진 자의 여유. 부럽다."

기나는 진심으로 부럽다는 표정이었다.

"그동안 고마웠어, 기나 씨."

"설마 회사 그만두는 거야? 하긴 회장님도 그렇고, 부회장님이 계속 일하게 두겠어? 언제까지 출근하는 거야?"

심각한 얼굴의 기나를 보며 은율은 팔짱을 끼었다.

"그만두긴 왜 그만둬? 나, 계속 일할 생각이야."

"그래? 잘됐다. 사실 은율 씨 그만두면 많이 서운했을 거야. 요즘 은율 씨가 바빠서 내가 말 못 했지? 사실 나 지난달에 고백했어. 그런데 강 대리님이 도리어 화내는 거 있지?"

기나의 말에 은율은 귀를 쫑긋 세웠다. 그간 바쁘다는 핑계로 기나와 대화하지 못해 궁금하긴 했었다. 예전, 그녀의 세상에는 주환뿐이었다. 하지만 지난 한 해 동안 그녀의 삶에는 참 많은 변화가 생겼다. 가끔이지만 은율을 잊지 않은 하나와 정석도 있었고 기나도 언제나 든든하게 그녀 옆에 있었다. 은율은 그 사실을 이제야 깨달았다.

"왜? 강 대리님도 기나 씨 좋아하지 않았어? 내가 보기에 분명 그랬는데……."

"그게 아니라 자기가 먼저 고백하려고 했는데 내가 선수 쳤대. 그래서 화났다고 하는 거 있지?"

"뭐? 크큭큭."

"자그마치 6개월 눈치 줬으면 됐지 얼마나 더 기다려?"

"진짜 잘됐다. 축하해."

은율은 진심으로 기나를 축하해 줬다. 기나는 주위를 슬쩍 둘러

보더니 작게 속삭였다.

"혹시 몰라서 그러는데⋯⋯ 은율 씨, 임신한 건 아니지?"

"기나 씨!"

은율은 놀란 얼굴로 기나를 바라봤다. 정색하는 은율을 보며 기나는 아무렇지도 않게 어깨를 으쓱였다.

"하도 소문이 많아서 말이야. 아니라면 미안. 나중에 배불러 있으면 진짜 나 화낸다."

"진짜 아니라니까!"

"알았어. 어머! 우리 강 대리님 기다리겠다. 갈게. 은율 씨, 축하해."

기나는 큰 소리로 웃으며 사라졌다. 은율은 한숨을 내쉬고 사무실로 들어갔다. 얼마나 시간이 지나야 소란이 잠재워질지 알 수 없었다. 아무래도 일을 계속하는 건 무리일 것 같았다. 하지만 그만두고 싶지 않았다. 그녀의 한숨이 다시 깊어지고 있었다.

오전 업무를 마치고 점심을 먹으려고 일어섰다. 얼른 먹고 오는 게 나았다. 조금만 늦어도 제대로 먹지 못할 게 분명했다. 막 나가려던 은율은 갑자기 나오는 시혁을 바라봤다. 약속 시간은 한참 뒤였고 빨리 점심을 먹겠다고 미리 말도 했었다.

"왜 나오셨어요?"

"점심 먹으러 간다며? 같이 가."

"약속 있으시잖아요."

"취소됐어."

"그럼 점심은 어떻게⋯⋯."

"당연히 식당으로 가야지."

시혁은 은율의 손을 덥석 잡았다. 그는 사무실을 나와 당당하게 걷고 있었다. 은율이 잡힌 손을 빼려고 할수록 시혁은 더 단단하게 그녀의 손을 잡아당겼다.

그들을 지나치는 사람들이 벌써부터 수군거리고 있었다. 은율은 고개를 들 수가 없었다. 이렇게 대놓고 다니면 곤란한 건 그녀뿐이었다.

시혁은 그들의 수군거림이 들리지 않는지 당당하게 구내식당으로 들어갔다. 그들의 입장과 동시에 식당은 쥐 죽은 듯이 고요해졌다.

은율은 주위를 둘러보며 손을 떼어 내려고 애썼다. 하지만 시혁은 은율의 손을 더 세게 잡아당겼다. 확 당겨진 은율은 시혁의 품에 그대로 안겼다.

놀란 은율은 서둘러 그에게서 떨어졌다. 시혁은 그녀의 어깨를 잡아 모든 사람이 볼 수 있게 그녀를 돌려세웠다.

"잠시만 주목해 주십시오."

이미 모든 사람들의 시선이 그들에게 집중되어 있었다. 새삼 주목을 끄는 시혁이 그렇게 얄미울 수가 없었다.

은율은 고개를 푹 숙인 채 서 있었다. 시혁은 그녀의 어깨에 두 손을 올리고 큰 소리로 외쳤다.

"이미 알고 계시겠지만, 저희 두 사람이 곧 결혼합니다. 임신해서 결혼 서두르는 것도 아니고 고은율 씨가 어느 재벌가의 숨겨진 딸이라 결혼하는 것도 아니라는 걸, 이 자리를 빌려 말씀드립니다. 제가 지난 몇 달간 마음고생을 하며 겨우 마음 얻은 사람입니다. 부디 더는 이 사람 힘들게 하지 말아 주시기 바랍니다. 이건 부회장으로서가 아니라 고은율을 사랑하는 한 남자로서 부탁드리는 겁니다. 전, 지금 고은율 씨 남편 되는 날이 무척이나 기대됩니다."

시혁의 말이 끝나기 무섭게 여기저기서 박수와 야유가 터져 나왔다. 시혁은 그들을 지나며 축하 인사를 건네는 수많은 사람들에게 인사하고 있었다.

은율은 여전히 고개를 숙인 채 어쩔 수 없이 같이 인사를 했다. 은율은 도저히 그곳에 있을 수가 없었다.

대충 사람들이 주위에서 사라지자 그녀는 시혁의 손을 뿌리치고 잽싸게 사무실로 달려갔다. 당장 오후부터 울릴 전화를 생각하자 머리가 울려 왔다.

은율은 책상에 고개를 숙인 채 연신 한숨을 내쉬고 있었다. 문이 열리는 소리가 들리고 잠금장치가 닫히는 소리에 은율을 황급히 고개를 들었다.

시혁이 웃으며 그녀에게 다가오고 있었다. 은율은 시혁을 사정없이 쏘아봤다.

"직원들도 많은데 그런 얘기를 하면 어떡해요?"

"루머는 그만 만들어야 할 거 아냐?"

시혁은 별일 아니라는 듯이 어깨를 으쓱였다. 은율은 입을 잔뜩 내밀었다. 그 모습이 분명 미워야 하는데 미워할 수가 없었다. 참 사람 기분을 묘하게 만들었다. 설레기도 하고 두근거리기도 하고, 마음이 복잡해졌다. 은율은 밉지 않게 시혁을 쏘아봤다.

"좀 전 일로 더 커졌다는 생각은 안 해요? 대체 왜 자꾸 일을 만들어요! 사람들이 그 말을 믿을 것 같아요? 도리어 소문만 더 늘어날 게 분명하다고요. 이제 어떡해요?"

은율의 말에도 시혁은 어깨만 으쓱였다. 시혁은 순식간에 다가와 그녀의 허리를 잡아끌었다. 시혁은 쪽 하고 키스했다. 은율은 고개를 빼고 다시 시혁을 쏘아봤다.

"자꾸 이러면서 어떻게 믿으라는 거예요?"

"안 믿으면 좀 어때? 어차피 결혼할 건데!"

시혁의 말에 은율은 고개를 흔들었다. 하지만 마음은 한결 후련해졌다. 시혁이 옆에 있어 든든했다. 그 어떤 일이 있어도 그와 함께라면 문제없을 것 같았다.

시혁은 눈을 흘기는 그녀를 번쩍 안아 들고 사무실로 들어갔다. 놀란 은율은 시혁을 바라봤다.

"뭐 하는 거예요?"

"내가 뭘 할 것 같은데?"

사무실의 잠금장치를 잠글 때부터 이상하다고 생각했었다. 은율을 그의 품에서 급하게 빠져나왔다.

"여기 회사라고요!"

"그래서?"

시혁은 느긋하게 셔츠의 단추를 풀고 있었다.

"지금 뭐 하는 거예요?"

"당신이 생각하는 그거?"

"내, 내가 무슨 생각을 했다고 그래요?"

발갛게 변한 얼굴이 그녀의 생각을 속속들이 보여 주고 있었다.

"나와 같은 생각."

어느새 넓은 가슴을 내보이며 그가 눈앞에 서 있었다.

"왜, 왜 그래요?"

시혁은 그녀를 잡고 옴짝달싹 못하게 붙들었다.

"고 비서, 아니 고은율."

한 번도 이렇게 이름을 다정하게 부른 적이 없었다. 녹아내릴 것 같은 달콤한 목소리에 은율은 은밀한 곳이 젖어드는 걸 느꼈다.

"나의 은율아."

시혁은 은율의 얼굴을 당겨 키스했다. 천천히 입술을 움직이며 그가 낮은 목소리로 속삭였다.

"사랑해."

숨결이 고스란히 와 닿았다. 그의 입술이 움직이는 것까지 느껴졌다. 반쯤 몽롱해진 상태로 은율은 그의 입술을 받아들였다. 그는 달콤한 사탕이라도 되는 듯 그녀의 입술을 혀로 핥다가 천천히 깨물고, 입가를 간질이며 키스했다.

몇 분 전 그가 모든 사람들 앞에서 공개적으로 한 고백에 여전히 가슴이 쿵쾅거렸다.

시혁은 그 어느 때보다 뜨거운 기운으로 그녀의 입안으로 들어왔다. 그녀의 손을 잡고 있던 손은 어느새 내려와 그녀의 옷을 헤치고 가슴을 부드럽게 주무르고 있었다. 다른 한 손은 그녀의 엉덩이를 쓰다듬으며 한 치의 틈도 허락하지 않겠다는 듯이 바짝 당기고 있었다.

온몸에 불이라도 켜진 듯 일순간에 몸이 달아올랐다. 은율은 손을 뻗어 시혁의 얼굴을 쓰다듬었다. 부드러우면서도 단단하며 뜨거웠다. 기분 좋은 설렘이 그녀를 가득 채웠다.

시혁은 거친 것 같지만 부드럽고, 차가운 것 같지만 누구보다 뜨거운 가슴을 가진 남자였다.

시혁은 그녀의 모든 숨을 빼앗아 가려는 듯이 한껏 그녀를 삼켰다. 점점 그를 닮아 가는 것 같았다. 분명 안 된다는 걸 알면서도 어느새 그녀의 손도 그의 몸을 더듬고 있었다.

아무 말도 나오지가 않았다. 시혁이 전하는 열기가 그녀의 온몸을 잠식했다. 열기가 더해지며 그녀의 숨이 가빠졌다.

등 뒤로 그의 책상이 느껴졌다. 어느새 풀어헤쳐진 블라우스 사이로 그녀의 가슴이 하늘을 향해 고개를 들고 있었다. 그는 그 정점을 한껏 입에 물었다.

"아훗."

터져 나오는 신음을 그는 자신의 입으로 삼켰다. 아무것도 생각나지 않았다 이곳이 어디인지조차 인지하지 못했다.

시혁은 그녀를 번쩍 안아 책상 위에 앉혔다. 그가 보고 있던 서류들은 이미 바닥에 아무렇게나 나뒹굴고 있었다. 어지러이 흩어진 서류들을 보며 그녀의 가슴이 더 세게 요동쳤다.

여전히 그녀의 가슴을 물고 빠는 그의 검은 머리가 보였다. 그녀는 그의 머리를 부드럽게 쓰다듬었다. 그녀의 손길에 그는 더 세게 그녀의 정점을 빨아 당겼다.

"아훗."

그녀의 거친 신음과 함께 그가 가슴을 빨면서 만들어 내는 오묘한 소리가 사무실을 가득 채우고 있었다.

"아, 아훗, 아!"

그의 한 손은 그녀의 엉덩이를 부드럽게 쓰다듬다가 한 번씩 그녀의 샘을 건드렸다. 부드럽게 한 번씩 터치하는 손길이 너무도 강렬했다.

"그러지 마요. 아홋, 아, 악!"

샘이 흐르다 못해 넘치고 있었다. 그녀는 몸을 경직시키며 쾌감에 몸을 떨었다.

이 정도면 충분할 것 같았다. 더는 참기가 힘들었다. 시혁은 그녀의 치마를 올리고 속옷을 거칠게 벗겨 냈다. 그는 그녀를 책상에 기대게 하고 단숨에 그녀 안으로 들어갔다.

"아흑."

당장에라도 터질 것 같은 감각에 몸이 떨려 왔다. 시혁은 이를 악물고 몸을 천천히 움직이기 시작했다.

점점 더 격렬하게 움직이는 그의 움직임에 맞춰 그녀의 심박은 점차 빨라지고 있었다. 숨결이 거칠어지고, 신음 소리는 점점 더 커져 갔다. 그가 한 손을 내려 그녀의 뜨거운 샘 입구를 문질렀다. 결합한 부분이 움찔거리며 거친 숨이 새어 나왔다.

"아홋, 아흑."

그는 쉬지 않고 허리를 움직이며 샘 입구를 자극했다. 그녀가 또다시 감각의 폭풍에서 몸을 떨 때 시혁은 거친 짐승 같은 신음을 하며 그녀를 끌어안았다.

그의 뜨거움이 그녀를 채우는 게 느껴졌다. 그녀는 그와 함께 그대로 무너져 내렸다.

"아아웃."

그녀는 감각의 늪에 빠져 일어날 힘도 없었다. 그는 조심스럽게 상체를 들고 그녀의 입에 쪽 하고 입을 맞췄다.

"당신만 보면 이제 참을 수가 없어."

열기에 취한 그녀가 그를 살짝 쏘아봤다.

"이제 두 번 다시 당신이랑 단둘이 사무실에 안 있을 거예요."

"누구 마음대로?"

"그야 당연히 내 맘대로죠."

은율이 밀어냈지만 그는 미동조차 하지 않았다. 곧 점심시간도 끝나 가고 있었다. 아까는 흥분한 상태라 사태 파악이 되지 않았지만 이대로 있다가 누군가 찾아오기라도 하면 정말로 끝이었다.

"누가 오면 어쩌려고 그래요? 빨리 비켜요."

"그럼 오늘이 마지막이라는 거야?"

그는 아직도 하나인 몸을 살짝 틀었다. 놀란 그녀의 입에서 신음이 터져 나왔다.

"아흑, 하지 말아요."

"그럼 그 말 취소해. 앞으로 평생 나랑 일하는 거야? 당신은 종속 계약이야. 알겠어?"

그녀는 대답하지 않고 그를 살짝 밀어냈다. 하지만 그는 꿈쩍도 하지 않았다. 시혁은 음흉하게 웃으며 다시 한 번 허리를 크게 움직였다.

"아흣, 그만해요."

잦아들던 감각이 다시 피어올랐다.

"그럼 빨리 대답해."

"알았어요."

"약속 꼭 지켜?"

"알았으니까 빨리 비켜요. 사람들 오면 어쩌려고 그래요?"

초조한 눈빛으로 문을 바라보는 은율과 달리 시혁은 느긋하게 허리를 움직이기 시작했다.

"이제 시작인데 무슨 소리야."

"아훗, 그러지 말아요."

"아직 점심시간은 한참 남았어. 나의 뜨거움도 여전히 남아 있고."

거세어지는 그의 몸짓에 그녀는 다시 눈을 감았다. 결국 그날 사무실 문은 점심시간이 끝나고도 한참이 지난 뒤, 결재 서류를 받으러 온 임원의 전화로 열렸다.

시혁은 은율의 잔소리에 주말은 이제 집에서 보내고 있었다. 은율은 주말만큼은 가족과 있으라고 했었다. 시혁은 은율의 말에 미안하면서도 고마운 마음이 들었다.

현희는 그 예전처럼 시혁을 먹이기 위해 태어난 사람처럼 매일 진수성찬을 차렸다. 시혁은 아무 말도 하지 않고 그녀가 차리는 상을 말끔히 해치웠다.

예전으로 돌아갈 수는 없었다. 하지만 그래도 이제는 웃을 수 있어서 행복했다. 시혁은 가족이라는 울타리에서 자신이 있다는 사실에 그저 감사할 뿐이었다. 하지만 그 울타리 안에서 누군가가 아파하고 있다는 건 모르고 있었다.

재섭은 모든 것을 알고 있었다. 오랜만에 들른 본가에서 시혁은 그 사실을 깨달았다. 서재 방에서 그 서류를 발견하기 전까지 시혁은 아무것도 모르고 있었다.

서류를 확인한 시혁은 그 자리에 서서 꼼짝을 못 했다. 마침 서재를 들어온 재섭은 시혁을 보며 한숨을 내쉬고 문을 닫았다. 시혁과 마주 선 재섭은 그의 손에 들린 서류를 아무렇지도 않게 빼앗았다.

"쓸데없는 걸 봤구나."

"알고 계셨습니까? 대체 언제부터 알고 계셨습니까?"

말하는 입가가 파르르 떨려 왔다. 재섭은 편하게 의자에 앉았다. 하지만 팔걸이를 잡고 있는 그의 손에 잔뜩 힘이 들어가 있었다.

끝까지 몰랐으면 했다. 은율은 말하는 게 서로를 위하는 길이라고 했었다. 하지만 결국 아무것도 말하지 못했다. 그런데 이미 재섭은 모든 걸 알고 있었다.

불끈 쥔 주먹이 파르르 떨려 왔다. 재섭은 그런 시혁을 물끄러미 바라봤다.

"진즉에 없애려고 했는데…… 괜한 걸 봤구나. 이제 잊자꾸나."

"대체 언제부터 알고 계셨어요?"

시혁은 버럭 소리를 질렀다. 재섭은 담담한 얼굴로 시혁을 바라봤다. 하지만 언제나 평온하게만 보이던 재섭의 눈동자가 흔들리고 있었다.

"넌 날, 허수아비로 알고 있었던 게냐?"

크게 일렁이는 재섭의 눈동자에 시혁은 무릎을 꿇었다. 몰라야한다고 생각했다. 아니, 모를 거라고 생각했다. 시혁은 그 예전 미국에 돌아가 자신이 가지고 있던 회사 지분을 전부 처리했었다. 그리고 아무도 모르게 시준의 치부를 덮어 버렸다. 원래 없었던 것처럼.

시혁은 그렇게 시준의 잘못을 덮었다. 그게 시혁이 할 수 있는 마지막이었다. 재섭은 그 과정이 담긴 서류를 모두 가지고 있었다. 거기다 끝까지 몰라야 한다고 생각했던 혜주에 관한 서류도 들어 있었다. 시혁은 눈으로 보고도 믿을 수가 없었다.

"다 알고 계시면서 왜 여태 아무 말도 하지 않으셨어요?"

"자식 잘못을 군이 떠벌릴 이유는 없다."

그리고 얼마 전 알게 됐다. 남아 있던 자식이 아직도 오래전 과거에 붙들려 있다는 걸. 재섭은 그래서 더 화가 났다.

재호의 전화가 아니었다면 영원히 몰랐을 비밀들. 재섭은 그날로 은율을 불렀다. 누군가가 치유하지 않았다면 절대 변하지 않았을 것이다.

시혁이 시준을 얼마나 따랐는지 기억하고 있었다. 재호의 전화로 재섭은 시혁이 왜 그리 자책하며 밖으로 돌았는지 깨달았다. 안타까움에 가슴이 어그러졌다.

한결 편해진 시혁을 보며 알 수 있었다. 그제야 과거를 털어 냈다는 걸. 그래서 더 은율을 불렀다. 고맙고 또 고마워서.

은율은 모든 사실을 알고 있는 것 같았다. 그럼에도 끝까지 입을 열지 않았다. 그저 시혁을 믿어 달라는 말만 했었다.

하지만 가만히 있을 수가 없었다. 결국 며칠 동안 수소문해 미국에서 시혁이 겪었던 일들을 파악했다. 재섭은 무력감에 무릎이 꺾였다. 그동안 시혁을 제대로 보지 못한 미안함에 고개를 들 수가 없었다. 재섭은 그날 이후 단 하루도 편히 잠들지 못했다.

그때 말했다면……. 시혁은 그를 원망할 거라 생각해 함구했던 게 분명했다. 재섭은 시혁의 어리석음에 더 화가 났다.

"너야말로 왜 말하지 않는 게야? 왜 혼자 참고 있었어? 네놈한 테는 힘들 때 기댈 아비, 어미도 없었던 게야?"

놀란 시혁은 재섭을 바라봤다.

"무슨 말씀이세요?"

"지금까지 그 사고는…… 단순히 네 형의 과실이라고 생각했 었다. 그것도 틀린 말은 아니지. 하지만, 왜 그렇게까지 운전했는 지 모르고 있었다. 아니, 파악할 수가 없었다는 게 맞는 말이겠 지. 자식을 허망하게 보낸 아비가 무얼 할 수 있었겠니? 난 알아 야 했다. 그러다 네가 미국에서 지분을 모두 처리한 걸 알게 됐 다. 그래서 덮었던 거다. 그걸 네가 원하는 것 같아서 그랬다. 가 끔 안부 전화만 하는 널 보면서 여전히 변함없는 줄 알았다. 네 가 네 형을 얼마나 따랐는지 아니까……. 동기간을 잃은 괴로움 쯤으로 치부해 버렸다. 나도 네 엄마도…… 그때는 널 봐 줄 만 큼 마음의 여유가 없었다. 너는 언제나 잘해 왔으니까. 넌 혼자도 잘 해낼 거라고 생각했다. 한국에 오지 않으려는 널 보며, 그저 오랜 외국 생활이 편해진 거라고 생각했었다. 그런데 얼마 전…… 문 회장이 전화했다."

재섭의 말에 시혁은 눈을 감았다. 재호가 무슨 말을 했는지 모 두 알 수는 없었다. 하지만 사고에 대해 언급했을 건 분명했다.

재섭은 시혁이 억지로 눈물을 참고 있는 모습에 가슴이 시렸다.

재호는 재섭이 시혁에 관해 수소문한다는 소식을 들은 것 같았다. 시간이 흘렀음에도 재호는 진심으로 사과했었다. 혜주로 인해 상처받은 사람들이 너무 많다는 걸 재호는 뒤늦게 시인했다. 한국에 돌아간 시혁의 소식에 재호는 그제야 무거운 짐을 내려놨다고 했었다.

재호는 말없이 오랜 동안 시혁을 지켜봤었다. 많이 괴로워하던 시혁을 보며 재호는 조금은 위안을 받았다고 했었다. 세상에서 사라진 혜주를 누군가 기억하고 있다는 게 고맙기도 하고 미안하기도 했다고 했다. 하지만 그 시간이 길어질수록 미안함이 커졌다는 말에 재섭은 가슴이 먹먹했었다. 이제야 혜주를 잊고 자신의 삶을 찾은 시혁을 재호는 진심으로 축복해 주었다. 시혁의 결혼 소식에 재호는 그제야 용기를 냈다고 했었다.

재섭은 너무도 늦게 알아차린 시혁의 상처에 가슴이 아팠다. 재섭도, 현희도 그때는 자신들의 상처를 보듬기에 급급했었다. 어릴 적부터 시혁은 뭐든지 알아서 잘했기에 당연히 이겨 내고 잘 지낼 거라고 여겼었다. 하지만 만신창이가 된 채 시혁은 홀로 지내고 있었다. 재섭은 그래서 은율이 더 고마웠다. 오랜 시간 그와 현희의 마음에 볕을 주더니 이제는 시혁까지 볕으로 이끌어 주었다. 은율은 그가 생각했던 것보다 훨씬 커다란 것을 그들에게 주었다.

재섭은 천천히 시혁에게 다가갔다. 이제 그가 시혁을 안아 줄 차례였다. 재섭은 고개조차 못 드는 시혁의 어깨에 살며시 손을 올렸다.

시혁은 말없이 어깨를 도닥이는 재섭의 손길에 눈물이 왈칵 쏟아졌다.

"죄송합니다, 아버지."

속죄하는 심정으로 일에 몰두했었다. 그가 할 수 있는 건 고작 그것뿐이었다. 시혁은 그야말로 미친 듯이 일에 매달렸었다.

재섭은 부덕한 그로 인해 자식들이 겪어야 했던 슬픔을 이제야 알아챈 자신이 한심하게 느껴졌다. 재섭은 떨고 있는 시혁의 어깨를 따뜻하게 감쌌다.

"네가 왜 죄송해? 부덕한 아비가 너무 늦게 알아서 미안하구나. 하나 남은 자식, 속 타는 것도 모르고……. 내가 그동안 발을 뻗고 잤구나."

재섭의 물기 가득한 말에 시혁은 눈가가 뜨거워졌다.

"정말 죄송합니다, 아버지."

용암보다 뜨거운 눈물이 쏟아졌다. 시준과 주아가 죽고 뒤이어 혜주마저 떠났을 때, 시혁은 아무것도 할 수가 없었다. 10년 전 그랬던 것처럼 그저 도망가는 것밖에 할 수 없었다. 시혁은 자신의 앞에 놓인 현실과 마주할 자신이 없었다.

시준과 주아의 사고가 자신 때문이 아니란 걸 몰랐다면 좋았을지도 몰랐다. 하지만 혜주는 마지막 순간, 그에게 비수를 꽂고 떠났다. 진심을 전하지 못한 그의 탓이었을까? 혜주는 그렇게 비수가 되어 그의 가슴속 깊은 곳, 어둠의 끝에 박혀 있었다.

그리고 그 비수의 마지막 조각을 재섭은 꺼내 주고 있었다.

"미안하구나. 하지만 네 잘못이 아니다. 네 잘못이 아니야. 널 탓한 사람은 아무도 없단다. 이제 집으로 돌아오거라. 네 집은 여기란다."

어깨를 토닥이는 손길에 시혁은 위로받고 있었다. 자책하며 보낸 지난 시간들이 한꺼번에 보상받는 기분이었다.

차마 말할 수 없었다. 겁이 났다. 모든 사고는 그의 잘못이 아니었다. 하지만 분명 원인은 그에게 있다고 생각했었다. 재섭이, 아니 현희가 모든 사실을 알고 그를 원망할지도 모른다는 생각이 그를 괴롭게 만들었다. 하지만 재섭은 이미 알고 있었다.

언제부터, 어떻게 알게 됐는지는 몰랐다. 재섭은 끝까지 자신이 알고 있는 것들을 말하지 않을 것이다. 하지만 시혁이 집으로 돌아오길 오래도록 바라고 있었다는 건 느낄 수 있었다. 볼을 타고 뜨거운 눈물이 흘러내렸다.

"늦어서 죄송합니다."

시혁은 뜨거운 눈물과 함께 그제야 마음의 짐을 모두 내려놨다. 은율과 함께한 이후 그의 인생은 이제야 제 길을 찾아가고 있었다.

온 세상이 따뜻한 햇살로 가득한 어느 날, 시혁과 은율은 새 출발을 약속하려 준비하고 있었다. 준비를 마친 은율은 떨리는 가슴을 겨우 진정시키며 앉아 있었다. 한바탕 친구들과 회사 동료들이 휩쓸고 간 사무실에 이제야 평화가 찾아왔다.

사무실이 비어 다행이었다. 30분만 쉬고 대기실로 올라가면 될 것 같았다. 앞으로 한 시간 뒤면 결혼식이었다. 뛰는 가슴이 쉽사리 진정되지가 않았다. 연신 심호흡을 하는데 문이 열렸다.

턱시도를 멋지게 차려입은 시혁이 안으로 들어왔다. 은율은 심호흡하며 어색하게 그를 바라봤다. 시혁은 씩 웃으며 문의 잠금장치를 잠갔다. 역시 은율은 사무실에 있을 때가 가장 아름다웠다.

"휴우, 심장이 터질 것 같아요."

연신 심호흡하며 가슴을 쓸어내리는 은율을 보며 시혁은 자꾸 웃음이 나왔다. 시혁은 은율을 꼭 끌어안았다.

"나도 떨려."

시혁은 이제 더없이 편해 보였다. 참 많은 일들이 있었음에도 시혁은 지금 웃고 있었다.

재섭은 한동안 은율에게 시혁에게 있던 일들에 대해 물었다. 하지만 그건 그녀의 몫이 아니었다. 은율은 시혁에게 시간을 주기로 했었다. 그녀가 할 수 있는 건 그저 시혁의 옆에서 그를 기다리고 그를 안아 주는 것. 그것이 다였다.

재섭은 모든 사실들을 과거에 묻기로 한 것 같았다. 아마도 시혁이 용기를 낸 것 같았다. 과거를 털어 버린 시혁은 어느 순간부터 스스로 어둠 속에서 걸어 나오기 시작했다.

은율은 아무것도 묻지 않았다. 이제 시혁은 그 어느 때보다 빛나고 있었다. 그들에게 과거는 이제 중요하지 않았다. 앞으로 함께 할 미래가 더 중요했다. 은율은 시혁을 꼭 끌어안았다.

그윽한 눈길로 바라보던 시혁이 그녀를 번쩍 안았다.

"아무리 봐도 시간이 남는 것 같아."

"잠깐만요."

진한 입맞춤을 하는 시혁을 밀어내려 했지만 소용없었다. 당황한 은율은 서둘러 문을 바라봤다.

"밖에 손님들 있는 거 잊었어요?"

시혁은 라운지에서 곧 치러질 결혼식 같은 건 생각하고 싶지 않았다. 눈앞에 순백의 드레스를 입은 은율은 한입에 삼켜도 모자랄 만큼 눈부시게 아름다웠다.

"아직 예식까지 한 시간은 남았어."

"아무리 그래도 밖에 다른 사람들이 잔뜩이라고요. 빨리 내려놔요!"

"걱정 마. 좀 전에 사진사한테 10분만 둘이 있게 해 달라고 부탁했으니까! 그런데 옆에서 하나 씨와 정석 씨가 넉넉하게 30분 채우라고 하던데?"

시혁의 말에 은율은 얼굴을 붉히며 그를 밀어냈다.

"내가 진짜! 빨리 나가요!"

"내가 이유 없이 문을 잠갔을 것 같아? 어차피 회사 사람들은 다 이해해 줄 거야. 내가 사무실 문 잠근 게 어디 한두 번이어야 말이지? 큭큭."

시혁은 어느새 그녀의 드러난 어깨에 입을 맞추며 천천히 허리를 쓸어내리고 있었다. 드러난 팔에 소름이 돋았다. 은율은 내려가는 눈꺼풀을 억지로 뜨고 그를 쏘아봤다.

"아흑, 사람들이 오해할 거라고요!"

"오해하라지 뭐."

"사람들이 밖에서 무슨 생각을 하겠어요?"

"나와 같은 생각 하지 않을까?"

"대체 무슨 생각을 하는데 그래요?"

그녀의 질문에 시혁은 그 어느 때보다도 섹시하게 웃었다. 시혁은 그녀의 입술에 진한 입맞춤을 하며 작게 속삭였다.

"은밀한 생각."

"이러지 말아요."

"사랑해, 나의 고 비서님."

"밖에 아빠랑……."

여전히 아빠밖에 모르는 그녀였다. 시혁은 아직 0순위를 탈환하지는 못했지만 하나도 아쉽지 않았다. 탈환할 목표가 있어 그는 행복할 것 같았다. 지금처럼.

시혁은 낮게 웃으며 그녀의 드레스 자락을 올렸다. 놀란 은율은 그의 손목을 잡았지만 그가 조금 더 빨랐다. 그는 그녀의 팬티를 다리 아래로 내리며 자신의 바지를 끌어 내렸다.

성난 분신이 그녀를 본 순간부터 아우성을 치고 있었다. 시혁은 자신에게 주어진 시간을 1분도 낭비하고 싶지 않았다. 놓쳐 버린 시간들을 채우려면 지금부터 바삐 움직여야 했다.

시혁은 그녀의 허리를 잡고 입술에 키스를 퍼부으며 배와 허벅지로 쓸어내렸다. 그의 손이 그녀의 부드러운 허벅지 사이로 들어가 은밀한 곳을 어루만지자 그녀의 입에서는 원색적인 소리가 흘러나왔다. 그는 그녀의 신음을 한입에 삼켰다.

맞닿은 하체에 열기가 온몸으로 퍼져 갔다. 이미 되돌리기에는 늦었다. 은율은 그의 등과 엉덩이를 정신없이 쓰다듬었다.

"당신을 느끼고 싶어, 지금."

시혁은 그녀의 손을 잡아 자신의 허벅지 사이로 이끌었다. 단단한 그의 것이 손끝에 닿았다.

"후훅."

그의 입에서 새어 나온 거친 신음에 그녀는 용기 내어 살며시 그를 어루만졌다. 그의 몸이 크게 출렁거렸다. 그녀는 좀 더 용기를 내 미끈거리는 분신을 힘 있게 쓸며 잡아당겼다. 그녀의 손에서 더욱 무섭게 그는 자신을 키웠다.

"아흑, 좀 전까지 안 된다고 했던 사람이 누구지?"

은율은 그를 살짝 쏘아봤다. 시혁은 낮게 웃으며 셔츠를 벗어 바닥에 집어 던졌다. 이미 결혼식은 완전히 뒷전으로 물러나 있었다.

"어차피 30분간 놓아주지 않을 거잖아요."

"후훗, 벌써 아쉬운 1분이 지나갔어."

시혁은 말을 마치고 그녀를 소파에 누였다. 언제 그의 사무실로 들어왔는지 기억나지 않았다. 등 뒤에 서늘한 시트를 느끼기도 전에 뜨거운 그의 몸이 그녀를 내리눌렀다.

은율을 그가 전하는 열기에 더는 참을 수가 없었다. 다리를 넓게 벌리고는 그의 등에 손톱을 세우며 그를 끌어당겼다.

시혁의 입술이 다급하게 은율의 입술을 삼켰다. 그는 곧바로 그녀의 몸속으로 단숨에 밀고 들어갔다. 몸이 하나로 결합되자 강렬한 쾌감에 온몸이 부르르 떨려 왔다.

"당신과 하나 되는 이 순간이 가장 행복해."

"시혁 씨, 빨리요."

은율의 입에서 거친 흐느낌이 새어 나왔다. 시혁은 만족감에 취해 고개를 숙여 그녀의 쇄골에 진하게 자국을 남겼다. 그는 그녀의 다리를 허리에 감고 더 깊숙이 파고 들어갔다.

그녀는 깊은 곳에서 느껴지는 그의 단단한 감촉에 이미 한차례 폭풍을 견디고 있었다.

그는 점점 속도를 빨리하며 거침없는 경주를 시작했다. 은율은 시혁의 땀에 젖은 몸을 꼭 부둥켜안고 그와 함께 열락의 세계로 빠져들었다.

그와 하나 된 곳에서 시작된 불길이 온몸으로 퍼져 갔다. 그 불길은 곧 강렬한 불꽃이 되어 그들의 심장에 꽃을 피웠다.

"아아앗."

시혁은 신음을 입으로 삼키며 혼신의 힘을 다해 은율을 정상까지 이끌었다. 자신의 아래서 환희에 불타는 그녀를 보며 그는 마지막 순간에 자신의 열정을 쏟아 내며 무너졌다.

"아아흑."

그는 그녀의 입술에 진하게 입 맞추며 몇 번이고 몸을 경직시켰다. 만족스러운 감각에 온몸으로 나른함이 퍼져 갔다. 시혁은 은율을 꼭 끌어안으며 속삭였다.

"사랑해. 당신이 있어 앞으로 더 행복할 거야."

"사랑해요."

입가에 잔 키스를 하며 시혁은 몸을 천천히 움직였다.

"아흑, 잠깐만요."

"아직 시간이 남아서 말이야……."

시혁은 낮게 웃으며 점점 속도를 높여 갔고 그녀의 입에서는 다시 신음이 흘러나왔다.

결국, 10여 분을 남기고 사무실 문이 열렸고 은율과 시혁은 메이크업과 옷매무새를 가다듬기 위해 식을 30분 늦게 시작할 수밖에 없었다. 은율은 고개를 들 수 없었지만 그럼에도 시혁이 옆에 있어 행복했다. 앞으로도 그로 인해 얼굴 붉힐 일이 많겠지만 그녀를 위한 시혁의 은밀한 계획에 그녀는 적극 동참할 것 같았다. 앞으로도 영원히.

에필로그

그럴 수도 있는 일이라고 생각했다. 결혼 전에도 알고 있었고 결혼 후에도 여전히 은율은 파파걸이었다. 하지만 이번만은 도저히 참을 수가 없었다.

시혁은 잔뜩 화난 얼굴로 건너편에 앉아 있는 은율을 쏘아봤다. 은율은 시혁의 날카로운 눈초리에 더 화가 난 상태였다. 지금 상황에서 화낼 사람은 바로 그녀였다.

"대체 왜 그래요?"

"당신이야말로 언제까지 이럴 거야?"

은율의 말에 시혁은 얼굴까지 벌게지며 열을 냈다.

"오늘이 무슨 날인지 몰라서 그래요?"

"오늘이 무슨 날인데?"

"흥."

은율은 찬바람을 일으키며 고개를 홱 틀었다. 시혁도 지지 않고 몸을 홱 틀었다. 은율은 그날 주환에게 다녀왔었다.

미주는 얼마 전 아이 엄마가 되었다. 이제 은율에게도 피를 나눈 형제가 생겼다. 그것도 눈에 넣어도 아프지 않을 만큼 예쁜 여동생 지율이가 세상에 태어났다.

은율은 이제 퇴근하면 지율을 보러 가는 게 일상이었다. 지율은 뽀얀 볼에 방긋방긋 얼마나 잘 웃는지, 보기만 해도 절로 미소가 온 얼굴에 퍼졌다. 지율은 시간이 흐르는 것도 잊게 만들었다. 그런데 다짜고짜 찾아온 시혁은 그녀를 무작정 끌고 나왔었다. 채 한 시간도 지율을 못 봤다는 생각에 은율은 더 화가 났다.

"지율이 보러 간 게 그렇게 화낼 일이에요? 매일 갔던 건데 왜 새삼스럽게 화내는 거예요?"

은율의 말에 시혁은 콧방귀를 뀌며 그녀를 바라봤다.

"그래서? 끝까지 오늘이 무슨 날인지는 기억도 안 난다는 거지?"

특별할 날도 아니었다. 금요일이니까 불금인가? 고개를 갸웃거리는 은율을 보며 시혁은 한숨을 내쉬었다.

"해도 해도 너무하지 않아? 어떻게 난, 시간이 갈수록 매번 순위 밖으로 밀리는 건데?"

은율은 오늘도 알아들을 수 없는 말로 화내는 시혁의 모습에 인상을 찌푸렸다.

결혼하고 시혁은 변했다. 그는 처음 봤을 때와는 비교할 수 없을 정도로 다른 사람이 되었다. 은율은 시혁이 집착하는 남자일 거라 생각해 본 적이 없었다. 물론, 일에 있어 완벽하길 바라며 집착하는 모습은 그의 매력과 능력을 극대화시켜 주었다. 하지만 시혁의 집착은 그녀의 예상 범주를 벗어나 있었다. 예전 선물로 가득 채워진 방을 봤을 때 눈치챘어야 했는지도 몰랐다. 그때는 그의 섬세함이 그녀에 대한 애정이라고 생각했었다. 하지만 지금은 말 그대로 집착 같았다. 오늘은 또 무슨 일로 그녀에게 꼬투리를 잡아 밤새 괴롭힐지 몰랐다. 이유도 천차만별이라 가늠이 안 됐다. 은율은 눈을 가늘게 뜨고 시혁을 쏘아봤다.

"그게 무슨 소리예요?"

"그럼 말해 봐. 오늘 무슨 날이야?"

진짜 무슨 날이긴 한 것 같았다. 여느 때와 달리 시혁은 지방 출장에서 일찍 돌아왔고 야근도 하지 않고 정시에 퇴근했었다.

시혁은 동성과 원유 사업을 본격적으로 시작하고 전보다 더 바빠졌었다. 은율은 한창 바쁜 시기인 요즘, 시혁이 당연히 야근할 거라 생각해 미리 퇴근한 것뿐이었다.

그가 말한 서류는 이미 준비해 뒀었고 그녀의 할 일은 끝난 상태였다. 미리 퇴근했다는 이유로 또다시 화를 내는 거라면, 그날은 무슨 말과 행동으로 유혹해도 그의 손길을 거부할 생각이었다.

열정적인 시혁 탓에 같은 공간에 있는 게 이제는 겁이 날 정도였다. 밤이면 밤대로, 사무실에 있는 낮이면 낮대로 그는 그녀를 취했다. 그동안 어떻게 숨기고 살았는지 싶을 정도로 그녀에 대한 소유욕을 드러냈다. 그 탓에 그의 시야에서 몇 시간이라도 벗어나면 다른 날보다 유난히 그녀를 더 힘들게 만들었다. 은율은 사무실에서 그와 낮 뜨거운 장면을 더는 연출하지 않을 작정이었다. 낮이 아니어도 밤이면 까만 밤을 하얗게 매일 태웠기 때문에 그의 불평을 더는 들어 줄 수가 없었다.

"설마 먼저 퇴근해서 화난 거예요?"

"고은율!"

시혁은 씩씩대며 그녀 곁으로 다가왔다. 놀란 은율은 최대한 몸을 뒤로 뺐다.

"말로 해요!"

"내가 언제는 말로 안 했어? 자꾸 날 이상한 사람으로 만들 거야? 대체 그런 말은 누구한테 들었다는 거야? 진짜 당신이 말한 거 아니지?"

은율이 무심코 기나와 나눈 대화로 시혁은 졸지에 회사에서 그녀를 구타하는 남편으로 소문났었다. 어찌어찌 소문이 잠잠해지긴 했지만 여전히 출근하는 은율과 변함없이 야근에, 철야를 밥 먹듯 하는 시혁의 모습은 사람들 입에 오르내리기에는 안성맞춤이었다.

거기다 은율은 자신이 그렇게 멍이 잘 드는 체질이라는 걸 그와 밤을 보낸 후 처음 알았다. 그와 격렬한 밤을 보내고 나면 온몸 구석구석에 멍이 들어 있었다. 어찌 됐든 그녀의 몸에 생긴 멍은 시혁이 만들긴 했었다. 분하다는 듯이 씩씩대는 시혁을 보며 은율은 어색하게 웃었다.

"뭘 그런 걸 신경 써요. 다 헛소문이라니까요."

시혁은 어색하게 웃는 은율을 날카롭게 쏘아봤다. 심증은 있는데 물증이 없었다. 시혁은 짧게 한숨을 내쉬었다.

"다시 한 번 물을게. 오늘이 무슨 날인지 알아 몰라?"

사실대로 말하면 분명 시혁이 화낼 것이다. 하지만 아무리 생각해 봐도 떠오르는 게 없었다. 은율은 최대한 입술을 올리며 그의 팔을 잡았다.

"시혁 씨, 그러지 말고 아까 어디 예약했다고 하지 않았어요? 거기 가요."

말을 돌리는 걸 보면 분명 기억 못 하는 게 틀림없었다.

"됐어! 이미 취소했어."

시혁은 토라진 듯 고개까지 확 돌렸다. 은율은 그의 얼굴을 잡아 눈을 마주 보며 환하게 웃었다. 그녀의 웃는 모습에 시혁은 눈을 살짝 흘겼다.

"놔!"

"어디 예약했는데요?"

"몰라!"

"아잉, 말해 봐요."

은율의 애교에 시혁은 금세 표정을 누그러트렸다.

"전에 당신이 이태원에 있는 스테이크 집 가자고 했잖아."

은율은 조금 놀란 얼굴로 그를 바라봤다.

"하루에 한 테이블만 받는다는 그 집이요?"

"아! 몰라!"

시혁은 진짜 화가 난 듯 고개를 확 돌렸다. 은율은 그의 고개를 다시 잡고 시선을 붙들었다.

"정말이에요? 전에 전화했을 때 3개월은 예약 다 찼다고 했는데……. 진짜 취소했어요?"

"전화 안 받은 건 당신이잖아!"

시혁의 말에 은율은 풀이 죽은 목소리로 고개를 숙였다.

"아쉽다."

"진짜 아쉬운 사람이 누군데 지금 아쉽다는 소릴 해?"

목소리는 여전히 화를 내지만 어느새 표정은 편하게 변해 있었다. 시혁은 은율의 허리를 살며시 안았다.

"사실대로 말해 봐. 오늘 무슨 날인지 모르지? 화 안 낼 테니까 말해 봐."

"진짜죠? 진짜 화 안 낼 거죠?"

은율은 의심스런 눈초리로 시혁을 바라봤다. 시혁은 새끼손가락을 걸며 고개를 끄덕였다.

"절대! 약속."

"오늘이 무슨 날이긴 해요? 설마 불금은 아니죠?"

은율의 말에 시혁은 기가 막혀 웃음밖에 안 나왔다. 분명 은율은 그를 웃기려고 말한 게 틀림없었다. 하지만 그를 보는 표정이 너무 진지했다.

"고은율! 하나만 묻자. 장인어른 생신 언제야?"

"그건 왜요?"

"잔말 말고 말해 봐."

시혁은 그녀의 양어깨를 잡고 따지듯이 물었다.

"2월 7일요."

"그럼 미주. 아니, 장모님 생일은?"

"지금 뭐 하는 거예요?"

은율은 이 상황이 어리둥절하기만 했다. 하지만 시혁은 단단히 마음을 먹은 듯 그녀를 잡은 손에 잔뜩 힘을 줬다.

"대답해 봐!"

"11월 9일이요."

"지율이 생일은?"

"1월 14일."

그 뒤로도 묻기만 해도 나오는 답에 시혁의 한숨은 더 깊어 갔다. 혹시나 했건만 역시나였다.

"우리 결혼한 날은?"

"6월 6일이잖아요. 시혁 씨 왜 그래요?"

참다못한 은율은 시혁의 팔을 살며시 잡았다.

"오늘은 며칠이야?"

"11월 20일요. 대체 언제까지 이런 쓸데없는 질문만 할 거예요?"

"날짜 계산해 봐."

갑자기 수학 시험을 보는 것도 아니고 날짜 계산을 하라니. 은율은 시혁의 재촉에 휴대전화를 꺼내 날짜 계산을 했다.

그리고 눈앞에 보이는 숫자에 어색하게 웃으며 시혁을 바라봤다. 그제야 알아차린 은율을 보며 시혁은 다시 한숨을 내쉬었다.

"대체 난 언제쯤 당신 순위 안에 드는 거야? 1순위라고 할 때 언제고 왜 매번 순위가 밀려나는 건데? 장인어른은 영원한 0순위. 임신했을 때는 장모님이 0순위였다가 지율이 태어나니까 바로 0순위가 지율이로 바뀌었지? 이제 난 당신한테 대체 몇 번째야?"

시혁의 하소연에 은율은 진심으로 미안했다. 요즘 지율이 보는 재미에 시혁에게 소홀하긴 했었다.

"미안해요. 요즘 내가 정신이 없어서 그래요. 당신도 알겠지만 내가 회사 일하랴 지율이 돌잔치 준비하랴 정신이 없잖아요."

은율의 변명에 시혁은 더 화가 났다. 잠자기 전까지 지율의 사진과 동영상을 보느라 정신없는 그녀였다. 거기다 몇 달 뒤에 있을 돌잔치를 준비하느라 요즘은 접근도 못 하게 했다. 낮이면 낮대로 밤이면 밤대로 은율은 그야말로 철벽 수비 중이었다.

"지금 그걸 변명이라고 하는 거야? 왜 장인, 장모님 두고 당신이 돌잔치 준비하는 건데?"

"내가 해 주고 싶어서 그러는 거잖아요. 당신이 좀 이해해 주면 안 돼요? 당신도 지율이 예뻐하잖아요!"

은율의 말에 시혁은 졌다는 듯이 고개를 흔들었다. 어디 한두 번이어야 말을 할 게 아닌가. 말한다고 변할 그녀도 아니었다. 이미 알고 있었지만 현실은 참 견디기 힘들었다. 시혁은 불만 가득한 얼굴로 팔에 매달린 은율을 쏘아봤다.

"이러지 마, 고비서!"

"그만 화 풀어요."

"파파걸에서 이제 시스터걸로 바뀌었다는 거잖아! 어휴, 차라리 파파걸일 때가 나았어! 그땐 접근 못 하게 하진 않았잖아!"

시혁의 넋두리에 은율은 웃으며 그의 목에 팔을 둘렀다.

"그래서 싫다는 거예요?"

부드럽게 몸을 밀착해 오는 은율을 보며 시혁은 그녀의 허리를 단단하게 움켜잡았다.

"내가 어떻게 당신을 싫어할 수가 있겠어?"

"그럼 화 푸는 거예요."

"고 비서 하는 거 봐서."

시혁의 말에 은율은 큰 소리로 웃었다.

"자꾸 고 비서라고 부를 거예요?"

시혁은 그녀의 입술에 부드럽게 입을 맞췄다.

"한번 비서는 영원한 비서야. 잊었습니까? 고 비서님!"

"그런가요? 그럼 부회장님은 영원히 부회장님만 하세요."

은율의 말에 맞닿은 시혁의 입술이 부드러운 곡선을 그리며 올라갔다.

"이러지 마, 고 비서. 당신이 자꾸 이러면 계획을 바꾸는 수가 있어!"

"무슨 계획이요?"

"가령 내일부터 매일 야근을 한다든가……."

시혁의 말에 은율은 낮게 웃었다.

"그럼 내일부터 나도 야근이라는 말이에요?"

"당연하지!"

"겸허히 받아들이죠, 부회장님."

은율은 작게 웃으며 그의 입술에 진하게 입을 맞췄다.

시혁은 그녀를 품에 안으며 벅차오르는 행복에 눈을 감았다.

"사랑해, 고 비서."

그들의 사랑은 어디서든 지금처럼 빛나고 있었다.

-마침-

398

작가 후기

안녕하세요. 노혜인입니다.

벌써 일곱 번째 책을 출간하게 되다니, 정말 감개무량합니다.

사실 이 글은 많은 애정을 가지고 써서 그런지 중간에 많은 사연을 가지게 됐던 글입니다.

수많은 수정을 거치며 과연 출간할 수 있을까 하는 감정과 많이 싸우기도 했고, 제목부터 주인공 이름까지 고치고 또 고쳐, 드디어 세상에 나오게 되었습니다.

여주인 은율은 보기만 해도 참 기분 좋은 사람입니다. 작품을 쓸 때마다 주인공들을 새로이 만들며 누구에게든 빛이 되어 주는 여주를 한번 써 보자 했는데 마음처럼 됐는지는 모르겠네요.

이 글을 쓰며 저 또한 은율처럼 내 주위 사람들에게 상처가 아닌 위로를 해 주는 사람이 되고 있는가, 다시 한 번 생각해 보는 계기가 되었답니다.

시혁이 은율로 인해 새로운 삶의 빛을 얻었듯이, 세상의 상처받은 모든 이들에게도 은율 같은 존재가 함께하길 바랍니다.

이제 글을 마무리하며 나와 함께하는 모든 이들에게 감사 인사를 전합니다.

나에게 일상의 소소한 행복과 불행(?)을 안겨 주는 사랑하는 나의 가족, 소문 씨, 연우, 진우, 은우 고맙고 사랑합니다!

아프신데도 언제나 내 걱정뿐인 김정옥 여사님, 곁에 계셔서 늘 감사하고 사랑합니다.

자랑스러운 동생 은혜, 강인, 은준아 사랑한다.

부족한 며느리에게 항상 든든한 힘이 되어 주시는 아버님, 어머님 늘 감사하고 사랑합니다.

언제나 응원과 격려를 잊지 않는 로맨스 화원 작가님들, 그대들이 있어 난 오늘도 노트북을 켭니다. 우리 끝까지 함께합시다. 고맙고 사랑합니다.

책이 나오기까지 함께 고생해 주신 와이엠북스 출판사분들께도 감사 인사를 드립니다. 덕분에 많이 배웠습니다. 감사합니다.

마지막으로 계절이 바뀌어 가는 이 시간, 독자분들께도 인사드립니다.

이 글을 읽고 때로는 웃고, 때로는 울며 가슴에 묵은 찌꺼기를 해소하는 시간이 되었기를 바랍니다.

오늘도 행복하시고 사랑하세요.

-서울 내발산동에서 노혜인 드림.